建构当代中国的学术话语（上）

孟繁华 贺绍俊 主编

北方联合出版传媒（集团）股份有限公司
春风文艺出版社
·沈阳·

图书在版编目（CIP）数据

建构当代中国的学术话语：上下册/孟繁华，贺绍俊主编 . —沈阳：春风文艺出版社，2023.8
ISBN 978-7-5313-6453-5

Ⅰ. ①建… Ⅱ. ①孟… ②贺… Ⅲ. ①中国文学—当代文学—文学研究 Ⅳ. ①I206.7

中国国家版本馆CIP数据核字（2023）第104266号

北方联合出版传媒（集团）股份有限公司
春风文艺出版社出版发行
沈阳市和平区十一纬路25号 邮编：110003
辽宁鼎籍数码科技有限公司印刷

责任编辑：韩　喆	责任校对：张华伟
封面设计：鼎籍文化	幅面尺寸：175mm×250mm
字　　数：652千字	印　　张：34
版　　次：2023年8月第1版	印　　次：2023年8月第1次
书　　号：ISBN 978-7-5313-6453-5	
定　　价：99.00元（全两册）	

版权专有　侵权必究　举报电话：024-23284391
如有质量问题，请拨打电话：024-23284384

前　言

《建构当代中国的学术话语》上、下卷，分别是研究中国现当代文学史、文学思潮和作家作品的结集。结集的文章均是沈阳师范大学中国文化与文学研究所教师的论文。将其命名为《建构当代中国的学术话语》，显然是我们的学术理想。多年来，研究所的全体同人也正是怀着这样的学术理想从事研究和教学的。当然，理想是一种自我期许，是我们奋斗的目标，至于在多大程度上实现了这个目标，是不敢妄言的。实事求是地说，这个学术理想不只是我们研究所的，甚至也可以说是当代中国整个人文社会学科的。近年来，学界对西学的反思和检讨已成风气，这是一种文化自觉。文化自觉一定会带来文化自信。这种文化自信，就是在整合古今中外学术思想和话语的前提下，构建当代中国或具有中国特色的学术话语。只有这样，才能建立学术的中国学派，实现同西方有效的学术对话。这些文章是努力的具体体现。我们将其结集出版，以求得学界同人的批评，从而促进我们的进步和发展。文集由孟繁华、贺绍俊主编，张维阳、李耀鹏参与了编辑工作。

编　者

2022年11月20日

目 录

文 学 史

建构当代中国的文学经验和学术话语
——中国当代文学史研究七十年 ·········· 孟繁华 / 003

冯牧的延安时代评述 ·········· 贺绍俊 / 026

以白薇为中心的左翼女性文学再解读 ·········· 杨 晶 / 041

现代革命女作家文本创作的文化内涵 ·········· 杨 晶 / 047

中国现代女性革命小说的再认识 ·········· 杨 晶 / 054

材料与方法
——重读经典与文学史研究的多种方式 ·········· 李 雪 / 062

1972年的文学期刊 ·········· 李 雪 / 068

小说向何处去
——1977年的文学现场一窥 ·········· 李 雪 / 077

"风景"中的新生活
——周立波对革命新世界的构想和描述 ·········· 张维阳 / 084

呼唤一种为了爱与拯救的文学
——也谈"新伤痕文学" ·········· 张维阳 / 091

"启蒙与救亡的双重变奏"的历史重释 ·············· 李耀鹏 / 098

文学思潮

寻根文学的历史语境、文化背景与多重意义
——三十年历程的回望与随想 ·············· 季红真 / 109

消费文化时代的悖论
——论21世纪以来新谍战剧的性别叙事策略 ·············· 杨　晶 / 118

性别视野中的现代战争叙事 ·············· 杨　晶 / 126

由意象到蓝图
——王朝模式崩溃后中国文学的"中国想象" ·············· 张维阳 / 130

技术玄想背后的现实焦虑
——关于"主流文学"作家的科幻文学转向 ·············· 张维阳 / 140

提升生态文学文学性的东北经验 ·············· 张维阳 / 145

城乡变迁中的漂泊童年
——以《山羊不吃天堂草》《余宝的世界》为例 ·············· 何家欢 / 150

近期辽宁儿童文学创作评述 ·············· 何家欢 / 157

精神观照下的童年书写
——近期儿童文学短篇创作的新趋向 ·············· 何家欢 / 165

"现实原则"下的苦难与成长
——20世纪80年代儿童文学中的成长书写 ·············· 何家欢 / 173

乡土童年的精神守望
——关于当下儿童文学乡土叙事的思考 ·············· 何家欢 / 182

批判精神的消逝与重建 ·············· 李耀鹏 / 190

新世纪中篇小说的精神面相和价值追求 ·············· 李耀鹏 / 195

20世纪90年代文化激进主义的历史反思与价值重估 ·············· 李耀鹏 / 204

辨章学术与考镜源流
——评丁帆的《中国乡土小说史》 ·············· 李耀鹏 / 226

文学史

建构当代中国的文学经验和学术话语
——中国当代文学史研究七十年

孟繁华

内容提要：七十年来，中国当代文学和当代文学史研究，大体可以概括为既有联系又不尽相同的三种历史形态：社会主义文化空间的构造、文学史观念的对话与建构、当代中国文学经验和学术话语的整合。这三种形态与不同的历史场域或历史语境相关。这与现代中国对新文化的三种不同阐释完全不同。现代中国对新文化的三种阐释是共时性的；当代文学史建构的三种形态是历时性的。但是，即便如此，这些研究仍然集中表达了中国当代文学史构建中国文学经验和学术话语的努力及成果，呈现了中国当代文学史的研究水准。当然，我们必须认识到，当代中国文学仍是一个发展中的学科，不确定性是它的本质属性，因此，学科的总体经验是连同它的问题一起构成的。

关键词：中国当代文学史；社会主义文化空间；对话与建构；学术话语整合

"当代文学"的概念，按照洪子诚先生的看法，是1960年召开的第三次文代会上，周扬在题为《我国社会主义文学艺术的道路》的报告中确定的。[①]但是，当代文学的"前史"早已展开。这个"前史"，不只是指毛泽东的《新民主主义论》《在延安文艺座谈会上的讲话》等具有中国当代文学"元理论""元话语"性质的著作，同时也包括"当代"不同时期具体的关于文学现象、文学思潮和文学作品的评论；包括自王瑶的《中国新文学史稿》出版以来刘绶松、张毕来、丁易等的现代文学史著作表达的历史观和讲述方法，甚至也包括季莫菲耶夫的《文学原理》、毕达科夫

---

① 洪子诚：《当代文学的概念》，北京大学出版社，2010，第62页。

的《文艺学引论》等苏联文艺理论著作对我们文学观的深刻影响。这个"前史"不仅是20世纪80年代中期以后当代文学史研究的重要参照,同时它也是当代文学史研究重要的依据和组成部分。如果没有这个"前史",当代文学史后来的研究和"问题"就是空穴来风。

当然,七十年来,不同的历史语境,那些含有内在力量的、有生气的、有潜力的存在,以不同的方式控制或影响当代文学史的书写。因此,当代文学史在七十年不同历史时期的内涵并不完全相同。用洪子诚先生的观点来说,"当代文学"的概念是"被构造出来"的[①],"当代文学史"当然也是被构造出来,任何一种历史都是"被构造"出来的。七十年不同的历史时期,由于不同历史语境的规约,当代文学史大体可以概括为三种不同的形态,即社会主义文化空间的构造,文学史观念的对话与建构,当代中国文学经验和学术话语的整合。三种不同的文学史形态,与不同的场域或历史语境有直接关系,这一点与现代中国对"五四"的阐释不同。有学者曾分析说:"1949年前的现代中国时期,主要形成了五四传统的三种阐释方式。其一是孙中山、蒋介石等国民党政治力量确立的文化保守主义阐释,强调五四学生运动的爱国主义面向,但对新文化运动持否定态度;其二是毛泽东等共产党力量,主要凸显'五四'的政治运动面向,将其阐释为'无产阶级登上历史舞台'的标志;第三种则是知识分子群体的启蒙阐释,强调'民主''科学'等现代观念和思想在中国的塑造,并力图与政党政治实践保持一种文化的张力和距离。这三种不同阐释主体分别凸显了'五四'的不同面向,也说明五四运动的历史阐释与现代中国的政治文化实践紧密相关。"[②]对"五四"的三种阐释是共存于同一时空的平行关系,那里隐含着阐释者不同的理解和诉求;但是,对当代文学史三种不同的"构造",是一种线性的关系。这三种文学史研究形态,都是构建当代中国文学经验和学术话语的一部分。当代文学史形态的变化,也恰恰从一个方面表达了当代中国社会文化场域的变化。

一、文学史与社会主义文化空间的建构

当代文学的"前史",在"十七年"间规约了当代文学发展的历史趋向和要表达的具体内容。这个趋向和具体内容,在后来书写的各种当代文学史中有更加具体

---

① 洪子诚:《当代文学的概念》,北京大学出版社,2010,第48页。
② 贺桂梅:《五四与当代中国——三个时期三种阐释》,《联合早报》(新加坡)2019年5月3日。

的表达。一方面是对文学"异端"的清场，一方面是对具有社会主义性质文学的树立和保卫。后来的文学史对"十七年文学"经典"三红一创保山青林"的归纳最有代表性。其中最典型的是柳青的《创业史》。《创业史》受到肯定最重要的原因，就是塑造了梁生宝这个崭新的中国农民形象。这个"崭新"的形象，既不同于鲁迅、茅盾等笔下的麻木、愚昧、贫困、愁苦的旧农民形象，也不同于赵树理笔下的小二黑、小芹、李有才等民间新人。梁生宝是一个天然的中国农村"新人"，他对新中国、新社会、新制度的认同几乎是与生俱来的。于是，他就成了"蛤蟆滩"合作化运动天然的实践者和领导者。他通过高产稻种增产丰收，证实了集体生产的优越性，证实了走社会主义道路的优越性。梁生宝并非集合了传统中国农民的性格特征，他不是那种盲目、蛮干、仇恨又无所作为一筹莫展的农民英雄。他是一个健康、明朗、朝气勃勃、成竹在胸、年轻成熟的崭新农民。在解决一个个矛盾的过程中，《创业史》完成了对中国新型农民的想象和塑造。

但评论界对小说人物的评价并不一致。不同的看法是，梁三老汉这个形象比梁生宝更有血肉、更生动和成功。1960年12月，邵荃麟在《文艺报》的一次会议上说："《创业史》中梁三老汉比梁生宝写得好，概括了中国几千年来个体农民的精神负担。"[1]在大连农村题材短篇小说创作座谈会上，他又说："我觉得梁生宝不是最成功的，作为典型人物，在很多作品中都可以找到。梁三老汉是不是典型人物呢？我看是很高的典型人物。"[2]邵荃麟的观点不只是对一个具体人物和一部小说的评价，事实上他还是从维护文学创作内在规律的角度看待梁三老汉的。

这些材料尚未公开之前，严家炎对《创业史》做了系统的分析和评价，他连续发表了四篇文章，对作品的主要成就提出了不同看法。在他看来，《创业史》的成就主要是塑造了梁三老汉这个人物，这一观点与邵荃麟不谋而合。邵荃麟、严家炎是从中国农民的精神传统考虑，认为作品真实地传达了普通农民在变革时期的矛盾、犹疑、彷徨甚至自发地反对变革。梁三老汉在艺术上的丰满以及他与中国传统农民在精神上的联系，是这部小说取得的最大成就。这一看法在当时是不能被接受的，社会主义价值观不需要那些犹豫彷徨的人物。在对《创业史》激烈的争论中，柳青也终于站出来说话。[3]但是，柳青的自述，并没有超出批评家赞赏的基本思路。

对《创业史》人物的争论，后来演化为文学界的一个重大文学事件。这就是"中间人物论"的肇始。20世纪80年代以后，关于《创业史》的讨论再次展开。肯

---

[1]《关于"写中间人物"的材料》，《文艺报》1964年第8、9期合刊。
[2]《关于"写中间人物"的材料》，《文艺报》1964年第8、9期合刊。
[3] 参见《文艺报》1964年第11、12期合刊。

定的意见认为："柳青……笔下的梁生宝,不管带不带所谓的'理念化',都不可否认是社会主义革命文学中最早出现的社会主义英雄人物的成功形象。尽管有同志认为梁生宝的形象不如他的父亲梁三老汉的形象那样丰满,但是,在文学史上诞生一个梁生宝,要比诞生一个梁三老汉困难得多,意义重大得多。"[1]80年代末,上海学者拉开了雄心勃勃的"重写文学史"的序幕,其中重评《创业史》的文章对其做了如下评价:"柳青把表现这种农民落后和狭隘心理的细节统统集中在梁三老汉身上,这就表达了他对历史发展的乐观情绪。在他看来,老一代农民身上的落后和狭隘才是富于典型性的,而新一代农民则已经摆脱历史的阴影了。但实际情况是,正因为梁三老汉这个人物比较全面准确地概括了中国农民贫困屈辱的历史,以及因为这种贫困屈辱而形成的落后狭隘、裹足不前的性格侧面,同时又表现了中国农民勤劳、朴实的性格侧面,他反而成为《创业史》中概括变革中农民心理的复杂变化过程最生动、最典型的形象。"[2]后一种看法并没有超出当年严家炎先生的评价。

随着文化场域的不断变化,对《创业史》的评价也越来越接近小说真正的价值和意义。在新一代学者看来:《创业史》从"社会主义革命"的高度来理解和表现农村合作化运动,意味着柳青不仅仅将农村合作化运动视为一场经济运动,也不仅仅将其视为一场社会运动,而是更注重人的"思想的和心理的"变化过程。它将经济、社会和文化这三个层面融合起来,试图表现的是"这个制度的新生活",一种新的"世界"形态。梁生宝带领蛤蟆滩的村民们走合作化道路,从来就不仅仅是一场经济运动或社会运动,而被柳青更自觉地看作是一个创造"新世界"的过程。[3]

严家炎先生是从文学创作的尺度评价小说,从人物性格的角度评价成败得失,在这个意义上严家炎先生是正确的。但是,在构建社会主义价值观的时代,那些更具有先进思想的人物才有可能走向历史的前台,因此历史选择了梁生宝。更重要的是,几十年过去之后,柳青文学道路的继承者仍"络绎不绝"。执着学习柳青的路遥,创作的《平凡的世界》受到读者特别是底层青年读者的热烈欢迎;关仁山的长篇小说《金谷银山》中,主人公范少山的口袋里一直揣着《创业史》。更有批评家认为:20世纪70年代结束之后,"一些当代文学批评家仅仅因为政策的变化,因为现行政策否定了集体化,因此,根据这种政策的变化来否定《创业史》等农业合作

---

[1] 阎纲:《函致〈创业史〉及农村题材创作讨论会》,载《文坛徜徉录》下,人民文学出版社,1984,第611页。

[2] 宋炳辉:《"柳青现象"的启示——重评长篇小说〈创业史〉》,《上海文论》1988年第4期。

[3] 贺桂梅:《"总体性世界"的文学书写:重读〈创业史〉》,《文艺争鸣》2018年第1期。

化题材小说,仅仅根据政策的变化来否定农村合作化题材小说,根本谈不上文学批评"[①]。由此可见,对《创业史》等小说的认识和评价还远远没有结束。

与柳青命运完全不同的是赵树理。在20世纪文学的历史叙述中,赵树理是一个非常独特的现象:一方面,他是成功实践《讲话》、遵循"革命现实主义"创作原则的作家,"赵树理方向"被肯定为所有作家都应该学习和坚持的方向;一方面,中华人民共和国成立后他又屡屡经历遭到批评和受到肯定的反复过程。这个看似矛盾的现象,对赵树理本人来讲是痛苦和不幸的,但对于中国当代文学的发展过程而言,赵树理的遭遇恰恰从一个方面反映了当代中国文学的复杂性、矛盾性和不确定性。从20世纪40年代走向文坛开始,赵树理的写作就一直注意与农村、农民和现实的关系,注意对民间文艺传统的借鉴和改造,注意按照《讲话》的要求为"工农兵"服务,并且因他的作品的内容和形式,也明显地区别于其他农村题材写作的作家。赵树理是毛泽东文艺思想哺育成长的有代表性的作家。从《小二黑结婚》开始,赵树理成为实践《讲话》精神的楷模,是"方向"和"旗帜",是一位"人民艺术家"。他的作品被视为人民文艺的"经典"。

但是,新中国成立之后,对赵树理创作的评价开始发生了分歧和反复。1955年1月,《三里湾》在《人民文学》杂志连载,5月出版单行本。这是第一部反映农业合作化运动的长篇小说,也被认为是"我国最早和较大规模地反映农业社会主义改造的一部优秀作品"[②]。小说发表之后,批评者大多沿着相同的路线斗争的思路,认为小说对"当前农村生活中最主要的矛盾,即无比复杂和尖锐的两条路线的斗争"没有做应有的处理,"看不到富农以及被没收土地后的地主分子的破坏活动",而且三里湾党的领导者王金生对蜕化分子范登高表现得软弱,"没有流露出应有的愤慨的心情"等。[③]赵树理针对批评发表了《〈三里湾〉写作前后》一文。这篇文章既可以看作是一个"答辩",也可以看作是一种"检讨"。他陈述了写作经过之后,也谈了作品的"几个缺点"。他说自己在抗日战争初期是做农村宣传动员工作的,后来"职业"写作只能说是"专业",从这种工作中来的作者,"往往都要求配合当前政治宣传任务,而且要求速效",这本来是正当的,是优点,但他还是检讨了三个缺点,其中"对旧人旧事了解得深,对新人新事了解得浅,所以写旧人旧事容易生活化,而写新人新事有些免不了概念化"。他接着解释说:"这一切都只能说是在创作

---

① 旷新年:《由史料热谈治史方法》,《文艺争鸣》2019年第3期。
② 中国科学院文学研究所《十年来的新中国文学》编写组:《十年来的新中国文学》,作家出版社,1963,第45页。
③ 俞林:《〈三里湾〉读后》,《人民文学》1955年第7期。

之前的准备不充分，为了迅速地配合当前政治任务，固然应该快一点写，但在写作之前准备得不充分的时候，正确的做法是赶紧把不充分的地方补充准备一下然后再写，而不是就在那不充分的条件下写起来。"①

在批评他的文章发表不到一年后，赵树理在一次"双百方针"的座谈会上，说出了自己真实的想法："我感到创作上常有些套子束缚着作家……有人批评我在《三里湾》里没有写地主的捣乱，好像凡是写农村的作品，都非写地主捣乱不可。"②但赵树理这一内心压抑刚刚释放不久，对他新的质疑已经酝酿在急剧变化的形势中。对赵树理的再批评，是20世纪50年代后期提出来的。这次批评的缘起主要是短篇小说《锻炼锻炼》的发表。对赵树理评价的变化和反复，主要分歧是塑造什么样的"人物"。当代文学批评中经常使用的"英雄人物""正面人物""中间人物""反面人物"等，已经将"人物"做了等级和类型化的划分。创造英雄人物或正面人物的理论依据，来自毛泽东的《讲话》。毛泽东要求文艺工作者创造出"新的人物新的世界"。周扬在第一次文代会上的报告，有专门论述"新的人物"一节，"新的人物"在这里已解释为"各种英雄模范人物"。他说："我们是处在这样一个充满了斗争和行动的时代，我们亲眼看见了人民中的各种英雄模范人物，他们是如此平凡，而又如此伟大，他们正凭着自己的血和汗英勇地勤恳地创造着历史的奇迹。对于他们，这些世界历史的真正主人，我们除了以全副热情去歌颂去表扬之外，还能有什么别的表示呢？"③第二次文代会上，周扬在报告中又提出："当前文艺创作的最重要的、最中心的任务：表现新的人物和新的思想，同时反对人民的敌人，反对人民内部的一切落后的现象。"④不久，冯雪峰发表了题为《英雄和群众及其它》的文章，他在论证了"创造正面的、新人物的艺术形象，现在已成为一个非常迫切的要求，十分尖锐地提在我们面前"之后，也提出了如何塑造"否定人物的艺术形象"的问题。⑤

1962年，文学界"现实主义深化"的问题也被提出。同年8月，中国作家协会在大连召开了农村题材短篇小说创作座谈会。会议主持人邵荃麟发表了讲话。他在

---

① 赵树理：《〈三里湾〉写作前后》，《文艺报》1955年第19期。
② 赵树理：《不要有套子——在中国作家协会创作委员会小说组"百花齐放、百家争鸣"座谈会上的发言》，《作家通讯》1956年第6期。
③ 周扬：《新的人民文艺》，《周扬文集》第一卷，人民文学出版社，1984，第516页。
④ 周扬：《为创造更多的优秀的文学艺术作品而奋斗——一九五三年九月二十四日在中国文学艺术工作者第二次代表大会上的报告》，《周扬文集》第二卷，人民文学出版社，1985，第251页。
⑤ 冯雪峰：《英雄和群众及其它》，《冯雪峰文集》下，人民文学出版社，1981，第74—75页。

分析当时的创作情况时认为，主要问题还是"人物创作问题"。因为"作品是通过人物来表现的"，"英雄人物是反映我们时代的精神的，但整个说来，反映中间状态的人物比较少，广大的各阶层是中间的，描写他们是很重要的。矛盾点往往集中在这些人身上"。[①]这一观念的提出，对赵树理的评价又发生了变化。康濯在《试论近年间的短篇小说——在河北省短篇小说座谈会上的发言》中说："赵树理在我们老一辈作家群里，应该说是近二十年来最杰出也最扎实的一位短篇大师。但批评界对他这几年的成就却使人感到有点评价不足似的，我认为这主要是对他作品中思想和艺术分量的扎实性估计不充分。事实上他的作品在我们文学中应该说是现实主义最为牢固，深厚的生活基础真如铁打的一般。"[②]这样的评价在20世纪60年代之后又被否定，"中间人物论"也被作为一种"错误的"文学观念遭到清算。因此，多年来文学观念的"不确定性"，是评价作家矛盾和犹疑的根本原因。就像柳青在新一代作家那里有"络绎不绝"的继承者一样，赵树理在新一代作家那里同样不乏"络绎不绝"的继承者，甚至对他的"矛盾中纠结、苦恼着"[③]的心态，也在同情中给予了欣赏和肯定。

文学创作要建构社会主义价值观，文学史的编纂同样负有这样的使命。王瑶的《中国新文学史稿》的出版和命运，是最具代表性的。现代文学作为一个完整的学科，其建立的标志是1951年王瑶先生的《中国新文学史稿》上册的出版。虽然现代文学的"历史"已经"过去"，但于王瑶写作的年代来说，它仍然是切近的文学历史，它并没有为作者提供充分的考察距离。但王瑶先生仍以他史家的训练和学识，对现代文学进行了"史无前例"的学科化、系统化整合，为现代文学奠定了第一块基石。在王瑶先生写作《中国新文学史稿》的同时，全国高等教育会议通过了"高等学校文法两学院各系课程草案"，其中规定了"中国新文学史"的讲授内容：运用新观点、新方法，讲述五四时代到现在的中国新文学的发展史，着重在各阶段的文艺思想斗争和其发展状况，以及散文、诗歌、戏剧、小说等著名作家和作品的评述。王瑶先生称："这也正是著者编著教材时的依据和方向。"由此可见，现代文学史的研究内容，从学科建立之初就已经有了规范，并成为学术体制的一部分。王瑶

---

① 邵荃麟：《在大连"农村题材短篇小说创作座谈会"上的讲话》，载洪子诚编《二十世纪中国小说理论资料》第五卷，北京大学出版社，1997，第429页。

② 康濯：《试论近年间的短篇小说——在河北省短篇小说座谈会上的发言》，《文学评论》1962年第5期。

③ 赵勇：《在文学场域内外——赵树理三重身份的认同、撕裂与缝合》，《文艺争鸣》2017年第9期。

先生以他对现代文学的认识以及历史语境的认识，概括出了"鲁郭茅巴老曹"的现代中国主流作家，而没有将张爱玲、沈从文、钱锺书等作为重要作家对待，已经显示出了他卓越的文学史眼光。但是，这仍然不够，他还没有达到时代要求的高度。这一状况在1952年8月30日下午《文艺报》组织的"《中国新文学史稿》（上册）座谈会记录"上得到了反映。王瑶在《读〈中国新文学史稿〉（上册）座谈会记录》（实际是检讨）一文中也坦白承认："这课程的内容很难办"[①]。文学史观和研究方法的变化，并不是学者在研究中主动的选择，而是在批判"资产阶级学术思想"的语境下必须做出的选择，或者说，这是建构社会主义文化空间和价值观的需要。

无论是文学创作还是文学史书写，时代期待的是"风卷红旗过大关"。1980年前后，在改革开放的思想环境下，出现了古华的《芙蓉镇》、周克芹的《许茂和他的女儿们》等新乡土文学作品。这是中国共产党改革开放思想战略的现实基础，如果不实行改革开放，广大的中国还将处于贫困之中，僵化的思想和情感方式还将持续蔓延。是改革开放思想战略的实行，让中国的社会环境和思想场域发生了根本性的变化。这个变化在当代文学史领域的反映，就是文学史观念的变革和对话。

二、"二十世纪中国文学"的整体观与文学史的"当代性"

20世纪80年代，对于中国当代文学来说是重要的年代。文学界经过"人道主义""西方现代派""寻根文学"以及"先锋文学"的讨论，虽然乱花迷眼，却也极大地拓展了中国文学界的视野，无论参与者持有怎样的观点，有怎样不同的身份和背景，可以肯定的是，文学界看到了更多的可能性。更重要的是，在那个给所有人以希望的大时代，预示了中国文学走向"现代"的坚定信念和决心。文学史观念的变化，离不开这个时代的整体氛围。因此，对四十多年的中国当代文学研究来说，20世纪80年代是一个走向新的开始的年代。

1985年10月29日，唐弢先生在《文汇报》上发表了《当代文学不宜写史》一文。唐弢先生的看法除了少数支持者支持，反对者的声音更大，更言之凿凿。唐弢先生提出的文学史分期问题固然是制约当代文学史写作的一个方面。现代文学史的写作，可能从一个方面质疑了唐弢先生"当代文学不宜写史"的观点，因为毕竟有这么多的"现代文学史"著作的出版。现、当代文学史的写作受到各方面条件的制

[①] 参见王瑶《王瑶文集》第七卷，北岳文艺出版社，1995，第508页。

约限制，切近的历史很难把握在著史者的手中。每个人对切近历史的不同理解，使任何一部中国"当代文学史"都不免被议论纷纷难成共识。虽然古代文学史也在不断建构的过程中，但是，经过历史化和经典化的古代文学史，无论怎样建构，它的基本作家作品、流派、现象等，大体没有歧义，其他的只是具体评价问题了。现、当代文学史的情况与古代文学史相比有很大不同。

唐弢先生是一位著名的文学史家。他主编的《中国现代文学史》，是20世纪80年代以来最重要的文学史著作之一。但他对具体作家作品的评价今天看来也未必周全。但是，我们只要看看樊骏先生的《编撰〈中国现代文学史〉的若干背景材料》、严家炎先生的《求实集·序》等，就知道那个时代从事文学史写作是多么困难。时事政治的变化，意识形态的风吹草动，甚至某个人的主观意志，都会干扰和影响到文学史的写作，都会为文学史的写作带来意想不到的后果。唐弢先生后来曾经深刻检讨过他主编的《中国现代文学史》中的一些问题，比如说对左翼作家联盟的评论，对在《新月》杂志上撰稿的作者以及某些所谓"第三种人"的评价，对郁达夫、老舍、沈从文、徐志摩、钱锺书、杨绛等的评价，对周作人、李金髮、戴望舒等人的评价，他多有检讨并"深怀歉疚"。但是，唐弢先生是有自己写作现代文学史想法的，比如"论从史出""以文学社团为主来写，写流派和风格"等，但都无法实现。因此，唐弢先生提出的"当代文学不宜写史"，就不能简单地理解为唐弢先生对当代文学或当代文学史的撰写怀有偏见，他是通过自己的文学史写作实践，通过处理各种与文学史写作没有关系的问题才表达这一观点的。他是有切肤之痛的体会才说出这番话的。反对者很可能没有完全理解或忽略了唐弢先生的初衷或苦衷。

在唐弢先生提出"当代文学不宜写史"的同时，黄子平、陈平原、钱理群发表了《论"二十世纪中国文学"》一文，文章一出反响巨大。文章认为，提出这一概念的目的"并不单是为了把目前存在着的'近代文学''现代文学'和'当代文学'这样的研究格局加以打通，也不只是研究领域的扩大，而是要把二十世纪中国文学作为一个不可分割的有机整体来把握"。提出这一概念的理由是：20世纪中国文学，"是由上世纪末本世纪初开始的至今仍在继续的一个文学进程，一个由古代中国文学向现代中国文学转变、过渡并最终完成的进程，一个中国文学走向并汇入'世界文学'总体格局的进程，一个在东西方文化的大撞击、大交流中从文学方面（与政治、道德等诸方面一道）形成现代民族意识（包括审美意识）的进程，一个通过语言的艺术来折射并表现古老的中华民族及其灵魂在新旧嬗替的大时代中获得新生并崛起的进程"。在论述这些"进程"的时候，它涉及的问题是："走向'世界文学'的中国文学；以'改造民族的灵魂'为总主题的文学；以'悲凉'为基本核心的现代美感特征;以文学语言结构表现出来的艺术思维的现代化进程",以及"由这一概念涉及的文学史研究的方法论问题"等。他们强调:"'二十世纪中国文学'这一概念首先意味着文学史从社会政治的简单比附中独立出来,意味着把文学自身发生发展的阶段完整性作为研究的主要对象。它的方法论特征就是强烈的整体意识。"①《文学评论》在发表这篇文章的时候说:"《论'二十世纪中国文学'》阐发的是一种相当新颖的'文学史观',它从整体上把握时代、文学以及两者关系的思辨,应当说,是对我们传统文学观念的一次有益突破。"与"二十世纪中国文学"概念提出的同时,陈思和、王晓明等上海青年批评家也思考着同样问题。特别是陈思和"中国新文学的整体观"的提出,与"二十世纪中国文学"如出一辙。他们在《上海文论》主持的《重写文学史》专栏,是文学史研究的另一引人注目之举。这两个与文学史有关事件的思路不完全相同,《论"二十世纪中国文学"》提出的是一个关于百年中国文学史的整体观念和思路,"重写文学史"更注重于具体的评价实践。

这两个文学史观念,在后来的研究者那里几乎是石破天惊的大事。但是,现在看来可能都被夸大了。黄子平后来说:"二十世纪中国文学"是一个相当粗糙的文学史叙述框架。更重要的是,自以为来到了一个新时期,才使构思文学史"新剧本"有了可能。②在讨论中,提出的问题也不外乎打通百年中国文学格局,突破文学史分期,以及如何看待百年中国文学的总主题或美学特征等;而反对者的有些看法诸如"从一个抽象的'世界文学'的模式出发,忽视和贬低了我国解放区文艺的思想和艺术价值"、强调"悲凉"、缺少"民族特色"、"走向世界的中国大众文学"才是一个"真实的文学进程"等,就更加肤浅和表面。陈思和在谈到开设《重写文学史》专栏的目的时说:"希望能刺激文学批评气氛的活跃,冲击那些似乎已成定论的文学史结论,并且在这个过程中激起人们重新思考昨天的兴趣和热情。……从新文学史研究来看,它决非仅仅是单纯编年式'史'的材料罗列,也包含了审美层次上对文学作品的阐发评判,渗入了批评家的主体性。研究者精神世界的无限丰富性,必然导致文学史研究的多元化态势。文学史的重写就像其他历史一样,是一种必然的过程。这个过程的无限性,不仅表现了'史'的当代性,也使'史'的面貌最终越来越接近历史的真实。"王晓明也指出:"在正常情况下,文学史研究本来是不可能互相'复写'的,因为每个研究者对具体作品的感受都不同。只要真正是从

---

① 黄子平、陈平原、钱理群:《二十世纪中国文学三人谈》,人民文学出版社,1988。
② 黄子平、徐勇:《并不"边缘"的"边缘阅读"——黄子平教授访谈录》,《当代文坛》2019年第3期。

自己的阅读体验出发，那就不管你是否自觉到，你必然只能够'重写'文学史。"①在他们的积极倡导下，该专栏先后发出多篇重新认识已成"定论"的作家的文章，在文坛上引起注意。毋庸讳言，"重写文学史"的提出，显然受到了夏志清的《中国现代小说史》的影响。陈思和曾回忆说："20世纪80年代初，我大学毕业不久看到了《中国现代小说史》的中译本，一阅之下，感到'轰溃'。"在此之前，陈思和阅读了大量国内出版的文学史著作。"这些文学史的作者虽然不一样，但对作家的评判和选择标准却差不多，缺少个性。"陈思和说："夏志清的文学史当然也有意识形态的印记，但他的主要标准还是艺术性和文学性，是对作品的审美。"正是受到了《中国现代小说史》的"刺激"，陈思和才去读了沈从文、张爱玲的作品。

夏志清的《中国现代小说史》构成了20世纪80年代以来"重写文学史"的重要的参照。它魅惑了"重写文学史"运动。它以对张爱玲、沈从文和钱锺书等人的发现和推崇，确定了"重写文学史"另外的标准和尺度。夏志清的《中国现代小说史》是一部毁誉参半的文学史著作。这部小说史用"世界文学"的视点评价中国现代作家作品。因此，夏志清小说史的"世界视野"和中国文学史家的感同身受，本身就是难以对接的。"重写文学史"对柳青的《创业史》、茅盾的《子夜》、赵树理方向、丁玲的小说等重新做出了评价并引起了广泛争议，明显受到夏志清文学史观的影响。但是，考量一个作家的文学史地位，不能离开具体的场域或历史语境。沈从文、钱锺书、张爱玲等人的创作，在20世纪50年代不被王瑶先生看重，王瑶先生是正确的。"百年忧患"，是知识分子的思想传统，也深刻地影响了百年中国文学，知识分子对中国社会生活的介入和拥抱，是一种合乎历史要求的选择。沈从文、钱锺书、张爱玲等没有选择这样的道路，他们被王瑶的文学史所忽略，其命运是符合历史逻辑的。而介入生活写作的传统前赴后继"络绎不绝"，同样是我们考量文学史写作的重要参照。

现在看来，20世纪80年代中期以来的关于文学史观的讨论，并没有多么高深的理论，也未见得多么深刻。但是，那个时代学人的心境、气势和纯粹的学术追求，给中国学界带来的焕然一新的面貌，是我们只能想象难再经历的。他们整体面貌的昙花一现，是后来"80年代研究"的内驱力。他们无意中构建中国学术话语的努力，更为后来的文学史写作提供了深入开展的巨大空间和可能。那些集中争论的焦点问题，也恰恰是当代文学史研究的核心问题。但是，我们后来发现，文学史确实不仅仅是一个观念的问题，它更是一个实践的问题。比如，强调"二十世纪中

---

① 陈思和、王晓明：《主持人的话》，《上海文论》1988年第4期。

国文学"观念的钱理群和新文学"整体观"的陈思和,他们在文学史写作实践中,并没有践行他们的观念和理论。钱理群参与的文学史写作是《中国现代文学三十年》;陈思和主编的文学史是《中国当代文学史教程》。他们并没有实践"二十世纪中国文学"史的"整体观",而是仍然用断代的方式书写文学史,他们当然有各自的理由。倒是对"二十世纪中国文学"观念有所保留的严家炎先生主编了《二十世纪中国文学史》。这样相互矛盾的文学史写作实践行为看似难以理解,其实恰恰从一个方面证明了文学史观念和理论不能替代文学史写作实践。理论与实践的难题并没有在20世纪80年代以来的争论中得到解决。而且实践也表明,现行学科划分的清晰存在。

另一方面,即便是同一个人,在不同的历史时期,思想、情感和观念也在发生变化。如果是个普通读者,他的改变是个人成长史或精神变迁史的一部分;如果他是个文学史家,事情可能要复杂得多。洪子诚先生在《我的阅读史》的序言中说,阅读不只是阅读主体客观的审美活动,它先在地受制于一定时代、时期文学观念的支配和控制。以诗人郭小川为例,洪子诚说:"回想起来,这十多年中,除了编写文学史,诗史有所涉及之外,我只是在《望星空》的重读活动中,写过一篇几百字的短文;我自己不清楚还有哪些重要问题可能提出。有时便会有这样的想法,这位诗人的写作,是否已失去在新的视角下被重新谈论的可能?但是,《郭小川全集》的出版,纠正了我的这一想法。由于大量的背景材料和诗人传记材料的披露,作为当代诗人、知识分子的郭小川的精神历程的研究价值得以凸现,也使其诗歌创作的阐释空间可能得以拓展。"洪子诚在这里看到了郭小川内心的矛盾、痛苦和犹豫不决,他有真诚的忏悔和反省,这与他的人格没有关系。洪子诚阅读史透露的信息还告知我们,当代文学除了文学观念的不确定性之外,文学史家还受制于个人有限性的制约——由于各种原因,当代文学的材料不可能像古代文学呈现得那样充分,当代文学的材料是逐渐被"公开""披露"或发掘出来的。这些情况告知我们,当代文学史的写作不仅受"外部"观念的控制支配,同时也受制于个人"内部"的变化。这一现象从另一个方面表明中国当代文学史的"当代性"特征,或者说,"当代文学"就是一个没有休止的言说。"当代性"的魅力是有无限可能性;它的困惑是永难完成的。但是,20世纪80年代中期关于文学史观的讨论,无论多么"粗糙",但它确实为后来文学史研究的进一步发展,奠定了一个起步的基础——当代文学史逐渐走向了学术之路。

三、当代中国的文学经验与学术话语的建构

自20世纪80年代开始，中国当代文学评价的国际语境已经形成，这个语境越来越深刻地影响着当代文学创作和文学史研究。2014年10月24日，北京师范大学国际写作中心主办了"讲述中国与世界对话：莫言与中国当代文学"国际学术研讨会。这是大学正常的国际学术交流活动。但是，当法国汉学家杜特莱，日本汉学家藤井省三、吉田富夫，意大利汉学家李莎，德国汉学家郝穆天，荷兰汉学家马苏菲，韩国汉学家朴宰雨，以及国内诸多著名批评家和现当代文学研究者齐聚会议时，一个不曾言说的事实也突然来到我们面前：莫言获得"诺奖"是一个庞大的国际团队一起努力的结果。如果没有这个国际团队的共同努力，莫言获奖几乎是不可能的。这个庞大的团队还包括没有莅临会议的葛浩文、马悦然、陈安娜等著名汉学家。因此，当莫言获奖时，极度兴奋的不仅是中国文学界，同时还有这个国际团队的所有成员。冷战结束后，中国文学悄然地进入了世界的"文学联合国"。在这样一个联合国，文学家不仅相互沟通交流文学信息，相互了解和借鉴文学观念和艺术方法，还要共同处理国际文学事务。这个"文学共同体"的形成，是一个不断相互认同也不断相互妥协的过程。比如文学弱势地区对本土性的强调和文学强势地区对文学普遍价值坚守的承诺，其中有相通的方面，因为本土性不构成对人类普遍价值的对立和挑战；但在强调文学本土性的表述里，显然潜隐着某种没有言说的意识形态诉求。但是，在"文学联合国"共同掌控和管理文学事务的时代，任何一种"单边要求"或对地缘、地域的特殊强调，都是难以成立的。这是文学面临的全新的国际语境决定的。这种文学的国际语境，就是我们今天切实的文学大环境。[①]因此，无论是中国当代的文学经验还是文学史的专业性——学术话语，既有国内同行的对话，也包括同国外汉学家以及国外文学创作的比较和对话。

世纪之交，集中出版了一批中国当代文学史著作。其中影响较大的有谢冕和孟繁华主编的《百年中国文学总系》（山东教育出版社1998年版，人民文学出版社2017年再版）、洪子诚的《中国当代文学史》（北京大学出版社1999年版）、陈思和的《中国当代文学史教程》（复旦大学出版社1999年版）、孟繁华和程光炜的《中国当代文学发展史》（人民文学出版社2004年版）、董建等人的《中国当代文学史新

[①] 孟繁华：《中国当代文学经典化的国际化语境——以莫言为例》，《文艺研究》2015年第4期。

稿》（人民文学出版社2005年版）、陈晓明的《中国当代文学主潮》（北京大学出版社2009年版）等。此间还有包括中国当代文学部分的、以《二十世纪中国文学史》形式出版的多种文学史著作以及不同的文体史，比如散文史、诗歌史、批评史等等。这些文学史著作集中代表了这一时代中国当代文学史的研究水平。

从时间的角度看，《百年中国文学总系》出版较早。谢冕先生说，丛书主要是受《万历十五年》《十九世纪文学主潮》的启发，通过一个人物、一个事件、一个时段的透视，来把握一个时代的整体精神，从而区别于传统的文学史著作。总系贯彻了主编谢冕的总体构想，但并不强调整齐划一，并不把他的想法强加给每个人，而是充分尊重作者的独立性，充分发挥每个人的学术专长，让他们在总体构想的范畴内自由而充分地体现学术个性。因此，这些学术作品并不是线性地建构了"文学史"，并不是为了给百年文学一个整体"说法"，而是以散点透视的形式试图解决其间的具体问题，以"特写镜头"的方式深入研究了文学史制度视野不及或有意忽略的一些问题。但"百年文学"作为一个新的概念和总体构想，显然又是这些具体问题的整体背景。这一构想的实现，为百年中国文学的研究提供了新的参照和生长点。《百年中国文学总系》的文学史观念和具体写法，在学界引起了很大反响，20年后人民文学出版社重印了这套书系。

代表中国当代文学史研究领域最高成就的，还是洪子诚先生。他的《中国当代文学史》1999年8月出版后，不仅是国内高校使用最多的教材，而且已有英文、日文、俄文、哈萨克文、吉尔吉斯文等译本，韩文、意大利文正在翻译当中。洪子诚是一位致力于中国当代文学史研究的学者。从20世纪80年代中期的《中国当代文学的艺术问题》，到后来的《作家姿态与自我意识》《中国当代新诗史》《1956：百花时代》等，都保持了他对当代文学史的一贯思考。及至《中国当代文学概说》的出版，应该说，洪子诚已经形成了他比较成熟的、个性独具的中国当代文学史研究风格。在那本只有一百七十页的著作中，他纲要性地揭示了当代中国文学发生发展的历史过程，不仅第一次以个人著作的形式实现了中国当代文学史的写作，同时也突破了制度化的文学史写作模式。由于是港版著作，它的影响力还仅限于为数不多的学者之间。但从已发表的评论中得到证实，洪子诚的研究引起了广泛的注意，他作为第一流的中国当代文学史研究者的地位得以确立。

洪子诚的《中国当代文学史》延续了他《中国当代文学概说》的思路，但比后者更丰富，有更广阔的学术视野和问题意识。他没有从传统的1949年10月或7月写起，而是从"文学的'转折'"写起，其中隐含的思路是：当代文学的发生并不起源于某个具体社会历史事件，它的性质已经隐含于历史发展的过程中，不同的是，从具体的社会历史事件开始，它的合法性得到了确立和强化，并形成了我们熟知的文学规范和环境。这样，他叙述的虽然是中国当代文学史，但他的视野显然延伸到了新文学的整体过程。而对"转折"的强调，则突出表现了洪子诚的学术眼光，或者说，过去作为诸种潮流之一种的文学选择，是如何演变为唯一具有合法性或支配性的文学方向的。从而当代文学发展过程中的"问题"，要远比对具体作家作品位置的排定重要得多。而对这"问题"的揭示，才真正显示了一位文学史家对"史实"的辨析能力。他对"中心作家"文化性格、分歧性质、题材的分类和等级、非主流文学、激进文学的发生过程、"红色经典"的构造以及文学世界分裂的揭示等，是此前同类著作所不曾触及或较之更加深刻的。这也正如蒙文通所说："孟子说：'观水有术，必观其澜。'观史亦然，须从波澜壮阔处着眼。浩浩长江，波涛万里，须能把握住它的几个大转折处，就能把长江说个大概；读史也须能把握历史的变化处，才能把历史发展说个大概。"[①]

对洪子诚的中国当代文学史研究，普遍关注的除了他的《中国当代文学史》之外，还有《问题与方法——中国当代文学史研究讲稿》（2010）和《材料与注释》（2016）。这两本著作当然非常重要，甚至代表了洪子诚中国当代文学史研究的水准。但是，在我看来，他的《当代文学的概念》可能更为重要。这本只有十八万字的书，除了《中国当代文学纪事》外，集中选编了十四篇他关于当代文学史观念的文章。通过这些文章我们才有可能深入了解洪子诚对中国当代文学的理解，以及他为什么会写成现在的当代文学史。他的"关于50—70年代的中国文学""'当代文学'的概念""当代文学的'一体化'"和"中国当代的'文学经典'问题"等，是他对中国当代文学研究的核心思想；他对"左翼文学与'现代派'"、《中国现代文学三十年》的思考，是他对当代文学"前史"思考的一部分，或者说，在书写当代文学史的时候，这个"前史"已经在他的视野之内。即便如此，他的《中国当代文学史》仍是一部备受诟病的文学史。当然，尤其对"中国当代文学史"来说，不可能有一部没有"问题"的文学史或"理想的文学史"。

洪子诚的《中国当代文学史》出版之后，同样也有各种讨论和批评。郜元宝撰文说："相比之下，洪子诚这辈学者及其学术上的追随者们走得更远些，他们不满足于在所谓文学史内部谈论文学的历史发展过程（这也谈不清楚），而试图走出文学研究者自我设置或被他人所规定的藩篱，努力去触碰那些可能对文学起'决定性

[①] 蒙文通：《治学杂语》，载蒙默编《蒙文通学记》，生活·读书·新知三联书店，1993，第1页。

影响'的'外部因素',也就是以往相对自足封闭的文学史进程之外的那些和文学息息相关的'大历史'的问题。'文学制度和生产方式'之所以受到特别的重视,就因为这是'文学史'和'大历史'之间最重要的中介。'中国现当代文学史研究'在'史学'方向上取得真正的突破,并非首先发生在一向具有'学科优势'的'现代文学史'研究领域,而是势不可挡地发生于一向比较贫弱的'当代文学史'研究领域,这似乎有点令人感到意外,其实也在情理之中:一方面当代文学史研究者们有更多接触当代文学史之外的'大历史'的热忱与材料,另一方面,不同于现代文学史研究者们长期饱受更具'学科优势'的'现代史'的压力,20世纪90年代以后当代文学史研究者们并不觉得'当代史'有什么压迫性的'学科优势',许多当代文学史研究者掌握的当代'大历史'的材料未必逊色于研究当代中国其他领域的'专史'学者,因此他们可以真正'出入文史',一举克服黄修己先生所谓'新文学史的文史双重性格'带来的问题。"①

郜元宝的批评有一定的道理。但是,他对文学史写作的理想化想象,几乎是不可能满足的。另外还有研究者陈剑晖,他说洪著尚未能完全摆脱自王瑶以来的意识形态叙述,这样必然导致"十七年文学"与"新时期文学"在叙述上存在着某些割裂现象,而他将台港等地区的文学排斥于"中国当代文学"之外,则体现出该著在学术视野上还不够开阔圆通。二是经典的缺席。洪著虽然挖掘出一些过往被掩蔽的作家作品和文学现象,但在这本文学史著中见不到经典与大家也是一个事实。造成"经典缺失"自然有诸多原因。但一方面秉持"价值中立"的立场,一方面面对优秀作家作品时又过分谨慎、权衡与犹豫,不敢大胆地行使文学史家的权利,为当代文学经典命名认定,恐怕是更为主要的原因。这样,在《中国当代文学史》中,我们既看不到经典作家,也看不到经典作品,甚至连"精品"都踪影难寻。②我们须看到,洪著文学史上编,既有统一文学现象的梳理描摹,也对重要作品有专节讨论。至于"经典作品""精品",不同的文学史家有不同的处理方法也在情理之中。洪子诚对"经典"处理的审慎,可能是这部文学史的经验之一;郜元宝和陈剑晖提出了问题,但如何解决、解决的程度和能有多大成效,付诸实践的难度显而易见。

"中国当代文学史",不可能是一部没有"问题"的文学史或"理想的文学史"。洪子诚的《中国当代文学史》肯定存在某些"问题",这是"中国当代文学史"不能超越的宿命。比如,他试图对"十七年文学"进行概括时,使用的是"一体化"

---

① 郜元宝:《"中国现当代文学研究"的"史学化"趋势》,《中国现代文学研究丛刊》2017年第2期。

② 陈剑晖:《当代文学学科建构与文学史写作》,《文学评论》2018年第4期。

概念，但其中又有"被压抑的小说""非主流文学"以及"异端"的存在。如果是"一体化"，这些"主流之外"的文学就难以存在。它们虽然不同程度地受到了清理，但是它们能够出现已经说明这个"一体化"是有可疑之处的。如前所述，对柳青、赵树理评价的分歧，更使这个"一体化"捉襟见肘。另一方面，文学形态和相应的文学规范，凭借其力量而体制化，可以成为唯一合法存在的形态和规范，在逻辑上没有问题，但是文学内在规律，特别是从现代文学进入新中国的作家的作品比如路翎等的小说，以及20世纪50年代中期出现的青年作家如宗璞、王蒙、邓友梅等的小说，并不在这个"一体化"的范畴里，现代文学对新中国初期文学潜移默化的影响，表明文学内在规律的影响力，无意间构成了与文学规范的"对峙"。如何理解到20世纪50年代中期还有王蒙、宗璞等人的小说出现，这些方面洪子诚的当代文学史还没有做出"合理化"的处理或"缝合"。

但是，只要我们看了他的《我们为何犹豫不决》，不仅会理解他对"正在发生"的文学现场的熟悉，更会感到他对治文学史过程中遇到问题的坦诚。他的"犹豫不决"，不仅是个人性格使然，更多的是他治当代文学史的切实感受。他欣赏的孙歌在一篇文章中说道："在一个没有危机感的社会里，文学的方式比知识的方式更容易暴露思想的平庸"，"知识"尚可以掩盖那本源性的"第一文本"的缺乏，而文学家则"两手空空之后最容易暴露问题意识的贫乏和肤浅"。[①]他"矛盾、犹豫不决"的自我注释，也正是洪子诚的诚恳和坦白，他因此也比那些言之凿凿的批评家和文学史家更值得尊重和信任。我们发现，恰恰是那些最有价值的文学史著作，受到的诟病最多，讨论的水平也更高。对夏志清《中国现代小说史》的批评，对严家炎《二十世纪中国文学史》起始时间的争论，对唐小兵《再解读》的批评，对陈思和文学史中的"民间""潜在写作"的不同看法，包括郜元宝、陈剑晖对洪子诚《中国当代文学史》的批评，恰恰是通过文学史建构中国文学经验和学术话语的重要形式和过程。在这些"值得"对话的文学史著作中"发现"或看到的"问题"，反映了一个"真实"的文学中国。

余　论

21世纪以后，当代文学史研究有了新的趋向和路径。这个趋向和路径就是对当

[①] 孙歌：《把握进入历史的瞬间》，载贺照田、赵汀阳主编《学术思想评论》第二辑，辽宁大学出版社，1997，第26页。

代文学史史料的重视。我曾在《中国当代文学研究的"乾嘉学派"》一文中表达我的基本看法。21世纪以来，关注史料、研究史料已蔚然成风。我曾把这一现象概括为"中国当代文学研究的'乾嘉学派'"①，这当然是一种比喻。当代文学研究，既有当下的文学批评，同时也有对历史材料的关注，这样才构成了当代文学研究的完整格局，才会将当代文学做成一门学问。当代文学史研究的转向，应该始于20世纪90年代之初。"思想家淡出，学问家凸显"，是李泽厚对当时学界现象的一种描述，李泽厚认为他并没做价值判断，没有说这是好是坏。当时流行钻故纸堆，一些人提倡"乾嘉学术"，认为那才是真正的学问。同时，陈寅恪、王国维、钱锺书被抬得极高。这现象有其客观原因。那场讨论我们记忆犹新，后来文化市场和知识分子中的一部分改变了问题的路径，使这一学术现象原有的意义被彻底覆盖。

当然，当代中国的文学创作和文学研究，一般来说是没有"流派"和"学派"的，这是我们的文化环境决定的。即便当代文学史上已有"定论"的"山药蛋派""荷花淀派"等，细究起来也勉为其难。它们只有风格学意义上的差异。因此，这里将近年来研究当代文学的一种新潮流概括为"中国当代文学研究的'乾嘉学派'"，不过是一种比附而已。"乾嘉学派"已成过去，20世纪90年代关于"思想家淡出，学问家凸显"的讨论也早已烟消云散。但是，乾嘉学派百余年间大批饱学之士刻苦钻研中国传统文化，对于研究、总结、保存传统典籍起到的积极作用却没有成为过去。这时，我们在期待当代文学研究不断有新声新见的同时，也能不断回到"过去"，发现未被发现的"历史"，从而具有构建当代文学研究合理格局的崭新意义。

另一方面，任何事物都过犹不及。在当代文学史的研究中，不知从什么时候开始，关于"史料"崇拜，关于当代文学的"历史化"，逐渐被神化。似乎只有讨论和发掘史料，做"历史化"的工作，当代文学才是学问，现场的批评和观念的讨论远没有"史料"重要，而"历史化"的方法更是不能超越的。这个貌似正确又几乎没有人质疑的问题，高调地占领了当代文学史研究的"学术高地"，好像还是"学术伦理高地"。但事情远不这样简单。有学者指出："如果说，史料的拓展构成文学史发展的基础，那么，史观的演进则对它起着主导作用。文学史研究不仅要凭借史料，亦须立足于某种观点，因为历史从来就不是什么纯客观的存在，而是同观照着它的主体相联系的，在不同的历史观念烛照下，史料的组合会呈现出不同的风貌。"② "孤

---

① 孟繁华：《中国当代文学研究的"乾嘉学派"》，《文艺争鸣》2018年第2期。
② 陈伯海：《中国文学史学史编写刍议》，载董乃斌、薛天纬、石昌渝主编《中国古典文学学术史研究》，新疆人民出版社，1997，第6页。

立的、碎片化的史料是没有意义的,史料只有在历史的脉络上才能获得理解,只有在历史整体中才具有生命。尤其是过分依赖秘密材料,对公开的材料视而不见,不能导向正确的结论,只能产生偏僻的观点。秘密材料并不那么重要,在通常情况下,根据公开的材料就足以得出正确的结论,秘密材料只能起到辅助的作用,起到印证的作用。"[1]这些文学史家或批评家对史料的看法非常具有启发性。那些唯"史料"是举的,死抱着史料不放的"研究者",应该从这些看法和文学史写作实践中有所觉悟。

关于当代文学的历史化,应该是一直正在进行时的文学史方案,因此也是一项永远没有完成的方案。当代中国哲学家赵汀阳有文章[2]指出:历史是最接近时间的哲学问题,在这个意义上,历史哲学不只是一种"关于历史的哲学",同时也是一种关于无穷意识的形而上学,即关于无限性问题的形而上学。人的时间蕴含着多种可能生活的维度,内含在无数方向上展开的可能性,所以历史是一个多维时间的概念,不可能表达为线性时间,历史也就没有既定规律,这正是历史的神秘之处。没有历史哲学的历史只是故事,只是表达了生活片段的史实。如果故事不被安置在某种意义框架或问题线索内,本身并无意义。历史的意义在于思想,不是信息登记簿。历史哲学试图揭示历史的历史性,即赋予时间以意义从而化时间为历史的时间组织方式,同时也意味着一种文明的生长方式,也就是历史之道。历史基于时间,却始于讲述,或者说,讲述开创历史。历史的生命就是讲述,历史是用来说的,历史是说出来的,历史在言说中存在,不被说的就不存在。在行为造事的意义上说,人是历史的创造者,所以,人是历史的主体,但在述事而建立精神索引的意义上,历史的主体是语言。如果是过去所做的事情,那么历史的主体是人;如果是所说的过去的事情,历史的主体是语言——被说的历史已经转化为一个文明甚至人类共享的精神世界,不再属于个人行为或记忆。……总之,历史承载了可共同分享的故事,这些故事又成为解释生活的精神传统。正是通过历史,一种文明才得以确认其传统和精神。

赵汀阳的历史哲学给我们以极大的启示。这就是历史与时间的关系,历史与言说的关系,历史与文明生死的关系。当代的事物由于其当下性,似乎与历史难以建立关系。但是"中国当代文学"不一样,"中国当代文学"是一个有着七十年或者更长时间文学的历史学科。另一方面,当代文学是否与历史建立联系,都构成了我

---

[1] 旷新年:《由史料热谈治史方法》,《文艺争鸣》2019年第3期。
[2] 赵汀阳:《历史之道:意义链和问题链》,《哲学研究》2019年第1期。

们巨大的焦虑——学界普遍的看法是，没有历史就没有学问；有了历史就有了另外的麻烦——历史化的问题。现在，历史化的问题终于被当作当代文学史最大的问题提出来了。但是，这是一个并不存在的问题。最直接也最简单的答案克罗齐早就告诉了我们：一切历史都是当代史。或者说，历史的形态是过去式的，但历史的讲述是现在进行时的。现在的讲述，就是"历史化"过程的一部分。如果这个逻辑成立的话，那么，所有的历史就都永远处在"历史化"的过程中。

比如，我看到一些作家、诗人、文学史家在表达他们对某些作家或诗人的看法。欧阳江河说他对米沃什的阅读，已经差不多三十几年，"米沃什已经成为中国诗人，成为我本人诗歌意识、诗歌立场、诗歌定义的一部分。这一点和很多诗人都不太一样，中国翻译家翻译了很多很多杰出的诗人作品，但大部分对我来讲都只是一种风格的辨认而已，或者最多是一种借鉴，他没有可能进入我的诗歌意识深处，成为一种带有支撑性质、源头性质的诗歌理念、诗歌精神、诗歌立场的一部分。米沃什这样的诗人，是少数能够进入到中国当代诗人，尤其是我本人的诗歌创作的源头式的诗人"。然后欧阳江河分析了米沃什这样的大诗人为什么特别迷人："就在于他身上有一些是来自威尔诺那个小地方的东西，但是它跟欧洲精神里面最重要的原处，整个欧洲大陆是相通的，广阔无边，像宇宙一样在那儿旋转。"[①]不久前，这些中国著名的诗人还在谈论曼德尔施塔姆，谈论俄罗斯白银时代这位最卓越的天才诗人，谈论他创立了阿克梅派并成为其中最著名的诗人之一；他们也谈论茨维塔耶娃和阿赫马托娃。而现在，这些被谈论过的诗人仍然重要，但在米沃什面前，他们似乎已经稍逊一筹。还有李洱，这个略带天真气质的小说家，在作品中，又充分展示了他世事洞察的练达。成熟和天真的罅隙里，内蕴对于这个世界的深层态度。比如人们谈到纳博科夫，常只谈《洛丽塔》那惊世骇俗的主题和眼花缭乱的技巧，李洱却说，要更好地理解纳博科夫，应该去看他后期的《普宁》。小说写主人公在美国电视上看到沙俄阅兵式，忽然热泪盈眶，他居然如此深爱这个他逃离了的国家——只有伟大的作家才能洞察最幽深的内心。他提醒那些试图模仿加缪《局外人》的人，不要只模仿小说写奔丧的第一部分，真正厉害的是第二部分，所有的故事都在第二部分重新讲过，借由审判，文明的基础、人类的知识，都获得了重新审视。1999年库切以《耻》获得布克奖，2002年中文版的《耻》，已经被李洱密密麻麻折角无数。关于这部作品，李洱没有谈及库切显在的关于种族问题的思考，而是

---

① 欧阳江河：《欧阳江河：米沃什是进入我的诗歌创作的源头式的诗人》，《花城》2019年第2期。

深深体味着一个细节的处理,即卢里后来驱车前往(他与其发生性关系的)女学生家中道歉,见到了女学生的妹妹,这个时候,卢里再次被引发的情欲击中。"这就是彻底的小说,是库切远远甩开普通作家的地方。"[1]

"80后"作家蔡东在她的《短小说的技艺——从〈河的第三条岸〉谈起》中说:"那天,父亲订的船到了,他对世界没有任何解释,他上了船,从此,漫无目的地漂荡在河流上。他始终不再上岸。这就是《河的第三条岸》的故事,没有小径分叉,没有多视角叙事,骨感,近于嶙峋,周身无赘肉,通篇无闲笔,每个词语都卡好了位置,每个细节都淋漓地发挥作用,抵达了预定的艺术效果。我钟爱《河的第三条岸》,它是梦想中的短篇小说,空灵又厚重,凝练而繁复,线条极简的高贵感,切近生命终极问题的大格局,不局限于一时一地的超越性和穿透力。"[2]《河的第三条岸》是巴西作家罗萨写的短篇小说。蔡东对小说的艺术分析,具体而透彻。作家往往注意到当下批评家很少注意的视角。这样的例子还有很多,比如对捷克作家的评价或追捧,先是卡夫卡,然后是昆德拉,然后是赫拉巴尔,现在有伊凡·克里玛。从阅读来说,"见异思迁"是一个非常常见的现象,而这种"见异思迁"本身,就是文学"历史化"的一种形式。文学史的"历史化"也相似到了这样的程度。

洪子诚老师写了《保尔·艾吕雅的〈宵禁〉及其他》的文章。保尔·艾吕雅是法国的一个战斗诗人,他的诗作还被台湾花莲诗人陈义芝模仿过。洪老师还在文章中分析了他们艺术上的得失。当然,我更关心的还不是这些,而是两年前洪老师还沉浸在辛波丝卡的诗情画意之中,甚至将台湾刚刚去世的诗人周梦蝶与辛波丝卡相提并论。1996年辛波丝卡获诺贝尔文学奖,她是第三位获诺奖的女诗人。瑞典文学院给予辛波丝卡的授奖词是:"通过精确地嘲讽将生物法则和历史活动展示在人类现实的片段中。她的作品对世界既全力投入,又保持适当距离,清楚地印证了她的基本理念:看似单纯的问题,其实最富有意义。由这样的观点出发,她的诗意往往展现出一种特色——形式上力求琢磨挑剔,视野上却又变化多端,开阔无垠。"通过这一评价我们知道,辛波丝卡的诗歌与保尔·艾吕雅的诗歌是非常不同的。那么,洪老师的趣味从辛波丝卡到保尔·艾吕雅,这里到底发生了什么?

欧阳江河对米沃什的高度评价、李洱对库切的评价、蔡东对罗萨的情有独钟和洪老师对艾吕雅的褒扬,如果孤立地看,是他们个人的兴趣。但是,如果将这些不同代际(洪老师是"30后",欧阳江河是"50后",李洱是"60后",蔡东是"80

---

[1] 樊晓哲:《苹果树下的李洱》,《文汇报》2019年3月5日。
[2] 蔡东:《短小说的技艺——从〈河的第三条岸〉谈起》,《名作欣赏》2014年第22期。

后")作家的个人兴趣同中国文学与世界文学的关系联系起来看,事情可能就远不那么简单了。赵汀阳在同一篇文章中说:当代史学……发现了"语境",使之成为解释事件的新坐标。一个事件所发生的语境决定了这个事件的作用和影响,即语境性的意义,相当于说,每个语境自身都是一本查对意义的辞典。当代史学非常看重语境化的意义,通常认为语境能够如实解释一个事件的意义,因此,要理解一个事件就只能在其发生的语境里去定位。回到语境去,固然是如实理解事件的一个重要条件,可是,如实描述语境却是一个可疑的想象,至今似乎尚不足以忽视克罗齐命题的历史知识论。另外,我们也不能忘记还有"时过境迁"的问题。"境迁"不在于质疑是否真的能够如实回到当时的语境去,也不是质疑语境的重要性,而是提醒,每个语境都有着不确定性和非封闭性,或者说,语境总是不稳定或未定型的,总是处于连续变化的状态,因此难以确定一个独立有效的语境,可见,语境并不是一个能够从历史过程中孤立切割出来的一个自足事态,也不是一个已经勘探完毕的历史空间,而是一个无边界的动态连续体,因此不存在任何"封场语境",而只有"再生语境"。

作家对自己心仪对象的不断变化,酷似当代文学史的写作。所谓重写文学史,就是将当代文学不断历史化的过程化。我们之所以要重写当代文学史,就是因为对此时的文学史不满意。重写,就是重新历史化,就是我们要不断应对新的问题。在赵汀阳看来:"语言、思想和反思三者的起源是同一个创世性的事件,都始于否定词(不,not)的发明。否定词的创世魔法在于它摆脱了必然性而开启了可能性,使人拥有了一个由复数可能性构成的意识世界。发明否定词是一件人类创世纪的大事,在此之前,意识只是服从生物本能以及重复性的经验,却意识不到在此外的可能性,因此没有产生出不同意见,没有不同意见就没有不同的生活。当否定词启动了复数的可能性,使不存在的事情变成意识中的存在,于是意识就共时地拥有了无数可能世界,也使语言成为一个包含多维时间的世界,在理论上包含了所有可能世界,也就包含了所有时间维度,每个人的时间、许多人的时间、古人的时间、今人的时间、未来的时间,都同时存在于语言的时间里,于是古往今来的事件被组织为一个共时的意识对象。"[1]我们知道,这个历史化,有两个重要的参照,就是"时间"和"逻辑"。这两个参照的概念互为表里,与文学史家要描述和构建的文学史诉求有直接关系。时间的起点是描述性的,逻辑的起点是构建性的。还有一个问题,就是中国当代文学的历史化与中国当代文学史的历史化,是一个问题的不同表述。我

---

[1] 赵汀阳:《历史之道:意义链和问题链》,《哲学研究》2019年第1期。

们在试图把当代文学不断历史化的同时，其实就是不断地重写文学史。这是一个未竟的方案，因此也应该是一个开放的探索之地。七十年来，在这个领域集中表达了中国当代文学建构中国文学经验和学术话语的努力和取得的成果。连同它的问题一起，构成了中国的"当代文学"的面相。它是中国当代文学最沉潜和稳健的领域，同时，也是最活跃的领域，它取得的成就，不断整合的中国文学经验和学术话语，整体地代表了中国当代文学的研究水准。

原载《文学评论》2019年第5期

冯牧的延安时代评述

贺绍俊

冯牧是我国重要的文学批评家和文学活动家，特别是20世纪80年代以来，他长期担任中国作家协会的主要领导职务，积极推动当代文学事业的发展和繁荣，其贡献和影响得到文坛的公认。冯牧也是在20世纪30年代追随革命的大潮流而奔赴延安的一名青年，他的革命理念和文学理想基本上是在延安时期塑形而成的，这为他今后从事革命文学的理论批评和组织领导奠定了思想基础。冯牧这一代文学家中有相当大的一部分人都有过延安的经历，延安时代几乎可以成为他们的共有名词。冯牧的延安时代具有一定的代表性和普遍性，考察冯牧的延安时代，特别是那些容易被人们忽略的细节，显然有助于我们理解冯牧的文学思想和文学成就，也有助于我们准确认识冯牧这一代革命文学家的整体性。本文试图对冯牧的延安时代进行梳理并加以评述。

冯牧出生于北京一个知识分子家庭，父亲冯承钧曾留学西洋，是民国时期著名的历史学家和翻译家。冯牧读中学时就表现出强烈的进步倾向，他参加了一二·九运动，以后又在学校参加了中华民族解放先锋队，这是中国共产党在一二·九运动后领导成立的先进青年的抗日救国组织。冯牧在这个组织里参与了许多革命行动。日本侵略军占领北平后，出于安全考虑，地下党安排冯牧等一批中华民族解放先锋队的成员撤离到大后方去，就这样冯牧来到了延安。

冯牧在1938年的岁末到达延安，此时的冯牧还不满二十岁。冯牧一到延安便进了抗日军政大学学习。当时条件紧张，大家都没有棉被，只能靠一件棉大衣和一套军装度过严寒的冬天。冯牧说正是在抗大他"接受了革命生涯的第一课"[1]。因此他

---

[1] 冯牧：《寻找历史的足迹》，载《冯牧文集》第五卷，解放军出版社，2002，第215页。

一直还清楚地记得朱德总司令给他们讲课的题目是"抗日战争的战略和战术问题"，还记得朱总司令时而戴上老花镜时而又摘下来的动作。他也清楚地记得，有一次上课时，突然响起了警报声，敌人的飞机来轰炸了，他们迅速地躲进山沟里的窑洞，敌机扔下很多炸弹，有两颗炸弹就在他们的窑洞上头，整个窑洞都晃动了起来。冯牧在抗大学习了将近十个月。

1939年9月，抗日军政大学结业后，冯牧就拉着从北京一起过来的同学陈紫去报考鲁艺。陈紫报考的音乐系，他考上了。冯牧报考的文学系，却名落孙山，这让他有些懊丧。但他很快又振作起来，两个多月后，鲁艺再一次招生，冯牧又去报考了。主考人是何其芳。何其芳在面试的时候问了几个关于文学的知识性问题，冯牧的回答通过了。然后是笔试。何其芳出的题目是在一个小时内写出一篇人物速写来。何其芳出完题就出去了，留下冯牧在屋内完成考试。冯牧不久前刚刚读过法国作家纪德的一篇散文《描写自己》，他马上想到了这篇散文，心想何不也按纪德的方式来写呢？于是很快就写出了一篇一千字的名为《自画像》的散文。何其芳返回后看到这篇文章大为赞赏。他拍着冯牧的肩膀用浓重的四川口音说："行了，你考上了！"何其芳还夸他题目选得好，说以后考生的作文就都用这个题目。冯牧成为鲁迅艺术文学院文学系三期的插班生，后来又转入文学系四期继续就读。

冯牧把鲁艺文学系看成是一座文学殿堂，他说他考上鲁艺"有一种近于幸福的感觉"。这句话其实透露出冯牧一个隐藏的心愿。冯牧从读中学起显然就把上大学作为自己必须实现的目标，但由于抗战的爆发使他丧失了上大学的机会，他一直对此深感失落。在众人的眼里，鲁艺就是一座正规的艺术大学，这恰好弥补了冯牧上大学的心愿，因此他对上鲁艺非常重视，只是他觉得这一步来得太迟了点，他感慨道："我已经二十岁了，二十岁才上大学，太晚了！"因此他也就格外珍惜上鲁艺的机会，他下定决心要在这里勤奋读书。

鲁艺的生活给冯牧留下的是"美好的、丰富的甚至是甜蜜的回忆"。在他的记忆中，"那里有着一种宁静、和谐、热烈、纯净、友善和好学的气氛"。也许可以说，在冯牧的一生中，延安时期（包括鲁艺和《解放日报》）是最让他留恋的一段生活。这对冯牧来说绝不是一种政治抒情，而是发自他内心的感受。当然，在延安生活和工作过的老同志在回忆延安时确实会存在政治抒情的因素。我们也知道，处于艰难环境中的延安并非一直阳光灿烂，同样有残酷的战争、复杂的思想，但我相信冯牧谈到延安时，他的情感和体验是真挚的，那些风风雨雨丝毫没有在他的心底留下阴影。这有一个重要的原因，就是他将自己定位在学习上，他怀着强烈的求学之心来到延安，他以学习的姿态去面对身边发生的事情。而实际上他也没有浪费这次的机会，他的确学到了很多的东西。有一个细节可以看出冯牧当时在学习上的投入和痴迷。鲁艺的老师曹葆华为少数几个同学开设了英文班，专门讲授惠特曼的《草叶集》和菲尔丁的《汤姆·琼斯》，冯牧就是这少数几个学员中的一个。他为了上好这门课，特意向曹葆华借了几本英文原版书阅读，课后，他还会拿着书去曹葆华住的窑洞里向老师请教。有一天他又去请教，窑洞外有一个穿着灰色棉大衣的人在大声诵读英文诗歌。冯牧竟能听出来他读的是《雪莱诗选》。这个人是刚刚来到鲁艺的周立波，他即将为鲁艺学员开一门新课。曹葆华领着冯牧出窑洞去见周立波，冯牧与周立波初次见面就直接聊起了英文诗歌，周立波询问了冯牧的英语水平后还给他提建议，要他先读懂惠特曼的几首诗。边说边从冯牧手里拿过书来，在目录上画出了几篇："先读懂这几首，读懂了再读别的。以你的水平，读菲尔丁的书还太早。"说完将书还给了冯牧。短短几句话，冯牧却记在心里，他确实认真读了这几首诗，不仅读懂了，而且深深印记在心里，一直到晚年，他还记得这几首诗：《大路之歌》《从帕门诺出发》《船长呵》……[1]正是从学习的目的出发，他对鲁艺最满意的一点就是这里有一个藏书相当丰富的图书馆。甚至他一直觉得这是一个谜，为什么在延安这么边远偏僻的山沟里，"居然拥有即使是现在看来也应当算是相当完备的关于文艺方面的藏书。你在那里几乎可以找到当时国内已经出版的大部分的新文学书籍和报刊，包括二三十年代出版的许多最早的新文学刊物"。冯牧拼命读书，还拼命抄书。抄书是鲁艺学员中普遍存在的现象，几乎每一个人都有许多笔记本，用来抄自己所喜爱的、但图书馆只有孤本的一些文学名著。冯牧尤其爱抄书。他曾在散文中回忆过他的一段抄书经历："我曾经有一个时期想钻研一下散文写作，于是我便把当时可以找到的堪称散文范本的一些散文：从法国的蒙田、美国的爱默生到西班牙的巴罗哈和阿左林的散文代表作，都抄在本子上，朝夕讽诵。我曾经有一本手抄的梅里美的散文《西班牙书简》（全文大约有五万字）和都德的《磨房书简》的选本，直到解放战争期间才遗失掉。"[2]

冯牧考上鲁艺的这一年，鲁艺已经搬进了桥儿沟的一座教堂内。这里距离延安有八里路。这是一座哥特式的教堂，教堂边还有几个由许多排石窑构成的庭院。鲁艺的学员就住在这些庭院里。从庭院出来不远处就是延河，它几乎成了鲁艺不可分割的一部分。平时，学员们到延河边洗衣服、洗脚，夏天干脆下到延河里洗澡和游泳，冬天延河结冰了，可以在上面滑冰。冯牧愿意和自己相好的同学一起沿着延河

---

[1] 冯牧：《关于立波同志的回忆断片》，《理论与创作》1988年第3期。
[2] 冯牧：《延河边上的黄昏》，载《冯牧文集》第五卷，解放军出版社，2002，第209页。

岸边散步，或坐在延河边的岩石上聊天。这一切都给冯牧留下美好的回忆。他后来曾在一篇散文里充满感情地写道："在我的记忆里和梦境中，这片田野却永远是一个美好的具有无限魅力的天地。在这片田野上的每一条小径和河边的岩石上，几乎都留下过我的足迹。我在那里和伙伴们认真地谈论文学，谈论理想；我在那里向我所信赖的同志倾诉自己的希望和苦恼；我在那里和朋友们畅怀地吟诵、歌舞，尽情地享受着青春的欢乐。我甚至还相当清晰地记得河边一块平整如石凳的岩石的形状，我曾经长久地坐在这块石头上读书，把双脚放在流水中，或者望着夕阳，任凭自己的幻想驰骋。也是在这块石头上，我秘密地写下了第一张入党申请书……"[1]

鲁艺是一个活跃的文坛，经常会有各种形式的文艺活动，学员们也以各种方式训练自己的文学能力。冯牧并不是一个特别积极的活跃分子，但他对文学性很突出的活动特别投入。比如他和几位同学办了一个文学墙报，名为《同人》，把大家创作的文学作品刊发在墙报上，有一期还约到了周立波的一篇小说，这是周立波写的一组狱中生活的小说中的一篇，冯牧后来还记得，是周立波自己用娟秀的笔迹抄写出来的。文学系几乎每一个星期五都会举行"文艺沙龙"活动，这也是冯牧必参加的项目。说到底，冯牧刚到延安时还保留着中学生的清纯和天真，毕竟在优裕知识分子家庭成长起来，几乎还没有真正接触过社会，他内心装满了理想，包括革命的理想和文学的理想，但理想还只是悬浮在现实上面，如今他终于脚踏着坚实的土地了，他对一切都好奇，但对一切又在谨慎地熟悉着。他当年在鲁艺的同学李纳曾说到的一个细节非常传神地表现了冯牧当时的心理状态。李纳说："想起在延安时的一次会议，他的发言，词不达意。那天我正坐在他旁边，发现他紧张得小腿直打哆嗦"[2]。

冯牧是低调的，甚至我觉得他可能还有些清高。他一方面非常兴奋地融入延安这个革命大家庭里，另一方面他的内心是有艺术的标准的。李纳当年与冯牧住在同一个四合院里，她后来回忆起，住在院里的男同学们喜欢聚在一起嬉戏，大家爱唱歌，"南腔北调，歌声不时飘来，但从未听到冯牧那纯正的北京腔介入其中"。

李纳说冯牧有"温良的品性"。他举到一个例子，整风之后，文学系的会议特别多，主要批判当时认为有问题的作品，不少同学站在保卫阶级利益的立场，争先恐后，慷慨激昂，把普通的情节提到原则高度。但当时作为高才生的冯牧却保持沉默。他大约接受不了那种挑战。毛泽东说过："革命不是请客吃饭，不是做文章，不是绘画绣花，不能那样雅致，那样从容不迫，文质彬彬，那样温良恭俭让。革命

---

[1] 冯牧：《延河边上的黄昏》，载《冯牧文集》第五卷，解放军出版社，2002，第210—211页。

[2] 李纳：《沉重的回忆》，《中国作家》1996年第4期。

是暴动,是一个阶级推翻另一个阶级的暴烈的行动。"[1]可是,冯牧就是一位文质彬彬的人,一直习惯于温良恭俭让的举止,他难以接受革命事业中的粗暴行为。也就是说,他从家庭的熏陶和少年时代所接受的教育中,已经在自己的内心打下了一个精英文化的底子,并形成了世界观的雏形,这使他在精神价值的取舍上有了自己的判断。但这并不构成他向往革命的障碍,倒是丰富了他思考问题的层次。他在思想上完全接受了革命的理论,并且也愿意以革命理论的标准来反省自己,纠正自己身上的资产阶级和小资产阶级的思想。但在现实中面对具体事情时,他并不会轻易地附和简单和粗暴的做法,尤其不会在一些热闹的事情上冲在前头。现实永远比理论要复杂得多,革命同样是这样,一个人学习了革命理论,并不见得就能正确处理好现实问题。特别是革命,如何处理好破坏与建设的关系,就是中国革命进程中始终存在的一个问题。革命"是一个阶级推翻另一个阶级的暴烈的行动",这揭示出革命从根本上说就是要破坏一个旧世界,但这句话还隐含着另一层意思,即革命要在破坏一个旧世界的基础上建设一个新世界。但在现实的革命斗争中,破坏与建设往往是交织在一起,甚至难以区分,这就导致一些革命者犯下"左"倾或右倾的错误,将好同志当成坏同志对待,将建设的要素当成破坏的要素来对待。回到鲁艺文学系当年各种批判会议的现场,冯牧之所以保持沉默,是因为他从自己文学修养的辨析中,感觉到那些被大家彻底否定的作品虽然产生于旧世界,但其中包含的一些精神价值不应该彻底被否定,而应该成为新世界的建设要素。这基本上成为冯牧一生中的文化姿态。这是一种非激进的、审慎的文化姿态,是一种对不同文化内涵采取宽容和辩证的姿态。这种文化姿态也就决定了冯牧在政治运动中、在处理公共事务中也是谨慎的、经过深思熟虑的,而很少充当一个冲锋陷阵的角色。后来有人评价冯牧时说他太胆小,说这话的人其实并没有真正读懂冯牧的内心。

　　冯牧在鲁艺写的《欢乐的诗和斗争的诗——对于我们诗的创作的几种现象的感想》就十分充分地表现出他的这种文化姿态。文章刊发在《文艺月报》1941年第11期上,同期刊发的还有布琴的诗《汇报》、萧军的通讯《敬致:延安东方各民族反法西斯大会》、逯斐的剧本《迫害》。冯牧的文章从一首歌颂延安的诗说起,这首诗是模仿马雅可夫斯基的阶梯式的颂歌体,这类颂歌体在延安越来越多了。但冯牧说,尽管这类诗歌是我们需要的,却"不是顶必需的"。理由很简单:"因为我们所歌唱的时代不仅是一个欢乐的时代,而且还是一个斗争的时代;或者可以这样说:

---

[1] 毛泽东:《湖南农民运动考察报告》,载《毛泽东选集》第一卷,人民出版社,1991,第17页。

与其说是欢乐的时代，毋宁说是斗争的时代。"显然冯牧对于当时延安的一些对待革命的简单化做法是持保留态度的。不少文人或年轻人来到延安，恨不得以一切方式进行政治上的表白，以为最革命的方式就是写颂歌体赞扬延安。他认为，当时在延安的文人写出了大量的颂歌体的诗歌，但"至少有一半以上的'口号'是用太细弱的声音喊出来的，至少有一半以上的'进行曲'是唱得太平常，太轻微，或是唱错了拍子和音节的"。在冯牧看来，产生这一问题的原因"是或多或少地有一些'责任感'在他们里面作祟的"[1]。冯牧在文章里对这一打着引号的责任感并没有进行更多的阐释，但我们能够从中读出丰富的内涵来。冯牧并不排斥责任感，而且他认为文学需要责任感，这是毋庸置疑的，责任感意味着文学的责任担当，意味着文学的社会功能，从冯牧以后的文学实践中可以看出他对文学的责任感非常重视，但他不认同打引号的责任感，也就是表面上显得有责任感，或者只是在口头上把责任感喊得很响亮，但实际上并不按照文学的实际要求去做的行为。

冯牧在这篇文章中始终在维护文学性的神圣地位，也可以说冯牧在这篇文章里已经为以后的文学观定下了一个基调，这就是将文学性作为文学最起码的要求，衡量文学作品不能缺失文学性的标准，因此优秀的文学作品必须是思想性和文学性二者缺一不可，二者应该达到完美的统一。尽管在后来的文学生涯中，冯牧历经了不少风风雨雨，也遭遇过各种逆境和坎坷，但他内心的这杆文学性的秤始终没有失衡。他的文学性的标准基本上也是建立在古典审美的基础之上的。他批评那些简单地喊口号的诗就在于这些诗只有口号没有文学性。这种问题不仅存在于颂歌体上，也存在于那些面对斗争时代的诗歌上。他在文章中写道："作为一首有强烈的斗争性的诗，不仅是如马雅可夫斯基所说的，是'炸弹和旗帜'，而且还必须是真正炸得开的炸弹，真正竖得起来的、色彩鲜明的旗帜，而且最重要的，它本身还首先是诗；也不仅是像马雅可夫斯基在另外一个地方所说的，是'进行曲和口号'，而且还必须是能够鼓舞人的进行曲，能够叫喊得动人的口号，而且最重要的，它本身还首先是诗。"[2]冯牧通过一再的"而且"，将对诗歌的要求不断地向前递进，而最根本的要求便是"它本身还首先是诗"，这句话就是说，作为诗歌，必须具备文学性，否则你就免谈。

《欢乐的诗和斗争的诗》是冯牧早期的一篇较为重要的文章，因为这篇文章显示出冯牧的文学观基本上成熟了，他的文学思想的一些核心要素在这篇文章中都有

---

[1] 冯牧：《欢乐的诗和斗争的诗》，载《冯牧文集》第一卷，解放军出版社，2002，第12页。

[2] 冯牧：《欢乐的诗和斗争的诗》，载《冯牧文集》第一卷，解放军出版社，2002，第13页。

所体现。其一是现实主义,其二是文学的思想担当,其三是文学性。冯牧后来成为一位真诚的现实主义理论家和批评家,尽管在这篇文章里并没有显示出他此时已经具备了系统的现实主义理论,但其现实主义精神的倾向性则是毋庸置疑的。他认为文学是反映现实的,是作家对现实最真切的体验,因此他反对写作中的虚伪,强调作家要忠实于自己的情感。他说:"一个诗人,作为一个高级的灵魂技师的人,比一切其他的作者更要忠实自己的情感,尊重自己的情感;从他的笔下所写出来的东西也必须更是自己的灵魂的言语,更是打动自己的、从自己心底流涌出来的言语。"关于文学担当和文学性,上面的两段文字基本上都谈到了,这里就不再重复。另一方面,这三个核心要素又是互相联系互相牵制的,三者缺一不可。冯牧强调文学性,但他并不陷入纯文学的狭窄胡同里,既要有文学性,又要有文学担当,同时他认为这一切都与作家真实的现实体验有关系。冯牧在文中引用了别林斯基的一段话:"一切诗应当是生活的表现……但是,正为了生活的表现,诗首先应当是诗。"这就是说,文学是为了表现生活,但必须是以文学的方式表现生活。

冯牧在鲁艺学习了近两年,以优异的成绩于1941年提前毕业,毕业后便被安排在鲁艺文艺理论研究室工作。自从进入鲁艺后,冯牧写作也比较勤奋,各种写作都进行了尝试,有评论、散文、诗歌,还有译作。但早期的作品多已散失,现在能看到的写于1940年的有篇评论文章《"奥勃洛莫夫精神"和我们》。这篇评论文章也透露出一个信息,即冯牧在鲁艺学习期间更感兴趣的是西方和俄苏的文学。他在回忆周立波的一篇文章中也印证了这一点。在前面我已经介绍了冯牧与周立波第一次相见的场景,英语诗歌的探讨便成为两位初次相识者的见面礼。后来周立波为鲁艺学员开的课程是"名著选读",这一课程的内容虽然包括了中外的作家作品,如鲁迅的《阿Q正传》和曹雪芹的《红楼梦》,但西方与俄苏的作家作品占据了绝大部分,而且从年代上说更偏重于古典时期。冯牧在他的文章中谈到他学习这门课和感受时说:"我可以不无自豪地说,我大约是属于那些真正可以说是专心致志地听课的学员当中收获甚丰的一个"。"我直到今天仍然时常怀着感激的心情,回想起我从立波同志的课程中和日常接触中所获得的益处。我大概可以毫不夸大地说:在对于西方文学史的认识和理解方面,立波同志是我最早的一位启蒙者。"[1]冯牧就是这样沉浸在古典文学的浓郁氛围之中,他像一只辛勤采蜜的蜜蜂,不知疲倦地穿梭在百花丛中。这种氛围似乎与当时紧张的抗日大环境有些不谐调。但它的确在一段时间里成为鲁艺的现实。当时鲁艺的现实逐渐引起人们的批评,包括周立波的"名著选读"

---

[1] 冯牧:《关于立波同志的回忆断片》,《理论与创作》1988年第3期。

课程，被认为是完全脱离了抗日的现实。这种状况直到1942年毛泽东出席文艺座谈会，发表《在延安文艺座谈会上的讲话》后，才得到了重大改变。但也正是这一段相对安静的学习中西方古典文学的经历，让冯牧的文学修养得到极大的提升，也夯实了他对文学性的执着信念。

冯牧在政治思想上是一名坚定的革命同志，但在文学思想上，他是一名虔诚的艺术圣徒。他与当时流行的革命文艺还保持着一定的距离。在延安对他影响最直接的作家和老师是何其芳和周立波，他敞开胸襟接受他们的教诲和影响，这是因为这两人身上的文学气质吸引了他，他也从他们身上获得了文学性的培养。冯牧与何其芳的交往更密切，何其芳是冯牧参加鲁艺入学考试的考官，冯牧的一份《自画像》的答卷给何其芳留下了一个非常好的第一印象。何其芳的诗人气质也深深地吸引了冯牧。将近半个世纪后冯牧还在说："何其芳同志是把我从一个对文学只具有朦胧的幻想和追求的文学青年，带上了一条我至今仍在坚持着的文学之路的真正启蒙老师。"何其芳早期的诗歌带有唯美的倾向，抒发内心向往美好理想的情绪，精致、优雅，可以说是典型的"纯文学"。而这种审美趣味正投合冯牧的喜好，他当时几乎成了何其芳诗歌的狂热追逐者。何其芳也乐于与学员们分享他的诗歌创作。常常是在鲁艺的窑洞里，点一盏小小的柴油灯，冯牧等众多学员围坐在豆黄色的灯火旁，听何其芳用他柔和的音调朗诵他刚刚写就的诗歌《夜歌》。冯牧办墙报《同人》，自然要向何其芳约稿。何其芳的那首传诵一时的短诗《我为少男少女们歌唱》，就是交给冯牧，先在墙报上贴出，然后才拿去正式发表的。冯牧一直还记得这首诗在墙报上贴出时的轰动效应："很快就有人奔走相告，引来许多其他单位的文学青年，围在墙报前把这首诗抄在小本子上。"[1]冯牧不仅喜欢何其芳的诗，而且最关键的是，他懂诗，他懂得何其芳的用心。所以他在《欢乐的诗和斗争的诗》一文中谈到什么是好诗时要以何其芳的《夜歌》为例，认为"这样的诗句是比较柔弱的，太知识分子气的，然而，却是真实的，更接近人的纯真的灵魂的，也就是有着更大的斗争意义的"。这是对何其芳诗歌文学性的一种体验，在冯牧看来，何其芳诗歌的文学性（或说是诗性）是与何其芳的文人气质非常吻合，所以才显得这么真实和纯粹。冯牧是如此喜爱何其芳的文学性，甚至认为何其芳就应该写与自己的文人气质相吻合的诗，不应该去写别的诗。在《欢乐的诗和斗争的诗》这篇文章里，他都不怕得罪了自己的老师，公开批评何其芳的一首诗《革命——向旧世界进

---

[1] 冯牧：《何其芳的为文和为人》，载《冯牧文集》第五卷，解放军出版社，2002，第277—278页。

军!》,他在分析了这首诗的不成功之后说道:"这说明了我们的诗人选择了并不适合于他唱的歌里面所需要的音符。这说明了他所选择的内容和形式还不是非常适合于自己的情感的。"①也许冯牧并不了解何其芳的苦衷。何其芳到延安后,文学性却成了他投身革命的阴影,受到越来越多的指责。何其芳在这种压力下,也试图改变自己,他甚至在《解放日报》上还刊登过一份检讨,把过去的诗歌都说成是小资产阶级的情调,他也彻底放弃了《夜歌》式的写作,或者干脆从诗人的身份转变为理论家的身份。当然这种改变是大势所趋,冯牧本人后来也在悄悄地改变自己,但无论是对待外界的变化也好,还是处理自身的变化也好,冯牧始终没有放弃对文学性的执着信念。二元对立的思维方式一度主宰了中国的思想文化界,比如将革命性与文学性完全对立起来就是这种思维方式的结果,冯牧的可贵之处就在于,他哪怕在政治化很极端的语境里,也不贬低文学性,他欣赏纯文学。他不接受二元对立的思维,相反,他认为纯文学本身就能容纳革命的内容,革命性和文学性不构成对立。这个观念冯牧一直保持不变,在新时期之后,冯牧再一次评价何其芳的时候,又特别强调了这一点。他认为,何其芳早期的文学创作一直还没有被我们的专家们做出比较充分的恰如其分的评价(这显然是革命性与文学性二元对立思维的影响)。冯牧则做出了这样的评价:"他(指何其芳)通过精美、简洁和独具风格的文笔所表达出来的那种纤细入微的思想感情,所描绘出来的那种正在旧中国苦难的土地上痛苦求索和徘徊穷途的正直知识分子的郁闷心态,我认为是很富有艺术感染力量的。他在那时为自己开辟了一个独特的艺术天地和创作领域,并且在这个领域中不断地探索前进,为我们留下了一批像编织得美丽而精致的花环似的艺术精品。"②读到这样的文字,我分明感到冯牧仍然是四十多年前在鲁艺求学的那个虔诚的艺术圣徒。

在鲁艺文艺理论研究室期间,冯牧还写过一些理论评论性的文章,发表在《解放日报》上的有《论文学上的朴素》(1942年5月9日)和《关于写熟悉题材一解》(1942年8月22日)两篇。这两篇与《欢乐的诗和斗争的诗》的写作相距时间不长,共同见证了冯牧在文学观上的成熟。现实主义是这两篇文章的核心。《论文学上的朴素》写得非常机智,闪耀着思想的光彩。朴素是一种风格,但冯牧发现,现实主义从根本上说就是朴素的,因为现实主义追求的就是实在的内容,当内容和形式完全合致,思想和形象完全合致时,它就会呈现出朴素的形态来:单纯、自然和真

---

① 冯牧:《欢乐的诗和斗争的诗》,载《冯牧文集》第一卷,解放军出版社,2002,第13—14页。
② 冯牧:《何其芳的为文和为人》,载《冯牧文集》第五卷,解放军出版社,2002,第276页。

实。冯牧在这里强调了现实主义的两个方面，一是实在的内容，一是真实的思想。当没有内容时，就只能靠辞藻的装饰来填充了。有了内容还要通过思想，"才能使这个在他脑中骚动的东西构成一个单纯的主题"，"才能用单纯的语言和形象把它们表现出来"。当然，冯牧尤其反对将朴素理解为简单、粗糙、无光彩，应该将朴素看成是文学性的一种表现方式。冯牧说："'朴素的风格'！我们应当肯定它，一如我们应当肯定文学的现实主义一样。"《关于写熟悉题材一解》则是讨论现实主义的一个基本问题：文学与生活的关系问题。这对来到延安的作家们来说，又是一个非常现实的问题，延安需要作家们来写革命事业，写工农兵的生活，但许多作家表示他们不熟悉这类生活，而文学应该写熟悉的题材。冯牧的文章正是从这一现实问题入手进行理论辨析的，既有正面阐述，也有驳论，逻辑清晰，层层递进，具有强大的理论说服力。冯牧认为，要写熟悉的题材，可以说是创作上的基本原则，但必须给它以正当的合理的解释。我们不能把"熟悉"狭窄化地理解为只有自己亲身体验过和观察过的生活才叫熟悉。熟悉也指我们对它进行了充分的研究和思考，"以主观的努力把那历来为他所陌生的题材换成为熟悉的题材"。冯牧在文章最后呼吁道："勇敢的作家也应当敢于而且乐于向任何为他们所不熟悉的生活搏斗，最后战胜它们，使它们变成自己熟悉的生活。"[①]

冯牧前后在鲁艺待了四年时间。

1943年，冯牧到南泥湾三五九旅下连当兵一年。三五九旅为执行中央的军队屯田政策，于1941年陆续开赴南泥湾，开荒种田，开展大生产运动。冯牧来当兵的时候，三五九旅经过两年的奋斗已经取得丰硕成果，南泥湾被誉为"陕北江南"。也就是在1943年，鲁艺组织的秧歌队来到南泥湾，慰问三五九旅官兵。他们在拥军演出中献上了一出新编的秧歌剧《挑花篮》。这是鲁艺戏剧系的学员贺敬之专为这次拥军活动赶写出的剧本，音乐系学员马可为剧本谱曲。后来广为传唱的歌曲《南泥湾》就是这个秧歌剧的插曲。鲁艺的拥军演出在3月份，此时冯牧正在三五九旅当兵，不知他是否看了这场演出。冯牧后来写了多篇回忆延安生活的散文，但这些散文中几乎没有半点冯牧在南泥湾下连当兵的痕迹。在下连当兵之前，冯牧已经与南泥湾三五九旅有过一次深度接触。1942年春天，刚刚到《解放日报》当记者的黄钢邀了冯牧、陈涌一起去南泥湾采访，三人合作写了一篇长篇通讯《我们的部队在山林里》，发在1942年5月27日的《解放日报》第4版，整整占了大半版，还配上了

[①] 冯牧：《关于写熟悉题材一解》，载《冯牧文集》第一卷，解放军出版社，2002，第28页。

古元的木刻插图，署名次序为冯牧、杨思仲（陈涌当时使用的笔名）、黄钢。在南泥湾当兵时，冯牧也将自己在连队的生活感受陆续写成了文，并在《解放日报》上发表了几篇。当时周立波已调到《解放日报》编副刊，冯牧的散文都是寄给周立波发出来的。在回忆周立波的散文中，冯牧提到了这段往事，他特别提到周立波在写给他的回信中对他的鼓励和支持，信中有这样意思的话，使他长久铭记在心。周立波说："我了解并且同情你现在是在过着怎样一种艰苦而贫困的生活，但你一定要坚强起来；艰苦的生活磨炼会使你成为一个精神富有的人……"接下来，冯牧在文中袒露心迹道："我承认，在当时的艰辛劳累的生活中，我确实萌生过再也难以坚持下去了的念头。但立波同志的往往是三言两语的信，却给我带来了几乎可以说是巨大的温暖的力量。"寥寥数语，或许能够让我们以想象去填补冯牧在南泥湾当兵的空白。尽管没有实证的材料，但我以为，完全可以把冯牧去南泥湾三五九旅下连当兵看作是他学习了《在延安文艺座谈会上的讲话》后的一次抉择。周立波也是在学习《在延安文艺座谈会上的讲话》后申请离开鲁艺，去参加实际工作和斗争的。

　　1944年当兵一年后，冯牧从南泥湾回到鲁艺研究室。没过多久，冯牧被选调到《解放日报》当编辑。《解放日报》是当时中共中央的机关报，创办于1941年，毛泽东对这份报纸非常重视，《解放日报》1942年进行改版时，毛泽东专门指示第四版应改为以文艺为主的综合性、杂志性的整版副刊，还亲自为副刊拟了一个征稿办法，并为副刊部派来了"理想的主编"艾思奇。改版后的副刊内容丰富了，同时也迫切需要增加新的编辑力量，他们到鲁艺去物色人才，冯牧就是在这一背景下调到《解放日报》的。《解放日报》的编辑部在延安清凉山上的石窑洞内。《解放日报》副刊部的主任是艾思奇，编辑还有陈涌、方纪、温济泽、韦君宜等，大家都在同一个窑洞里办公。《解放日报》的印刷厂设在清凉山的万佛洞。冯牧经常要从编辑部沿着曲折小路来到万佛洞的印刷厂，和工人们一道校改清样上的错字。冯牧在这里工作了三年时间，他参与编辑了赵树理的《李有才板话》、李季的《王贵与李香香》、孙犁的《荷花淀》等作品，这几篇作品如今已经成为中国现代文学史，特别是中国左翼文学史绕不过去的经典作品。

　　在《解放日报》副刊部，冯牧与方纪成了最知心的朋友。大概他们俩在性格、志向和兴趣上有太多相通的地方吧。比如两人都是京剧迷，他们常常在工作之余，坐在清凉山下或延河边唱京剧，方纪拉京胡，冯牧唱青衣，他们俩的友谊也成为延安时期的一段佳话。冯牧在1984年为《方纪文集》写的序言里专门写到了两人的友情："我们在一个办公室工作，在一排土坯房里比邻而居。我很快就发现：我们有许多共同熟悉的人和事，有许多接近的情趣和癖好，比如，在我们身上都有相当浓厚的书生气,都有某种在那时常常含有'毁誉参半'含义的'才子气',都有些不知天高地厚而又恃才傲物的知识分子习气。这一切都成为开始联结我和他之间的友情纽带的一种独特因素。我们不但在一起工作、学习,并且从中发现我们在有些问题上常常是志同道合的,尽管我们也有过争吵。我们在有一年多的时间里几乎是每天一道在延河边散步,在窑洞外谈天;我们不但谈论国家大事和生活理想,也谈论俄罗斯和苏联文学,谈论自己的文学主张和文学抱负。我们时常在一道回忆北京的古老而又魅人的文化传统,谈论京戏、书法以至于围棋的发展。"[①]他们的友谊是革命的同志友谊,更是文人之间的心心相印,因此能够超越政治风云和世俗利益,岁月越久,情谊越坚。他们之间的相互帮助和支持都不需要什么过渡和铺垫,比如遭遇政治浩劫并落下终身残疾的方纪终于有机会编辑自己的文集出版了,方纪给冯牧去了一封信,信纸上用毛笔书写了十三个大字:"冯牧:我的书,你要写序。方纪左手。"1990年代初,方纪听说冯牧工作遇到很多阻力,身心疲惫,便给他写一幅字寄去,写的是"见好就收"四个字,冯牧见后莞尔一笑,便回了一封信,同样是四个字:"身不由己。"

进入《解放日报》,标志着冯牧完成了从做一个革命阵营里的文学工作者到做一名以文学为武器的革命者的角色转换。他后来写了一篇总结自己一生历程的散文,散文的标题是《窄的门和宽广的路》,其实就是对自己的这种角色转换的比喻性说法。他说他来延安的时候是怀揣着一个文学梦的,他把鲁艺文学系看成是一座文学殿堂。经过几年的学习,他觉得自己开始跨进了文学之门,但他同时也意识到,进了门之后,还有一个更为重要的问题要解决,就是选择一条什么样的道路,才是一条宽广的正确的文学之路。以前他以为进入文学这个"窄的门"就可以让自己成为一个生活在畅心如意的环境里闭门著书的作家了,但他后来意识到这只是"一条曲折狭窄的小径",他应该走"一条和广大人民并肩前进的宽广的历史发展的必由之径"。促使他的思想发生这一转变的,是延安的现实,更是延安的整风运动和在整风运动中学习的毛泽东的讲话,他特别记得毛泽东在鲁艺所做的一次报告中谈到小鲁艺和大鲁艺的问题,希望大家要到大鲁艺去生活,去体验,去实践。冯牧说:"从此以后,我对于现实生活的关注和重视,明显地有了更大的发自由衷的热情。从此以后,我在接受任何分配给我的任务(比如生产劳动、下乡体验生活、采访英模人物)时,不再有那种被动的勉强的情绪了。我发现,我比过去更加热爱我

---

① 冯牧:《方纪——一位过早折断了翅膀的作家》,载《冯牧文集》第五卷,解放军出版社,2002,第301页。

所经历过和正在经历的虽然艰苦但却非常美好的生活了。"①

冯牧的这一段话是对他在《解放日报》近三年的工作的最准确的总结。他比以前显得更沉稳,更踏实,他把全部心思都投入到编辑工作之中。《解放日报》的编辑必须是一个多面手,不仅能编稿,还要当记者去采访;不仅要写新闻特写,还要写评论。冯牧什么工作都干过,而且干的质量都不错。冯牧到《解放日报》后,副刊部正在配合延安的学习英模活动,比较集中地刊发书写英模人物的作品,冯牧除了编稿之外,也被派去采访和写作。在1945年的1月间,冯牧就陆续写了两篇采访英模人物的特写在《解放日报》上刊出,一篇是6日刊登的《徐怀义改造丑家川——部队拥政爱民运动的模范》,这篇特写还被重庆的《新华日报》转载了。另一篇是15日刊登的《模范乡长李承统》。《解放日报》1月份还刊登了吴伯箫、陈学昭、艾青、杨朔等作家的英模人物特写。在《解放日报》副刊部做编辑还有另外一项工作,就是为一些重要作品书写评论文章,这些作品有的是当时在延安引起反响的,有的是副刊发表的。冯牧也先后多次承担了多次这方面的工作,如1945年5月6日刊登的《敌后文艺运动的新收获——读晋绥边区"七七七"文艺奖金获奖作品》,1946年3月17日为《解放日报》连载的穆青的《东北抗日联军斗争史略》所写的评论《不朽——向艰苦奋战十四年的东北抗日战士致敬》,1946年10月16日刊登的剧评《关于〈升官图〉》。在这类评论文章中,最重要的一篇是1946年6月26日刊登的《人民文艺的杰出成果——推荐〈李有才板话〉》。

也是从这一天起,《解放日报》开始连载赵树理的《李有才板话》。这是《解放日报》为了宣传赵树理的小说而做的一次精心安排。在十几天前的6月9日,《解放日报》首先发表了赵树理的一个短篇小说新作《地板》,并在编辑前记中说:"《地板》的作者赵树理曾写过《李有才板话》和《小二黑结婚》,这都是很受欢迎的作品,本版将有专文介绍。"《小二黑结婚》和《李有才板话》是赵树理在1943年先后发表的两篇小说,当时就受到解放区读者的热烈欢迎,但是并没有引起文学界的足够注意,只是在广泛学习宣传毛泽东《在延安文艺座谈会上的讲话》后,文学界逐渐认识到赵树理的意义,因此要加强对赵树理的宣传。《解放日报》就是在这一背景下做出了推广赵树理小说的编辑方案。在连载了赵树理的《李有才板话》之后,《解放日报》又在8月26日发表了周扬的文章《论赵树理的创作》,此后,又有好几位重要的左翼作家写出了评价赵树理的文章,如郭沫若的《〈板话〉及其他》、茅盾

---

① 冯牧:《窄的门和宽广的路》,载《冯牧文集》第五卷,解放军出版社,2002,第245页。

的《论赵树理的小说》等。1947年夏天，晋冀鲁边区文联专门召开了赵树理创作座谈会，陈荒煤在会上做了《向赵树理方向迈进》的总结讲话，由此认定中国文艺在《在延安文艺座谈会上的讲话》的精神指引下开启了一个新的文艺方向——赵树理方向。赵树理方向的提出，对解放区文学以及新中国成立后的当代文学的发展产生了关键性的影响。

在这一背景下，我们再来看冯牧写的《人民文艺的杰出成果——推荐〈李有才板话〉》，就能感到这篇文章的意义和价值不应被低估了。冯牧的这篇文章是赵树理的小说广受读者喜爱的几年内出现的第一篇正式的评论文章，也是第一篇强调赵树理小说的启示意义的文章。强调赵树理小说的启示意义，应该也是《解放日报》这次的编辑思路，从这个角度说，冯牧非常出色地完成了报社交给他的任务。冯牧在文章中把赵树理的小说《李有才板话》置于延安文艺座谈会的大背景下来讨论，因为正是延安文艺座谈会后，解放区的文艺形势发生了极大变化。但小说相比于其他艺术形式，所获得的深受群众喜爱的作品"实在寥寥可数"。因此冯牧给予赵树理高度评价："《李有才板话》的出现实在是在这种缺陷中一个极其可喜的开端，在小说中创立了一个模范。"可以说，赵树理在革命文学中的价值和意义的确立，以赵树理小说作为革命文学努力的方向，是从《解放日报》的隆重推荐和冯牧的"模范说"开始的。

《人民文艺的杰出成果——推荐〈李有才板话〉》也体现出冯牧在文学批评上的成熟，他在文学观上的三个核心要素——现实主义、文学的思想担当和文学性，相互之间已充分打通，有机融合在一起，构成了一个整体。文章的整体思路是建立在现实主义精神的基础之上的，冯牧充分肯定了赵树理在小说创作中的现实主义精神和方法。冯牧指出，小说写了一个"典型的解放区的村庄"，赵树理最大的成就，"已经不只是在于他具体精确地描写了农村生活，也不只是在于他创造了一些栩栩如生的农民（如老杨和李有才）和地主（如阎恒元）的人物典型，更加重要的，是他能够以极大的热情和极其明确的思想写出了这一农村中的变化的全部过程和作者的爱憎所在"。冯牧在这里所涉及的真实反映现实、塑造典型人物、揭示生活本质，可以说都是现实主义的基本原则。在此基础上，冯牧进一步谈到了赵树理面对现实的态度，认为赵树理在小说中刻画了两种相对立的典型，一种是主观主义和官僚主义的典型，一种是和群众打成一片、全心全意为群众服务的典型。赵树理对后者给以热烈的赞美，对前者给以有力的鞭挞，从而使"艺术和革命的现实政策'工作方法'，达到了极可赞许的高度的结合"。显然冯牧在这里说的是赵树理小说所承载的思想担当。冯牧也专门评价了《李有才板话》在文学性上的成就，这一成就主要是"群众化的表现的形式"。毫无疑问，这是赵树理小说最大的特点，也是他的小说一出来就受到普通民众热烈欢迎的主要原因。但冯牧还特别分析道，赵树理这一特点并不是简单地照搬群众化的表现形式，包括语言和表现方法，赵树理都做了提炼和选择，这体现在：其一，没有特殊涂脂抹粉的毛病；其二，既避免了欧化语言，又尽量保留了已为大家所习用的现代语法；其三，摒弃了旧小说的陈腐滥套，而保留了它的简洁和朴素。没有足够丰厚的文学性的见识和修养是难以做出这样的分析的。

冯牧在《解放日报》的工作是多方面的，他还写过好几篇杂文和时评。杂文《魔鬼和妓女》（刊于1945年9月14日《解放日报》），借魔鬼变成妖媚的妓女迷惑人的故事，揭露日本法西斯如今将自己打扮成"和平使者"的骗人伎俩。杂文《身在"？"营心在"？"》（刊于1945年9月21日《解放日报》）讽刺汉奸庞炳勋之流在日本宣布投降后把自己打扮成是"身在曹营心在汉"的"地下军领袖"的卑鄙行径，告诫人们要认清他们的民族叛徒的真正嘴脸。杂文《谈"生根开花"》（刊于1945年10月8日《解放日报》），从《解放日报》刊登的一篇介绍知识分子干部如何全心为群众服务的文章说起，指出知识分子要为群众服好务，不仅要做到"和群众打成一片"，而且还要让自己在群众中植根。时评《人间何世——抗议北平当局的非法暴行》（刊于1946年4月5日《解放日报》）是针对国民党当局搜捕中共解放日报社和新华社北平分社的公然违反政协决议的暴行而写的义正词严的言论。《更好地反映我们的建设成果——纪念高尔基逝世十周年》（刊于1946年6月18日《解放日报》）虽然是一篇纪念性的时政文章，但冯牧并没有靠一些修饰性的赞美之辞来表达一下纪念，而是借这一次纪念的机会，专门讨论了一个非常具有现实意义的问题——我们的通讯报告作品如何在当前动荡的时代反映我们的建设成果，是一篇很有扎实内容和现实性很强的时政文章。冯牧还参加了延安秧歌剧的讨论，其文章《对秧歌形式的一个看法》刊登在1945年3月4日的《解放日报》上。开展轰轰烈烈的新秧歌运动，是延安整风后文艺的重要变化。文艺界不仅直接参加新秧歌运动，而且也就新秧歌的艺术展开了热烈的讨论。《解放日报》不仅始终跟踪报道新秧歌运动，而且也是讨论的主要阵地。周扬、艾青、丁玲、周立波、张庚等人都在《解放日报》发表文章参与讨论。冯牧在这篇文章中提出了一个很重要的意见，他认为，要让群众性的秧歌提高一步，就要突破过去的形式，创造出适合今天时代的表现手法和新的形式。这是一篇尊重艺术规律，力图将艺术性与群众性结合起来的评论文章。

1946年冬，冯牧接受了一个新的任务。在延安主持新华社工作的廖承志指派他参加前线记者组，到吕梁前线部队进行采访，从此冯牧开启了自己的战地记者生涯。但冯牧在延安时代所形成的文学观和文学审美倾向已经在他心里深深扎下根，只要机会适合，就会长成参天大树。

以白薇为中心的左翼女性文学再解读

杨 晶

关于20世纪20年代末"革命+恋爱"小说的相关研究中,王德威最先发现了左翼女作家白薇的异数。他指出,潜藏在白薇"字里行间的不安与虚无,掏空了新旧写实主义公式里的(男性的)理性假设"[1]。这一见解无疑具有洞见性的意义,但其过多关注文本中知识分子个体的现代性经验,忽视了叙述主体的女性身份。20世纪90年代以来的"再解读"成为现当代文学研究的一个重要倾向,它把文学研究推向更具体深入的层面,尤其为重新理解左翼文学与文化提供了新的研究视野。但这种新思路对白薇等女作家的研究仅突出其性别视角,将结论局限于"反抗与压迫"的预设性前提下,实际上是以女性的本质化理解忽视了"女性与革命间的互动关系"[2]。近年来,以贺桂梅、颜海平为代表的学者,先后指出了女性文学研究中的局限性。她们对丁玲等女作家研究的本土性强调,具有方法论上的重要意义。本文尝试在对研究困境反省的基础上,以20世纪20年代末白薇的"革命+恋爱"小说为中心,重审性别书写与革命话语体系的关系,确立左翼女性文学在中国文学及思想史上的独特价值。

一、男性:"时代女性"与象征性书写

早在1935年,茅盾就在《"革命"与"恋爱"的公式》一文中将流行文坛的"革命+恋爱"小说概括为三种类型,即"为了革命而牺牲恋爱""革命决定了恋爱"

---

[1] 王德威:《现代中国小说十讲》,复旦大学出版社,2003,第94页。
[2] 贺桂梅:《"可见的女性"如何可能:以〈青春之歌〉为中心》,《现代文学研究丛刊》2010年第3期。

"革命产生了恋爱"[1]。他指出三种类型的变化代表了革命文学发展的不同时间段，其间"革命"渐渐压倒了"恋爱"的比重。应该说，茅盾的分析是相当有见地的，他已在比重变化上发现了二者的矛盾冲突关系。实际上，三种类型的叙述隐含着相同的书写倾向，都意味着"革命"与"恋爱"是不兼容的，它们有着辨别、分离的过程。这里提供的新出路，将人物从"恋爱"导向"革命"。在巨大张力中，最终以革命对爱情的胜利来凸显革命的巨大真理性和不可战胜的必然。

可以说，在当时最为引人注目的"革命+恋爱"作家都是左翼男性作家，这种不兼容的书写究其根本，在于作家如何跨越"革命"与"恋爱"冲突关系完成对"革命"的表述。在男性为叙述主体的小说中，主要通过对女性身体的"征用"来完成其诉求，不约而同打造了一个"时代女性"形象。刘剑梅在她颇有影响的《革命与情爱》一书中指出，"新女性最有趣的超越是对女性身体边界的超越"[2]。女性向来被看作是普遍的被压迫的群体，但"时代女性"的命名却不是对这一性别认同的简单复制，而是与传统相反。在男性作家的小说中，引人注目的女性形象都是性感的身体与抽象革命理念的结合体。她们被新的信仰所鼓舞，自信地操控着诱人的身体，以达到向往的乌托邦理想。对此，男性作家是有清醒的理念预设的。被认定为"革命+恋爱"的首创者蒋光慈在自己的开创之作《野祭》中明确提出，这篇小说"在现在流行的恋爱小说中，可以说别开生面"，"它所表现的……是在这个时代之中有两个不同的女性"。小说中主人公陈季侠对革命而不美丽和美丽而不革命的两个女性有着完全不同的态度，经过激烈的抉择最后陈季侠认识到了自己在爱情上的错误选择。显然在性关系的变化中蒋光慈表达出革命混乱时期的自我。另一个代表作《菊芬》发生了变化，美丽与革命有意统一在女性身体上。菊芬作为革命青年同时具有强烈的性诱惑力，她天使般天真活泼、美丽纯洁，作为革命文学家的江霞不可自拔地暗恋上了她。应该说，就主题意义来说，小说讲述的是"革命"，但在文本修辞层面读者感受到更多的却是"恋爱"。在男性充满欲望的凝视中，借助女性身体的诱惑完成了"革命"与"恋爱"之间巨大的张力。蒋光慈表达的实际上是在大革命的失败中知识分子应该怎么办的矛盾内心世界，而这也正是这一新模式魅力所在。茅盾在《从牯岭到东京》中对蒋光慈开创的"革命+恋爱"模式给予了批评，但他早期的作品如《蚀》三部曲、《虹》却无一不是照搬这个模式，通过对新女性的描绘表达了对

---

[1] 茅盾：《"革命"与"恋爱"的公式》，载《茅盾全集》第二十卷，人民文学出版社，1990，第337页。

[2] 刘剑梅：《革命与情爱——二十世纪中国小说史中的女性身体与主题重述》，郭冰茹译，上海三联书店，2009，第110页。

革命的理解和想象。与蒋光慈不同的是，茅盾对革命的呈现是比较灰暗的，但在小说中与苦闷悲观的男主人公相反，茅盾笔下的新女性被塑造得既颓废又进步，显得熠熠夺目。《幻灭》中静女士看穿了许多自称革命的人的虚伪，在与强连长狂热的恋爱后很快感到失望，但她同时仍在革命的激流中积极寻求新的生活。《动摇》《追求》和《虹》中，大胆、开放与进步的新女性孙舞阳、章秋柳、梅一方面展示她们身体的诱惑令男性着迷，另一方面反叛男权的精神也让男性恐慌。《动摇》中的方罗兰"心中异常扰乱，一会儿想逃走，一会儿想直前拥抱这可爱又可怕的女子"。方罗兰代表了男性在充满毁灭性的新女性面前永远矛盾、徘徊的典型心理。正如茅盾在《从牯岭到东京》中所阐释的，《蚀》三部曲反映的是大革命失败后知识分子个人的幻灭、动摇与无所适从，这是社会变动时期的"时代病"，小说中的新女性则成为"革命"的象征性能指，充满性欲的身体——丰满圆润的乳房、纤细的腰肢成为时代的标志，其隐含的诱惑与颠覆性力量正是革命在知识分子心目中的具体化投影。

应该说，在复杂的历史时期"革命+恋爱"模式有其吊诡的一面。与革命叙述相比，以蒋光慈、茅盾为代表的左翼男性对女性身体的描绘显示出更多的热情与沉迷，肉体"欲望"远远超出革命"崇高"的魅力。女性的身体在被纳入革命的秩序中时，难以掌控的还有其"性的欲望动力改写着革命。而这，正构成'革命产生（或决定）恋爱'这一叙事模式暧昧的张力所在"[1]。但从总体上说，在"革命+恋爱"模式中，新女性在左翼男性作家对革命的想象中仍然充当着传达意识形态的工具角色。在男性话语中"属下不能说话"，仍然没有改变"他者"的指认。在新的权力场域下，女性被动成为一种现代性的隐喻，传达关于革命的男性阐释。

在小说中，男性作家借助女性身体的寓言化书写，实现了革命者的"突变"式成长。从这种新模式成功的传播与对20世纪中国文学的影响来看，它实际上开辟了关于个人与革命关系一种经典的叙事策略——"欲望的政治化"形态。[2] 而左翼女性的写作正是在此意义上凸显其疏离意义。这是女性作为主体发声的独特写作，是由白薇开创的一种新的话语实践。

二、女性：身体经验与矛盾的主体

早在大革命前，以《苏斐》《琳丽》和《蔷薇酒》为代表，白薇对爱情的书写

---

[1] 贺桂梅：《"革命+恋爱"模式解析——早期普罗小说释读》，《文艺争鸣》2006年第4期。
[2] 贺桂梅：《"革命+恋爱"模式解析——早期普罗小说释读》，《文艺争鸣》，2006年第4期。

就展示着"生存"斗争的惨烈，与男性作家的轻松想象不同，在女作家笔下的"反叛"是新女性以死亡换取的新生。1928年，大革命失败刚刚过去，《炸弹与征鸟》随即发表，作为中国现代文学史上第一部由女性作家创作的长篇小说，具有标志性的文学史意义。

白薇作品的最大特色是以自叙传色彩的小说在对"身体"经验的反复书写中发出尖锐的女性声音。经历了逃婚、求学和被革命者男友传染严重性病后又遗弃等种种磨难后，白薇既看到了革命对久困于历史女性的重生契机，也看到了尚没有提供更多权利的社会中女性解放的沉重。基于"真实"性别经验，白薇以自觉的主体意识获得了一种真正属于女性的视角和发声的可能，从而突破了男性自"娜拉"以来对新女性形象的想象性塑造。她借助流行的"革命+恋爱"模式探讨了从启蒙到革命的现代价值系统中女性的位置，提供了对女性困境的思考。

小说中的两姐妹代表着从"五四"走出来的新女性进入大革命时代后两种不同的生活道路。妹妹余彬是一个有着政治抱负的进步青年，对革命满怀向往的她以"炸弹"自命，带着狂热与强悍大胆追求自己的理想。但新历史舞台分派给女性的角色是"点缀这个革命舞台的花瓶"，欲与男子试比高的激情很快消失殆尽。余彬日渐消沉，沉溺于爱情游戏中难以自拔，但她又不断地追问女性与革命的关系："姐姐是旧礼教的牺牲品，我就是新时代的烂铜锣吗？""我究竟是来做什么的？……交男子？交男子就是我的职业？"[①]但失掉"自我"的恐惧又总是被现实的生存问题折服，样样催逼着她如陀螺般周旋在男人中。这与其说是在游戏异性，不如说是在灵与肉的搏斗中撕裂自己。新女性的解放在某种程度上是以个人的牺牲为代价的。白薇借余彬之口将批判指向革命，痛苦地发出自己的质疑："革命是什么？""革命是如此的不进步吗？……把女权安放在马蹄血践下的革命！……女权是这样渺小么？"[②]余彬最后发现革命还成为男性玩弄女性的最好借口。作为革命者的恋人声称是为了革命去做间谍工作才不得已不断变换女友。沉重打击下余彬悲痛欲绝，在幻灭中选择离开。革命对女性并未带来解放，她们仍然无法摆脱被异化的命运，认同新规范带来的是又一轮的精神之死。

与颓废的余彬不同，以"征鸟"自喻的姐姐余玥有着明确的奋斗方向。她经历过旧式婚姻的痛苦，进入革命中心后警惕地与爱情保持距离，因为她认识到，它已成为女人的标志，意味着女人所能做的一切。重要的是，余玥虽然满怀渴望，但却

[①] 白薇：《炸弹与征鸟》，北新书局，1929，第88页。
[②] 白薇：《炸弹与征鸟》，北新书局，1929，第123页。

始终关注革命中个人的命运，以清醒的头脑追问革命的意义，追问女性的意义。随着深入观察，余玥对革命开始产生怀疑，越来越感到她所想象的革命与现实有着巨大差异。在革命阵营中，许多时候与官场的游戏规则并无多大差异。青年纷纷奔来是为了求个高薪的职业而不是为了革命，所谓的思想家官僚作风浓厚。妇女运动也成了问题，"女党部放弃妇女问题不管"[①]，只搞搞形式上的运动。最让她失望的是，在游行的队伍中，她看到被动员起来的群众并非积极参加，而是一群"乌合之众"。她不禁怀疑："啊，这是民众的精神么？这所谓革命的表现么？……他们还哪里有革命的热力？他们哪里懂得革命的意义？革命……中华民族的革命是什么？我不知道！"[②]余玥感到了绝望。

小说结尾，共产党员马腾劝说她去色诱G部长来盗取情报。在革命利益高于一切的鼓动下，余玥同意了。实际上，作品提供给我们的是一个开放式的结尾。余玥对女性身体与政治的关系是困惑的，作为继续革命的"征鸟"，她的焦虑要远远大于退出革命的余彬。明明看到了革命的虚幻性可能，怀疑革命，却又牺牲身体以色报国。悖论性选择昭示女性面临的是哈姆雷特式的两难境地。白薇最深刻之处就在于她写出女性革命者拥抱革命的坚持，原因在于对新生的渴望和不计代价的无畏。余玥的失败和真诚的追求，暴露出女性寻求政治救赎的艰辛。[③]

实际上，革命姐妹花殊途同归。白薇书写的女性与男性作家笔下乐观坚毅、勇猛激情的"时代女性"不同。男性在乎的是如何打造一个符合时代诉求的典范，女性的身体如何，是欲望的沉沦还是革命的武器都取决于她们最终被充注的理念，而白薇更多关注女性的现实困境。"生为女人，何所遁逃；只有革命，只有恋爱。"[④]"时代女性"仍是被压抑的状态，革命道路上她们左右奔突，身体的残缺、心灵的挣扎，重新陷入新的精神焦虑与危机，它是难以救赎的迷惘，这是白薇书写的聚焦所在。作为"五四"到大革命两个时代的亲历者——白薇有着痛苦而真实的体验。她深刻地揭示了男性所秉持话语的虚假性——在男女平等、女性解放的口号里，是赤裸裸的女性物化的事实。通过双重追问，她质疑了"五四"以来的浪漫爱情，也质疑了"五四"之后的激情革命。她痛苦地认识到，投身革命找到的可能仅是女性解放的一个起点，以后的路依然漫长。白薇独特的女性书写显示出现代女性主体的

---

① 白薇：《炸弹与征鸟》，北新书局，1929，第162页。
② 白薇：《炸弹与征鸟》，北新书局，1929，第167页。
③ 颜海平：《中国现代女性作家与中国革命，1905—1948》，北京大学出版社，2011，第238页。
④ 王德威：《现代中国小说十讲》，复旦大学出版社，2003，第94页。

自觉，以及对革命的反思，开创了一种新的话语实践。

三、规范与疏离：作为文学史中的新话语

　　白薇开创的这种新话语实践，事实上形成了此后20世纪中国文学中有关"革命"的另一种叙事策略，表达了与主流话语的一致与疏离。它并不是简单地传达出革命的意识形态，同时也制造了新的文化认同。女性作家在左翼文学规范下以话语实践打开了一个新的语境和意义空间。反抗与认同的共存，实际上呈现为两种价值立场的对话关系。在革命话语体制中，新话语的不同发声因潜在的威胁总是时时成为被规范的重要因素，这在不断重写的文学史中许多女性作家与作品沉浮多变的命运或始终被漠视的处境可窥见一二。女性左翼文学以《炸弹与征鸟》为起点延续了一种话语的变化与发展。在这个过程中，反抗与认同的存在始终互为前提，也此消彼长纠缠在一起，在文学史中这种纠葛一直延续到今天。

　　20世纪新话语以对生育、母性、爱情等方面的关注，相继出现在30年代对革命的书写中。丁玲的《韦护》是其中最为敏锐和复杂的作品。小说虽然是以革命战胜爱情来结局，最终认同革命价值，但整篇洋溢着的浓烈爱情描写让转向显得多少有些牵强，暴露出革命理念的空洞苍白，这显然表达的是作家自身态度的犹疑与困惑。此外，文本还以潜在的女性话语质疑了男性以革命的名义对女性的抛弃，对她们在革命中的处境给予了明确的关注。她们自觉不自觉地站在女性的立场来看待革命，使小说充满了歧义。

　　20世纪40年代，随着左翼女性作家日益成熟，反映女性成长的一系列长篇小说如郁茹《遥远的爱》、杨刚《挑战》、陈学昭《工作着是美丽的》（上）等作品都成为新话语延续的代表。其中《挑战》将这种对革命的反思推进到了时代所能达到的最大限度。直到今天为止，极端主义仍是当前学界反思的一个重要方面，它是中国在现代化进程中影响深远的历史事实。在革命政权内部，这种新话语表现得更为强烈。从1940年到1942年，《在延安文艺座谈会上的讲话》发表之前，在延安仅围绕革命的婚恋问题先后就有大量有影响的作品发表。"身体"成为承载女性作家疏离革命主流叙述的关键所在，其中隐含的威胁也成为后来整风运动的重要因素之一。可以说，在复杂多元的意义上，20世纪的文学史上留下了左翼女作家一种新的话语实践轨迹，虽或隐或显，但作为写作传统一直延续到今天，以其特有的方式加入了"中国如何现代化"的道路追寻中。

现代革命女作家文本创作的文化内涵

杨 晶

现代革命女作家在中国现代文学史上曾经是一个非常引人注目的文化现象，但是长期以来，对现代革命女作家的整体研究却始终处于一种被冷落的态势，没有得到应有的重视。从20世纪80年代开始，现代文学研究虽然打破了以往的阶级观念束缚，但仍然难以挣脱革命文学研究传统观念的潜在束缚，多从文学流派、社团和政治地域划分的角度来看待女性革命文学作家，结果导致对现代革命女作家的整体性研究处于割裂状态，妨碍了对现代革命女作家做出正确的评价。进入20世纪90年代以后，女性文学研究将西方女权／女性主义理论作为自己的理论资源，以反对男权传统为己任的女性主义文学批评在中国大行其道，过去那种忽略性别存在来谈论一切问题的做法在文学批评中再也行不通了。但是这种资源的使用也造成了一定的偏向性，即在单一性别视野中考察问题，使目前的女性主义文学批评出现了一个趋向：将研究重点集中于现代革命女作家中部分具有鲜明女性意识的作家身上，使得目前对现代革命女作家的研究始终滞留在某一作家的个案研究状态，以致一度出现在研究中厚此薄彼的现象，对现代革命女作家的整体性研究却一直没有引起研究者的足够注意。导致的结果是，无法体现出现代革命女作家群体的历史复杂性，从而缩小了现代革命女作家文本的文化内涵，甚至肢解了现代革命女作家文本的丰厚文化价值。

事实上，在当代文化视野中重新审视现代革命女作家，会发现由于文化背景、写作动机、审美趣味等因素的影响，现代革命女作家创作的差异性是客观存在的。这种差异性又呈现出"类"的趋向性，可以大致分为成长于五四时期的老一代革命女作家和革命潮流中涌现的新兴革命女作家，她们的文本具有文化内涵的差异性。两类不同趋向的创作共同支撑起现代女性革命文学多姿多彩的文学空间。

一、革命潮流中涌现的新兴革命女作家

20世纪三四十年代，中国文坛上出现了许多新的革命女作家面孔，其中包括葛琴、草明、白朗、关露、杨刚、郁茹、莫耶、杨之华、李伯钊、颜一烟、林蓝、彭慧、菡子、曾克、崔璇、袁静、韦君宜、李纳等等，她们是在革命浪潮中涌现出来的新兴革命女作家代表。与五四时期女作家相比，"她们的家庭出身和受教育的层次渐低，社会阅历渐丰，比较熟悉社会的甚至是下层的生活"[①]，她们绝大部分都参加了共产党，并积极投身实际的革命活动。这些因素决定了新兴革命女作家以单纯的无产阶级革命者的姿态来构成了自己独特而鲜明的历史品格。

对新兴革命女作家来说，走上革命道路，做一名革命者，满足了她们渴望平等、公正和改造黑暗社会的理想追求，而文学仅仅是有助于革命工作的手段或工具。因此，新兴革命女作家在创作上最突出的一点是政治倾向性，她们特别强调文学的社会效果，注重文学为政治服务的宣传和鼓动作用。

为了实现革命文学鼓动社会情绪和改造时代的目的，"反抗"成为新兴革命女作家最主要的革命叙事形式之一。葛琴的《罗警长》《犯》，草明的《没有了牙齿的》《绝地》《大涌围的农妇》《受辱者》，白朗的《老夫妻》《轮下》《生与死》，崔璇的《周大娘》等小说，叙述的是城市中的资本家对工人阶级的压榨，农村中的"土豪劣绅"对广大农民的剥削，日本侵略者对中华广袤国土的进犯，中国民众在无法生存的状况下奋起进行的反抗。新兴革命女作家的这种反抗叙事逻辑，既是对革命时期现实生活的真实反映，同时也是其无产阶级革命意识的鲜明表现，在她们的叙事和现实生活中，革命被尊为女性、被压迫阶级与民族解放的唯一方式，是实现社会合理、公正的唯一途径，也是进步青年人生和道德选择的价值尺度，隐喻着中国20世纪20年代之后历史中的新兴文化特征："打破以个人主义为中心的社会制度，而创造一个比较光明的，平等的，以集体为中心的社会制度"[②]。同时，新兴革命女作家以新的文学主题和叙事逻辑，推动了现代女性文学的转型和发展，使"反抗"文学主题成为现代女性文学的一个主题原型。

现代革命者的"成长"叙事是新兴革命女作家另一个重要的革命叙事形式。关露的《新旧时代》、郁茹的《遥远的爱》、杨刚的《挑战》、白朗的《战地日记》和

[①] 乐铄：《中国现代女性创作及其社会性别》，郑州大学出版社，2003，第84页。
[②] 蒋光慈：《关于革命文学》，载《蒋光慈文集》第四卷，上海文艺出版社，1988，第171页。

葛琴的《出奔》等小说以及颜一烟的电影文学剧本《中华儿女》，都以女性在革命中的锻炼成长历程为主要叙述对象，叙述了女性如何在时代的大潮中投身革命，克服婚姻、家庭、性别等带来的困境，在革命实践中经过痛苦的磨砺，一步步成长为坚定的无产阶级革命者。她们都首先带着反抗、复仇、冲破旧式婚姻束缚等个人的欲望和目的接近、走向革命，最后在革命思想的正确指导下成长为献身革命的战士，同时抛弃了原来的个人目的。新兴革命女作家通过主人公成长的叙事，以主人公个人的经历象征整个国家与民族的变化，隐喻着一个新的现代国家主体的存在，它符合并满足女性个人的欲望和目的，但又因此要求牺牲女性个人利益，以奉献社会和国家。现代国家与女性个人之间的这种悖论关系，既促使主人公走向革命，成长为新人，但又使她们的成长失去女性个人的意义和价值。

新兴革命女作家与同时代革命男作家一起开创的这些革命文学叙事形式与叙事逻辑，不仅反映了革命时代的社会状况，而且传达了革命时代高涨的、热烈的革命情绪。这种革命情绪与革命意识鼓动了广大民众，尤其是女性，走向了革命，实现了这些作家"把自己的文艺的工作，当作创造时代的工作的一部分"[①]的梦想。

由于知识结构、文学素养等原因，也由于较早参加实际革命工作，新兴革命女作家自觉地按照从革命意识形态观念出发的创作原则从事写作。为了更好地起到政治宣传作用，更好地鼓舞奋斗中的革命者，更加明确地为彷徨者指明出路，她们笔下的革命者一般都比较坚决而又单纯。如在草明的《阿衍伯母》、崔璇的《周大娘》、白朗的《生与死》、杨刚的《肉刑》等小说和李伯钊的话剧《母亲》中，新兴革命女作家都不约而同地塑造了一个伟大的"母亲"形象。为了革命，这位母亲或者以自杀来使战场上的儿子免去后顾之忧，或者放火焚烧自己的房屋来掩护伤兵，或者不惜以牺牲自己的生命为代价来营救革命者，或者为了革命的需要不惜忍受失子之痛。这类母亲形象的突出特征是爱国主义精神和母性的结合，具有坚忍顽强、深明大义、勇于奉献的品格，超越了私爱和家庭之爱，她的意义与阶级、民族的尊严连在一起，是由一个平凡的生命而升华了的形象，由此具有了政治象征性，成为"英雄"的符号。这种革命政治型母亲也因此缺少了有血有肉的、鲜活的生命内涵，失去了一定的生活真实感，创作走向了概念化、公式化。

[①] 蒋光慈：《论新旧作家与革命文学》，载《蒋光慈文集》第四卷，上海文艺出版社，1988，第176页。

二、成长于五四时期的老一代革命女作家

现代革命女作家中，丁玲、白薇、陈学昭、冯铿等作为老一代作家，大都在1900年前后出身于书香门第或没落的官僚地主家庭。她们在五四新文化运动时期度过了自己的求学时代，是汲取"五四"人道主义、个性解放的乳汁成长起来的知识女性，20世纪20年代后期她们相继登上了文坛。

1930年前后，随着女性文学主潮的转向，丁玲、白薇等老一代女作家自觉地选择了"革命女作家"这一新的写作身份，主动适应民族斗争和革命政治斗争的需要成为她们写作的立足点，由此开始了与中国无产阶级革命斗争保持同步的创作历程。

对于成长于五四时期的老一代革命女作家来说，由于家庭出身、知识结构、成长经历的因素，决定了她们的身上往往兼有小资产阶级知识分子和无产阶级革命者的双重性质，而"五四"的人道主义、个性解放是她们心灵深处终生无法改变的精神立场。对于她们来说，参加革命不仅仅是为生计所迫，更多的是对人生意义与价值的追寻。例如，丁玲从"文小姐"到"武将军"，走过了一条艰难长途：冲破牢狱，刚到保安根据地的她就迫不及待地提出当红军的请求；全民族抗日战争一爆发，丁玲立刻参加"西北战地服务团"，开展抗日宣传活动，稍后任"全国文艺界抗敌协会"延安分会理事，1941年出任边区《解放日报》文艺副刊主编。几年间，丁玲始终以极大的热情成为革命的积极追随者。白薇在1926年年底国内革命战争的号角一吹响，就立刻放弃两年官费研究生学习的机会，回国投身革命事业；全民族抗战爆发后，她奔赴武汉，参加中华全国文艺界抗敌救亡协会，并再三申请去延安或上前线；解放战争时期，年近花甲的白薇又以多病之躯参加了湖南游击纵队。在艰苦的革命生活中，她坚持创作了大量作品，以饱满的热情讴歌斗争生活，表现了对新世界的向往。陈学昭在法国留学多年，于1935年回到战乱中的祖国，在这烽火与希望的时代，主动投身民族救亡工作，1938年到1946年之间曾经三进延安，接受中国革命血与火的洗礼，不断成长为无产阶级革命战士，深感"工作着是美丽的"。

作为老一代革命女作家，丁玲、白薇、陈学昭、冯铿等人与新兴革命女作家在革命叙事上具有较明显差异，知识分子的"转向"叙事是她们最主要的革命叙事形式之一。这种叙事通过知识分子把自身属于旧的"小资产阶级情调"的东西完全抛弃，接受革命思想成为无产阶级革命者的故事，构成一种进步/落后的革命叙事语义模式。丁玲的《韦护》、《一九三〇年春上海》（一），白薇的《炸弹与征鸟》，陈

学昭的《工作着是美丽的》,冯铿的《乐园的幻灭》等小说都是这类叙事的代表作品。在丽嘉、美琳、余玥、李珊裳、小学教师"她"等人看来,她们从前的现实生活都十分无聊、缺乏意义,"终生在无聊的苦痛中,毫无成就可言"①,渐渐变成"除了他,自己一无所有了"②,因此,她们都向往有意义的新生活。丽嘉比较平静地接受了韦护的离去,把感情转移到"好好做点事业"③方面去;美琳离开物质优裕的家,离开统治她精神的子彬,"到大马路做××运动去"④了;余玥在对共产党有所认识之后,脱离了原政府某部而去参加暗杀活动,最后为营救同志入了牢房;五四女性李珊裳在革命时代经历了丈夫的背弃、儿子的夭折后,从最初的寻求个人幸福到融入伟大的革命斗争中去;小学教师"她"通过对自己独善其身的田园梦的反思和清算之后,觉悟到先"要合力,要组织,然后才反抗",最后离开学校去寻求"光明的前路"⑤。如果说文学叙事中的主人公往往隐喻了想象的历史和文化主体,反映了作者对社会和文化的历史主体的思考,那么,成长于"五四"的老一代革命女作家的革命叙事,就反映出她们对知识分子在革命时代的历史思考:知识分子如何面对"五四"以后日益高涨的革命情绪?时代给予人们以怎样的影响?如果说新兴革命女作家主要通过叙述阶级压迫的罪恶、民族危亡的迫切,赋予革命以正义性,使得革命具有社会意义和历史价值,并通过革命能够取得生活幸福的乌托邦幻想来鼓动劳动者的革命情绪,那么老一代革命女作家就通过小资产阶级个人生活意义的匮乏赋予革命以人生价值,并以主人公走向革命道路来唤醒、组织小资产阶级知识分子对革命的向往情绪。她们的革命叙事,是"五四"以后知识分子思想和精神逻辑的真实再现,同时,隐喻着革命的主潮中小资产阶级式的个人自由追求,受到了革命时代与历史价值的威胁与挑战,这使得她们陷入个人生活意义的焦虑之中,而通过她们走向革命的"转向"叙事消解了这种生活价值的历史焦虑。在这种意义上,她们的叙事隐喻着五四文化向革命文化的历史转型。

虽然老一代革命女作家将写作的社会意义与审美倾向都紧贴革命时代的主潮,但是她们没有简单化地反映现实生活,与新兴革命女作家相比显示了相对丰富的题

---

① 丁玲:《一九三〇年春上海(一)》,载《丁玲选集》第二卷,四川人民出版社,1984,第183页。

② 丁玲:《一九三〇年春上海(一)》,载《丁玲选集》第二卷,四川人民出版社,1984,第172页。

③ 丁玲:《韦护》,载《丁玲文集》第一卷,湖南人民出版社,1983,第121页。

④ 丁玲:《一九三〇年春上海(一)》,载《丁玲选集》第二卷,四川人民出版社,1984,第190页。

⑤ 冯铿:《乐园的幻灭》,载《重新起来!》,花城出版社,1986,第93页。

材、相对复杂的内涵和相对多样的表现手法,写出了革命生活的复杂性,在一定程度上,既注重了革命时期文学的服务作用,又坚持了一定的审美功能。

学术界一般认为,现代女性革命文学从内容到形式都是比较单一,甚至是模式化的。但是,我们如果认真审视老一代革命女作家的作品,就会发现这种论断未免有"失真"之嫌。例如,题材上既有正面表现革命斗争、民族救亡的《水》《北宁路某站》等,又有以主人公在革命中的经历与心路历程为表现对象的《韦护》《炸弹与征鸟》《工作着是美丽的》等;文体类型有报告体、独白自述体以及客观描述中穿插人物日记等叙述方式。

在人物形象方面取得的成就,最能代表老一代革命女作家创作的水准。林贤治说:"丁玲的问题,全部的复杂性在于身为作家而要革命。"[1]这句话其实也适用于老一代革命女作家这一群体。如果说成长于五四时期的老一代革命女作家在理念上是将革命者的责任感放在第一位来进行创作的话,那么在情感上又总是自觉不自觉地运用作家的心灵来感受这个世界。这使得老一代革命女作家的创作超越了简单的阶级斗争、民族斗争,比较真实地呈现出生活的本质。例如,她们笔下的农民没有像新兴革命女作家那样处理得过于简单,只写出革命中的农民淳朴、进步的一面,而是写出了在革命的过程中农民的精神蜕变同样艰巨,处于旧痕与新质的矛盾冲突之中。如丁玲在小说《夜》中,就深入而生动地展现了农民何华明的内心世界。这个担任了"指导员"的精壮汉子,虽然有点儿报怨,但又积极谨慎地履行着自己农民干部的职责。他对土地的深情与对劳碌生活的感喟,对匮乏的爱情惆怅而又实际的心理反应,以及潜在的被压抑的情欲和面对诱惑时的抗拒,这一切都错落起伏地形成了感情与理智、爱情与责任的矛盾冲突,将翻身农民喜悦中微带着怅惘走向新时代的种种情绪,凝缩成永恒的历史画面。老一代革命女作家对革命女性也是作为有血有肉、有普通人伦感情的人来描写的,而不是简单地概念化塑造。如陈学昭的长篇小说《工作着是美丽的》,描写了一位有学问、能干、热心爱国的知识女性怀着高度的民族责任感和丈夫一道参加了抗战工作,但是母性和对爱情的珍视却几乎摧垮了她的生命承受力:丈夫与之离异,爱子因病夭折,她承受不了这样的打击,一度极其彷徨、苦闷。经过痛苦的内心斗争,终于使对国家的使命感、责任感战胜了个人的恩恩怨怨,成为一名坚定的无产阶级战士,在以后的漫长岁月中经受住了众多的考验。作品用较多的笔墨对女主人公内心深处激烈的思想斗争做了细腻的描述,对革命战争中的人性进行了深邃的思考。此外,《我在霞村的时候》中的贞贞,

---

[1] 林贤治:《左右说丁玲》,载汪洪编《左右说丁玲》,中国工人出版社,2001,第274页。

《入伍》中的徐清，《在医院中》的陆萍，《炸弹与征鸟》中的余玥、余彬姊妹，《贩卖婴儿的妇人》中的李细妹……这些老一代革命女作家塑造的人物都因为形象的丰满、鲜明而在中国现代文学史上占有比较重要的位置。

综观现代革命女作家创作的基本方向，其创作与革命文学主潮是相一致的，她们以强烈的责任感和使命感描绘风云变幻、表现时代事件和精神。同时，我们也应该看到，作为时代文化语境和女性主体共同作用的结果，她们的创作较明显地显示出了两种不同的趋向，两类文本具有文化内涵的差异性，但是这种"类"的区别并不是截然分开的，也不存在高低优劣之分，都具有一定的历史合理性，同时也具有一定的历史局限性。她们相互区别的标准，也成为互相补充的依据，使个人、女性以及阶级、革命之间的关系得到一定的平衡，规避了大幅度的偏颇与僭越，在差异性之中共同推动了现代女性写作逐渐走向成熟。

中国现代女性革命小说的再认识

杨 晶

在现代文学史中，现代女性革命小说是一个有着复杂文化内蕴的文学形态，在这个矛盾统一体中体现了多重关系的纠葛，但是，目前由于"雄化"特征的简单判定，对现代女性革命小说的评价一直存在着误区，使现代女性革命小说的真实面目已经模糊不清。以辩证和历史的观点对现代女性革命小说进行研究，挖掘现代女性革命小说的文化价值具有重要的历史意义和现实意义。

一、现代女性革命小说目前在文学批评中的地位

现代女性革命小说目前处于主流文化意识形态的文学批评和女性主义文学批评的夹缝地带，尴尬而又暧昧。主流文化意识形态的文学批评普遍认为，随着社会意识和政治意识的增强，现代女性革命小说创作走的是一条逐步趋近男性标准的创作道路，并在相当长的时间里陷入男权话语的氛围中，失去了自己独特的声音。从现代女性革命小说文本创作的实际情况来判断，这种论述未免有"失真"之嫌。正如有的研究者指出的那样："左翼文学的多样性和复杂性被实用主义地'抽取'为简单的'革命'。"[1]

就具体作家而言，冯雪峰、茅盾、沈从文、阿英、贺玉波等人较高地评价了丁玲、白薇等人的创作。例如，茅盾在《女作家丁玲》中评价丁玲的《水》时认为，它是文坛清算"革命加恋爱"公式的一个界碑。[2]冯雪峰的《关于新的小说的诞生》

---

[1] 孟繁华：《左翼文学与当下中国文学》，《中国现代文学研究丛刊》2002年第1期。
[2] 茅盾：《女作家丁玲》，《文艺月报》1933年7月15日。

也对丁玲的《水》做了很高的带方向性的论述，认为她初步"兑现"了唯物辩证法创作方法。[1]而阿英在《白薇论》中对白薇曾有这样的评价："一般的看来，在意识形态方面，在反抗精神方面，在革命的情绪方面，白薇是最发展的一个。"[2]但是，他们的评价终究是以男性主流文化意识形态支撑下的价值标准为参照系，自觉或不自觉地流露出评论者操持男性社会权威批评话语时居高临下的姿态。这类评价，突出了政治宏大主题的意义，对文本中女性意识的转型变化却估量不足，甚至视而不见，认识不到男性与女性革命小说具有本质上的不同，将现代女性革命小说视为与男性革命小说同体，认为无单独研究的必要，从而造成了对现代女性革命小说独特价值的贬低。当然，新时期以来，严家炎、周良沛等关于丁玲等革命女作家的研究，已开始显示男性主流文化意识形态宽容、辩证的一面，如严家炎在《开拓者的艰难跋涉——论丁玲小说的历史贡献》一文中认为，丁玲走的是一条"'通向诚实、大胆和生活的激情的道路'，这道路是她跟随在鲁迅后面，和许多作家一起开拓的"[3]。不过，他们对丁玲的理解毕竟是有限度的。譬如，丁玲与其同代作家一起开拓的新文学之路，对于现代女性文学来说，有何重大意义？我们在这些评论中却难以找到答案。

如果说对现代女性革命小说，男性主流政治文化意识的价值评判有失公允，这是意料之中的事，那么目前女性主义文学批评的价值评判是否做到了恰当、公正？当代女性文学批评在资源使用上，20世纪80年代受制于新启蒙主义话语。[4]新启蒙主义将20世纪80年代视为"第二个五四时期"，它对当代中国问题的讨论是在"救亡/启蒙时期"和"传统/现代"的框架内提出的，这一现代化运动的一个重要标准是"人性"的解放，但是值得注意的是，20世纪80年代的中国，作为对"阶级"话语的反拨，"性别"成为标识"人性"的主要认知方式。由于这种研究遵循了新启蒙主义话语关于"人"的重新想象，试图在抽象层面上建构一种普泛的"人类"共同的本质，即在"女性文学"之上还存在一种"人类"的文学，一种"超越"了性别的文学，这使得包括现代女性革命小说在内的女性文学必然被置于"次一等"的位置。进入20世纪90年代以后，女性文学批评在资源使用上引入了西

---

[1] 冯雪峰：《关于新的小说的诞生》，载《冯雪峰论文集》上，人民文学出版社，1981，第70页。
[2] 阿英：《白薇》，载黄英编《现代中国女作家》，北新书局，1931，第182页。
[3] 严家炎：《开拓者的艰难跋涉——论丁玲小说的历史贡献》，《文学评论》1987年第4期。
[4] 贺桂梅：《当代女性文学批评的三种资源》，《文艺研究》2003年第6期。

方女权／女性主义理论，为女性文学批判男（父）权提供了有效的理论依据，但这种资源的使用导致了一定的偏向性，即在单一性别视野中考察问题，忽视了中国的女性解放与左翼历史实践之间的密切联系，忽视了左翼运动中马克思主义女性话语对阶级／性别维度的关注，忽视了马克思主义妇女观给中国的女性解放带来的意义与影响，使目前的女性主义文学批评出现了一个趋向：过分强调女性话语和阶级话语之间的分离，将研究重点集中于现代女性革命小说中部分具有鲜明女性意识的文本上，忽视了对现代女性革命小说的整体创作进行全方位的研究，从而缩小了现代女性革命小说的文化内蕴，甚至肢解了现代女性革命小说的丰厚文化价值。

二、现代女性革命小说的历史贡献

"现代女性革命小说"是指中国现代女性以革命者身份创作的，以无产阶级文学观为创作原则，以革命为语境，描写革命感悟和革命时期女性生存境遇与生命成长的小说。

首先，我们必须清楚地认识到现代女性革命小说同中国当代文学一度走向极左道路的女性革命小说有着本质区别，这是一种已构成中国现代文学新的女性传统和创作模式的文学形态，有着自己独特的内涵。20世纪20年代末至40年代，中国以北伐战争的硝烟为起点，以解放战争的炮火为终点，在这场巨大的历史变革中，"革命女作家"是那一时代追求女性解放的最先进女性的必然选择。女性文学因服务于大众和现代国家的事业而有了历史上从未有过的意义，对以后的中国女性文学产生了重大而深远的影响。

现代女性革命小说突出文学政治实践的品格，强调文学为无产阶级的现实斗争服务，创作主体具有自觉的现代女性角色意识，即坚持社会角色——革命者的写作立场。在写作中，革命女作家一向以背叛为妻为母的传统性别角色规范为追求，"女战士""女革命者"这一新的社会性别角色选择是女性在挣脱封建枷锁，追求女性解放过程中抓住的绝佳历史机遇。这些革命女作家们常常有极其坎坷的人生经历，她们大都有过艰难的求学、反抗包办婚姻的遭遇，如白薇、谢冰莹和陈学昭等；有过求职谋生的生活艰难，如丁玲、冯铿等一批女性革命作家。从身边女性和自身体会的角度出发，她们对传统女性"第二性"久受压抑的残酷生存困境有着深刻的感悟，得以瞥见文化历史中性别规范的整个文化传统之黑洞，从而萌生了反封建、追寻女性解放的极其强烈的自觉意识。革命将这些不安于传统性别设定的女性裹挟而出，使之在具体的革命实践中改变自己的角色地位，至少背叛历史给女性之躯规定的传统功能。从这个意义上可以说"革命"与"性别再造"之间形成了一种共谋关系，因此革命女作家们格外敏感于、执着于"战士"这样的人生义务，心向正义的新民主主义革命。没有比女战士、女革命者这一全新身份的历史功能更能代表浮出历史地表的女性力量了。女性第一次参与了对于历史的抉择，第一次有了自己的宏伟的事业，女人的生命也因此而有了历史上从未有过的意义。她们借助于一身军装从历史的客体成为历史的主体，无形中认可了女性在体力、勇气和政治才干上的潜力，促使女性迅速摆脱历史边缘处境而登上几千年来未对女性开放的中国政治大舞台，从这一前提出发，我们才能理解当时许多女性革命小说中洋溢的巨大欢欣和激情。

谢冰莹寄自北伐前线的《从军日记》以及她后来的《一个女兵的自传》与冯铿对苏区女战士的想象——《红的日记》，尽管彼此之间存在着不少微妙的差别，然而其共同之处在于每一篇小说都把置身于革命战争中女战士的经历，描述成一个充满欣悦的过程。相对于五四女性沉滞的家庭和学校生活，战地生涯无形中成为一个虽然陌生却又富于挑战、生机勃勃的新天地。女作家笔下"欣悦的文本"所表露出的重生感并非完全出于外在理念的灌输，而同样来自那个时代真实而又直接的现实感受：当个人已经无法撼动僵硬的性别规定之时，革命战争巨大的改造作用就被呈现为女性的解放。[①]也许，她们是不无偏激的，是狂热的，是过于理想主义的，但最终，她们是对时代"负责"的，是"真诚"的。她们的文学作品激励了一代又一代女性走上革命的征途，去追寻真理，这是何等的威力！丁玲、冯铿、白薇、陈学昭等老一代革命女作家在创作上的转变以及她们与葛琴、草明、白朗、关露、杨刚、莫耶、林蓝、袁静、杨之华、彭慧等新一代革命女作家的创作始终与中国无产阶级革命斗争保持"同步"，都有力地证实了革命现实主义文学的强大吸引力。

现代女性革命小说继承了"五四""为人生"的文学传统，把五四女性文学对女性个人情感和生活的狭小天地的关注、对个性解放的追求转移为投向更加广阔的社会问题，将寻求女性解放的声音融入寻求整个民族、国家、阶级解放的轨道上。革命女作家认识到，国家的独立、人民大众的解放是妇女解放的必要前提，正是在这里，革命女作家充分展现出现代女性的心态。叔本华在《论女人》中将女性归纳为"只是为种族的繁殖而生存"，这样的意识历来如此，女性不参政，天经地义，恰如"牝鸡不司晨"一样，是历史女性在文化场中铁板钉钉一样无须质疑的规范，制约着世世代代的女性。而革命女作家在灾难深重的时代，由于具有建设"现代"国家的使命感和责任感，因此获得了完全不同于传统文化的现代文化意识。革命女

[①] 唐利群：《二三十年代女性文学与革命意识形态》，《妇女研究论丛》2001年第3期。

作家是用生命去创作文学、书写人生的。在她们的作品中，至今仍令人感动的，就是对理想的执着和对普通人物，尤其是普通劳动妇女生存命运的深切关注，表达出对民族自立、自强的渴望，这也是她们的作品至今仍具有深刻文化价值的内在原因。丁玲"左转"之后的代表作品是《水》，以现在的阅读感受来说，作品给人的印象是单调、模糊的，艺术技巧上显得粗陋，甚至幼稚，但贯注在作品中的气势却是磅礴的，力量是惊人的，场景是恢宏的，焕发出震撼人心之力。人处于绝望中的生存意志所发出的呐喊并非单单是农民起义的动因展示，而且是丁玲对双性构成的全社会人的"非人"现实处境进行深入反思的标志，显示了她对新的社会理想，即平等和公正的追求。白朗的小说《生与死》，刻画了一位被尊称为"老伯母"的安老太太，她出于对日寇的仇恨，舍身营救狱中革命者，以一己之死，换取八个女政治犯之生。小说重笔描绘了这位老伯母真实、细腻的心理活动，从而塑造了一个深明民族大义的普通妇女形象。正是基于一种理想，作家才能在创作中或者对社会的不合理现象进行抨击，或者剖析人物的内心世界……这种自觉的使命感和责任感，有力地唤醒了民众，尤其是女性的觉醒，提高了人们认识社会的能力，不能不说是革命女作家对女性文学现代化所做出的特殊贡献。

现代女性革命小说将民众生存状况，特别是女性或个体或群体的现实生存体验，自觉纳入创作的表现领域，使得革命女作家的创作在描述对象上指向女性自身的同时又指向广大的民众，这种在审美取向上追求文学的大众化，体现出真正的人文关怀精神。五四女作家的创作虽涉及了女性群体的一些独有经验，如爱情与事业的关系、同性关系、两性关系，但这些主题仅仅作为一种文学现象出现在当时的女性作品中，既不深入又不成系统，女性作家对这些关系的态度也是较为温和的。女性作为一个群体，仅仅是在时代话语的缝隙中闪露了一下身影而已。在女性革命小说中，这一点却成为革命女作家立足并挤出地平线的根据地：一方面是对所涉及的文化、心理在深度和广度上有了进一步的开掘；另一方面是有关女性群体的主题构成了成熟的系统，其中包括女性的角色、爱情与革命的关系、女性的躯体、两性关系等等。

在现实生活中，革命女作家主动将"女作家"和"革命者"的角色适时调整，毫不掩饰自己随时听命于民族和时代召唤的写作立场，这难免有审美功利之嫌，但革命女作家写作独特的审美"现代性"意义又恰恰体现于此。在人的多重角色中，革命女作家首先自我定格为革命者，其次才是女作家。于是革命女作家的审美之思，虽融诸多女性创作特色于一体，却不是冰心类的闺阁派，也不是杨绛、林徽因式的学者型，更不是张爱玲、苏青类的职业型……革命女作家从现代女性审美的界面，提供给人类文学史鲜明而独特的一章：历史地、美学地表现了中国民众，特别是女性丰富而真实的生存体验史。

在现代女性革命小说的文本中，除了突出阶级、民族话语之外，性别的话语仍占据着极其重要的位置。作为复杂的矛盾统一体，现代女性革命小说比其他固守自我的现代女性小说更能体现理想与现实、革命与人性、政治与性别文化之间的多种张力关系，以此确立了更现实、更开放、更成熟的现代女性话语。

现代革命女作家的创作有鲜明外向的主流政治意识形态倾向性，这使得她们的文本从表面来看，很容易被指责为"对主流政治意识形态的臣服""在左翼阵营中性别意识重新流入盲区"[1]，这是对研究对象缺乏真诚理解而导致的误读和偏失。性别意识是女性这个历史规定的性别群体一种与生俱来的文化、意识形态特征，早在第二个十年，女作家们就已经开始了由青春时代向性别成人的转变，进入了一个在社会上独立生存的性别醒觉阶段。[2]在特定时代背景下，这种天性不是简单地被予以雄化和淡化，而是以一种更加隐蔽的特殊形态存在于作品之中，因此，性别意识仍然是现代女性革命小说至关重要的特征。对于革命女作家自身的双重身份来说，虽然革命者是第一性的，女作家是第二性的，但源于心理的女性天性使她们的小说具有某种超乎简单政治神话之外的复杂性，故事层面和叙述层面常常存在相异的双重话语。在故事层面，我们看到的是紧紧吻合于时代模式的中性作者——革命斗士，但在叙述层面，却客观存在着女性作者的痕迹，只不过这种双重话语的差异因女作家的不同而在程度上有所不同，因其所处的时代不同而有所区别而已。

双重话语的差异在丁玲、白薇的部分作品中表现得较为明显。丁玲在《一九三〇年春上海》（二）和《夜》这两部小说中的创作意图显然是歌颂革命者和肯定以革命为指归的人生选择，可是小说中更为引人注目的却是其对女性生存状态和精神处境的揭示，对女性命运的体察和同情。相反，写到革命者时，我们看到的却是望微和何华明这两位男性在参加革命后，两性关系恶化，革命成了他们冷落女性的借口，作家显然已经把革命立场摆在了远处，读者在作品中很难立刻感受到，甚至由于这二者之间的冲突而导致相反的解读效果，使创作意图和客观效果产生了背离。

在其他曾被认为相当吻合于主流的女性革命小说中，也不难发现这种双重话语的裂隙。如彭慧的小说《巧凤家妈》，主要写一个普通的农妇巧凤家妈知道她唯一的女儿在城里被日本飞机炸死后，托"我"打听"外省里可是有女人当兵？要有么，我也去一个。我去打日本鬼，报报仇泄泄气，就死了算啦……"她后来没有当

---

[1] 孟悦、戴锦华：《浮出历史地表》，中国人民大学出版社，2004，第133页。
[2] 乔以钢：《从面向"自我"到面向社会——论20世纪三四十年代的中国女性文学创作》，载《中国女性与文学——乔以钢自选集》，南开大学出版社，2004，第107页。

成兵，而是在参加国防工程——修路时，被滚落的山土压死。小说采用的是民众反抗侵略的经典叙述话语，可是在其文本中，作者除了描写日本侵略者的暴行以外，还描写了巧凤家妈因为丈夫、女儿的死，而遭受到与之同一阶级的人们"命凶，杀气重"等诋毁，这就涉及下层阶级也依旧存在着封建观念的问题，从而将一个阶级中不那么"纯然"的成分揭示了出来。草明的小说《受辱者》，塑造了一个被日本人侮辱的女子梁阿开。作者深入人物的心灵深处，细腻描摹她身体受辱之后内心的痛苦以及时时燃烧着的愤怒火焰，直到最后终于奋起反抗，破坏了要卖给日本人的机器。小说写的是"中国妇女身体苦难"的典型故事，但在叙述时，与同时期男性作家相比显示出很大的差异性。男性作家只是将"女性受难"作为增强中国人抗战决心的案例，因此在叙述中往往注重女性受辱的过程，但却很少能够深入女性的内心世界去审视她们心灵的痛苦，故事也大多以绝望身死来消极地摆脱精神上的痛苦；或者以找个能怜惜自己的男人居家生活为结局，但精神的压抑却从此背负下来。而女性作家多将重点放在女性受辱后的精神煎熬，故事的结局也往往是奋起反抗，树立起女性的坚强意志。

这些被遮蔽的不便言说的内容有些是潜意识的，甚至连作者本人都感觉不到，却又是客观存在的，乃至比主体内容更加重要，它们使个人、女性以及阶级、革命之间的关系得到了相对复杂的呈现。现代女性革命小说作为一个多重的矛盾统一体，把对女性的关怀与对社会、民族、政治的关怀紧紧地交织在一起，是更高层次上的女性关怀意识，是具有真正现代意义的女性话语，远离传统女性人生安逸的选择，显示了革命女作家追随社会前进步伐的努力，代表了现代中国人试图在政治行为与文化规范中找到一种平衡，为文学史留下了有益的启示。

三、现代女性革命小说的局限性

女性文学创作由现代女性革命小说开始，面临一个重要课题，即如何处理好作品中政治性与艺术性二者之间的关系。部分革命女作家的创作有时急于以崭新的态度去把握新的现实、表现时代政治热情，而在一定程度上忽视了对生活本身的精细刻画，陷入了公式化、概念化的泥沼，从而使作品的艺术魅力有所削弱。[①] 同时，作品中虽然有些人物是女性身份，但由于故事主题与女性无干，因而只是些没有性

[①] 乔以钢：《从面向"自我"到面向社会——论20世纪三四十年代的中国女性文学创作》，载《中国女性与文学——乔以钢自选集》，南开大学出版社2004年版，第169页。

别特点的女性苦难的符号,革命女作家的性别意识受时代框架束缚,也使作家的鲜明艺术个性不无损伤。

在特定的政治历史背景下,由于社会生活的重心是政治斗争,并且是处于生死搏杀的战争状态,因此暂时把文学纳入政治的轨道,突出文学为政治服务的宣传、鼓动作用,强调文学的社会效果,应该说是十分自然的,具有一定的历史合理性。然而,另一方面也不应忽视,即这种倾向所包含的某种误解:简单化地将阶级解放、民族解放与女性解放、作为个体的"人"的彻底解放视为因果关系,这里存在着理想与现实之间的差距、想象与现实之间的差距、意识形态与现实之间的差距。这种误解对以后长达数十年的女性文学发展进程产生了深刻影响,隐含了走向极左的可能性,其间留下了许多值得认真思考的问题。

20世纪90年代以来的女性写作中,最为引人注目的是"个人化写作"(或称"私人化写作"),越来越多的研究指出,个人化写作中的女性个体,多是一些"中产阶级"女性,被女性批评者认为的这次女性"解放"绝对不是面向所有的妇女,这种对中国女性主体阶级身份的盲视,与对中国女性解放历史的遗忘直接相关。20世纪90年代以后,中国社会发生的变化,尤其是社会阶层结构的重组、资本市场造成的贫富分化,使得"阶级"的问题再次浮现于文化视野之中,并在一定程度上构成了对女性话语的冲击,现实使人们越来越深刻地认识到,无论这个社会将如何改变,我们始终需要充满忧患意识、饱含理想激情、严肃关注现实和富于批判精神的作品。从古到今,在一脉相承的现实主义精神感召下写作的作家始终代表着社会的良知、正义和希望,这是我们今天应对现代女性革命小说予以关注的现实原因。

因此,我们今天应该将现代女性革命小说放在更为开放、更为踏实的历史/现实视野中,对整体做多维度的审视,对文学史中现代女性革命小说的文化价值重新予以评价。

材料与方法
——重读经典与文学史研究的多种方式

李 雪

韦勒克、沃伦在《文学理论》中指出："我们常常带些先入为主的成见去阅读"。[1]他们所说的这个"先入为主的成见"也正限制着我们对中国当代文学史的重写，以及对被经典化了的作家、作品的重新理解。那些固化的成规性叙述和普遍的文学史共识往往是我们研究的起点和根据，又好像是一层毛玻璃隔板，阻碍了我们对当代文学的进一步探究和想象。如果我们依旧在以往的强势批评（这样的批评包括对经典的指认和对经典理解的限定）、文学史共识中以小修小补的方式试图找到新的话题，那么这种突破的力度是可想而知的，同时，我们会越来越觉得文学史中的作家与作品如同"绣在屏风上的鸟"，是静止不动、失去活力的。这是研究的不幸，也是作家、作品的不幸。目前，如果想激活这些作品，打开文学史研究的空间，最关键的，恐怕是对研究材料的整理和对研究方法的探索，而具体可行的研究方法与研究设想应是基于对研究资料的掌握、分析而获得的。

中国当代文学是公认的资料做得最不好的一个学科，这当然存在着一些客观原因，比如：对健在作家无法挖掘私人性资料，对历史本身的无从定位影响到对作家、作品的理解，等等。但是，主观上对史料的保存意识不强，主观上忽视材料而一味追求对作品的理论化解读，更是需要反思的原因。近年，一些学者愈加重视对当代文学资料的搜集与整理，口述史、作品年表、作家年谱、传记纷纷出版；《中国新时期文学研究资料汇编》《中国当代作家研究资料丛书》广为研究者利用；像

---

[1] ［美］勒内·韦勒克、奥斯汀·沃伦：《文学理论》，刘象愚等译，江苏教育出版社，2005，第33页。

路遥这样的故去作家,已经有了不止一个版本的年谱。这些都体现了研究界为当代作家搜集和保留史料的明显意图。同时,也提醒我们,基于材料之上的对具体作家、作品的研究有可能像古代文学、现代文学一样,进入一种更细化和深化的阶段。令我印象深刻的一篇现代文学方向的论文是高恒文的《话里话外:1939年的周作人言论解读》[①],这篇论文以周作人在1939年的两篇看似与"下水"(即接受伪职)无关的文章为中心做文本细读,分析周作人对"下水"事件的态度和回应,论文虽然仅仅分析了两篇文章,实际却征用了周作人在别处的大量言说来参照阅读1939年的两篇小文,作者正是以对周作人研究资料的详尽掌握和自如运用读出了两篇小文的言外之意。这种运用多方材料非常细致地阅读文本的方式正是当代文学所缺乏的,这里我所指的"文本细读"不仅限于对文本的内部研究,而是指借用研究材料,推敲文本细节的一种精细化阅读,这样可以有效校正当代文学研究中普遍存在的粗疏现象。

比如,很多人都在谈"文革"文学与新时期文学的关联性,而这种关联性的建立必须通过对文本的勾连才得以证实和确立,这就需要在两个时段的作家、作品库里选择具体的案例做精细化的分析,贾平凹、路遥、张抗抗等都可以作为研究的重点,尤其像贾平凹这种平稳过渡的作家,他的出身、人生经历、创作资源、审美偏好、人物谱系、文学观念都值得仔细考究。又如,先锋作家在20世纪90年代的转型成为普遍谈论的话题,而这种转型如何发生、如何完成、完成的限度等问题却鲜有人进行细致的梳理和分析。不妨做一些个案研究,假设以余华为例,细致考察他在转型前后的活动、创作谈、讲话,以及作品本身,其实不难窥破先锋作家的困境和局限,制约他们"转型"的根本问题在他们自身的信息中都有所暴露,并且,这些问题没有进行有效的清理和反思,直接影响着他们日后的创作。

当代文学的时间尚短,且处在一种动态的发展变化中,一方面,文学史中理应包含的资料尚残缺不全,作为当代文学史中一个重要部分的"文革"文学,对其文献的整理还刚刚起步;另一方面,当下文学的资料库不仅需要补充旧文献,还应不断吸纳新作家、新作品。随着作家新作的出版,以新作为刺激点,重回创作的起点,做一次作家创作史的巡游,并且联系多方材料,建立参照系,做一种"年谱式"阅读,或许可以改变和修正我们对作家的原有看法,从而可以把作家看得更清楚些。近年,一些业已被写入文学史的作家纷纷推出新作,马原、韩少功、余华、苏童、林白等人的小说都引起热议,评论或褒或贬,大部分评论者关注的其实是新

---

① 《中国现代文学研究丛刊》2008年第2期。

作与以往的不同，对"突破"的渴求表现得非常急切。然而，我们会发现一些作家其实已经在回望自己的过去，他们通过召回以往的文学经验来延续自身的创作生涯，所以读《日夜书》的一些段落时会让人想起《西望茅草地》，读《第七天》的时候会不禁想起《在细雨中呼喊》，读《黄雀记》的同时会自然地联想到"少年血""香椿树街"。这种召回不仅是对人生经验的召回，对情感、情绪和审美倾向的召回，有的时候甚至表现为写作方法的召回。或许不是召回，而是作家隐蔽的写作惯性始终在刺激他们的创作，同时，也在制约着他们的"突破"，所谓的"转型"不过是表象上的一次并不成功的调整。

余华的《第七天》一经出版就遭到了多方批评，批评者的不满集中在余华对现实的处理上，他以网络为媒介观照现实的方法被宣布为"无效"。其实，余华通过媒介处理现实并不是《第七天》首创的，他始终借助他者来完成对现实的想象和抽象化理解。我在翻阅《余华作品目录索引》[①]和余华的《作品年表》[②]时注意到余华的两篇随笔，一篇是1985年发表于《北京文学》的《我的"一点点"》，另一篇是1994年发表于《今日先锋》创刊号的《我，小说，现实》，这两篇小文写得相对坦诚，而被大家屡屡引述的《虚伪的作品》更像是对批评家的认同和附和。细读这两篇文章不难发现当时人生经验尚匮乏的余华是如何看待、想象和书写现实的，他所书写的"现实"和我们理解的"现实"本就具有不同的内涵。现实对于他，不过是一个刺激到他的事件，比如报纸上的偷苹果事件（《十八岁出门远行》的故事来源）、谋杀事件（《现实一种》的故事来源）、巧遇街上一个可怜的路人（《许三观卖血记》的故事来源），刺激一旦完成，事件便已经结束。他关注的不是这个现实事件本身，而是如何再造故事来完成对自我观念的表达，或者说他一直通过被强化的观念来控制对故事的讲述，而一旦他的观念不够强大，他的故事就会变为一盘散沙，比如《第七天》。可以说，余华始终无法实现与现实的亲密接触，他始终需要媒介（窗、他人、媒体）来认识、概括和抽象世界。如若媒介给予的信息过分纷乱使他无从把握，从而扰乱他对现实整体性的把握，再造的故事便面临失败，这就是《第七天》的症结所在。他的另一种认识世界的方式是通过行走来邂逅世界，这可以算作"游历型"故事结构，比如《十八岁出门远行》《在细雨中呼喊》，但他的关注点不是游历中遇见的世界，而是"我"的行走这个动作本身和外部世界带给"我"的情绪。这个外部世界是被充分观念化的，是先在的，而不是在"游历"的

---

① 洪治纲：《余华作品目录索引》，载《余华研究资料》，天津人民出版社，2007。
② 王金胜：《作品年表》，载吴义勤编《余华研究资料》，山东文艺出版社，2006。

过程中获得的。同样，这种情绪不过是个人内部世界里固有的存在。我以为，这就是余华结构故事的方式，并且成为他写作的惯性。他沉溺在其中，自我怀疑过，也自我欣赏过，当然也反省过，但人生经历、审美趣味、知识结构，加之写作惯性的强大影响力使他无法真正完成自我更新。这里以余华为例，不过想说明，新作的出现可以不断激活我们对过去作品的理解，甚至会影响我们对经典的重新选择，而这种在一个作家的写作史中来谈作品的方法，不仅可以建立作品的关联性，清楚看到作家创作的习惯动作和症结所在，更可以看到作家主观上的努力调整与时代的隐秘关系，经由此，或许可以引出更多有价值的话题。

同样，这种以新作为基点，回望起点、重释经典的研究方式也适用于苏童、韩少功等作家。尤其值得一提的是苏童的《黄雀记》。苏童在这部长篇中，一方面立足于以往的文学阵地，充分利用那些熟悉的人物、场景和他一直强化的南方情调，一方面又向20世纪90年代以来询唤的文学表现现实的功能示好，他正是聪明地找到了一个调和点，在自己的狭小世界里象征性地放入"时代感"，而使骂声一片的批评界给予了《黄雀记》相对来说更为宽容的对待。虽说这些20世纪80年代业已成名的作家还具有创作的生命力，无须盖棺论定，不过，对这些作家的相关资料进行整理，将作品放入写作史中来阅读，以新作激活被经典化了的作品，以旧作为参照来反观新作，以年谱、年表等工具性资料为根据对作家进行阶段性总结，都已经具备非常强的可操作性。通过这种回望和总结，其实我们更可以看清限制一个作家成长、成熟的关键因素，甚至可以看清制约一代作家获得更多创作可能性的根本所在。

在对作家进行创作史的清理的同时，我觉得有必要有选择性地为某些作家笔下的人物建立"人物谱"。很多人批评当代文学中没有"人物"，确切地说，是没有像现代文学里阿Q那样的典型人物，当代文学中的人物的确难以单独完成典型化的自我呈现，如若我们为作家建立人物谱，那么这个谱系里的众多人物有可能以群体形象，或成长的形象完成对"环境"的回应。比如池莉小说中的印家厚，《烦恼人生》只记录了他一天的生活，他的故事还远远没有结束，进入20世纪90年代，他有可能被卷入商品社会的大潮中，成为《来来往往》中的康伟业，也有可能尚在体制中，成为《有了快感你就喊》中的卞容大，在新世纪里遭遇严重的中年危机。这种将作品联系起来进行阅读的方法，会让我们看到作家塑造的众多人物可能就是最初那个人物的变体，那个最初未完成的被片段化了的人物经过时代的变迁，成长为日后小说中的多种面孔，而这些面孔有着一些相同的特质，他们都具有"文革"成长经历，都曾在20世纪80年代的工厂（单位）中过着琐碎而令人烦恼的生活，都有并不尽如人意的爱情与婚姻,都产生了对日常生活的厌倦情绪和忍耐力,并且,最重要的是,他们都与他们所处的时代密切纠缠在一起。读者无法忽略池莉笔下故事的社会背景,20世纪八九十年代、21世纪在池莉的小说中具有明显的时间性和事件性标识。也就是说,我们有可能通过池莉笔下的人物做一种文学社会学的解读,发现普通人从20世纪80年代走入21世纪在生活、思想、情绪上的多重变化,从这个意义上说,池莉这个并不怎么受学院派重视的作家其实给予了我们更多的年代记忆和现实感受。再如,苏童不断利用他早期塑造的人物来重述故事,这使他的人物本身就很容易形成谱系——共同的成长环境(苏州—城北地带—香椿树街)、共同的少年记忆(20世纪70年代的暴力青春)、共同的家庭氛围(市井小民的穷酸、势利与聒噪)。当苏童意识到自己不能总以儿童视角来窥视"南方的堕落"后,他尝试着让笔下的少年长大,于是,在《蛇为什么会飞》中他让曾经的城北少年长成为在商品社会中求生存的底层市民。而《蛇为什么会飞》的失败使他明白,一旦脱离"少年血"和"香椿树街",脱离了他的少年记忆,被"长大了"的人物便无法获得灵性,因为他笔下的人物和苏童本身都无法割断青春记忆进行现实层面的成长,而现实的硬性介入反倒会让创作失去原有的诗性。所以,在《黄雀记》中苏童努力寻找青春与长大的一种平衡,他找寻到一种极端的方式,就是通过让人物躲避青春罪恶与伤害来完成长大成人,实现对青春的告别。虽然苏童在小说中有意增加了时代变迁的信息,能让读者获得从20世纪70年代到21世纪的"历史感",却暴露了他告别的艰难,正如三个人物无论怎样被时代裹挟,却始终被青春期的那起强奸案捆绑在一起。与其说苏童通过人物的成长实现了对外部世界的巡礼,不如说成长了的人物通过对青春的回望和固守而重新获得了诗性之美,同时也使苏童过了一把"重返"的瘾。苏童笔下人物成长的困难也是苏童完成自我更新的困难所在。池莉的人物谱有助于我们看清文学中的历史,苏童的人物谱有助于我们看清苏童本身,或者不只如此。

  对文学史中经典作家、作品的重评是难题,也是无法回避的课题,解决问题必将要在材料和方法上下功夫。理论的更新和建构当然重要,但在现有的理论无法有效解释文本与现实的时候,或在文本与现实不断溢出理论设想之外的时候,以资料和文本本身为基础进行研究方法的多种尝试也许是相对有效的办法。

  对作家、作品的研究可以说是有三个层面的:一重是在作家的写作史中来讨论一部作品、一个问题;一重是在文学史,在与此作家共存的其他作家共同缔造的文学史中来讨论作家和作品;一重是大历史,在作家存在的时代中来讨论。后两个层面做起来是一个很大的工程,也需要大视野。而若是给一个时代的文学作史,则远不止给一个作家作史那么简单。当我们面对1970年代文学的时候，1970年代本身就是模糊不清的，无论对于文学作品，还是与之相关的社会史、思想史等文献资料都没有被很好地整理和考证，很多人对1970年代文学的理解仅限于以往文学史对其"概念化"的定位。所以我们在理解那一时期文学的时候，需要做多方面的工作，整理、校对、考证、完善资料库是起步工作；建立作品库、获得大量阅读作品的经验是第二步；在研究的过程中，更重要的是实现"往复式"的观看，即在文学史中考察具体作家、作品，在社会史、思想史中考察具体作家、作品，反之，亦需通过对个案的研究帮助我们重返历史现场，从而理解一个时代的文学本质，同时，发现这一文学阶段与其他时期的关系。

通常的研究往往截取的只是文学史的一个片段，甚至是一个墨点，但研究者却可以通过多个墨点勾勒出文学史的整体面貌。我这里强调的是，重返、重评、重写的动作面对的不仅仅是历史，也针对当下，因为历史中形成的某种"意识结构"正影响着当下的文学创作和文学批评，那种脱离文学史和历史的即时性批评经不起时间的考验，我们当下的文学研究更需要的是一种将研究对象"历史化"的研究方式和所谓的"史家批评"，当然这并不是指那种陈腐的学究气的程式化研究，而是穿梭于历史中又紧跟时代的具有思想冲击力的研究。

1972年的文学期刊

李 雪

一、1972年的"文学复苏"

1972年,《金光大道》(第一部)、《牛田洋》、《江畔朝阳》、《桐柏英雄》、《矿山风云》、《虹南作战史》、《飞雪迎春》、《激战无名川》、《闪闪的红星》9部长篇小说[①]的出版,改变了"文革"以来无长篇小说的局面;《艳阳天》(第一卷)、《连心锁》、《渔岛怒潮》、《沸腾的群山》、《海岛女民兵》5部曾在"十七年"出版过的小说经修改获得了再版的机会。这些长篇小说主要由人民文学出版社和上海人民出版社出版,可见这两家出版社早在1972年以前就已经着手长篇小说的写作和出版工作了,只不过要写出符合时代要求并能体现时代文艺精神的长篇小说是需要时间的,多部小说同年出版更需要一个政治时机。除了长篇小说的写作和出版取得了小小的成绩,文艺期刊和报纸的文艺副刊也在这一年里活跃起来。部分省级文艺期刊重整旗鼓试刊或正式创刊[②],主张刊发小说、诗歌、散文、报告文学、杂文、文学评论、戏剧等,力争恢复到"文革"前的办刊形式上,更多地刊发文学作品,以期与"文革"中不定期出版的革命文艺材料相区别;地县级期刊不再只刊发学习材料、工农

---

① 不包括典型的儿童文学作品。《矿山风云》和《闪闪的红星》虽然以儿童为主人公,所涉及的内容却不局限于儿童的斗争生活,小说的影响力比较大,这里特意列出。

② 很多刊物实际是复刊,当时为了表明复刊的杂志与"文革"前的执行"资产阶级、修正主义"路线的杂志不同,是全新的面向工农兵的"群众性文艺期刊",除了《解放军文艺》明确表明是"复刊"外,其他文艺期刊则自称为"创刊"。新时期以后,各个期刊在书写自己的历史时,也将"文革"时期纳入其中,并改用"复刊"一词。为了尊重当时的历史状况,在本文中,采用"文革"中通用的"创刊"的说法。

兵演唱材料和"大批判"文章，也开始追求内容的多样性和文学性。短篇小说作为一种必要且主要的，但在1972年以前很少出现的文学样式受到各期刊的普遍重视，刊发量逐渐增加，1972年以其文学实绩标志着"文革"文艺从此前的红卫兵诗歌、革命故事、群众演唱、革命现代戏、革命性民间曲艺过渡到真正的文学创作时期，出现了属于1970年代的标志性作品和可供借鉴的样板小说。自1972年起，"文革"文学，尤其是小说，不断寻找自己的写作方式，并渐趋稳定、成熟，形成了自身独特的品质。

1972年小说的复苏并不是一蹴而就的，那种称1972年前无文艺期刊、无小说的说法显然是一种缺乏调查的臆断。早在1967年10月，上海的《文艺革命》就已创刊，之后，四川、安徽、陕西等地的《文艺革命》陆续出版，这些刊物虽然不刊发小说，自定位为"大批判"刊物和"理论"刊物，但它们被赋予官方学习资料的性质得以向各部门尤其是文化部门传播，以行政手段要求相关人员学习、领会，实际为相关部门、作家及业余作者指明了文坛形势和文艺思想，乃至规定好了创作方法。"文化大革命"伊始，在文艺工作者一时间还不明形势的时候，这些学习材料性质的期刊指明了新的历史时期应该批判什么、表现什么和如何表现。可惜的是，各省的《文艺革命》如今在北京各大图书馆中已是残缺不全，只有安徽的《文艺革命》发过《终刊启事》，明确注明于1970年3月后停刊，对其他刊物则不易获知准确的停刊时间和发刊期数。

在1971年，几件大事影响了中国文坛。"12月11日中共中央发出通知，将中央专案组整理的《粉碎林、陈反党集团反革命政变斗争》材料之一下发全国，以后又陆续下发三批材料，要求在全国范围内进行批林整风和清查运动。"[1]随着文件的下达和报纸、广播的反复报道，"九一三事件"得以在全国传播，造成大规模的思想波动，虽然"波动"的强度于个人各有不同，但这一事件的确促成了很多人对"文革"态度的转变。这一政治事件看似与文学无关，实则触动了"人心"，也带动了各方面政策的调整。或者可以大胆地假设，无论这个意外事件发生与否，"文化大革命"轰轰烈烈地进行了几年，也到了"喘口气"的阶段了。

在此事件之前，文艺界已经发生了些微的变化。1971年3月15日至7月29日召开的"全国出版工作座谈会"对"文革"时期的文学发展无疑有着重大的意义。会议期间，周恩来发表讲话，"他严肃地批评了形而上学、割断历史、打倒一切、否

---

[1] 贾新民主编《20世纪中国大事年表（1900—1988）》，中国人民大学出版社，1992，第452—453页。

定一切的极左思潮，反复强调出版工作除了坚持把马克思列宁主义著作、毛主席著作放在首位外，还应该做好青少年读物，文学艺术读物，科学技术读物，经济、历史、地理、国际知识读物和工具书等各类图书的出版工作"[1]。在周恩来的敦促下，部分出版界和文学界的工作者回到原单位，文学书籍和期刊的出版工作被正式提上日程。1971年或更早，各省的市、县级刊物率先创刊，如长沙市的《工农兵文艺》、广州市的《工农兵文艺》、浙江乐清县的《革命文艺》等，除个别期刊不刊发小说，大部分期刊虽然被定位为"群众性／工农兵文艺期刊"，刊发曲艺、演唱材料、戏剧、社论、批判文章、美术作品，也同样重视短篇小说、散文和报告文学，并且逐渐有意识地增加了短篇小说的刊发数量。短篇小说在1971年的期刊、报纸上已呈现出活跃的态势，并为1972年短篇小说的发展积累了经验。

到1971年年底，毛泽东适时地为略微好转的文艺界打了一针强心剂。1971年12月16日，《人民日报》头版发表毛主席题词："希望有更多好作品出世"[2]。同日的《人民日报》刊发了《发展社会主义的文艺创作》的短评，文章首先肯定了"文化大革命"以来的文艺成绩，称"在毛主席无产阶级文艺路线的指引下，在各级党组织和革命委员会的领导下，在大力普及革命样板戏的基础上，一个群众性的革命文艺创作运动正在蓬勃兴起"，而后提出"努力创作出又多又好的社会主义文艺作品"的要求，并且声言"各种文艺形式的创作，都要发展"。[3]短评虽然一再肯定成绩，尤其是"样板戏"的成绩，却流露出除了"样板戏"别无所长的尴尬，"蓬勃兴起"的背后却是其他文艺形式的凋敝。在这样的情况下，文学不仅要继续承担宣传政治、图解政治的任务，还需要有大量各种形式的品质较好的作品来证明"文革"对于文艺发展的良性作用。

这样，到1971年年底，省级文艺期刊《北京新文艺》、广西的《革命文艺》、内蒙古的《革命文艺》开始试刊，1972年则有更多的省级、市县级期刊创刊。长沙的《工农兵文艺》《长沙画册》于1972年合并而成《长沙文艺》，广西的《革命文艺》于1972年改名为《广西文艺》，内蒙古的《革命文艺》于1973年改名为《内蒙古文艺》，《北京新文艺》于1973年改名为《北京文艺》……从名字的更替上，我们亦可看出剑拔弩张的"革命"正在被平稳的"文艺"取代。这些较早出现的文艺期刊经过更名、调整成为20世纪70年代重要的文学刊物。

---

[1] 宋原放主编《中国出版史料·现代部分·第三卷》上册，山东教育出版社，2001，第204—205页。

[2] 毛泽东：《题词》，《人民日报》1971年12月16日。

[3]《发展社会主义的文艺创作》，《人民日报》1971年12月16日第1版。

不仅期刊大批出现，短篇小说集也于这一年得以出版。据中国版本图书馆编撰的《全国总书目》记载，1971年前无小说（包括长篇小说、短篇小说集）出版，1971年则出版了10部短篇小说集①（包括小说、散文合集）。小说集中的小说写于1971年或更早的时间，大部分最初散见于报纸上，它们得以被精心挑选出来结集出版，恰恰证明了它们的"政治正确性"和"艺术合法性"，也就是说它们是符合20世纪70年代要求的小说，具有"样板"的性质。这些小说实际为1971年后短篇小说的创作提供了可资借鉴的故事类型和行文模式。况且，小说集中的部分小说并无草创期的幼稚病，它们已经为70年代小说要表现什么和怎么表现定下了基本框架和模式，在表现"路线斗争"上，这些被挑选出来的作品要比1972年及之后的很多小说更"深刻"，更"复杂"，更"一波三折"，或者说更有可信度和可读性。《三进校门》《向阳列车》《家属主任》《讲台》《进军号》等是当年各个作品集争相收录的小说，它们发挥了短篇小说短小精悍的优势，迅即反映了"文革"时期社会各行各业的新面貌，综合起来远比几部长篇小说提供的信息量还要大。虽然没有确切的证据证明后来的创作者曾阅读并受这些小说影响，但"文革"时期最早结集全国发行的小说应该会成为其后创作者，尤其是业余作者的写作"参考书"吧。细心考察其后的小说创作，不难发现很多小说不过是这些小说的改写品和衍生物。

　　在这样的情况下，1972年到来了。这个被后来者视为"文学的复苏"的一年的到来，不只因为此前的铺垫为它的到来做出了努力，还因为1972年是毛泽东《在延安文艺座谈会上的讲话》发表30周年，为了纪念与回应《讲话》，表明在《讲话》的指引下社会主义文艺"蓬勃兴起"，文艺上的丰收成为1972年必须完成的政治任务。《解放军文艺》、《河北文艺》、《山东文艺》、《贵州文艺》、《湘江文艺》、《加格达奇文艺》、《湛江文艺》、《梧州文艺》、《宝鸡文艺》、《株洲文艺》、《革命文艺》（苏州）、《征文作品》（大兴安岭）等都是应纪念《讲话》而筹备出版的，大部分刊物更是于5月首次亮相，以突出"纪念"主题。

　　众多文艺期刊于同一年试刊、复刊或创刊，必然需要大量的文稿，"征文"便是当时解决稿源的一大手段。在征文中，短篇小说占了很大的分量。一方面，小说作为重要的文学样式是进入文艺平稳发展时期必不可少的，期刊对小说的重视当然

---

① 这10部短篇小说集分别是：《工农兵短篇小说集》，河北人民出版社；《三进校门》，辽宁省新华书店出版社；《飞雪扬鞭》，内蒙古自治区人民出版社；《方向舵》，江西省新华书店出版；《向阳列车》（小说、散文集），上海人民出版社；《讲台》，天津人民出版社；《进军号》，浙江人民出版社；《家属主任》，云南人民出版社；《船台战歌》，天津人民出版社；《新的高度》，上海人民出版社。

有借助于小说提高自身文学性；另一方面，短篇小说的短小适于及时地配合政治任务，反映"路线斗争"，能以简单、形象的故事说明"人民内部矛盾"和"阶级斗争"的实质，是"打击敌人，教育人民"方便、快捷的武器。当时期刊对短篇小说的征集要求有二：一是不要太长，短小最好，期刊中小说所占版面有限，社论、批判文章、文艺短评及群众演唱、曲艺材料、美术、摄影不可割舍，一定要突出文艺期刊的"工农兵性质"；二是要通俗易懂，既能让"工农兵喜闻乐见"，便于业余作者学习和模仿，又不易犯路线错误。不过仍旧有比较长的短篇小说被刊发，这些小说基本出于专业作家之手，与业余作者和创作组的作品还是有很大不同的。征文的展开为短篇小说创作提供了机会，同时也选拔出一批业余作者，这些业余作者进一步被组织培养，其中的一些人成为20世纪70年代小说创作队伍中的重要力量。

二、1972年的文学期刊

如今，我们搜集和整理20世纪70年代的文学期刊实际是有很大困难的，如梁启超在研究近代历史人物时发现的那样，越是离我们近的历史，"本来应该多知道一点，而资料反而异常缺乏"①。目前国家图书馆的藏刊量最多，但也只存有一部分。单以1972年一年为例，国图中可搜集到的文艺期刊（包括省级、地市级、县级，不包括青少年读物、非汉语期刊、非正式出版的油印期刊）就有几十种，其中个别期刊在1972年并未刊发小说。另外，通过1973年的总期数可以推断《山西群众文艺》、《邕江文艺》、《工农兵文艺》（山西阳泉）在1972年便已经出版，但国图及北京各大图书馆却找不到1972年的期刊刊本。一位国图的工作人员被上级要求记录过刊的创刊和终刊时间及总期数，那位工作人员表示很多期刊散佚或破损，无法得知创、终情况。造成这种局面的原因很多，我想最主要的原因有两个。一是对"文革"时期的文艺期刊不够重视（当然对"文革"时的其他文艺出版物也不够重视，1971年出版的10部短篇小说集，中国人民大学图书馆仅存有一部，并且长时间无人借阅）。对"文革"有兴趣的人士一方面苦恼于"文革"时期的大量资料不公开，一方面又对公开发表的文献没有太多的热情，认为公开发表的文学没有文学性，没有研究价值，不值得花心血搜集、整理。不仅个人不愿去搜集这些缺失期刊，图书馆、文联等相关机构也仅是保存现有的，无再度搜集、整理的意向，各机构和个人普遍对史料的保存意识不强。二是缺少集中力量来搜集这些刊物。

---

① 梁启超：《中国历史研究法补编》，中华书局，2010，第63页。

这里单以1972年的期刊为例，看看1972年期刊的实际出版情况究竟是怎样的。

1974年出版的《1972全国总书目》只记载了部分文献，对于地方期刊仅记载到省级。如果以《全国总书目》记载的期刊来了解当时的文学生产情况和各地的文艺活动，或许会觉得全国的文艺景象颇为惨淡，实际情况则是大到北京、各省，小到地市县都曾办刊，并展开征文活动，从而使众多业余作者（尤其是知识青年）通过期刊获得了参与文学活动的机会。那么，1972年究竟出版了多少种期刊呢？数量目前很难确定，以国图及北大图书馆、人大图书馆的馆藏为准，并且参考网络上的相关信息，可以找到下表中的44种期刊[①]：

地点	期刊				
	一	二	三	四	五
北京	《北京新文艺》[②]（试刊）	《解放军文艺》			
天津	《天津文艺》（试刊）				
河北	《河北文艺》（试刊）				
河南	《文艺作品选》				
山东	《山东文艺》（试刊）				
山西	《革命文艺》[③]	《工农兵文艺》[④]（阳泉）			
陕西	《工农兵文艺》	《宝鸡文艺》			
宁夏	《工农兵文艺》[⑤]（银川）				

[①]《工农兵文艺》（广州电白县）发刊信息不全，无法确定1972年是否出版，暂不列出。本表所列期刊不全，比如发表小说《生命》的《工农兵文艺》（沈阳）在1972年已经出版（内部发行），但因目前北京各大图书馆中无法找到期刊册，本表暂不列出，本表所列期刊在国家图书馆中基本可以找到，如查询不到，可去北京大学图书馆做补充查阅。本表所列期刊为综合性文艺期刊，不包括青少年读物、文艺画报。不标明创办地点的《工农兵文艺》和《革命文艺》为省级机构创办。另外，本表标注"试刊"的期刊为刊物本身标明处于试刊阶段的期刊，一些期刊虽然也处在内部发行、不定期发行的试刊阶段，刊物本身未标明，此处亦遵照原刊，不做说明。

[②]《北京新文艺》于1971年12月便开始试刊。

[③]《革命文艺》（山西）1971年便已经出版。

[④]《工农兵文艺》（阳泉），根据1973年总期号可推知1972年已经出版，创、终刊时间不详，现存刊本中无小说。

[⑤]《工农兵文艺》（银川）1971年便已经出版。

续表

地点	期刊				
	一	二	三	四	五
新疆	《天山文艺》①				
内蒙古	《革命文艺》②（试刊）	《呼和浩特文艺》	《包头文艺》（试刊）		
吉林	《吉林文艺》（试刊）				
辽宁	《辽宁文艺》（试刊）	《文艺作品选》（本溪）			
黑龙江	《征文作品》（大兴安岭）	《加格达奇文艺》	《群众文艺》③（齐齐哈尔）		
湖南	《长沙文艺》④（试刊）	《工农兵文艺》⑤（湖南省）	《工农兵文艺》（衡阳）	《湘江文艺》	《株洲文艺》
湖北	《革命文艺》⑥				
江苏	《革命文艺》⑦（苏州）	《泗阳新文艺》⑧			
广西	《广西文艺》⑨	《梧州文艺》	《邕江文艺》⑩		
广东	《广东文艺》（试刊）	《湛江文艺》	《工农兵文艺》⑪（广州）	《港城文艺》⑫（湛江）	
浙江		《革命文艺》⑬（乐清）			
福建	《晋江文艺》（《闽中文艺》改名而来）		《工农兵文艺》（永定）	《厦门文艺》⑭	

---

① 《天山文艺》1972年出刊三期，1972年期刊册暂缺。

② 《革命文艺》（内蒙古）1971年12月开始试刊。

③ 《群众文艺》（齐齐哈尔），根据1972年总期号可以推知1971年便已出版，具体创刊、终刊时间不详。

④ 《长沙文艺》由长沙市的《工农兵文艺》和《长沙画报》合并而成。

⑤ 《工农兵文艺》（湖南）1971年便已试刊。

⑥ 《革命文艺》（湖北）1971年便已出版，期刊册残缺不全，目前所存刊本中无小说。

⑦ 《革命文艺》（苏州），根据1972年总期号可以推知1971年便已经出版，但1971年刊本缺。

⑧ 《泗阳新文艺》1971年开始出版，期刊册不全，目前能找到的期刊册中无小说。

⑨ 《广西文艺》1971年以《革命文艺》为名试刊两期。

⑩ 《邕江文艺》，由1973年总期号可以推知1972年便已出版，但1972年刊本缺。

⑪ 《工农兵文艺》（广州），1971年已经出版，1972年刊本缺，1973年改为《广州文艺》。

⑫ 《港城文艺》1972年出刊两期，暂缺。

⑬ 《革命文艺》（乐清）1971年便已出版。

⑭ 《厦门文艺》为《工农兵文艺》（厦门）改版而来。

续表

地点	期刊				
	一	二	三	四	五
海南	《海南文艺》①				
安徽	《安徽文艺》②（试刊）				
四川	《四川文艺》（试刊）				
贵州	《贵州文艺》（试刊）				

仅以国图为中心，兼及北京大学、中国人民大学图书馆③，可以找到1972年出版的44种期刊，当然，这是不完全的统计，比如刊发过小说《生命》的沈阳市的《工农兵文艺》在这些图书馆中就查阅不到，如《工农兵文艺》（沈阳）一样散佚的期刊肯定不止一两种，《右江文艺》《西江文艺》《佛山文艺》等期刊虽然曾出现在一些文献中，如今却不得一见。

这样看来，1972年出版的期刊数目并没有我们想象的那么少，一些期刊在1971年便已经出版，到1972年省级期刊大部分开始试刊，地市县级期刊大量出现，群众性文艺发展得如火如荼。所以说，所谓的"文革"无文学或文学凋敝的说法相对片面，只能说一大批专业作家，尤其是知名作家的创作受限，专业性文学写作受阻，而群众性的文学创作得到鼓励，并蓬勃发展。从质量上看，20世纪70年代的确是文学的低谷，而从数量上和对文艺活动的重视度上看，70年代其实是群众性文学创作的兴盛期。

考察1972年的期刊，可以发现省级期刊虽尚处在试刊阶段，内容已相当成熟，小说、散文、报告文学、诗歌、文艺评论等成为期刊的主要内容，改变了之前大量刊发演唱和曲艺材料的局面。北京、上海两大城市并未表现出优势，《北京新文艺》里的小说写得拘谨，阶级斗争的气味浓烈，故事简单且概念化痕迹明显，上海则无期刊发行（或者已经散佚），上海的代表性期刊《上海文艺》直到1977年10月才得以复刊。地方期刊在此时并不弱于北京，尤其是湖南省的期刊，《湘江文艺》《长沙文艺》不仅在1972年表现出色，之后持续出版，是整个20世纪70年代里重要的文学刊物。

---

① 《海南文艺》1972年试刊两期，刊本缺。
② 《安徽文艺》由《征文作品》（安徽）改刊而来。
③ 这三所图书馆藏刊量大，如果在这三所图书馆中查阅不到，北京乃至全国各大图书馆就很难查阅得到了。部分地方性期刊可以尝试在本地图书馆和文联中查找。

章学诚在谈治一国之史时认为，不能单讲中央政治，要以地方史做基础，结合地方志才能成就有价值的历史。做一国之文学史，尤其面对那样特殊的时期，更应关注地方文学创作的情况，这样才能对20世纪70年代的文学状况有更全面的理解和准确的把握。可能有人会觉得一些地县级期刊水准低，没有整理的价值，我想无论其文学价值多大，作为历史上曾经存在的文献，便有被记载的权利。这些不被重视的刊物如果不被整理、记载，虽存在其实便等于佚失，今天我们记载了它们，标明它们是怎样的文艺期刊，即使它们随着时间的流逝不存在了，后人也可以知道它们大体是什么样的文献，就像目录学家郑樵所说的那样："类例分，则百家九流各有条理，虽亡而不能亡也。"各省的文学期刊有利补充了国家级期刊的缺席，并分别体现出各省的不同特色。比如：我们研究"文革"时期的知青文学，便需要看《黑龙江文艺》，黑龙江生产建设兵团吸纳了大批知青，很多知青通过油印刊物、当地小期刊，经由《黑龙江文艺》走上文坛，如肖复兴、陆星儿等；要研究工业题材的小说，具有大型钢铁厂、矿场的地区所创办的期刊则是重点阅读的对象，小小的《包头文艺》中就包含了大量的工业小说；像《内蒙古文艺》《云南文艺》《广西文艺》《四川文艺》这样的期刊则具有浓郁的少数民族气息，少数民族独特的风俗习惯和情感表达方式为小说平添了几分生活气息和当时少有的陌生感。地市县的期刊虽然普遍水准不高，却可以从中发现省级期刊中不易触及的内容，比如婚姻、家庭。很多在"文革"中或新时期成名的作家最初就是经由这些名不见经传的小期刊踏上文学道路的，如古华、朱苏进等。

小说向何处去

——1977年的文学现场一窥

李 雪

1976年1月20日国家级文学期刊《人民文学》几经波折终于"创刊"（实际是复刊，《诗刊》《人民戏剧》《美术》《舞蹈》《人民电影》《人民音乐》等也相继复刊）。在创刊号的《致读者》中，编者大谈"文化大革命"以来社会主义事业，尤其是文艺战线上取得的胜利，暗藏的意思却是"革命"已经进行了很多年，应该到真正发展文艺的时刻了，并提出贯彻执行"双百"方针，坚持"革命的政治内容和尽可能完美的艺术形式的统一"，容许"艺术上不同的形式和风格可以自由发展"。[1]这篇发刊词宛如1971年12月16日《人民日报》上那篇《发展社会主义的文艺创作》[2]的短论，预示着经过1974年到1975年的禁锢和各种名目的批判，文艺有可能获得新的发展机会。

发表在《人民文学》创刊号上的蒋子龙的小说《机电局长的一天》，这篇小说因在"文革"的尾声阶段遭到批判，在新时期得以"复活"，而成为当前研究者们尤为关注的"文革"小说之一，它往往被视为可以勾连"文革"文学和新时期文学的文本，之于新时期文学具有"起源性"的意义。[3]但这种具有"起源性"的小说

---

[1] 人民文学编辑部：《致读者》，《人民文学》1976年第1期。

[2] 《发展社会主义的文艺创作》，《人民日报》1971年12月16日。该文表明了1971年年底国家对文艺监管的放松，提倡各种文艺形式全面发展，为1972年文艺的"复兴"做了铺垫。

[3] 相关论文、论著如：程光炜《"八十年代"文学的边界问题》，《文艺研究》2012年第2期；程光炜《文学的"超克"——再论蒋子龙小说〈机电局长的一天〉》，《当代文坛》2012年第1期；张红秋《"文革"后期主流文学研究（1972—1976）》（非出版物），北京大学博士论文，2005年；肖敏《20世纪70年代小说研究——"文化大革命"后期小说形态及其延伸》，中国社会科学出版社2012年版。

刚刚露面旋即受到又一轮影响。

　　这一年的9月9日零时十分，毛泽东逝世；10月6日，"四人帮"被粉碎。一个以"文化革命"为主题的时代终于进入尾声。自1976年10月起，期刊打乱了正常的版面设置，开始刊发悼念毛主席、歌颂华主席、纪念周总理、批判"四人帮"的诗歌、散文、批判文章及中央文件，各期刊基本停止刊发小说，只有地方性的小杂志尚刊发为数不多的斗争意味不强烈的"中庸之作"。

　　经过1976年一系列重大的政治事件后，小说创收寥寥，历史的巨变没有带来创作上的丰收，却让小说停下脚步，这也许不是坏事，正可以让作者消化一下时代的情绪，为小说创作提供一段酝酿的时间。这一年的11月，《人民文学》编辑部在北京召开短篇小说创作座谈会，会上就作家的个人创造性和个人爱好、题材与风格的多样化问题进行了热烈的讨论，这样的会议正是在为更为"文学性"的1977年做准备。1976年其实不是结束，它是一个设问句，制造了一个大悬念，等待1977年作答。

　　直到1977年2月，各大期刊，如《人民文学》《解放军文艺》才正式恢复正常的版面设置，开始刊发小说。单以《人民文学》为例，1977年第2期上的小说的确展现了新的气象，让人眼前一亮。这一期刊发了王石的《党课》、贾平凹的《铁妈》和罗先明的《嫩苗苗壮》（儿童文学）。《党课》虽然是以毛主席号召领导干部要与群众搞"三同"，即"同劳动、同学习、同参加批判资产阶级的斗争"为思想依据，却不只是图解毛主席语录，而是把一个没有官架子、吃苦耐劳、深入群众的领导干部写得很朴实、生动，"文革"中同类题材的小说《师长与运输员》（毛英）、《骑骆驼的人》（敖德斯尔）[①]都可算是20世纪70年代文学中的佳作。这篇小说也安排了一个思想上有问题的"反面人物"，需要被正面人物教导，但双方之间却不是在"路线斗争和阶级斗争"的话语体系中交锋，20世纪70年代惯用的"当面锣对面鼓的斗争"被消解在行动的细节中。贾平凹的《铁妈》写的是一个一心为公的保管员大婶，题材非常地普通，思想亦不够深刻，属于"好人好事"型小说，故事虽然围绕大公无私的铁妈与自私自利的富裕中农老六的矛盾来展开，却不具有斗争的意味，仅仅通过几个片段讲述两个非常有生活实感的农民的"博弈"，带有喜剧的轻松与欢愉。故事是"文革"故事，笔法却是民间的、古典的，读起来如同读合辙押韵的歌谣，如小说中写道："第一笤帚，扫红了老六的脸；第二笤帚，扫皱了老六的眉；

[①] 毛英：《师长和运输员》，《解放军文艺》1972年第11期；敖德斯尔：《骑骆驼的人》，《内蒙古文艺》1973年第2期。

第三笤帚还未扫，老六跳了起来……"这篇小说与贾平凹之前刊发在《朝霞》上的几篇小说相比，明显多了描述性的语言（比如对景物、人物的描写），少了说理的语句。如果把贾平凹"文革"中的小说一一找出来读，包括发表在《朝霞》上的几篇，我们会很容易发现他比其他作家（如陈忠实、郑万隆、张抗抗等）与新时期的联系更为紧密，或者说，他在两个时期的创作并不存在断裂，而只是在随着时代改换故事的内容，使其顺应潮流获得合法性，写作的笔法（民间的、古典的，有韵味，注重细节，多处留白）、娓娓道来的语调从始至终都是他自己特有的。第2期之后，一批老作家（新中国成立前的作家、"十七年"作家）复归，这些老作家受"文革"文学的影响较小，不太善于紧跟时代，往往写作革命历史题材小说和回忆录性质的小说。

到1977年10月，《上海文艺》复刊（它是最晚复刊的省级文艺期刊），长期受"四人帮"控制的上海终于迎来了"文革"前就存在的代表性刊物的回归，这标志着我国重要的文学期刊从1971年开始陆续试刊、复刊（当时称为"创刊"）到此时才悉数登场。鉴于上海在"文革"中的特殊地位和《朝霞》的巨大影响，《上海文艺》一经发刊便猛烈批判"四人帮"和《朝霞》，并在《创刊词》中提出创作自由、争论自由的办刊理念。第1期刊发了老作家巴金的《杨林同志》和茹志鹃的《出山》，二文回避当时的形势，讲述的是故人旧事，内容中规中矩，行文的方式、情感的表达都是"文革"前的风格。

除《人民文学》《上海文艺》外，各个期刊都在1977年呈现出活跃的态势，刊发的小说渐趋多元。不过中央对打击"走资派"的政令依旧没有废除，狠批"四人帮"的风潮持续不断，又接连发出"农业学大寨""工业学大庆""全国人民学雷锋"的号召。除了配合政治任务的小说，革命历史小说在1977年得以复兴，尤其是长篇小说：一批"文革"前出版过的革命历史小说再版；一些写于"文革"前却被"文革"中断的革命历史小说迅速面世；一些在"文革"中便获得出版权的小说因写作革命历史故事，受"四人帮"影响相对较小，在1977年依然可以顺利出版。这就使得这一年出版的长篇小说主要以革命历史小说为主，如《风扫残云》《燕山游击队》《鹰击长空》《吕梁英雄传》等。当然，在1977年前筹划的一些反映阶级斗争、路线斗争的长篇小说还是有选择地被出版，一是因为长篇小说的写作和出版本来就有滞后性，二是因为此时只是在批判"四人帮"，对"文革"本身尚没有做出否定性的论断。

短篇小说创作也表现出对革命历史故事的青睐，白桦创作了纪念贺龙的小说《天上的"神仙"》，王愿坚创作了一系列以"长征"为主题的小说，如《足迹》《长征路上》等。然而，以直面时代为己任的短篇小说在新的历史契机中不可能满足于仅仅回忆过去。此时，短篇小说做出了种种想要突破的预备动作，但还无法确定自身前进的方向，尚在观望，且屡屡回眸。这样的踟蹰是因为创作尚需要回应官方的召唤，作家还是要听党的号令，"文革"以来的文学生产方式和写作方式仍旧被沿用，而对于作家自身来说，在历史的转换点上他们也不知道文学将向何处去、自己将往哪里走。郑万隆曾坦言："粉碎'四人帮'之后，我差不多一年多没有写过一个字，有两年的时间没有发表任何东西。我的思想转不过弯来，我无法理解为什么会发生这么大的事情，我一直没有从被粉碎中醒悟过来，到一九七九才再拿起笔来。"[1]如果说1972年是20世纪70年代文学的草创期，那时摸着石头过河的作家尚有国家的种种规范来指导写作，可时间到了1977年，国家除了限定主题，提倡"双百"方针外，却并无具体、细致的规定，这反倒使一直处于严密监控中的作家们不知所措。这时，一批老作家出面充当了对广大作者发言的角色。

1977年11月21日《人民日报》编辑部邀请文艺界人士举行座谈会，提出坚决批判"文艺黑线专政论"和开展文艺界"拨乱反正"的任务。10月至11月，陕西省召开全省文艺创作会议，并在同年第11、12期的《延河》上刊发了一批老作家谈文学创作的文章，包括马烽的《到火热的斗争中去》、李凖的《短篇小说的人物塑造及其他》、柳青的《对文艺创作的几点看法》、王汶石的《继续努力，写好英雄》、杜鹏程的《漫谈深入群众》、李若冰的《作家——战士》等。《人民文学》于第8期刊发了孙犁的《关于短篇小说》。这些老作家并没有发出超越时代的声音，基本是在重复中央对文艺的希望和要求。具体到文艺创作的细节，作家们达成的共识是"要有生活"，是否具有"生活气息"成为当时判定作品好坏的一个重要标准。

在这样的情况下，1977年的文坛表现出强烈的混杂性和分裂感，一些人试图书写过去，避开当下，一些人还沿着"文革"文学的老路走下去，一些人想要直面时代的问题，一些人则在写法上谋求突破。纵观1977年的小说，可以将其概括为六类。

一是上文讲到的革命历史小说，这里不再赘述。

二是改换型小说，这些小说延续以往的写作套路，只是改换被批判的对象。

三是学大寨、学大庆、学雷锋的时代赞歌，属于表扬"好人好事"的和缓之作，如逯斐的《在林区列车里》[2]。

---

[1] 郑万隆、梁丽芳：《郑万隆：发掘了创作的金矿》，载梁丽芳采编《从红卫兵到作家——觉醒一代的声音》，万象图书股份有限公司，1993，第413—414页。

[2]《上海文艺》1977年第2期。

第四类为开拓表现内容的小说，如将知识分子作为主人公并进行赞颂的《今天》、反映教育领域的《禁声》、触及爱情话题的《果林里》[①]。当时的实际情况正如李準所言："题材还是太狭窄，应该扩大。'四人帮'为了达到篡党夺权的目的，在题材上搞的是反革命的实用主义，到后来甚至只准写一种题材，就是所谓写'走资派'。我自己就曾受到这个反动谬论的影响。现在要把我们的作者眼界扩大开来。我们的文艺作品不仅应该反映当前现实斗争，也要反映革命历史题材，科学方面、教育方面的题材，也应该大力提倡。"[②]在题材尚不丰富的1977年，这类小说能带给读者更多的惊喜和思想上的冲击。

第五类为混杂型小说，新旧主题集于一身，往往是新意识包着旧故事，写法虽不太新颖，却也打破了陈旧的故事链条，如叶文玲的《丹梅》[③]。《丹梅》讲述的是发生在1976年春的故事，小说篇幅虽短，却不是一个单线故事，它包含了几个20世纪70年代惯有的故事类型，又在细微处超越了惯有模式的束缚，表现出些许的差异。小说乍看起来是一个典型的知青故事，讲了一个叫丹梅的女知青在农村苦干、实干，且不求荣誉的模范事迹。这个"广阔天地、大有作为"的知青故事再平常不过，却因被带入1976年故事发生的语境和1977年故事发表的语境中而与以往的知青小说有所不同。它略去了"接受贫下中农再教育"和"扎根、拔根"的思想斗争这些屡屡出现的情节，也不反复申明"大有作为"的豪情壮志，而是提倡实干。提倡实干、反对空谈除了为了呼应1977年发出的"农业学大寨"号召，也是为了将矛头指向以空谈著称的"四人帮"，从而引出另一层面的故事，即与"四人帮"对抗的故事。在农业学大寨和知识青年扎根农村这两个大背景下，去城里开会揭露"四人帮"爪牙的虚伪面目本是小说的主线故事，作者却让丹梅在路上"节外生枝"，使主线故事发生偏离，另讲述了丹梅救孕妇的学雷锋故事，在学雷锋的过程中又插入三个学雷锋的小故事。学雷锋的行为直接导致了丹梅开会迟到，进而将丹梅与"四人帮"爪牙的矛盾激化。对"四人帮"的批判恰恰是1977年的主要内容，叶文玲动用了一系列"文革"故事，通过巧妙的排列组合，最终奏响了1977年的主旋律。故事虽然是旧故事，精神却是新精神，并且通过环环相扣的布局，打破了"文革"小说的惯用套路。看似每个小故事都是不出彩的，但组合在一起却别有新意。尤其需要注意的是，人物的对话、行文的语句都是"文革"式的，情调却是温和、

---

① 杜斌：《今天》，《人民文学》1977年第8期；彭新琪：《禁声》，《上海文学》1977年第3期；贾平凹：《果林里》，《安徽文艺》1977年第10期。

② 李準：《短篇小说的人物塑造及其他》，《延河》1977年第11期。

③《人民文学》1977年第3期。

徐缓的，甚至流露出人与人之间互相关心的温情，而非概念化的阶级情感。结尾处与"四人帮"爪牙的斗争并非是广场式的、仪式化的，丹梅最终没有走入会场，而是以拒绝的姿态离开那不属于她的"革命"会场，"文革"小说中那种主人公冲上讲台、一呼百应的豪情被淡淡的哀伤取代，参与意识被疏离意识取代，那种个人代表集体的激昂表白被丹梅个人的内心活动置换。《丹梅》展示了在旧时代结束、新时代即将开始的转捩点上一个从旧时代中走过来的作家在处理新问题时所表现出的分裂感，叶文玲正是用混杂各种元素的手段展现了她与时代的切近。

第六类为在写法上有所突破的小说，这类小说虽然常常以学大寨、学大庆为背景，注重表现的却是个人的形象，行文方式不拘一格，已经为文学打开了通往新时期的大门，让我们隐约看到了新时期的多种面貌，如贾平凹刊发在《安徽文艺》第10期上的《短篇四题》。小说的主题虽然完全符合20世纪70年代的要求，行文方式、叙述语调却一直都是贾平凹特有的，在新旧历史的交汇处贾平凹的过渡方式自有其特别之处。其中的《果林里》响应"农业学大寨"口号，塑造了一位农村中一心为公的劳动模范，小说呈现出的是乡土的农村。实际上，贾平凹在20世纪70年代创作的农村小说都具有回避阶级斗争、彰显乡土气的特点，只不过在1977年这个意图已经越发"明目张胆"。贾平凹不仅在《果林里》描写了爱情，还将这种恋爱的情绪和意味渲染得既婉约又明丽，并以这样一段话结尾：

> 小青年一愕。
> 姑娘捡起一块小石子，丢进池水里。跑了。
> 小青年似乎明白了一些什么，咧嘴一笑。看人时，没见了；那深深的、开着淡淡黄花、孕着小枣儿的枣树丛后，响着笑声。
> 池水，扩散着可爱的绿色的水纹，一圈儿又一圈儿……

这样的结尾不禁使人想起汪曾祺《受戒》的结尾。《果林里》这样的小说在"农业学大寨"主题的统辖下，具有了新时期的面孔。可以说，贾平凹对"文革"的告别是最轻松的，最自然的，连一个沉重的手势都没有留下。

在1977年这样的关键节点上，具有不同身份、经历和知识背景的作家各有其应对的创作方法，通过一些被忽视的作品考察他们这一时期的文学活动、写作方式实际是很有意思的事情，细读这些作品能使我们清楚看到作家个人乃至整个文学界前进的方向和方式。在考察20世纪70年代文学与新时期文学关联性时，贯穿两个时期的作家成为学界关注的重点，比如蒋子龙、陈忠实、张抗抗，像叶文玲这样在新时期以后受关注度低的作家往往被忽视。实际上,局限在几个作家身上来考察文学在历史上的运动、演变是很不够的,回到文学发生的现场,梳理林林总总的信息才有可能摸清文学的脉络。

通过对具体作家、作品的考察,可以发现1977年的文学逐渐打破"文革"文学的惯有模式,无论是继续利用"文革"文学元素,还是调用"十七年"文学资源,或是另辟新路,在时代允许的范围内文学已在这一年出现分流的迹象,新时期文学的多种可能性正是在此时露出了端倪。

"风景"中的新生活
——周立波对革命新世界的构想和描述

张维阳

T.S.艾略特认为:"在艺术形式中,表现情感的唯一方式是寻找'客观对应物',换句话说,一组布景、一个场面和一系列的事件是某种特殊情感的表现模式,当这些作用于感官的外景出现时,情感也随之唤起。"[1]在他看来,在文学创作中,抒情无疑是第一位的,描写的意义在于服务抒情,对景观的描写或对事件的叙述都为与之相应的情感的抒发,诗人的情感与个性都蕴含在形象与象征之中。王国维曾指出:"昔人论诗词,有景语、情语之别,不知一切景语,皆情语也。"[2]他认为,没有无目的的景物描写,一切的景物描写都和情感的抒发密切相关。景物并非布景,也不是故事和情节的陪衬,景物是一套独立的意义系统,作者通过描写和设置景物抒发情感,表达爱憎,景物是情感的具象。柄谷行人不满于从情与物的角度理解文学之景,他受安德森的《想象的共同体》的启发,从"现代民族国家"之确立的维度审视和考察现代文学中的"风景"。安德森指出,以小说为主的资本化出版业对民族国家的形成和确立起到了巨大的推动作用,柄谷行人认为:"文言一致也好,风景的发现也好,其实正是国民的确立过程。"[3]这里所说的"国民"是英文的"nation",中文译作"国家"或"民族",它不是民族(ethnic)那种建立在血缘和地缘之上的集合,而是以社会契约为纽带的由个人构成的共同体,在这个意义上,柄谷行人同意称"nation"为"想象的共同体"。柄谷行人以美国为例说明"风景"对民

---

[1] 朱通伯:《英美现代文论选》,上海译文出版社,1991,第155页。
[2] 姚柯夫:《〈人间词话〉及评论汇编》,书目文献出版社,1983,第39页。
[3] [日]柄谷行人:《序》,载《日本现代文学的起源》,赵京华译,生活·读书·新知三联书店,2003。

族国家的确立所起到的作用:"再以美利坚合众国为例,nation 的社会契约侧面是以国歌《星条旗永远不落》来表征的。可是,只有这一点是无法建立起共通的情感之基础的,而作为多民族国家又不可能诉诸'血缘',故只好诉诸'大地'。就是说,这是通过赞美'崇高'风景之准国歌《美丽的亚美利加》来表征的。"①柄谷行人认为,文学以想象的方式感召和凝聚没有血缘和地缘关联的个人,使之形成一个坚固的共同体,"风景"是作者刻意呈现和设置的景观,是对现实有意识的摘取和选择,作者以"风景"作为某种共同精神的表征,以形象的方式构建起抽象的理念。

周立波的作品中有大量的风景描写。周立波具有深厚的西方文学修养,深受西方现实主义文学的影响,他尤其赞赏 19 世纪的俄罗斯文学。在 20 世纪 30 年代,他曾写过《俄国文学中的死》《纪念托尔斯泰》《一个巨人的死》《普式庚百年祭》等多篇有关俄罗斯文学的评论文章,在延安鲁迅艺术学院讲授"名著选读"课程时,普希金、托尔斯泰、果戈理等作家更是占据了他课程的重要部分,此外,他还翻译过肖洛霍夫的《被开垦的处女地》。俄罗斯的作家们热衷于描绘自然景观,有人说:"认真倾听大自然的呼吸、寻觅大自然的美,是俄罗斯文学的优秀传统之一。"②俄罗斯文学描绘风景的传统无形中影响了周立波的创作。在《日本现代文学的起源》一书中,柄谷行人认为"风景"并非天然地存在,而是需要有人来"发现",发现"风景"之人和"风景"之间必然存在一定的距离。李扬认为:"只有人不在'环境'与'景物'之中的时候,人才可能去客观描述它。"③赵树理等土生土长的解放区作家对解放区的地貌风物习以为常,专注作品情节和对话的设计,很少描写解放区的景致和风光。周立波与他们不同,他来自上海的亭子间,进入解放区后,土坯房和田野置换了高楼和里弄,耕牛和毛驴取代了汽车和轮船,正如毛泽东所说:"从亭子间到革命根据地,不但是经历了两种地区,而且是经历了两个历史时代。"④大幅度的时空转换使周立波得以用婴儿般的眼光打量和观察眼前的世界,记录和描绘解放区的风光。中华人民共和国成立后,为响应毛泽东《讲话》的精神,周立波远赴黑龙江农村,积极投身东北土改第一线,生长于三湘四水的周立波跨越千里,

---

① [日]柄谷行人:《序》,载《日本现代文学的起源》,赵京华译,生活·读书·新知三联书店,2003。

② 柏峰:《秋的美好成就了文学》,《中国社会科学报》2011年。

③ 李扬:《抗争宿命之路——"社会主义现实主义"(1942—1976)研究》,时代文艺出版社,1993,第99页。

④ 毛泽东:《在延安文艺座谈会上的讲话》,载《毛泽东选集》,人民出版社,1991,第876页。

来到广袤空旷的黑土地，巨大的地域差异使周立波持续着对环境的注意。合作化运动开始后，周立波以饱满的热情回到家乡，写他最熟悉的湖南农村，踏过万水千山的游子重返故乡，家乡的一草一木亲切又熟悉，使他感觉温暖又欣喜，对于家乡的风物和景观他如数家珍，用优美的词句记录家乡风物的点滴。当然，周立波对风景的描绘并非为了满足读者对于异域景观的猎奇心理，作为共产党的文艺战士，周立波对于风景的描绘意在呈现出由共产党领导建立的社会主义新世界的样貌，展示新的时代精神和生活理念，感召和动员广大群众参与到共产党领导的革命中去。

初到解放区的周立波陶醉于解放区明媚祥和的氛围，农村中司空见惯的风物都被他着以轻松、明快的颜色。在创作于1941年的短篇小说《牛》中，周立波这样描绘解放区的农村："院子里有一只金黄色雄鸡突然叫起来。两只小黑猪，为了争吃一点儿什么东西，大声吵闹着。离我们不远有一只黑毛驴，不知道是由于无心呢，还是有心的捣蛋，扯起它那不成音乐的嘶哑的声音，长长地，叫得人十分地烦躁。这有点儿像雪莱的诗里叹息的：'我们的里面没有平和，我们的周围没有安静'。毛驴的声音好容易停止，槐树上一只喜鹊又啼噪起来。农村里人认为喜鹊叫，是报喜信。"[①]在周立波的笔下，农民的家禽和家畜肆无忌惮地嬉戏和吵闹，充斥着动物聒噪的乡村生气盎然。夜幕降临，万籁俱寂，喧闹了一天的动物收声安眠，只剩下皎洁的月光抚慰着大地，"外面的月光明朗，照出了院子里好几堆残雪，放射着耀眼的光辉。北方的月夜是好的，特别是没有风沙、有些残雪的春天的晚上；明澈欲流的光辉，会使人感到一种清新和明净"[②]。动物的躁动和月夜的静谧都映衬着乡村的安宁，这里远离战火和烽烟，这里没有压迫和巧取豪夺，这里延续了古典乡村的安谧与平宁，这里是人们久寻的桃源，这里是解放了的新世界。1947年，周立波的《暴风骤雨》发表，此时的周立波经过多年的锻炼和学习，逐渐调整和修正自己的审美趣味，运用马克思主义理论话语进行创作，他呈现自然景观不再拘囿于审美的维度，他更多地将自然景观的描绘和生产实践相结合，自然成了施力的空间和实践的对象，周立波通过对自然的描写展现了无产阶级革命战士改造自然、征服自然的豪情。作品开篇，周立波就呈现了黑土地的景观："七月里的一个清早，太阳刚出来。地里，苞米和高粱的确青的叶子上，抹上了金子的颜色。豆叶和西蔓谷上的露水，好像无数银珠似的晃眼睛。道旁屯落里，做早饭的淡青色的柴烟，正从土黄屋顶上高高地飘起。一群群牛马，从屯子里出来，往草甸子走去。一个戴尖顶草帽的

---

① 周立波：《牛》，载《周立波文集》第二卷，上海文艺出版社，1982，第301页。
② 周立波：《牛》，载《周立波文集》第二卷，上海文艺出版社，1982，第305页。

牛倌，骑在一匹儿马的光背上，用鞭子吆喝牲口，不让它们走近庄稼地。"①苞米、高粱、豆子、西蔓谷等农作物和作为生产工具的牛马被周立波纳入了"风景"，"风景"之美不再表现为奇谲或者秀丽，而是与生产实践直接相关，这标志着周立波审美方式的转变，也表露了作者通过创作进行农村动员、支援前线的用意。在其后的景色描绘中，农作物和农业生产始终是其着重表现的对象："八月出头，小麦黄了。看不到边儿的绿色的庄稼地，有了好些黄灿灿的小块，这是麦地。屯落东边的泡子里，菱角开着小小的金黄的花朵，星星点点的，漂在水面上，夹在确青的蒲草中间，老远看去，这些小小的花朵，连成了黄乎乎的一片。远远的南岭，像云烟似的，贴在蓝色的天边。"②"北门外，太阳从西边斜照在黄泥河子水面上，水波映出晃眼的光芒。河的两边，长着确青的蒲草。菱角花开了。燕子从水面掠过。长脖老等从河沿飞起，向高空翔去，转一个圈又转回来，停在河沿。河的北面是宽广的田野。一穗二穗早出的苞米冒出红缨了。向日葵黄灿灿的大花盘转向西方。"③

  周立波试图通过对"风景"的描绘和设置构建和展现新时代的风貌，他通过与旧社会对比的方式展示了新时代的进步性。旧社会在他的笔下是昨日的梦魇和不堪回首的疼痛，在旧社会的映衬下，"解放"的意义和价值凸显，新时代的优越性不言而喻。在1952年发表的《砖窑和新屋》中，周立波通过描写国民党统治时期工人住的旧砖窑和解放后工人住的宽敞新屋，形象地说明了劳动者在新旧两个时代不同的生活状态和心理状态。作品以第一人称叙事，由工人王寿山邀请主人公去工人的新旧住所参观："他领着我从循环水池的土堤上过去，走过一片撒满铁渣，堆满污泥的荒场，来到一排破烂的砖窑跟前。这可不是西北的冬暖夏凉的宽绰的窑洞，而是又低又窄的烧砖的废窑。窑外，满眼是蒿草、碎砖、破瓦和锈铁。我们进到一间窑里，一伸手，就触到窑顶。右边窑壁，有一个熏得乌黑的烟囱口。"④这个旧砖窑雨天漏水，那时候天一阴工人们就发愁，屋里有时还会爬进蛇，把妇女和儿童吓得不轻，在此居住的工人整日愁眉不展，家属提心吊胆。与之相对的是解放后不久工人们居住的新屋："我们看见一大片新屋，像座小市镇。迎面一幢长长的两层楼房，是单身工人的宿舍。排列得整整齐齐的一幢一幢的小洋房，是带家眷的工人的住房，一色的红砖灰瓦，漂亮而结实。走近前一看，家家窗上的玻璃，都擦得溜明崭亮。有些人家，窗台上还摆着鲜花，所有的房子跟前，都有空地，有的栽了树，有

---

① 周立波：《暴风骤雨》，载《周立波文集》第一卷，上海文艺出版社，1981，第1页。
② 周立波：《暴风骤雨》，载《周立波文集》第一卷，上海文艺出版社，1981，第124页。
③ 周立波：《暴风骤雨》，载《周立波文集》第一卷，上海文艺出版社，1981，第140页。
④ 周立波：《砖窑和新屋》，载《周立波文集》第二卷，上海文艺出版社，1982，第340页。

的种着菜。"①在如此安适的居住环境中，工人可以安心地工作，工人的家眷轻松而欢喜，一边干家务，一边唠家常，欢快而安宁。新旧两种住房代表着两种不同的时代景观，周立波对其的描绘不仅展示了劳动者在不同时代的际遇，更显示了不同时代对于劳动者的态度。分配给工人的宽敞新屋不是新时代对劳动者的物质贿赂，而是新时代对劳动者主体地位的认同，劳动者有权享受劳动的果实，这凸显了新时代对于劳动者的爱护和尊重。周立波在此昭示，迈入新时代的劳动者不仅生活将有所保障，对于尊严的需求也将得到满足，如蔡翔所说："中国革命的社会实践同时也是尊严政治的实践。也是在这一意义上，中国革命就不仅仅是一场政治革命，同时也是文化革命。"②

周立波不仅通过风景的描绘展现新时代物质的丰盈，也在对风景的描绘中呈现新旧时代更替所带来的时代精神的嬗变。在发表于1958年的《山乡巨变》中，周立波以外来者邓秀梅的视角观察解放后的清溪乡，土地庙、祠堂等旧社会的符号或遭遗弃，或被新社会的符号所占领和置换，在这"风景"的变换中，蕴含了权力话语的易主和时代精神的更替。作为旧时代神权符号的土地庙在新时代因被人遗弃而破败："庙顶的瓦片散落好多了。屋脊上，几棵枯黄的稗子，在微风里轻轻地摆动。墙上的石灰大都剥落了，露出了焦黄的土砖……如今，香火冷落了，神龛子里长满了枯黄的野草……"③昔日被认为能主宰收成丰歉和家畜安危的土地神风光不再，往日香火繁盛的神龛在凄风苦雨中零落和破败。这形象地说明了，在新的时代，对神力的迷信被打破，对神权的膜拜已成为历史，人的力量受到了充分的肯定，劳动者的主体地位在新时代得以确立。农业生产再也不靠天吃饭，新时代的农民将依靠科学知识和勤劳的双手改变自己的生活，推动时代的进步，这种前所未有的对于人的能动性的肯定使人从神权的统摄下解放出来，极大地增强了人的存在感和自豪感，也有力地增强了农民的劳动积极性。在小说《牛》中，张启南在旧社会好吃懒做，对劳动不积极，而进入新社会后，他总是把自家的院子收拾得干干净净，两年没打扫的牛栏也被他清理，挖出了十几担牛粪，他成了爱劳动的能人。在《懒蛋牌子》中，赵子彬在旧社会里是个好喝酒、耍钱、看娘们儿的二流子，而进入新时代后开

---

① 周立波：《砖窑和新尾》，载《周立波文集》第二卷，上海文艺出版社，1982，第341页。
② 蔡翔：《革命/叙述：中国社会主义文学—文化想象（1949—1966）》，北京大学出版社，2010，第233页。
③ 周立波：《山乡巨变》，载《周立波文集》第三卷，上海文艺出版社，1982，第7—8页。

始热爱劳动，起大早用柳条子编粪筐。在这里，"劳动"获得了超出传统勤奋美德的现代意义，人们相信，通过劳动可以改变生活，也可以改变世界。正如蔡翔所说："正是'劳动'这一概念的破土而出，才可能提出谁才是这个世界的真正的创造主体这一革命性的命题。此命题深刻地影响了20世纪的中国。"[①]周立波借《山乡巨变》中陈大春之口表达了对劳动改变世界的信念："'我们准备修一个水库，你看，'陈大春指一指对面的山峡，'那不正好修个水库吗。水库修起了，村里的干田都会变成活水田，产的粮食，除了交公粮，会吃不完。余粮拿去支援工人老大哥，多好。到那时候，老大哥也都会喜笑颜开，坐着吉普车，到乡下来，对我们说：'喂，农民兄弟们，你们这里要安电灯吗？''要安。煤油灯太不方便，又费煤油。''好吧，我们来安。电话要不要？''也要。'这样一来，电灯电话，都下乡了。"[②]

劳动的意义和价值受到肯定，是否爱劳动成了新时代评价人的重要依据。邓秀梅初入清溪乡，遇到了正在井边舀水的盛淑君，盛淑君对于陌生的到访者心怀警惕，态度并不十分友好，她质问邓秀梅："你这个人不正经，才见面就开人家的玩笑，我还不认得你呢。你叫什么？哪里来的？"[③]在邓秀梅接过盛淑君挑水的扁担稳步走了一段之后，盛淑君认定了邓秀梅的劳动者身份，信任了邓秀梅，转变了态度，热心地向邓秀梅介绍了村里的情况。陈大春在肯定盛淑君时，将爱劳动放在了第一位："她样样都好，愿意劳动，还能做点事，起点作用，品格也没有什么……"[④]而不爱劳动的人，则被视为道德存在缺陷，受到群众的鄙视和排挤。在《山乡巨变》中，盛淑君的母亲不爱劳动，当盛淑君的父亲外出劳动时，她便四处串门闲逛，抽支烟打麻将，被人评价为"游山逛水，沾花惹草的闲人"[⑤]，不仅自身受人诟病，女儿盛淑君也受到影响。

在周立波的创作中，劳动也进入了审美的领域，是否爱劳动成了新时代的审美标准，劳动的妇女成了新时代一道亮丽的风景。在《山乡巨变》中，周立波描写了劳动中的盛淑君，呈现了劳动中的女性美："前面不远的一眼水井的旁边，有个穿件花棉袄的，扎两条辫子的姑娘，挑一担水桶，正在打水。姑娘蹲在井边上，弓下了腰子。两根粗大、油黑的辫子从她背上溜下去，发尖拖到了井里。舀满两桶水，

---

① 蔡翔：《革命／叙述：中国社会主义文学—文化想象（1949—1966）》，北京大学出版社，2010，第222页。
② 周立波：《山乡巨变》，载《周立波文集》第三卷，上海文艺出版社，1982，第214页。
③ 周立波：《山乡巨变》，载《周立波文集》第三卷，上海文艺出版社，1982，第19页。
④ 周立波：《山乡巨变》，载《周立波文集》第三卷，上海文艺出版社，1982，第29页。
⑤ 周立波：《山乡巨变》，载《周立波文集》第三卷，上海文艺出版社，1982，第31页。

她站起来时，辫子弯弯地搭在她的丰满的鼓起的胸脯上。因为弯了一阵腰，又挑起了满满两桶水，她的脸颊涨得红红的，显得非常的俏丽。"[1]张桂贞曾经逃避体力劳动，贪图舒适安闲的生活，是个柔弱而懒散的妇女，经过时代新风的浸润和集体的教育，她开始承担了更多的体力劳动，展现出劳动者的美："如今，她晒得黑皮黑草，手指粗粗大大的，像个劳动妇女了。她还是穿得比较地精致，身上的青衣特别地素净。她的额上垂一些短发，右边别出一小绺头发，扎个辫子，编进朝后梳的长发里，脑勺后面是个油光水滑的黑浸浸的粑粑头。"[2] "一个身段苗条的女子斜靠在小竹椅子上，瓜子脸晒得发出油黑的光泽，额边一绺头发编个小辫子，一起往后梳成一个粑粑头，眉毛细而长，眉尖射入了两鬓里；大而又黑的眼睛非常活泛，最爱偷偷地看人；脸颊上的两个小酒窝，笑时显出，增加了妩媚；上身是件花罩衣，下边是条有些泥巴点子的毛蓝布裤子；因为刚从田里来，还赤着脚。"[3]在周立波的笔下，女性通过劳动创造价值，在"劳动者"的共名中消解了性别的弱势而获得了性别的平等，投入劳动的女性不再作为男性的附属品供男性支配和消费，她们确立了自身的主体性而获得了自信，劳动使她们健全了身体，振作了精神，她们意气风发的精神面貌和健美的体魄取代了摇曳的身姿和扭捏的步态，成为新时代女性美的标志。通过对劳动的审美化叙述，周立波呈现出一种积极乐观的时代风貌与平等和谐的性别关系，这种奋发而融洽的生活图式正是新时代的新"风景"，形象化了群众对于社会主义新生活的集体想象，有力地激发了群众对于投身社会主义建设的愿望。

---

[1] 周立波：《山乡巨变》，载《周立波文集》第三卷，上海文艺出版社，1982，第18页。
[2] 周立波：《山乡巨变》，载《周立波文集》第三卷，上海文艺出版社，1982，第433页。
[3] 周立波：《山乡巨变》，载《周立波文集》第三卷，上海文艺出版社，1982，第486页。

呼唤一种为了爱与拯救的文学

——也谈"新伤痕文学"

张维阳

作为一位青年学者,杨庆祥对于社会的公共生活具有鲜明的介入意识,他十分重视文学的社会效用和现实意义,积极地以文学的方式参与当下的公共事务。他将自身的生活经验和情感体验融入对时代的观察和学术研究当中,经由广泛的调查和深入的分析,摸索和把握中国当下社会里普通个体的精神症结,将处理当代人的精神疾患确认为其研究的目标与方向。他的学术目标决定了他的学术研究无法满足于单纯的对文学文本的审美分析,或是对于文学内部问题的筛查和辩驳。从《80后,怎么办?》开始,他已经尝试突破学科的拘囿,溢出文学的边界,进行跨学科的研究。在这本书中,他在对当下社会政治、经济和文化整体感知的基础上,揭示和分析了中国"80后"一代所遭遇的一些重要的精神性问题。随后杨庆祥发现,在中国的现代化转型这个历史阶段中,不同年龄段的人们需要共同面对中国的现代性问题,需要共同承受这一转型过程中的疼痛,在这个意义上,他认为从"50后"一直到"90后",其实都是同一代人,这样的认识让他放弃了代际研究的策略,开始了对中国当下的历史处境和国人精神状况的整体性思考。最近的《"新伤痕时代"及其文化应对》等相关文章,就是对这些思考的呈现。

在文章中,杨庆祥提出了"新伤痕时代"与"新伤痕文学"的话题。他认为改革开放以来的现代性方案在给中国的经济和国力带来极大发展的同时,其不平衡的发展模式和分配制度造成了严重的社会层级分化的问题,这种分化不仅体现为物质分配的不均,更体现为各阶层精神上的对立和对于未来想象的差异,这种不同层级间精神的隔膜和分裂,构成了统一共同体内部的危机。改革开放取得了举世瞩目的成就,同时也付出了种种的代价。改革开放以来,在中国社会的现代化转型过程中，在相当长的时期内，我们为了满足国人强烈的物质需求，长期停留在初级发展的轨道上，经济成为社会生活的核心驱动因素。我们习惯地将发展经济作为处理其他政治问题和社会问题的主要手段，过分强调经济增长的重要性，将复杂的社会现代性转型的目标简单化为单纯的经济增长，这带来经济与社会的失调和效率与公平的失衡，不可避免地导致了社会阶层的分化和弱势群体的扩大。这种发展观在一定程度上忽略了发展经济的真正目标——社会的进步和人的发展。在其支配下，社会结构转型的重要性被经济转轨的成就所遮蔽，人与社会的关系因此恶化，同时，由于对政治的敏感和畏惧，人们只注重当下的物质利益，漠视或回避对社会理想的思考，传统的价值体系在这一转型中被忽视和遗弃，而来自西方的价值观念又因为政治上的警惕和文化环境的差异而始终难以确立，这使我们陷入价值真空的危机。在这样的氛围里，人难免被畸形的价值观和幸福观所绑架，长期被压抑和苦闷所笼罩，正如张旭东所说："'现代性'问题背后最大的紧张和焦虑并不是经济技术发展，而是价值认同的问题。"[①]经济学和政治学的指标和数据难以描述国人的这些状态和感受，但文学可以。杨庆祥从自我的感受出发，依据理性的观察与调查，发现在当下的时代中，普通个体普遍具有抑郁、焦虑和暴戾的精神状态，他将这种普遍的精神症状指认为时代造成的隐性精神创伤，杨庆祥将这种带给人精神隐痛的时代命名为"新伤痕时代"，并对其特征做了描述和概括。当然，这是一种文学的命名方式，时代的成就与辉煌一向由历史来记录和讲述，而文学始终关心那些大时代里卑微者受伤的心灵和普通人苦难的命运。他从普通个体的精神状态和情感体验出发为时代命名，而没有站在政治或经济的角度对时代进行标记，这一命名的方式是我们长期所忽略的人本主义思想的体现，是对历史和现实的认知观念的转变。

从杨庆祥的命名我们可以看出，他希望文学直面时代的伤痕，通过反映和回应"新伤痕时代"的隐忧与难题回归公众的视野，参与历史的进程，以观照蓬勃时代里普通个体的经历与遭遇的方式，揭示中国社会转型历程中的伤痛和代价，对全球化时代中国的现代性问题进行诊断和反思。文中杨庆祥所描述的时代特征不仅属于中国，也属于被纳入现代性轨道的整个现代世界。在这个意义上，对于"新伤痕时代"的反思不仅是对当下中国问题的思考，也是对西方主导的现代性方案的整体性思考，具有超出中国范围之外的与现代世界广泛的相关性，这样的"中国经验"蕴含着修正现代"普遍性"概念体系的可能。杨庆祥的这一命名不仅体现了他对国家和民族的关切，也体现出了他的国际化视野和历史眼光。

---

① 张旭东：《序言》，载《全球化时代的文化认同》，北京大学出版社，2006。

杨庆祥不满足于发现问题，还致力于解决问题，作为一个文学研究者，在"新伤痕时代"的历史情境中，杨庆祥提出了"新伤痕文学"的概念，将其设想为针对"新伤痕时代"的文化对应策略，他意图通过这个概念，让文学和社会现实生活产生更为广泛而密切的关联，表达和关切大时代里普通个体的感触和诉求，承担起处理时代精神难题的责任，戳破由资本和权力所联手编织的中产阶级幻梦，让个体获得理性的自觉，重启对社会理想的思考，重建生命的价值和意义。这样看来，从文学谱系上来说，"新伤痕文学"远承"左翼文学"的传统，近取"底层文学"的理念，具备追求社会平等与正义，反抗阶级压迫，强调对社会现实反思与批判的内在追求。由于"左翼文学"在很长的一个历史阶段内与主流意识形态合谋，遗失了最初的追求，放弃和回避对社会的批判，而成为一种宣传和控制的工具，走向了自身的反面，所以在政治语境转换以后，被新时期以来呼唤人的觉醒和强调文学主体性的文学所诟病和遗弃。这导致了文学的园地长期被"中产阶级写作"所霸占，文学应有的社会批判的功能也因此被长时间的忘记，这让很多学者开始怀念左翼的文学传统，正如孟繁华所言："怀念左翼文学，不只是要呼唤它的革命精神，而更多的是……左翼文学的丰富性。当下文学更多的是'物'的迷恋和炫耀，是白领趣味的彰显和生活等级的渲染。我们在当下文学中已很难读到浪漫和感动。而左翼文学的最大特点可能就是它的浪漫精神和理想主义，是它的批判精神和战斗性。"[1]直到进入21世纪，出现了表现社会底层生活、代表社会底层利益的"底层文学"，重新强调个人与社会、个人与世界的关系，其所具备的人道主义情怀和社会批判的属性以及密切关注时代变化的特征使其重新接通了"左翼文学"的血脉，体现了对过分关注人的内在世界的"纯文学"的反思以及对文学价值的重新定位。根据杨庆祥的描述我们可以肯定，"新伤痕文学"所具有的对社会的使命感和干预意识与"底层文学"是一脉相承的，但"新伤痕文学"所表达的对象和承载的容量要远远大于"底层文学"。虽然"新伤痕文学"的概念也带有显而易见的阶级意识，但其并不是单纯地从政治经济学的角度对社会进行观察，表现社会对底层人的物质剥削，而是从思想的角度把握时代的精神内核，直面时代的精神问题，展示人所遭受的精神伤害。在杨庆祥看来，不平等的分配方案和不平衡的发展模式所带来的不只是社会底层物质生活的拮据与窘迫，在中国改革开放以来的现代化进程中，不同阶层、不同群体中的个体都因为社会发展的不平衡而不同程度地遭遇了某种隐性的精神创伤，这不是某一个阶层或群体的特殊遭遇，而是身处特殊现代性发展方案中的国人的普

---

[1] 孟繁华：《左翼文学与当下中国文学》，《中国现代文学研究丛刊》2002年第1期。

遍境遇。生活的挫败感、失落感、厌倦感和紧张感并没有因为身处于较高的社会阶层而消逝或缓解，阶层之间巨大的落差和隔膜让人在自我与他者的对比中无端地傲慢或是自卑，社会转型的急促让人无法适应身份的巨大差异和变化。在《80后，怎么办？》中，有一篇杨庆祥对东莞某工厂基层管理者L的访谈《现在做不起梦了》。作为外来务工人员，L虽有体面的工作和稳定的收入，但依然要承受巨大的生存压力，理想中体面而有尊严的生活遥遥无期，面对繁重的工作和沉重的生活负担，依然年轻的他已然被单调的生活所绑缚，丧失了梦想的能力和愿望。书中还有一篇对东莞某科技公司老板的采访稿《我依然属于弱势群体》，面对采访，老板细数了当年打工岁月里食不果腹的凄惨和悲催，经过坚韧而持续的奋斗，他取得了一定的成就，成为公司的老板，生意好的时候一年可以有可观的收入，已然步入中产阶级的行列。但他并没有因收入的增加而窃喜，或是以成功人士自居，而是依然被无名的不安全感包围，觉得自己依然是弱势群体中的一员，物质财富并没有给他带来想象中的安稳。显然杨庆祥不认为他们的心态和状态是当下社会中的个案，而是颇具典型性和代表性的。

这样看来，文学只关注社会底层，只着重表现那些因经济原因造成的苦难和悲凉是远远不够的。如果这种失败感和无力感在社会的不同阶层中蔓延，成为社会中不同阶层的普遍感受，那文学就不能回避这样的问题，有必要通过展现和揭示这样的状况，寻找这背后社会的结构性问题，以期为结束和转变这样的状态寻找出路，这样的文学才具有我们所尊重和呼唤的现实主义的品格，杨庆祥所倡导的"新伤痕文学"就是这样的文学。在这个意义上，"新伤痕文学"的概念不仅囊括了"底层文学"，也应该实现对"底层文学"的全面超越。

历史上，强调暴露的注重对时代弊病进行发掘和揭露的文学，一般都是充满了恨与控诉的文学，"新伤痕文学"虽然具有社会批判的功能，但杨庆祥强调，"新伤痕文学"不应是一种"恨的文学"，而应该是一种"爱的文学"。他认为"在对话的写作姿态和爱的美学中，'新伤痕文学'不仅发现并揭露了伤痕，并对此伤痕进行了照亮和疗愈"[1]。在暴露伤痕的同时呼唤爱与希望，这种期待与愿望无疑是善良和美好的，但在具体的写作实践中，如何实现这样的设想？这是个问题。历史的经验告诉我们，文学的"诉苦"往往与爱和疗愈无涉，对于伤痕的集中表达反而容易诱使怨恨的生成和集聚，形成一种破坏的力量，这是具有讽刺和暴露倾向的文学在延安时代难以发展的重要原因，当然，这种破坏力量的定向释放在变革的时代也可以

---

[1] 杨庆祥：《"新伤痕时代"及其文化应对》，《南方文坛》2017年第6期。

被政治力量所征用，化作变革的动力。延安时代，土改小说中集中出现了"诉苦"的情节，最典型的是周立波的《暴风骤雨》。小说中，土改工作组的同志去元茂屯进行政治动员，以会议的形式聚集那些贫苦的农民，驱动元茂屯的村民在会上诉说自己的苦难与不幸，细数地主的劣迹与孽债，让他们在倾诉和倾听中重审自身和他人的伤痛历史，个人的苦难经过会上的集体交流汇聚成了集体记忆，个人对地主的仇恨因此也集聚成了阶级的血债。由诉苦所生成的痛恨转化成了革命的力量，最终推动了土地革命的完成。"伤痕文学"的文本中同样出现了各种各样诉苦的情节，控诉"文革"给社会带来的混乱，给亲情和伦常造成的破坏，再现"文革"给普通人带来的肢体和精神上的伤害，这些被展示的伤痕形象化地展示了"四人帮"的罪证，积极地配合了当时对冤假错案的平反。文学中的诉苦像受伤的儿童对母亲的哭诉，通过诉苦展示患处，以求安慰或救治，期待被拯救。在土改小说中，"母亲"是土改工作组，而在"伤痕文学"中，"母亲"是新的政治秩序。诉苦是对救世主的期待，是渴望被拯救者的呼喊，其可以在一定程度上表现出情感的真挚和痛切，但诉苦也可能是救世主自己导演的降临的前奏，把文学当作暖场的木偶，在这种情形下，文学在政治的支配下失掉了主体性，只会成为一段历史的注脚，这样的文学在时过境迁之后遭人诟病也就是理所当然的事情。我们对于这种传统的诉苦模式应抱有理性的警惕，也就是说，如果"新伤痕文学"仅仅是展示新时代伤痕的文学，那杨庆祥所设想的"爱的文学"想必难以实现。如果"新伤痕文学"具有爱的特质和疗愈的功能，那"新伤痕文学"之"新"，就不应只是时间维度的顺延与更新，那样只是变换了材料和内容，在文学的思维和观念上依然是陈旧的，不过是旧的"伤痕文学"的续写，其中无法生发出爱的嫩芽。相较于伤痕文学，"新伤痕文学"不仅书写的对象新，更重要的是，它应该是"新样态"的伤痕文学，这里所谓的"新样态"，是指其不仅要呈现新时代中个体的伤痕，揭露时代的病态与危机，更要对所言说时代中的个体进行反思和分析，反思其思想和精神深处的缺陷与偏向，考察其是否也参与到压抑个体心灵的秩序当中来，分析这种精神的症状是如何形成的，也就是说，"新伤痕文学"应该具备对时代和个体灵魂的双向反思。"新伤痕文学"叙述的对象不应是单纯的需要抚慰和怜悯的"受难者"，其满身的伤痕也许是受到时代意志引诱和蛊惑的结果，但其自身未必是无辜的。"新伤痕文学"有必要扒开新时代里个体精神的褶皱，探视其灵魂的样貌，让读者在对其阅读中自我审视和反思：个体的失败感是如何形成的？精神的压抑是如何发生的？除了环境的问题，人性中的哪些部分与时代意志合谋，导致了创伤的发生，参与和加剧了伤害？启发读者在对伤痕的反思中实现理性的自觉，正视自己所有的不满、厌烦和戾气，在自我反思中形成对共同处境中的他人的理解和体谅，从而在思想和行动上表达出对自己和他人的宽容和善意，如此才能促成爱的生发和伤痕的治愈。

同时，"新伤痕文学"应该鼓励和帮助身处时代伤痛中的个体"自救"，通过自我的反思，调整自我的精神和行为，洞悉当代社会权力和资本营造的迷雾，从虚幻的小资产阶级情调中挣脱出来，寻找和确立有价值的生活方式，实现对时尚的超越，以达到"自救"的目的，而不是消极地等待被拯救，臆想某个强有力的偶像会横空出世，力挽狂澜，这种虚幻的想象对于人思想的独立和精神的自由都将会产生巨大的伤害。这样看来，鲁迅依然应是我们学习的榜样，他的小说展示了传统社会对普通个体造成的精神伤害。在这个意义上，他的小说也可以归类到广义的"伤痕文学"之中。但他没有止步于揭示人物精神上的伤痕，控诉传统社会的罪恶，他更将书写的笔触深入这些人物灵魂的深处，挖掘他们人性的缺陷和思想的污垢，如单四嫂子的愚痴、爱姑的势利、陈士成的贪婪和阿Q的懦弱，他的小说中充满了各式各样的可怜人，但鲁迅并没有因为他们可怜而赋予他们道德上的优势，对于他们精神的顽垢，他丝毫没有手软。也许就是这样客观而冷静的批驳和揭露，才是对他们最有益的关爱，没有这样的揭露，就无法确认其精神的病灶，也就没有对其疗救的可能。所以，对于那些人性中的缺陷和顽疾，"新伤痕文学"不能遮掩和回避。

石一枫的《世间已无陈金芳》是表现当下时代底层青年困厄处境的小说。这部小说通过对底层青年苦难命运的展示表达了对时代和社会的反思与批判，这让我们可以在"新伤痕文学"的概念下对其进行对照和讨论。

石一枫的《世间已无陈金芳》虽然也讲述了一个底层青年失败的故事，却呈现出别样的面貌。少年时代的陈金芳随父母从乡下来到北京，开始了在大城市寄人篱下的生活。陈金芳一家人进城创业改变命运的壮举变成了城里人眼中的奇观。父母身份的卑微以及生活条件的拮据让她在班级里备受冷遇，成为同学嘲讽和调侃的对象，这让她的自尊受到了极大的伤害。自尊的受损带给了她挥之不去的精神压抑，也鼓舞了她奋斗的热情，激发了她拼搏的斗志。当家人放弃城市生活，返乡务农时，她义无反顾地留在城市，为了活出个人样儿，孤身一人与整个世界"开战"。她将身体作为本钱，以和流氓姘居的方式在城市求得一个立足之地，她也曾勤勤恳恳，希望通过勤奋和艰苦的小本经营积蓄财富，改变生活状态，但市场的吊诡让她琢磨不出致富的门径，一次次的创业皆以失败收场。但屡次的失败并没有让陈金芳放弃，她学会了伪装和欺诈，在将自己包装成为成功人士后，骗取了乡亲们的信任，以高回报的许诺席卷了乡亲们的拆迁补偿款，将之化作自己豪赌的资本，在艺术品市场和金融圈孤注一掷。资本市场的风云突变让她一夜间血本无归，多年的经营和努力化为乌有，曾经的繁华与富贵不过是黄粱一梦，再次的失败不仅将她打回原形，也将她送进牢笼。在对陈金芳失败命运的呈现中，石一枫不仅写出了社会的功利与冷漠、势利与浮躁，也写出了陈金芳的虚荣与奢靡、虚伪和贪婪。尤其是陈金芳对乡亲的巧取豪夺，让人触目惊心。她在欲望的支配下拿着乡亲们变卖土地得来的钱挥霍和豪赌，用自己的野心将乡亲们绑架，让乡亲们为她的失败买单，已然背弃了道德，遗失了良知，对成功极度的渴望让她陷入疯狂，不择手段地钻营和攀爬最终将她葬送。社会的风气和环境无疑在一定的程度上助长了陈金芳欲望的膨胀，但陈金芳内心的狡诈与无耻无疑是她走向堕落之路的主导力量。石一枫没有将陈金芳失败和堕落的责任完全推给时代与社会，而是在社会批判中呈现人性的复杂，力图在时代风气与人性的辩证关系中呈现事情的真相。这样的叙述会让读者消解盲目的控诉与伤感、怨恨和不满，对时代、社会和自身都形成更理性和冷静的判断，在对社会和人性双重的反思中生成对时代和同时代人的理解与同情，我想，这就是同时具有批判力和疗愈功能的"爱的文学"。

至今，改革开放已有40多年的历史，毋庸置疑，改革开放给国人带来了巨量的物质财富，极大地改善了国人的生活状况，但同时，在改革的过程中，国人的价值系统和伦理体系也受到了极大的冲击和挑战，我们该如何面对这段历史，是驻足于令人眼花缭乱的经济数据，还是从制度、文化、思想等不同角度进行全面的盘点？是满足于现有的成就而沾沾自喜，还是面向未来总结过往的历史经验？这是我们应该思考的问题。无疑，杨庆祥已经给出了他的答案，他摒弃了高高在上的知识分子的精英姿态，怀着对社会中普通个体的感同身受，呼唤一种诚实而悲悯的艺术，直面那些大时代里被遮蔽和压抑的生命，凝视那些经济奇迹中无以言表的苦难与悲哀，记录那些失落的人生，抚慰那些伤痕累累的心灵，在辉煌的时代搜寻历史缝隙中的残缺与苦难。他志在修补，志在创造，他以自己的真诚与执着、勇敢与担当，对改革精神做出了独特的诠释与纪念。

"启蒙与救亡的双重变奏"的历史重释

李耀鹏

李泽厚是20世纪80年代最富智慧和批判热情的思想家和学术领袖之一,在20世纪80年代"李泽厚热"的思想潮流中,有的论者甚至将其赞誉为"思想寥落时代的孤星"。他的思想成了20世纪80年代"新启蒙"知识分子反思历史和重建"启蒙"精神的重要资源,极大地丰富了20世纪80年代的中国思想界,其中影响最大的便是他在20世纪80年代后期提出的"启蒙与救亡的双重变奏"[①]。这一思想论断从20世纪80年代的蓬勃兴起到20世纪90年代后逐渐被知识界怀疑和解构,经历了一个从被认同到遭受质疑的过程,而这一历史跃迁过程正对应着中国思想文化深刻的历史性转向。

一、时代机缘与"双重变奏"话语的建构

李泽厚"启蒙与救亡的双重变奏"的思想论断最早在《二十世纪初中国资产阶级革命派思想论纲》(《历史研究》,1979年第6期)中已经初露端倪,当时他着重强调的是反帝压倒反封建的问题,将反帝反封建视作"启蒙"和"救亡"的基本话

[①] 关于"启蒙与救亡的双重变奏"这一观点的首创权在学界是存在争议的,美国的历史学者舒衡哲认为这一学术观点的归属者应该是她,原因有两个:其一,1979年2月至1980年6月,舒衡哲曾作为美国首批留学生在北大中文系学习,其间她与李泽厚谈及过相关的问题;其二,她在1984年海外期刊《理论与社会》上发表的《长城的诅咒:现代中国的启蒙问题》中已经明确地提出了救亡与启蒙之间的关系问题,只不过她文章当时使用的是救国而不是救亡,这一观点在她后来出版的著作《中国的启蒙运动——知识分子与五四遗产》中也有所体现。舒衡哲发表的文章曾在1985年12月16日让李泽厚阅读过,她据此认定李泽厚所提出的观点有抄袭她的嫌疑,因为李泽厚的文章发表时间是1986年,在时间上滞后于她。

语来源。直到1986年（五四运动六十七周年）在《走向未来》创刊号上发表《启蒙与救亡的双重变奏》，才正式提出"启蒙与救亡的双重变奏"的表述，该文后被收录进《中国现代思想史论》。事实上，"救亡压倒启蒙"的问题，早就被此前的知识者们意识到并表述出来，只不过到了20世纪80年代这个非常特殊的"历史新时期"，才经由李泽厚的阐释发扬光大，绽放出光彩，这正是时代的机缘。

早在五四时期陈独秀就指出："我承认用革命的手段建设劳动阶级（即生产阶级）的国家，创造那禁止对内外一切掠夺的政治法律，为现代社会第一需要。"[①] 胡适尽管不无遗憾，但也不得不承认，《新青年》的使命在于文学革命与思想革命，这个使命因为学生的爱国运动被迫中断了。[②] 何干之在20世纪40年代对"新启蒙"的阐释中也表达了这种思想倾向："我们目前的思想运动，是要澈底解放我们全国国民的头脑，使大家了解国难的来源及其出路，使我们了解统一运动的社会基础"[③]。王若水也认为，启蒙精神就是批判精神，延安时期的新文化设想已经暗含了"启蒙"让位"救亡"的思想态势。由此不难发现，思想启蒙的旨归在于挽救国难，"救亡压倒启蒙"已经成为20世纪中国历史发展不可逆转的趋势。当然，在汉学家舒衡哲的理解中，她既同情"革命"（"救亡"）又倾心"启蒙"，她虽然肯定了"救亡"（救国）与"启蒙"之间的紧张关系，但她并不认同政治革命完全阻隔了思想启蒙的历史进程。她认为"革命"和"启蒙"是并行的事业，即使在涉及政治风暴的时候，知识分子也敢于直面同胞们的文化心态，从未放弃对政治改革和"革命"的疑虑，"启蒙"伴随着"革命"，但绝没有混同于"革命"。[④] 为了使"革命"与"启蒙"获得一种平衡性的叙事，舒衡哲有意识地将"启蒙"与"救亡"之间的关系进行了个人化意识的现象学式呈现，"在舒氏的叙事中，'启蒙'与'革命'两者的起伏关系，也是经由作者自己心中两股内在要求的紧张予以'媒介化'的"。[⑤] 虽然李泽厚的表述中也夹杂着某种内心的冲突，但是那种叙事上的两难和紧张情绪则明显淡化了许多，他的思想重心不是"启蒙"与"革命"/"救亡"之间的选择问题，而是强调实用主义思想立场下的政治革命完全抑制了个人的自由和价值，即揭示"救亡"如何压倒和泯灭了"启蒙"的意志与激情的问题。

---

① 陈独秀：《谈政治》，《新青年》第8卷第1号，1920年9月1日。
② 胡适：《致高一涵、陶孟和、张慰慈、沈性仁》，《努力周报》1923年第75期。
③ 何干之：《中国启蒙运动史》，上海书店，1947，第14页。
④ [美] 微拉·施瓦支：《中国的启蒙运动——知识分子与五四遗产》，李国英等译，山西人民出版社，1989，第364—365页。
⑤ 孙隆基：《历史学家的经脉：编织中国现代思想史的一些问题》，《二十一世纪》1990年第2期。

李泽厚强调："历史离不开历史解释者本身的历史性……理解自己也只有通过理解传统而具体实现。"[1]所以，他选择通过重释"五四"的方式洞察20世纪80年代的历史现实。应该说，重构/重释"五四"是20世纪80年代最具轰动效应的思想事件，"启蒙与救亡的双重变奏"论在20世纪80年代后期的提出也颇具历史象征意味，它借由对"五四"的历史性重释成功地与20世纪80年代思想解放的时代氛围相耦合。在"新启蒙"的历史文化语境中，20世纪80年代是一个"结局与开始"并存的时代，"结局"意味着20世纪80年代的历史重释使知识分子有意中断与过去历史的联系，"开始"则指20世纪80年代的知识分子依据历史重释的思想逻辑重新建立了新的思想落脚点。事实上，20世纪80年代既要割裂与20世纪50—70年代的文化母体之间的"血缘"纠葛，又要以一种新的知识视角和话语装置对"启蒙""革命"和20世纪中国的现代史进行新的理解和表述。重述"五四"是20世纪80年代"新启蒙"知识分子挣脱20世纪50—70年代的人生观、历史观和价值观等思想桎梏进而开启新时代的一种方式，李泽厚的"启蒙与救亡的双重变奏"论即是一个带有强烈而鲜明的文化政治指向的"文本"。实际上，20世纪80年代不同的思想和利益群体对现代化的想象大多都是通过"五四寓言化"的方式得以最终实现的。但是，需要指出和辨明的是，20世纪80年代被征用的或者李泽厚的"启蒙与救亡的双重变奏"论中重新阐释的"五四"是"新启蒙"知识分子用来对抗"封建主义"的思想利器，是一个被充分赋予了新意的"五四"。或者说，这个"五四"是经过了20世纪80年代"新启蒙"知识分子的思想过滤后重新建构起来的，与历史中的"五四"已不再是具有同一思想内涵的概念。

二、"双重变奏"话语的历史重估与批判

在李泽厚的阐释中，"救亡压倒启蒙"是他对20世纪中国的现代史做出的价值判断，与此同时，他也着重强调了"启蒙"在一个短暂时期内借救亡运动而声势大涨，同时"启蒙"又给救亡提供了思想、人才和队伍；[2]"启蒙"本身就是"救亡"，争取自由、理性、法治是走向多元和渐进"启蒙"的必由之路。[3]在特定的历史语境中，以批判旧传统为己任的文化启蒙与批判旧政权的政治运动获得了短暂的融合，而现代国家建立的迫切要求又促使文化启蒙与政治革命之间的裂隙渐趋明晰，

---

[1] 李泽厚：《中国现代思想史论》，生活·读书·新知三联书店，2008，第41页。
[2] 李泽厚：《中国现代思想史论》，生活·读书·新知三联书店，2008，第10页。
[3] 李泽厚：《启蒙的走向（1989）》，《华文文学》2010年第5期。

现代知识分子也由"批评时政非其旨也"的思想初衷开始转向关心和积极地参与现实政治,进而呈现为李泽厚所谓的"救亡压倒启蒙"的思想态势。于是,以文化批判始到政治革命终便构成了中国近现代史思想变迁的基本历史图景,"启蒙"与"救亡"也随之成为知识分子必然面临而无法规避的思想难题,如果将问题的视野拘囿在"五四新文化运动"内部,便不难辨识出其中裹挟的历史复杂性。虽然新文化运动主体的表层指向文化,但其深层指向始终是政治,思想和伦理觉悟的最终目标指向也是国家的改造和社会的进步,即开创全新的社会形态,寻找"现代"意义上现代国家的创生之路。近代以来亡国灭种和国破家亡的危机极大地唤起了现代知识分子强烈而自觉的民族国家意识,他们开始有意识地走出华夏中心主义的思维定式而将变革的目光投向了"西方"。因此,"救亡"与"启蒙"之间的二元对立某种程度上也就意味着"东方"与"西方"、国家意识与个人意识之间的冲突,即国家本位与个性解放两种价值观的冲突。这种内在性的冲突或者说是"救亡压倒启蒙"的历史现实决定了20世纪中国的知识分子在追求个体主义的意义和价值时总会受到集体主义和关怀国事民瘼的社会政治无意识传统(家国同构的思想观念)的牵连和羁绊[1],而对这种根深蒂固的传统文化心理结构进行转换性创造也成了李泽厚文化思想的重要着力点。

马克斯·韦伯认为,现代性的历史过程主要由文化和政治两个部分构成,李泽厚显然认同了这一思想观念。"救亡压倒启蒙"的表述间接地强调了文化启蒙(价值理性)的意义优于政治革命(工具理性),从而李泽厚使他的思想体系能够有效地镶嵌进20世纪80年代的意识形态建构的话语机制中。在现代国家这一理解视域中,政治革命以民族主义和集体主义作为价值立场,它的话语指向是由集体到个人;而文化启蒙的思想根源是启蒙主义和人道主义,它的话语指向是由个人到集体。总之,现代中国的"启蒙"知识分子渴求建立一个秩序与意义并存的乌托邦世界,而理想化的价值标准却又无处可寻,因此,"'人—个体'意识终究只能成为'民族—国家'意识下的附属观念,而不能成为一种强大的独立意识……进而经历了革命的高潮和另一种更为强大的意识——阶级意识的觉醒,最后就完全被阶级意识所消灭"[2]。在这一意义上,"救亡压倒启蒙"与"阶级意识压倒个人意识"之间便具有了历史同构性。在救亡/启蒙、个人/集体的二元对立中,李泽厚实际上建立的是以西方的现代性话语作为参照系来审视20世纪中国现代史的特殊性和复杂

---

[1] 李泽厚:《中国现代思想史论》,生活·读书·新知三联书店,2008,第6页。
[2] 刘再复:《共鉴"五四"》,福建教育出版社,2010,第116—117页。

性。他所指的"文化启蒙"无疑是将欧洲启蒙运动中的思想观念和价值标准横向移植到中国现代启蒙的历史进程中,并且将这种启蒙的文化界定为"资本主义文化"。在救亡革命的内涵指向上,他有意地突显了20世纪中国革命历史进程中对内挽救民族危亡的部分,突出强调封建主义而忽略和遮蔽了对外抗争帝国主义殖民侵略的社会主义革命。因此,李泽厚也就顺理成章地用民族主义革命置换了社会主义革命,"启蒙"与"救亡"之间的冲突也就演化为社会主义与资本主义两种意识形态之间的根本性冲突,这其中也就不可避免地要牵涉到究竟是"救亡"还是"启蒙"形成了现代民族国家共同体这一思想史难题。所以,李泽厚指出,"资产阶级民主思潮并未在中国生根,在中国有深厚基础的是封建统治传统和小生产者的狭隘意识"[1]。由此导致了中国的社会结构和文化心理结构并没有经过资本主义的洗礼,救亡的激情使那些沉潜在人们意识中的"超稳定"存在的习惯势力和思想观念重新"复活",在社会主义的思想伪装下挞伐资本主义的自由与科学精神,进而将中国意识推到封建传统全面复辟的绝境[2]。在上述认识论的思想主导下,李泽厚遗憾而感慨地断言道:"这就是现代中国的历史讽刺剧……革命战争却又挤压了启蒙运动和自由理想,而使封建主义乘机复活,这使许多根本问题并未解决,却笼盖在'根本解决'了的帷幕下被视而不见。"[3]李泽厚透过"救亡压倒启蒙"这一高度叙事化的思想文本表述将20世纪中国的现代史归置到一个简单的进化图式中,而这种二元对立式的勾勒势必会抹杀了历史发展变迁的复杂性。然而这种充满鲜明意识形态色彩的历史想象却暗中符合了20世纪80年代反思50—70年代历史的内在要求,因此,人们有意地遗忘了李泽厚的表述中暗含的思想悖论,而更愿意相信他所建构的"历史叙述"就是既定存在的"历史真实"。正是基于这种强烈的心理/历史认同感,李泽厚的"启蒙与救亡的双重变奏"论才会成为一个被不断争论和反思的思想史命题。

在20世纪中国知识分子的思想观念中,"启蒙"是推动社会发展的最恒定的历史契约,也是构成他们进行激进社会/文化变革的内在力量,他们寄望通过思想文化解决社会现实问题,尤为重视文化变革对社会变革的决定性和先导性的影响。20世纪80年代的"新启蒙"知识分子通过"历史改写"和"去政治化"的思想策略成功地解构了"革命政治"的历史叙事和合法性[4],李泽厚通过"救亡压倒启蒙"的

---

[1] 李泽厚:《中国近代思想史论》,人民出版社,1979,第311页。
[2] 李泽厚:《中国现代思想史论》,生活·读书·新知三联书店,2008,第33—35页。
[3] 李泽厚:《中国现代思想史论》,生活·读书·新知三联书店,2008,第39页。
[4] 张伟栋:《〈启蒙与救亡的双重变奏〉与八十年代的文化逻辑》,《现代中文学刊》2010年第5期。

论述隐微地表达了他对20世纪80年代文化现代化道路的想象。李泽厚的简约表述间接地遮蔽了20世纪中国现代史的复杂性，他只看到了"救亡"与"启蒙"之间形式上的对立，而忽略了背后隐藏的政治逻辑，更没有充分地意识到现代"启蒙"思想中暗含的那些裂变的因素，这些因素同时也体现出了五四时期"启蒙"思想的历史缺陷。"因此，既要对历史抱以深切的理解之同情，不以粗暴的态度抹杀启蒙的恩惠，又要对启蒙所产生的历史后果进行冷静的审视，是对启蒙的有效反思。"[1]其一，中国现代历史中的"启蒙"是一种外源性的文化启蒙，是对西方资产阶级"启蒙"思想拿来主义的结果，这种缺乏经济基础和群众力量的思想启蒙在历史的转型中很难完成整体性的转换与超越。此外，需要指出的是，李泽厚所强调的那种被压倒和边缘化的"启蒙"思想更接近于传统启蒙知识分子的启蒙观念，即依据自身的"启蒙"逻辑去形塑具有现代意义的人。而中国共产革命的知识分子建构的"启蒙"意识则是通过自身的革命思想号召和激发普通民众的革命热情，[2]在这样的意义上，"启蒙"与"救亡"便有效地同构在一起而不存在变奏的问题。其二，20世纪中国现代史视野中的思想启蒙是自上而下的，启蒙的主客体之间并未建立平等的关系，启蒙主体建构的启蒙话语是以知识分子（话语主体）—民众（话语客体）的方式呈现的，他们多以训诫者的姿态对普通民众进行思想规训，其中隐含着鲜明的权力意向色彩，[3]从而使得启蒙难以成为一种深入人心的共同价值。换言之，启蒙知识分子并没有建立起唤醒民众的自觉意识，而是以精神"领袖"/"导师"的身份将自身的启蒙思想强行地灌输给启蒙对象，这种干预式而非启发式的启蒙显然带有强制性的特征。[4]然而，饶有意味的是，反观20世纪中国思想史的历史进程，知识分子和普通民众都没有对启蒙的这种特性进行充分的觉察和自省，进而导致了启蒙的社会结果与启蒙者的理想愿景之间的冲突。其三，"五四"和20世纪80年代的启蒙共性在于知识分子自觉地将自身排除在思想启蒙的历史范畴之外，以思想精英的文化身份实行自上而下的"思想改造"。思想启蒙彰显了知识分子的独立性和主体性，却忽视了对"知识分子专制"问题的反思。对此，钱理群指出："在中国，要启蒙，先得启知识分子之蒙；要改造国民性，先要改造知识分子的劣根性"[5]。无视知识分子

---

[1] 王桂妹：《文学与启蒙：〈新青年〉与新文学研究》，中国社会科学出版社，2010，第120页。

[2] 贺照田：《启蒙与革命的双重变奏》，《读书》2016年第2期。

[3] 倪婷婷：《"五四"启蒙主义话语的形态与思维特质》，《江苏社会科学》2004年第1期。

[4] 钱理群：《我的精神自传》，生活·读书·新知三联书店，2016，第131页。

[5] 钱理群：《我的精神自传》，生活·读书·新知三联书店，2016，第101页。

自身的反思体现了"新启蒙"思想的不完整性及其脆弱性的一面,这一历史遗留问题在20世纪90年代便呈现出知识分子与普通民众的极端化分离。

事实上,按照李泽厚的思想逻辑,现代知识分子是在中国革命不断更迭错动的历史进程中接纳和理解了"启蒙"本身的深刻内涵,或者说,中国现代革命的历史进程孕育和丰富了"启蒙"思想。因此,有的论者据此认为,与其说是"启蒙与救亡的双重变奏",毋宁承认是"启蒙与革命的双重变奏"。而反观20世纪中国革命发展的历程不难发现,"救亡"是实现"启蒙"的一种有效方式,如果没有"救亡","启蒙"也难以维系。原因在于:一方面,知识分子或普通民众都无法独力承担启蒙现代中国的思想使命,这间接决定了"救亡"／革命对20世纪中国"启蒙"思想的强力渗透和影响;另一方面,历史转折期的知识分子对社会与启蒙的浅薄认识使得他们无法完全凭借着启蒙精神的火种拯救现代中国,而面对革命进程中血与火的暴力冲突,他们却能够主动地调整自身的启蒙思想适应民族主义革命的内在需求。在章太炎看来,启蒙就是通过个人觉醒来改变整个社会的有意识行动,而就中国现代史而言,个人意识的觉醒与民族主义革命之间总是存在着千丝万缕的复杂纠葛。所以,张申府提出了"启蒙中国化"的学说,他认为,不是"救亡"压倒了"启蒙",而是"救亡"变成了"启蒙"的同义语。对此,王元化承认"救亡压倒启蒙"是一个既定的事实,但却不能成为描述中国现代史的恒定规律,因为西方的启蒙运动与政治革命同样彼此裹挟,然而政治革命并没有造成思想启蒙的中断,他认为,"救亡压倒启蒙"的历史诱因在于我们盲目地将五四启蒙运动中的思想命题视为资产阶级的反动思想。"救亡压倒启蒙"最大的症结性问题还在于它没有将社会主义革命纳入中国现代革命的历史进程中,这种论断势必会影响我们对现代中国乃至第三世界革命认识的完整性,而当李泽厚用西方"现代性"的价值标准来衡量中国革命内部的思想启蒙时,他又全然没有顾及中国作为后发的现代国家与西方资本主义社会之间存在的巨大的文化差异性。[①]某种程度上,中国对"现代性"的被动接受与帝国主义的文化殖民过程具有历史的同一性,言外之意,我们的现代化进程中始终涌动着反现代性的思想特质,这种第三世界国家在进入现代世界体系的过程中所遭遇到的既对抗又融合的矛盾关系在李泽厚的思想表述中被完全消解了。虽然李泽厚反复强调马克思主义在现代中国的传播激发了人们的"救亡"意识,原因在于马克思主义的经济决定论动摇了思想启蒙的文化决定论,但是他没有意识到马克思主

---

① 贺桂梅:《"新启蒙"知识档案——80年代中国文化研究》,北京大学出版社,2010,第237页。

义在促进现代中国国家意识生成的同时，也"以反现代性的方式完成了对传统中国的现代性启蒙"[①]。显然，李泽厚的"救亡压倒启蒙"论对上述问题的回避成为后人指责他的有力证据，有论者指出，面对中国"被现代化"的历史实际，"民族国家"意识比"个人"意识具有更强烈的现实意义，"民族国家成为了现代世界和现代中国自我想象和经验的重要内容和方式"[②]。当李泽厚等20世纪80年代的"新启蒙"主义者基于个人主义的价值立场重新高扬"启蒙"精神时，他们集体忽视了对于现代国家意识及其作为变体存在的民族主义和爱国主义的关注[③]。李杨解构了"救亡压倒启蒙"的历史"元叙事"，在他看来，现代民族国家的建立鲜明地表征了"救亡"的现代性，而思想启蒙无疑推动了这一历史进程的实现，甚至可以说，民族国家本身就是启蒙的产物，知识分子也难以逃脱民族或社群在其周围设定的边界和樊篱。白鲁恂进一步完善了这种解构思想，他指出，现代中国的民族主义填补了知识分子的信仰危机和社会主义神话破产后造成的精神空白，民族主义和现代化作为一种不断变化的情感，它们本身存在着社会的地方文化和世界性普遍规范之间的张力[④]。因此，李泽厚用资本主义的"现代"准则来审视20世纪中国的现代历史便失去了合理性。实际上，民族主义在20世纪中国始终是一种具有绝对支配力量的"意识形态"，现代国家的性质和功能从根本上决定着文化现代化的实践和表达方式，中国现代历史中的"启蒙"思想并不是文化母体自然衍生进化或者人们自觉意识的结果，而是在民族危机日益深重的历史时刻应运而生的。所以，"中国启蒙思想始终是中国民族主义主旋律的'副部主题'，它无力构成所谓'双重变奏'中的一个平等和独立的主题"[⑤]。就在这些纷争迭起的质疑和批判中，李泽厚的"启蒙与救亡的双重变奏"论开始走下思想的神坛而被不断地解构。确切地说，世纪之交历史文化语境的更迭和骤变根本上构成了解构"启蒙与救亡双重变奏"论的思想背景和知识谱系。伴随着"新启蒙"思潮的瓦解和对"五四"的质疑，在20世纪80年代产生轰动效应的"启蒙与救亡的双重变奏"论也逐渐地失去了思想统摄的力量而显露出自身的历史局限性。

---

① 李杨：《"救亡压倒启蒙"？——对八十年代一种历史"元叙事"的解构分析》，《书屋》2002年第5期。

② 旷新年：《民族国家想象与中国现代文学》，《文学评论》2003年第1期。

③ 李杨：《"救亡压倒启蒙"？——对八十年代一种历史"元叙事"的解构分析》，《书屋》2002年第5期。

④ 白鲁恂：《中国民族主义与现代化》，《二十一世纪》1992年第9期。

⑤ 汪晖：《预言与危机（下篇）——中国现代历史中的五四启蒙运动》，《文学评论》1989年第4期。

20世纪90年代以来的论争虽然从不同的意义层面批判与反思了李泽厚的"启蒙与救亡的双重变奏"论,但是历史地看,他们仍旧滞留在"启蒙"与"救亡"构筑的彼此二元对立的思维框架中,单纯性地通过对李泽厚思想表述的批驳／颠覆为其置身的社会历史现实寻求合理的阐释,而没有在更新的／"大历史"的思想史视野中完成对"五四"／20世纪中国现代史的解读。某种程度上,这些围绕着"启蒙"与"救亡"展开的论争是对"五四"以来那些未完成的思想史命题的有效延展,它的实质在于知识分子对现代化道路想象方式和思想抉择的差异,正是这种内在性的冲突根本上导致了他们对20世纪中国现代史的价值判断迥然不同,而对李泽厚的"启蒙与救亡的双重变奏"论的争执不休便是最好的佐证。然而,在现代国家建立的思想和文化立场上,这些纷繁复杂的争论却又具有了殊途同归的性质。既然"救亡"曾一度压倒了"启蒙",那么,在"后革命"时代,当"救亡"("革命")不再成为时代的主旋律时,"启蒙"便会自然地重新成为知识分子思想言说的重心。正如学者汪丁丁所强调的,要"走出启蒙与救亡的双重变奏",深入西方文明和中国传统文化内部去反思启蒙。[1] 所以,李慎之振臂高呼"重新点燃启蒙的思想火炬",许纪霖也强调"启蒙的起死回生"和"再思启蒙",等等。但是,这些"启蒙"的价值内涵和提出的思想立场与李泽厚笔下的"启蒙"相比较则发生了巨大的变化。与此同时,"救亡"的主题也渐趋地被"爱国主义"精神置换,这种"爱国主义"主要体现在意识形态对"五四"和"五四精神"的历史定性上,它与"启蒙"之间实现了最大程度的同构。于是,从历时的角度讲,"启蒙与救亡的双重变奏"日益地渐变为"启蒙与爱国的历史统一"。

原载《当代作家评论》2017年第5期

---

[1] 汪丁丁:《走出"启蒙与救亡的双重变奏"》,《财经》2005年第4期。

文学思潮

寻根文学的历史语境、文化背景与多重意义
——三十年历程的回望与随想

季红真

1985年4月，韩少功在《作家》发表了《文学的根》，是为"寻根文学"的历史刻度。同年，李杭育《理一理我们的根》，发表于《作家》6月号；郑万隆的《我的根》，发表于《上海文学》7月号；阿城的《文化制约着人类》，发表于7月6日《文艺报》。张炜、郑义、王安忆、李锐等知青作家也都有相关文章陆续发表。随着批评界的迅速命名，"寻根文学"声势浩大地展开。这一年也是中国小说的革命年。文学观念的多元化格局迅速形成，冲击着传统现实主义与现代主义平分天下的旧有局面，紧随寻根文学之后，先锋小说和新写实文学几乎同时兴起。在这一次文学哗变中，由知青作家推动的寻根思潮是其中最强劲的一股美学风暴。主要作家都已经有著作发表，不少作品赢得了国家级大奖，拉动了中国小说创作的整体转向。而且，至今作品源源不断，以2012年莫言荣获诺贝尔文学奖为高潮。今年，是"寻根文学"发动的第30个年头，回顾当年的缘起与演进，是文学史写作的重要环节。

一

"寻根文学"的序曲可以追溯到20世纪80年代初。1980年《北京文学》第10期的小说专号上，颇费周折地低调发表了汪曾祺的《受戒》，引起了出乎意料的轰动。1982年《北京文学》第4期，发表了汪曾祺的创作谈《回到民族传统，回到现实主义》；同年，贾平凹发表了《卧虎说》，表达了对茂陵霍去病墓前卧虎石雕的激赏，借此宣告自己的艺术理想：其一是对汉唐恢宏文化精神的推崇，其二是对古典美学风范的感悟，"重精神，重整体，重气韵，具体而单一，抽象而丰富"，从此确

立了自己文学创作的方向。还应该提到的是几位少数民族作家，20世纪80年代初，鄂温克族作家乌热尔图陆续发表了《一个猎人的恳求》《七岔角公鹿》等以山林狩猎民族生活为题材的短篇小说，顺应着整个民族感伤主义历史情绪的同时，也完美地表达了原始的自然观，以及瓦解过程中民族精神心理所承受的巨大苦痛，以抗拒遗忘的决绝姿态引起广泛的激赏。回族作家张承志以《黑骏马》等中短篇小说，表现草原牧民的生活命运，以丰沛的视觉形象与饱满起伏的情感旋律，以及富于中亚装饰风格的精致语言形式，赢得众多的读者。他们无疑是最早的寻根作家，汪曾祺20世纪40年代以现代派的前卫姿态登上文坛，经历了30多年沉浮坎坷的历史命运之后，以对抗战之前原生态乡土生活的诗性回顾与风俗画的抒写，迅速完成艺术转身，接续起"五四"以后沈从文、废名、萧红一脉乡土文学的诗性挽歌传统，也衔接起中国叙事文学的多种文体。来自乡村的贾平凹，试验了各种外来方法之后，回身反顾重新发现了被自己抛弃在身后的乡土，在现实的激变中寻找回归自然母体的精神通道。他们直接启发了经典寻根作家们的美学自觉，而且，都以鲜明的地域文化的特征与民族情感的独特心灵方式，呈现出独一无二的艺术风格。

他们的创作和历史的巨大转折同步。1976年10月，"四人帮"倒台，历史迅速急转弯。次年高考制度改革，由推荐改为考试入学。1978年12月，党的十一届三中全会决定结束使用"以阶级斗争为纲"的口号，把工作重点转移到经济建设上来，并且对一系列重大历史问题重新评价，大规模地平反冤假错案。关于真理标准问题的大讨论推动着伟大的思想解放运动，马克思主义作为人道主义被重新阐释。在这样的意识形态背景中，农村经济改革迅速铺开，实行联产承包责任制。城市经济的所有制有所宽松调整，个体户大批涌现。中美关系明朗化，政治外交全面解冻；设立特区，广泛引进外资，各大都市的空间由此迅速改观，涉外的大饭店大批兴建，不同肤色的人种混杂行走在主要商业大街，巨大的广告牌在街头闪烁。知青大批返城，带着历史的创伤与对新生活的憧憬，迅速进入一个新旧杂陈的世界。

经历了漫长的文化禁锢之后，改革开放、实现现代化、借鉴学习成为新的历史语境。国家大批派遣留学生，并允许自费留学。外国文艺团体频繁来华演出，轻音乐兴起，邓丽君的歌风靡全国，外国电影占领大份额的票房。外国美术作品大批公开出版，凡·高的《向日葵》点燃了青年一代的如火激情。民办刊物《今天》创刊，《星星画会》短暂展出，朦胧诗在青年中流行，美术界率先寻根，袁运生的壁画引起争论，高行健引进小剧场戏剧……一系列新艺术的潮汛冲击着传统艺术的堤坝。外国文学大批翻译出版，特别是长期被封杀的20世纪现代主义文学解禁，卡夫卡、海明威等欧美作家成为最早的世界现代文学思潮标记，学习现代派的技巧成为艺术探索的主要趋向。1981年,《长春》(即《作家》的前身)发表了宗璞的《我是谁》,在"伤痕文学"的感伤潮流中悄悄开启了精神心理写实的向度与政治迫害中自我丧失的记忆。与此同时,沈从文、钱锺书、张爱玲的著作以各种方式再版,像出土文物一样从尘封的文学史中赫然涌现。而川端康成、辛格等东西方边缘种族的诺贝尔获奖者,则校正着中国作家的美学罗盘,克服了对欧美文学的迷信与盲目追捧。福克纳以故乡邮票大小的一块地方走向世界,更是鼓舞了中国乡土作家的文学壮志。特别应该提到1984年,北京十月文艺出版社与上海译文出版社同时出版马尔克斯的《百年孤独》,轰动了中国文学界。如果说前寻根时期的两位少数民族作家,主要是在艾赫马托夫等苏联的少数民族作家的抒情象征中汲取诗性的灵感,而经典的寻根作家几乎无一例外地受到马尔克斯与其他拉美作家的影响。毫无疑问,拉美作家把中国作家从俄苏文学的束缚中解放了出来,也从文学的欧美现代化精神强迫中解放出来。文化人类学成为普遍的学科基础,宗教意识、生命哲学、叙事方式的借鉴等等成为新的艺术革命向度。追寻民族生存之本、以生命伦理反抗文化制度的残酷压抑,对于民族民间原始思维的重新发现,拓展文学的表现领域,推进文学形式的变革,都冲撞着过于狭窄的旧有文学观念,形成一代归来者抵抗现代化焦虑的艺术反叛姿态。

历史的转机开启了一个浪漫主义的文学时代,伤痕文学、反思文学、改革文学,都是以对社会历史的感性抒发记录民族心理的苦难历程。主要的向度还是在题材领域闯禁区,随着政治反拨的幅度亦步亦趋,感应着时代巨变而抒发个体的也是整个民族的情绪。对于艺术手法的探索,则是以现代派为起点,但多数作家策略性地解说为技巧问题,以1982、1983年"四只小风筝"的通信引起的风潮为典型事件。另一种策略则是以现代化的必然趋势论证现代派的合法性,以徐迟的《现代化与现代派》最为典型。尽管如此,所有的艺术探索还是受到了不同程度的打压,经历了这一令人眼花缭乱的历史晕眩期的青年作家,本身也面临着创作上的惶惑。1984年11月下旬,《上海文学》、《西湖》杂志社和浙江文艺出版社,在上海—杭州联合召开了由新锐青年作家和评论家与会的关于文学创作的研讨会。寻根文学的宣言就是在这之后不久发表,多数作家的创作也因此面目一新,主要的寻根作品迅速发表。他们汇聚了现代派的形式革命,在东西方八面来风的冲击下,试图在民族生存之本的历史深层,开掘文化再造与艺术表现的精神、艺术资源。

经典的寻根作家几乎都是知青出身,从20世纪70年代开始写作,有的早有作品发表,比如韩少功、张炜;有的只是在朋友中流传,比如阿城。急剧起伏的人生曲线使他们对世界的感受尤其错杂,昔日的家园已经面目全非,生存的窘困、没有家园的失落感都需要心理的调整，与城市的心理疏离与时代的隔膜，也需要精神的自我巩固。用朦胧诗人梁小斌的诗句概括，就是"中国，我的钥匙丢了"。知青经历形成了民间生活记忆的经验世界，这使他们不约而同地在时空都较为稳定的乡土生活中，以审美的凝视获得精神心理的稳定感，在历史的振荡、时代的纷扰与大都市的混乱生存中，完成艺术精神的自我确立。这是"寻根文学"出现的重要心理根源，也是几代结束了放逐归来的知识者共同的心理需求，获得读者的热切反应便是历史的必然。此后不久，"弘扬民族文化传统"进入了国家意识形态，学术界兴起了文化热，大批的文化学术丛书编写出版，成为20世纪80年代中后期最醒目的意识形态特征，也是寻根文学被接受与驳难的最基本的文化背景。

二

寻根文学的主要美学贡献，是把中国文学从对欧美文学的模仿与复制中解放了出来，克服了民族的自卑感，使文学回归民族生存的历史土壤，接上了地气。尽管每个人的意向各有差异，但是都是以民族生存为本位，形成审美表现的基本视角。而对狭小窒息的当代文化的失望与批判，对民族精神再造的努力，则是一样的。韩少功浩叹："绚丽的楚文化到哪里去了？"李杭育面对当代文化的尴尬，设想中国文化如果不是遵循儒家的规范，依照具有"宏大宇宙观"的老庄一脉浪漫主义潮流发展将会多么灿烂！跨越文化断裂的精神探求，是在外来文化的参照下，重新发现文化传统自身的魅力，以现代意识镀亮传统文化的精神，是他们共同的愿望，尽管每个人的抉择不一样。

寻根作家另一个共同的意向，是对于民族传统文化与文学本末关系的清理，由此完成向文学本体的回归。韩少功说："文学有根，文学之根应该深植于民族文化的土壤。"阿城的《文化制约着人类》更是深入阐释了文学与文化之间的宿命关系，而且这样的关系是所有母语写作者无法逾越的限制，接受限制是艺术创作的前提。这样的意向使中国的文学观念，逐渐大踏步地向着世界观的高度攀升，克服"头疼医头脚疼医脚"急功近利的肤浅文学观念，向着历史的纵深层面拓展的同时，也向着整体把握世界的艺术理想挺进。

作为自我巩固的艺术行为，寻根的宣言中还包括艺术自我确立的各自感悟，并且，由此迅速开辟出自己的文学地理版图。郑万隆的《我的根》宣示以东北故乡山林中先民们古朴的价值观念与道德坚守，完成对浮躁的现代社会心理的抵抗，《异乡异闻录》系列结集以《生命的图腾》为名出版，凝聚着他的美学理想。阿城继

《棋王》之后，相继发表了《树王》《孩子王》和《遍地风流》系列，以第一人称的见闻，表现自己对民间社会的发现，对普通人英雄主义与质朴健康生命状态的敬佩与欣赏，而且他笔下的主人公都是文化英雄：下棋、护林与学文化。《棋王》叙述了一个以弱胜强的故事，以之探讨普通人和历史的关系；《树王》探讨了普通人和自然的关系，树死人亡就是天人合一的境界；《孩子王》探讨了普通人和文化的关系，一个普通劳动者对文化的向往与接受文化的艰辛，基本构成了个性鲜明的世界观整体。据说还有一部《车王》邮寄丢了，没准某一天会从潘家园的旧货市场中冒出来。李杭育的"葛川江系列"逐渐成熟丰满，张炜的《古船》等一系列以山东乡村为背景的小说引起持续轰动，矫健的大量作品，何立伟的《白色鸟》等一系列作品，都是以质朴恬淡的生存景观抵抗物欲横流的现代化进程，记录这些和谐的生活场景瓦解破碎的过程，大有"礼失求诸野"与"知其不可为而为之"的共同趋向。

当然，这些寻找回归传统文化精神通道的悲壮努力并不都是有效的。韩少功的《爸爸爸》等一批以湖南山地民间生活为内容的作品，以《诱惑》为名结集出版，可见对于无法抗拒的文化宿命感体验之深刻，表达了作者在落后愚昧的乡村传统与浮华浅薄的现代都市生存之间，精神心理挣扎的艰难，以新的方式演绎着"我是谁"等哲学人类学的命题。他的寻找以文化价值认同的失败为结局，美学回归的成功为结果，楚文化无疑为他提供了自《楚辞》开始的精神情感表达的独特心灵形式，所谓"末世的孤愤"，精神的矛盾与认同的危机都寄寓在完整的、渗透着楚音的语言形式中。王安忆在寻找自己来历的同时，也探索着民族历史生存内在的稳定结构，以及转换为当代话语的方式，《小鲍庄》是探讨乡土中国社会结构的文化寓言；《长恨歌》则是探讨"海上繁华梦"金钱至上的意义空间；《纪实与虚构》记叙、回顾了在这样两种空间的身份转换中个体的心路历程，以及在血脉的寻绎中，通过边缘身份的确立而完成繁难的文化认同。对于乡土与现代大都市的双重心理疏离，是她表达认同危机的主要方式。他们以不同的方式回应着自己时代的文化思潮，建立起属于自己的艺术世界，抵抗着全球化浪潮的滔天洪水，固守着精神的方舟。

三

寻根文学的思潮拉动了中国文学的发展。不少作家的创作因此而面目改观，史铁生由"伤痕文学"感伤主义的潮流中脱身而出，以《我的遥远的清平湾》和《插队的故事》等知青题材的小说重新审视乡村生存。张辛欣从自我出发的写作中掉头，纪实性的《北京人》系列以对当代中国人生存的个案搜集扫描出民族生存与心灵的当代史切片。铁凝从青春写作的格局中跳转，以《麦秸垛》为象征，表现乡土人生原始蒙昧的生殖气氛。1985年，《西藏文学》推出了"魔幻现实主义"专号，藏族作家扎西达娃发表了《系在皮带扣上的魂》与《西藏，隐秘的岁月》，由表现藏民族剽悍的原始生存状态，改为关注这个民族的精神失落、迷茫与无望的寻找，以及世代循环的生存模式。李锐迅速写作发表了《厚土》系列，带给文坛意外的惊喜。连先锋作家刘索拉在完成了精神的反叛与情感的抒写之后，第三部中篇《寻找歌王》也以对民族民间原始艺术精神的寻找，表达对浮躁的现代生存的心理抵触。也有的作家是以反驳的方式回应这股思潮，譬如，马原以《冈底斯的诱惑》登场，在展现小说虚构本质的同时，表达了科学理性与牧歌情调的冲突，矛盾的自我分裂外化在两个主人公身上。洪峰的《瀚海》干脆宣称："到那里（故乡）去寻根，还不如寻死痛快！"尽管反动的是艺术主张，而写实的审视则是一样的，只是放弃了对于整体结构的把握，而专注于审视生存的本相与表现心灵的体验。

此后不久崛起的先锋小说和"新写实"作家，也是以个体精神的体验与民众生存之本的表现刷新读者的阅读经验。他们和寻根文学的学科基础有着交集，苏童对于乱伦宿命的强调，对世界不可知的感受，明显可以看到对韩少功们哲学思考的深入。余华的大量作品表现了无法抗争的命运，还有在迷宫一样的文化价值罗网中别无选择的尴尬与存在的遗失；格非表现了语言自身的混乱空洞与主体的有限性，都是对历史、文化与个体认知能力的质疑；孙甘露的《信使之函》以碎片化的情节与精粹的诗性联想，表达着对世界人生的个体感悟，延续着寻根作家主题多义的叙事实践。刘恒的《狗日的粮食》是对民生问题的悲情叙事，《伏羲伏羲》中被扭曲的不伦之性与杀父的故事，明显可以看到文化人类学的学术视野。刘震云基于民本立场的历史追问，池莉对于窘困生存的琐碎叙述，都可以看到寻根文学凝视民间生活视角的延展与推进。这些作家的创作在宣告一个浪漫主义文学时代完结的同时，也传递着新时期人道主义的文学基因，对于个体生命的关注，尤其是对物质生存与精神生存的双重关注。而对民间社会的审视，则调整开拓了寻根文学的视野，当下的生存依然非常严峻，存在的困苦消解了宏大的主题与浪漫的诗意。

影响最大的要数莫言，1985年之前，莫言的创作追求唯美的效果，可以看到沈从文等京派文人的遗韵，比如《乡村音乐》。从《透明的红萝卜》开始，他完成了艺术自我的确立，也完成了小说文体的革命，"高密东北乡"的文学地理版图迅速开疆拓土日益壮大，至今势头不减。当然，他的艺术转变是克服创作困境的内在突破，不完全是寻根文学影响的结果，但是寻根作为一股思潮，是20世纪80年代中文坛的主潮,所有的写作者都不能无视。而且,他艺术确立的基本情感矢量和寻根作家是一致的,其文化背景也有着广泛的重合与交集,比如对川端康成的激赏,在福克纳的启发下立志把故乡"高密东北乡"写成"中国的缩影"和"世界史的片段",《百年孤独》的决定性影响,等等,成为新一代世界主义的乡土作家。特别是他30年持续不断的成功探索,主要是以乡土民众的生存为基本视角,在中国叙事传统中汲取文化资源,应该说是延续着寻根文学开辟的方向发展。当多数经典寻根作家放弃或者转变创作方向的时候,莫言却比别人走得更远,使中国小说彻底回归到了它古老的源头:边缘性、民间性与世俗性。究其原因,是写作者的身份决定的,知青和农民之子的差异决定了叙事立场与文化认同的差异,童年经验的初始记忆也是文化资源择取向度差异的根源,以至于几乎无法对莫言进行文学史的归纳。"强大的本我"既浸润在潮流之中,又置身于潮流之外。

四

寻根文学本质上是一场浪漫主义的文学运动,在冲决了为政治与政策服务的狭窄轨道之后,完成了文学自我回归的嬗变。尽管寻根作家的意向差别极大,但是整体完成了文学由庸俗社会学僵硬躯壳中的成功蜕变,也挣脱了膜拜欧美发达国家现代主义文学,亦步亦趋模仿学步的精神桎梏。根据荣格的集体无意识理论,一个诗人,无论他多么傲慢,其实都代表着无数个声音在说话。选择何种社会制度、制定何种发展战略,都属于历史理性的范畴。文学显然是非理性的,它更多的是一个民族的精神情感与广大无意识领域中的真切感受。实现现代化、与世界接轨,是中国人的历史理性经历了漫长曲折的痛苦磨难之后,在20世纪80年代初形成的全民共识;而20世纪80年代中的"寻根文学"则是中国人的民族集体无意识,对全球化浪潮一次本能的抗争,是对百年来现代化强迫症与文化乌托邦的艺术反动,更是改革开放之初民族精神情感与广大无意识领域中真切感受的艺术呈现。所以,它是民族精神心理的重要历史标记。

寻根文学的作家跨越断层的方式,其实接续着晚清至"五四"一代知识者的共同努力。梁启超以小说新民,在从事政治革命的同时,也希望复活中国古代善良之思想;鲁迅试图以文学来改造国民性,早期借助进化论,主张"拿来主义",晚期在古代神话的意义空间中完成民族精神的发现与自我确立。韩少功《爸爸爸》中的丙崽,被批评界迅速与阿Q类比,当成同一系谱中的人物,这是典型的泛文本联想。阿城对民间英雄的讴歌,则是鲁迅思想一翼的延续,其"忧愤深广""沉忧隐痛"的内在情绪也是近代以来知识者的历史情绪。李杭育的葛川江系列和张炜、矫健等作家的创作，对于民间社会的凝视，继续着五四新文化运动开辟的维度。王安忆对乡土民众的关注与对市民社会的心理疏离，也是鲁迅等一辈文人共同的创作主题。究其终极的历史根源，是现代性的文化时间焦虑在全球空间中的迅速蔓延，使一些最基本的主题延续至今，譬如溃败，譬如文化抵抗，譬如民族精神再造，等等。无论怎样和世界接轨，有三道坎都是近代以来的中国知识者无法逾越的，这就是现代国家的问题、民生的问题与文化认同的问题。所以，无论寻根的结果如何，如一些批评家所讥讽的"寻根变成了掘根"，但是他们悲壮努力的思想史意义是不容忽视的。

寻根既是对民族精神之根的寻找，也是对文学之根的寻找，不仅是对文化精神的认同，也是对艺术形式的继承。经典的寻根作家在寻找寄托自己心灵世界相对应的外部世界的同时，也在寻找适应自己的叙事表达方式，而且试图和文学传统重新建立独特的联系。除了在主题学领域他们衔接起现代作家们的抒写，而且在艺术风格领域也延续着他们的革命性贡献，就连他们对边缘种族文学不约而同的情有独钟，也继续着周氏兄弟当初翻译被压迫的弱小民族文学的动机，基本历史处境的相似性无疑是接受外来文化艺术的心理基础，只是具体的历史情境发生了明显的变化，选择认同的标准也随之变化，20世纪实在是一个人类苦难深重的大劫难。"五四"引诗文入小说带来叙事模式的转型，几乎是文学史转折的形式标记，经典的寻根作家几乎都继承了这个传统。譬如，使所有人都瞠目结舌的《棋王》，就其文体来说，继承的是司马迁开创的史传文学的传统，以弱胜强的类型故事，是抒写少年英雄的古老叙事传统；《树王》也是英雄的故事，但是一个失败的悲剧英雄，故事寄寓在吊文的形式中，结束于对肖疙瘩墓的凭吊；《孩子王》则是一首骊歌，送别的仪式感极强。这样的赓续关系，使他们沟通了更久远的文学传统，也把诗文的精神升华到宗教的高度，具有超越情感的世界观与人生观意义。现代叙事学的传播，又使不少作家自觉地运用了叙事传统中的原型，王安忆最突出，《天仙配》是典型，建立在两种世界观差异上的故事叙事，置换出张爱玲式无奈的反讽语义。庄子的哲理寓言转换为文化寓言，也是寻根作家所普遍使用的形式，最典型的是张炜的《九月寓言》。莫言干脆以神话的基本思维方式不断地置换变形，容纳汪洋恣肆的想象力，接续起志怪、唐传奇、宋人平话、元曲、明清戏剧与小说，以及近代兴起的地方戏等一派富于想象力和文辞华艳的叙事传统。当然，他们的继承关系都不是单一的，是多元复合、中外古今混融一体，因而艺术探索也就沟通了更加久远的文学与文化传统，文化史的意义是显而易见的。

寻根文学的作家都有着语言的高度自觉，每一个人择取与提炼的方式又各不一样，但都把文学语言提升到艺术本体也是生存本体的高度。贾平凹对母语陕南方言的自由运用，成为质朴恬淡的心灵世界最直接的外化；李杭育强调小说语言的文化韵味，以语体风格容纳地域文化的风俗；阿城对书面语延伸出来的当代口语的精准把握，显示着感觉的独特与饱满，对话成功消解在叙述语言中的叙述策略，使独立自足的艺术世界形神完备。王安忆以诗文与白话两种语言的交错融和，完成对追忆与流逝的时间形式的模塑，使文化诗学的意味弥漫在字里行间。李锐以大音希声式的浑朴风格，描摹吕梁山的民间生存与民间思想，凸显着语言文化的世界观意味。莫言更是广采博收，在诗文、民间口语与戏剧、翻译语言等多个源头中汲取营养，突出对话，并且把方言融入叙述语言，汪洋恣肆的语言风格最直接地体现着独一无二的艺术个性。而且，经典的寻根作家都不同程度地体现着对话的精神，呈现出多种话语体系交错的复调结构，以及众声喧哗的狂欢美学特征，有的是自觉的，有的是不自觉的。正是这种对规范语言法典的成功艺术反叛，使他们的创作不仅在主题思想方面，而且在艺术形式方面都与20世纪初开始的世界新艺术潮流汇合，不仅是形式技巧的拿来，包括哲学（特别是语言学转向）背景的交集，也使中国文学史的连续性获得长足的发展。"五四"开始的"文的自觉"经历了长时段的断裂之后，在寻根作家经典作品的语言风格中如泉喷涌，也使被阻隔的漫长文学史暗河涌流地表。不少寻根文学的代表作已经被确立为当代经典，这是他们对"五四"开始的汉语写作现代化转型进程里程碑式的独特贡献。只要是用汉语写作，每一个作家都是漫长文化时间流程中一个接力的选手，谁也无法彻底脱离母语自身的限制，创造性地继承是唯一的出路。

这就是寻根文学作为一场浪漫主义的文学运动，在历史转折的山体炸裂时刻，兴起于废墟之上、具有多重意义的历史贡献。

消费文化时代的悖论
——论21世纪以来新谍战剧的性别叙事策略

杨 晶

正如杰姆逊所说:"每发动一场经济、政治的革命必须有一场文化革命来完成这场社会革命"。21世纪以来,大众文化生产中红色叙述的归来与重写具有标志性意义。其作用不在于如何参与了新意识形态的建构,而在于它以广泛的社会接受度,印证了新主流文化表述已开始确立。

20世纪90年代以来,在经历了深刻社会转型的中国,一股利用革命历史资源重写红色经典的风潮开始盛行。戴锦华指出"当想象与现实间的鸿沟于20世纪90年代初清晰显影之时,无疑带来了极为强烈的失望与不满",重读革命历史"指称着一条想象的救赎与回归之路"。[1] 在新的历史语境下,革命历史题材承载了大众曲折的心理投射,它不仅再次唤起了大众的红色记忆,还缓解了他们在市场经济初期所显示出的失落与焦虑。尽管这一时期的作品由于社会现实和技术的种种原因显得尚不成熟,但却对重述历史的努力做了有力的推动。世纪之交,中国又来到历史的关口。关于未来,理论家们无法预判一个非常清晰的路径与走向。面对政治经济实践与意识形态表述断裂甚至抵牾的尴尬,主流文化尝试从文化政治困境中突围。借助时代契机,革命历史再度显影,轻而易举地成为众人瞩目的焦点。同时,浸润了消费文化的革命历史题材经历了近十年长期探索和实践后,通过自身的"革命"显得愈发成熟,在市场的磨砺中焕发出勃勃生机。再次归来并不是简单重复,而是对革命历史资源的一种借用与改写,其所承担的文化使命,虽有某种延续性,却更具有深刻的内在差异。在对革命历史新的想象中,它巧妙地传达了新的主流话语,通

---

[1] 戴锦华:《救赎与消费——九十年代文化描述之二》,《钟山》1995年第2期。

过大众潜移默化中的自觉接受并认同，从而完成了新的意识形态目的。在这种重述中，革命历史题材较以往取得了较大突破和进步，显露出许多新的特质。

电视剧作为目前中国文化话语场中影响最大的艺术样式，新一轮革命历史题材浪潮借助电视媒介成为当代最流行的文化热点，其中尤其以反映地下斗争的革命历史传奇——新谍战剧的成功最为突出。作为唯一一种贯穿新中国各个历史时期的文艺题材，与其他类型的革命历史剧相比，谍战剧的独特性无疑在于其巧妙地兼具强大的娱乐性和政治性。借助隐秘战线，而不是重大历史事件和正面战场来完成革命历史的叙述，塑造无名英雄形象，为大众娱乐需求和新的历史认知的进入都留有较多的空间。再加上新谍战剧因原创性而不必受经典文本的框范，具有较大的创作自由度，有利于维护红色经典所具有的阐释革命历史的正典位置，回避对权威的冒犯。这使得它在叙事的深度开掘及其与当下意义的对接方面进退自如，因而取得了最为优异的创作实绩和收视效果。

近年来，影响广泛的几部谍战剧对新时代历史逻辑的表达更为鲜明，典型地呈现了某种清晰的社会症候与"新"的再现系统，而女性叙事的丰富成为新世纪新谍战剧最突出特点之一。消费时代的女性身体认同与政治文化主导时代发生了巨大的变化，这种变迁能帮助我们更好地理解意识形态的变迁。因此本文选取较为成功的两部新谍战剧《暗算》《潜伏》，从性别修辞的角度考察它们在21世纪以来的历史语境中所发生的改写与变化，借此阐释变化背后的意识形态的新特征。

一、身体的复杂显影

在中国文化中，身体的危险和毁灭性力量，一直作为异类被压抑和否定着。在文艺作品中有关身体的书写也是被忽略的，即使偶尔存在，也是以一种极端化的形态呈现，要么是完全形而上的"属灵"状态，要么是彻底形而下的"属肉"状态。这种根深蒂固的价值观直接影响了革命历史题材对于身体呈现的方式，不同时期对身体的书写表现出不同的状态。

在"十七年"时期的革命历史题材中，身体是表达政治意识形态的抽象符号，革命文学所肯定的革命女性，是超越了反动阶级女性身体的色情化和感官化的革命英雄。她们的身体臣服于革命话语，任何与革命相背离的感官经验和情感世界都不得不受到规训和批判。"凡是在场的都是不在的替代品"，在这里女性作为"党的女儿"成为阶级斗争或社会主义神话的承载者，被用来传达权威话语的政治含义，而真正的具有主体意识的"人"是始终缺席的，革命女性成了一种没有性别意义的政治产物。她们是党的好女儿，却不是独立的女性个体，她们的身体是被压抑和遮蔽的，女性气质和性别特征逐渐消除。身体的"无性化"虽然不能给男性提供感官上的欢愉和享受，但是在"男女都一样"的号召下，她们是革命男性坚定的革命同志和伴侣，而这正是主流意识形态所需要的。同时，具有身体肉身性的女人是以被镇压的方式存在着的，她们属于反革命阵营。这些无法被政治意识形态所规范的性感女人，被赋予极端危险的性质而否定。她们政治上是反动的，道德上是堕落的，美丽妖娆的外表下包藏着恶毒的政治动机，总是在威胁着崇高的革命理想和革命男性。在这一时期甚至可以说，肉身性已经成为一种辨别敌我的价值标准，只有敌人才有肉身，革命者具有的只是精神。

20世纪90年代以来，在世俗化的消费欲望甚嚣尘上的时期，身体欲望是被当代文化所肯定的一种个人主体价值。当代文化逻辑中的欲望叙述法则必然渗透到对革命时代女性形象的叙述中。女性形象的呈现在消费文化与主流意识形态的结盟下，决定了性别话语的势必转变。

于是，我们在新谍战剧中看到，与"十七年"时期的无性化女性不同，这些重新出现的女性形象，首先具有的就是女性特征。她们无一不是年轻美丽的，"女人味"开始被恢复。尽管具有不同的性格、身份，但她们首先都是作为"女人"，带有女性独有的性别特征而存在的。同时，这些女性被赋予鲜明女性主体意识。她们都聪明干练、独立自信，事业上执着追求，在爱情上也敢爱敢恨，显示出了大胆的主动性。美丽和独立让她们成为典型的现代新女性。最重要的是作品对女性个体爱欲的肯定与张扬，是从前的革命叙事从来没有过的。爱情可以是超越一切无来由的，可以不是革命者，可以不理解革命，爱就是爱，是纯粹的相互吸引，不需附加任何意义。最有代表的要数《暗算》第二部《看风》中的女主角黄依依。她对革命并不感兴趣，接受解密的任务是以带走一见钟情的男主人公为交换条件的。她宣称"我爱你是我的权利，你爱不爱我是你的自由"。当她得知安在天为防止情报泄露，击毙敌人同时也导致作为人质的妻子死亡这一事实时，终于明白了自己爱上的是一个制度的化身。因此黄依依主动拒绝了男性革命者，这在传统的革命历史叙事中是不可能出现的，与同时期"泥腿子"英雄的新革命历史剧相比也具有很大差异。无论是《激情燃烧的岁月》，还是《亮剑》《历史的天空》，作品中的女性对一身匪气的英雄们无一不是逐渐认同，最终安心做家庭的贤妻良母，这实际上是传统女性意识的回归。前卫大胆的黄依依无疑是代表当下在发言，极高的收视率与这种价值观的潜在对话有很大关系。

爱情与革命在这里得到了最好的耦合，这是与革命激进语境中的禁欲主义冲突的。应该说，对爱情的强调，这不仅是一种满足大众某种消费需求的商业化修辞，更是对人性的合理性肯定，对于长期禁锢在革命禁欲主义的人来说，也是有一定的文化反拨作用的。但问题在于，在消费逻辑的参与下，悬疑的剧情中大张旗鼓地渲染英雄人物的爱情。在这里爱情已然不再是革命的辅料，而是并行不悖的两条线索，原来无爱的禁欲被强烈的爱欲所取代，这是世俗化策略在革命历史叙述中的显影。在电视剧《潜伏》中，三位女性都不同程度地爱着余则成，这成为这部剧吸引观众目光的法宝之一。左蓝是余则成的初恋，有着坚定的革命信仰，她引导余则成走上革命的道路。左蓝是借工作的机遇发展爱情的，边工作边恋爱，他们之间也不再是那种遮遮掩掩的精神之恋，革命的爱情显得分外浪漫。晚秋是一位有着温婉气质的资产阶级小姐，她单纯又多愁善感。晚秋喜欢余则成，并不介意他是国民党的特务，当她无意中知晓余则成是中国共产党地下组织成员时，对他的爱也没有丝毫改变。因为爱上了余则成，她走上了革命的道路。翠平是出身农家的女游击队长，在艰苦、陌生的潜伏工作中赢得了余则成的爱情，也成为出色的谍报工作者。她的勇气与其说来自对革命的信念和忠诚，不如说来源于对余则成个人的崇拜与爱恋。

显然，故事把革命风云寓于这几个人物的情感纠葛、性爱关系之中，故事似乎可以简化为"一个男人和几个女人的故事"。但是，关键的问题并不仅仅在于"一男多女"这样的叙事模式，而在于隐含在政治论述背后的欲望动力。"在将革命主题置于性爱关系中时，我们已经很难分清那背后的欲望动力到底是来自于'革命'还是来自于'恋爱'……这是一种'欲望的政治化'的经典形态。"[①]从大众接受的角度来看，事实也是在这样的情况下发生着。从心理期待来看，大众有可能从革命、政治的角度来欣赏这部电视剧。但也有可能更关注男女主人公的情感纠葛，从"爱"的角度来解释人物的动机，把这部作品当成一部爱情剧。尤其是当革命历史已成为回望的时候，故事中人物的爱情关系、悲欢离合或许更令人荡气回肠。这种价值观的模糊性无疑是消费文化与主流意识形态平衡下的一种刻意表达。它创造性地缝合了二者之间的缝隙。

实际上事业与爱情两者兼得是虚幻的，女性命运隐含的是一种悲剧结局，这就是革命胜利之后怎么办的问题。革命历史叙事一般都不会去涉及革命之后的世俗和日常生活，但正如丹尼尔·贝尔所指出的那样："革命的设想依然使某些人为之迷醉，但真正的问题都出现在'革命的第二天'，当从理想的云端回到世俗的现实，

---

① 贺桂梅：《性／政治的转换与张力》，《中国现代文学研究丛刊》2006年第5期。

我们会发现，女性们虽然最终成为一个坚定的革命者，她们的人生却无所依存。"黄依依死于情敌的报复，左蓝早在胜利之前就为革命献出了年轻的生命，翠平为了掩护继续潜伏到台湾的丈夫，新中国成立后回到偏僻的山村独自抚养孩子，等着不可能归来的丈夫。晚秋与其说得到了完满婚姻，不如说她得到的只是一个物是人非的革命同志。革命胜利后，国家得以建立，男性成为自豪的建功立业者，女性却早已奉献自己的一切。

消费文化中革命女性的激进再次被时代的文化逻辑收编，这种性别意识形态在消费文化时代的运作，是在种种颠覆性别成规的遮蔽下再一次维护和肯定着男性权威，它给女性带来新的结构性压抑，只是比以往的性别压抑来得更隐蔽、更精致。

二、身份、性别与社会修辞

新谍战剧最有魅力之处，不在于直接的政治意义，更在于它的政治潜意识。虽同属传奇类新革命历史剧，但谍战剧显然比"泥腿子"英雄传奇的作品走得更远，对新时代历史逻辑的表达更为鲜明。

在讲述"泥腿子"英雄传奇的故事中，石光荣、李云龙、姜大牙等人具有的是草莽英雄出身与气质，虽然带有一股匪气，但还应归属于"工农兵"形象，与传统的革命历史题材有了一致性。新谍战剧中关注的对象不再是作风粗鲁、不识文断字的大老粗英雄，而是斯斯文文、讲品位懂生活的小资趣味者。这种写法改变了"十七年"时期的人物叙事模式。纵观原有革命话语，小资产阶级处于严重缺席的状态。即使出现也无非两种境遇，要么被丑化，要么被改造。历史舞台中心人物的转换，潜藏着耐人寻味的意识形态内容。在谍战剧中，带有小资色彩的人物被推上了前台，并被当代的大众趣味暗中涂上了智慧英雄、成功者的色彩。新旧两种故事讲法意味着普通大众通过主人公建立认同方向的改变：传统的讲述让大众认同的是工农兵身份的革命者，新时代则要求认同的是和自己身份具有相似性的革命者，成为具有新价值观与理想性的新主体。

重要的是，如果我们仔细考察谍战剧中的新话语表达，会发现这并不是简单的小资产阶级的回归，而是一种新中产阶层的出现。20世纪以来，在世界范围内中产阶级的出现带来社会结构变化，整体进入消费社会阶段。20世纪90年代以来尤其是21世纪以来，中国社会内部也出现了这样一批新兴群体。但相对于在西方的发育成熟，在中国它并非是阶级意义上的概念，而是指"社会上具有相近的自我评价、生活方式、价值取向、心理特征的一个群体或一个社会阶层"。[①]这个社会学的概念在中国当下更切近于一个文化概念。严格来说,从经济收入到生活方式中国还不存在基本"合乎规范"的"中产阶级",因此,判断是否属于这一群体没有统一的标准,最重要的是依靠个人的自我体认,而最主要的群体特点就是中产者在文化消费上的表征。中国中产阶层有着自己的独特性。最大表现就是物质缺乏而精神、品位先行,这里的精神与品位指涉的是一种文化趣味与消费标准。"这是一种在生活方式、文化消费选择上的精致化优雅化,并不过多涉及个人经济能力和社会地位,是一种主观心理上的倾慕与趋附。"[②]作为"精神"贵族,他们呼喊的世界实际是基于"个人"本位的全新价值观,是无须更多"精神"世界的凡俗生活,不再为自己树立起"需仰视得见"的精神教父。

对于这个值得观照的空间,新世纪的谍战剧在光影声像中呼应、传递、建构了对于社会现状及前景的理解,这种建构是通过阶级与性别的纠缠与勾结来完成的。在新谍战剧中,新的革命主体开始具有了"泥腿子"英雄和传统小资产阶级所没有的内在品质,一种新的品质。首先,"知识"作为资本成为规约性前提,不再以政治性的阶级来标识人物,也打破了性别的界限。不论是安在天、余则成,还是黄依依、左蓝、晚秋,有知识便意味着有能力。与土味十足、直爽粗鲁的"泥腿子"革命者比,充溢着原始生命力的强力躯体虽然在精神上与强烈的民族自信心相呼应,不守规则的战斗方式也少了教条的嫌疑而有出其不意的新意,但在现实的层面上还是多少显出了实践的乏力。在命运难测的困境中,孤独一人依靠智慧巧妙地与各种人物周旋,机关算尽,无疑这种"职场攻略手册"更有现实的意义。这类新的英雄成为革命战争背景中新佼佼者。如果说,草莽英雄类传奇借阶级身份保持着与"革命"的联系,成为"人民战争"中涌现出来的优异代表,而新谍战剧的主人公则是完全靠"智斗"、通过个人奋斗终于出人头地的成功者,这是一个本质性的区别。新谍战剧的既"好看"又"实用"正是来源于此。无论是《潜伏》还是《暗算》,每一部都是以不间断的地下斗争为主,写法上绝不重复,在复杂的军事、政治、人物关系格局中,斗争策略丰富多彩、惊心动魄、险象环生。但这种写法在"十七年"时期恰好是受批判的突出"个人"、淡化"集体"的表现。新谍战剧在表现革命时最令人感兴趣的是世俗生活中的各种谋略,以及在这一过程中大放异彩的个人超凡魅力与非凡智力。无疑,这既符合大众文化"中产"的逻辑,也契合新意识形

---

① 傅宏波:《正在崛起的中国中产阶级》,《观察与思考》2004年第7期。
② 周晓虹主编《中国中产阶层调查》,社会科学文献出版社,2005,第37页。

态的需要。

新谍战剧最大的突破性在于，立足于中产最倾慕与趋附的趣味，建构了新的文化认同。就文化叙述来说，"泥腿子"英雄类仍然沿承了"十七年"的革命历史传统。无论是褚琴、田雨，还是东方闻英，具有知识分子身份的众人，无不被代表农民文化的石光荣、李云龙、姜大牙等征服。虽然不像林道静顷刻间感受到革命者的超凡魅力，而是由抗拒到逐渐接受，再到认同依恋，两种文化的冲突正是一个关于知识分子"改造"道路的当代版本。而在新谍战剧中，这种改造模式发生了逆转。在《潜伏》中，都市青年余则成、晚秋、左蓝等共同结成新阵营，凭借中产文化的趣味，将农民翠平最终改造成为成熟的革命工作者。翠平是以一个女游击队长的身份出场的，这实际意味着在革命的"前史"中她已经完成了英雄的"成长"过程。从一个普通农村家庭妇女成长为坚定的革命者，这在传统的革命叙事中并不陌生，她的党员身份便是最好的证明。再次改造必然隐含一个前提，视革命文化为一种农民文化的非现代性属性。进入城市空间后，在中产品位与农村文化的冲突中，我们看到的是啼笑皆非的场面。剧中安排的"笑点"贯穿始终，都是翠平在出乖露丑中爆发的：脱离了娇柔妩媚的阳刚举止变成了粗鲁不堪；与一切反革命思想划清界限的信仰坚定变成了顽固不化；贫下中农的出身纯正变成了没有品位；如果想继续革命，必须在形式上接受新的文化改造。于是翠平学会了打麻将喝咖啡，穿上了婀娜的旗袍，练成了喜怒不形于色的修养，农村女孩几乎成了都市女郎。而处于"启蒙"地位的都市青年们带着的是一种宽容的优越感，一种居高临下的快意。这种审美趣味上的突破，在"十七年"时期正是作为"小资产阶级情调"被指责的，被认为是阶级的政治动摇性根源所在。而在"革命"所代表的进步和真理下，新文化对翠平的规训，具有一定政治的必然和合法性的意味。在"讲述话语的时代"，这种叙事成为新谍战剧的一个重心，借助它们最终实现了以往革命历史题材无法完成的任务。

主体形象的"询唤"是十分重要的。特里·伊格尔顿指出："从道德到文化的转变也就是从头脑的统治到心灵的统治的转变，从抽象的决定到肉体倾向的转变。诚如我们所知，'完整的'人类主体必须把必然性转化成自由，把道德责任转化成本能的习惯。"[1]这就是说，某种政治理想只有获得了审美王国的积极合作，才能以领导权威而非专制权威的方式，转变为社会个体的"天然要求"：新的革命历史叙

---

[1] 特里·伊格尔顿：《美学意识形态》，王杰、傅德根译，广西师范大学出版社，1997，第105页。

述不再仅仅依靠严肃的政治说教,已发展起了一套相当有效的审美法则,让革命者形象成为大众"熟悉的人",达到与革命者的情感方式直接的、非强制性的一致。这在叙事的过程中非常关键。新时代要求读者认同的是和自己的身份有相似性的革命者,成为具有新价值观与理想性的新主体。

借助阶级与性别的相互借重和遮蔽,是20世纪90年代以来中国社会最重要的"社会修辞"方式之一,并成为建构阶级话语、改写个人社会身份与性别的"游戏"规则。在多重改写中,新谍战剧以新的历史重述想象性地解决了问题,但新的镜像却无力映照现实的困境。中产阶级在获得命名的同时,也是被消失的开始,现实中是"无法中产"的命运。更为重要的是,这种新修辞方式,不仅遮蔽了"中产"自身的困境,还遮蔽了性别生存现实,也转移了更大的、不可见的民众的社会困窘。从这个意义上说,这是21世纪对"革命文化"的另一种呈现形式。

三、结语:"想象"与"突围"

电视剧作为当下最为大众的艺术样式,在近十年来的大众文化生产中占据着越来越重要的位置,媒介文化中的女性呈现策略为我们考察21世纪以来意识形态变迁及其运作策略提供了一种很好的线索。21世纪以来,谍战热持续至今,已成为一个较成熟的类型。显示了主流意识形态对各种力量的适时调整和有效整合,在彼此矛盾冲突、协调融合中重新建构和书写,显示了文化创新的力量。同时,中国过渡时代复杂的政治经济文化格局以及大众文化自身的含混性,使得大众传媒中新谍战剧所表现出来的独特的影像,杂糅组合的意识形态特征,构成了一个矛盾百出却充满了魅力的形象,给我们提供了独特的文化体验。再次验证了后革命时代中国在消费文化下的尴尬境遇,或者说这是新形势下意识形态复杂状态的表征。这多少说明关于信仰的叙事遇到的时代困境和创造社会主义文化的焦虑有关,也和现实的精神困境有关。问题在于,在新革命历史题材繁华绚丽的背后,我们不得不质疑的是,在各种话语权的争夺中,"革命历史"会不会走向媚俗,完全变为娱乐的对象?毕竟,少数几部优秀作品之后质量下乘之作又大量出现,这是比同质化更为严峻的问题。在各种资本的交锋下,新革命历史创作能走多远,最终将走向何方,也许是个未知数。

性别视野中的现代战争叙事

杨 晶

战争题材的作品，是20世纪中国文学重要的组成部分，它在拯救中国民族危亡之际起到了空前的无可替代的作用。但性别视野下，男女作家的战争叙事并不完全具有统一性和整体性，女性作家的战争文本显示出对主流话语一定的疏离。在现代中国，当抗日救亡、民族解放压倒一切之时，宏大的现代国家话语成为主流的叙事策略，幸运的是在历史中处于边缘位置而积淀成的文化心理，使得卷入战争的中国女性，尤其是那些主动投身战争的革命女性，作为亲历战争磨难的创作主体，她们以女性写作的独特视野，显示了现代国家宏大叙事中另类潜流的存在，揭示了对历史和战争的反思。在众多战争文学作品中，选取相同文化情境的左翼阵营中不同性别视野的文学叙事进行比较，将会对我们当下的文学写作和文化建设具有一定启示意义。

一

作为漫长历史中的弱势群体，女性作家的关注更多倾向于普通生命个体。如《遗失的笑》中，女作家草明以超越阶级界限的人性关怀描写了一个地主阶级女性的命运。地主廖大老爷婚后不到半年，就对妻子廖大奶奶厌倦了，照旧过起了婚前嫖赌的生活，甚至逼迫妻子侍候自己带回家的妓女，稍有闪失便是体罚。百般凌辱下，廖大奶奶疯了，从此，大奶奶的余生便在一间被锁起来的阴暗的房间里寂寞地"凋零和枯落"着。是女佣"四喜家"的同情与照顾，她才得以苟活。在当时的历史背景下，这种文学叙事显示了作者独到的眼光和难得的勇气。《夜》中，丁玲笔下乡村干部何华明的老婆，更是弱势群体中的最弱者。无论从哪个角度她都没有丝毫可以示人的优势和值得骄傲的经历：农村家庭妇女，40多岁，比丈夫大一轮，又老又干瘪，没有文化，孩子夭折又没有再生育的可能，她面临的是被进步了的丈夫嫌弃继而抛弃的境遇。作品以女性独到的视角关注了这个最弱也最具有普遍性的妇女的不幸命运。谢冰莹更是在《梅子姑娘》中书写了一个日本慰安妇反战的故事。还有许多女性作家对战争中的儿童、智障者等弱势群体也给予了一定的描写。《生与死》《轮下》《巧凤家妈》《绝地》《梁五的烦恼》《被拯救的灵魂》等都是描写战争中平凡的个体，尤其是弱者的生存境遇的作品。女性作家在创作中一定程度上返回本真的世俗世界，疏离使命角色之累，以大胆、独到的视角对战争中最普通、最弱小的生命坚持温馨的关怀与呵护，对阶级、种族、国家等维度之外的战争进行一定的思考，在崇高与纯洁的叙事中，揭示出战争作为人类一种极端灾难的历史本质。虽然在主流话语规定中，对日常生活的关注及弱者的关怀常被界定为落后，对个体经验的感悟被视为狭隘，正是女性作家这种试图超越意识形态樊篱的努力，表达了广博的人性关怀，对带有较强政治化、概念化的战争文学叙事加以丰富补充。

二

在同一题材的女性文本中，女作家在表层叙事与主流相同之外，还以女性特有的经验世界表达了另一种潜在话语。许多革命女作家对生命个体，尤其是女性与革命及现代国家的复杂关系进行了思考，文本没有回避革命者个体在革命前进中的苦闷与困惑。如郁茹在长篇小说《遥远的爱》中，较细腻地展现了罗维娜这位五四时代的"娜拉"被抗日的大时代逐步接纳，最终成为叱咤风云的游击队领导人的成长过程。罗维娜的钢铁意志不是生就的，而是克制个体自我生命情感的真实需求而练就的，牺牲婚恋、家庭后的苦闷与徘徊伴随着她奋斗的每一步。文本在历史宏大的叙事场景中凸现出以个体、人性为尺度的审视维度，沿着这一方向一些女作家做了更为深入的思考。短篇小说《肉刑》是杨刚的代表作，[①]叙述两位女革命者因革命工作的劳碌和入狱的磨难，多次流产或被迫打胎，生命的欲求对身为母亲的革命者来说成了不切实际的奢望。直面生命与革命的矛盾，被称为"浩烈之徒"的革命者杨

---

① 1933年秋，燕京大学新闻系教授斯诺与萧乾一道编译中国现代短篇小说选《活的中国》，《肉刑》是杨刚应斯诺"写一部自传体小说"的要求用英文写的一部小说，当时题为《日记拾遗》，1935年在《国闻周报》发表时将原名《日记拾遗》易名为《肉刑》。

刚也不禁感慨："妇女与革命——多么奇怪的一对！"①葛琴的《疯子同志》更是表现这种思考的典型文本。小说刻画了一位疯子共产党员李慕梅的丰满形象。和丈夫女儿一起被捕后，面对患天花的女儿和敌人以此相要挟的逼降条件，李慕梅仍坚持自己的革命信仰，最终女儿因得不到医治死去。痛入骨髓的自责像噩梦一样纠缠着女革命者，她的"脑筋里，永远记得革命、女人、孩子三件事，为了努力把这三件事联在一起，因而得了疯病"，借助三者之间无法调和的关系，作者对革命中的女性提出了一个必须面对的问题：革命与母亲是什么关系？革命里面有母亲的份儿吗？这是一个曾咬噬过多少母亲心灵的问题，一面是信仰、国家，一面是人性，这一问题根本无法回答。在漫漫的革命征途中，面对这对无法解决的矛盾，女性们一面时时自问着，思考着，抉择着，一面奋然前行。在国家民族的利益高于一切的年代，这是追求真理、追求历史进步的女性们的共同选择，代表了时代的必然。革命意识形态的存在已经形成了用以衡量现实生活的革命伦理，它的价值是衡量行为的唯一标准。耐人寻味的是，叙述者在革命与母亲角色的冲突之间态度模糊，既认同革命利益的至高无上，又无法回避割舍亲情带来的身心创伤。文本通过对女革命者精神及心理变化的着重剖析，以震撼人心的感染力表达出个体肉体和灵魂的受难最终并不能因为对民族、国家事业的融入而得到拯救和升华，革命者的最终发疯暗含着一种沉重，读者会由此感悟到作家更要表达的是文本的另一种话语：战争的残酷与反人性、战争中人生存的艰难；革命对具体生命存在的种种"超我"的升华要求，都有可能造成生命本身的异化，它将使个人承受着生命难以承受的心灵创痛。

三

在战争叙事中女性作家显示了对女性自身特有的关怀与解读，并且呈现出性别认同趋向。在男性作家的话语体系中，作品中的女性更多是作为符号出现，指代着被侵略、苦难、自我牺牲等等空洞的先验性概念。其中，中国女性被异族奸污、杀戮更成为抗战作品中指示"侵略"的经典场景之一。由于女性躯体受辱在此承担的是民族受辱的"国耻"重负，男性作家只是将其作为激发民众抗战的一个抽象案例，因此在文本中，往往只是以背景的形式存在，寥寥数语，以片断化呈现，不会以此来结构全篇；注重的是残暴场面的描写，很少能够深入女性的内心世界去体会她们受伤的心灵；并且受辱女性的命运大多数或者以当场受折磨而死来反衬敌人的

---

① 杨刚：《肉刑》，载《杨刚文集》，人民文学出版社，1984，第220页。

暴虐，或者以绝望自杀来消极摆脱精神上的痛苦，而抗击日本侵略者，复仇、爱国的行为则由他人来完成。如柯岩的《换头记》、李欣的《新与旧》、陈登科的《杜大娘》、荒煤的《只是一个人》等小说都是相同叙事模式。在女性作家的文本中，中国女性躯体受辱不仅承担着民族受辱的政治重负，同时也承担着传统道德伦理对女性贞节的不变的苛求，因此双重重压下被辱女性的精神煎熬是女性作家关注的重点；故事的结局也常是由被辱女性自身而不是他人来完成奋起反抗的行为；并且文本紧紧围绕"被玷污"的故事建构全篇框架，在叙述的前台从始至终都仅有这一主题。草明的《受辱者》、丁玲的《新的信念》《我在霞村的时候》等小说都是这类文本的代表。其中，在中国文学史上以大胆、深刻著称的丁玲将这种不同性别视野下的另类书写挖掘得最为深刻，达到了时代可能达到的高度。《新的信念》中，惨遭日寇凌辱的老太婆忍辱负重活了下来，在家人的阻拦和同村人的耻笑中，为了激励人们抗日而到处演说自己的遭遇。《我在霞村的时候》中，落入鬼子手中作了军妓的农家女孩，在利用自己的身份为革命队伍传递情报上找到了活下去的勇气。性病严重回到村子后，面对村里人的鄙视仍能自尊、自强，最后满怀希望走向了圣地延安。在女作家笔下，被侮辱的女性拒绝消失，拒绝沉默，拒绝怜悯，她们拥有言说自己生存的权力，反抗着一切将她们从历史中有意识与无意识、漠视与遮蔽的强权。同时，在《丽萍的烦恼》《风波》《夜》《在医院中》《三八节有感》《风雨中忆萧红》《延安访问记》《工作着是美丽的》等文本中，女作家们更深刻地指出，生活在同一天空下的男性虽然在反抗封建传统、宣传新思想上扮演着拯救者和引路人的角色，但其结果往往是一方面在现代国家话语中对女性的尊重、同情，同时在日常世俗生活里却对女性轻视、鄙弃。在双重道德准则同时有效的空间里，男性随意穿行，暴露了他们话语的虚假性与欺骗性。而女性则陷入无处容身的夹缝之中，她们在唾弃世俗的同时也被世俗所唾弃，渴望在新现代国家话语中存身却又无法找到心灵的安放之地。丁玲、陈学昭、白薇、关露、杨刚、白朗、草明等革命队伍中的女性，以自身人生遭际这种真实的生命文本和文学文本，书写了中国女性在革命进程中精神仍流浪无家的生存状态，并对以种种"崇高"的名义剥夺人的生命、摧残人的心灵的民族主义立场进行了质疑和挑战，不经意间甚至已触及女性的现代国家身份脆弱和虚幻性的一面。这种在文学、历史中的出场，显然逸出了主流话语的规范，以疏离的姿态使民族性的漠视与遮蔽浮现出来，表达了对女性解放及人类自身命运的思考，对人类基本价值的寻求。

由意象到蓝图
——王朝模式崩溃后中国文学的"中国想象"

张维阳

一

1840年的鸦片战争以及随后而来的一系列帝国主义侵略，使王朝模式下的中国遭受了致命的打击，曾经崇高而伟大的古典中国在列强的蚕食鲸吞下奄奄一息，"天朝上国"的迷梦被西方的坚船利炮无情地击碎，曾经自大而傲慢的大清国民陷入了前所未有的精神迷失，亟须建立新的自我定位和国家认同。晚清以来的中国文学自觉参与到这一新的建构过程中来，以丰沛的情感和丰富的想象使"中国"的形象逐渐清晰，旷新年认为："'新中国'的想象和创造成为了中国现代文学最重要的主题。"[①]一些文学作品或是将"中国"想象成蓄势待发的新生力量，以期感召国民，振奋人心，或是将"中国"描述成行将就木的枯槁形象，企望鞭策国人、生发活力。梁启超是中国现代国家观念和现代民族主义思想最重要的传播者和奠基人，他眼见"王朝中国"风雨飘摇，强盛而繁荣的"现代中国"成了中华儿女共同的心理期待和内心呼唤。然而，究竟什么样的中国是让人梦寐以求的"现代中国"？"现代中国"并没有明晰的图像和现实的模型，"如何想象中国"便成了摆在中国知识分子面前亟须探索的现实问题。

梁启超在这山河破碎、人心涣散的历史节点，作《少年中国说》，将中国想象成一个勇于进取的、如朝阳般的少年。这一全新的"少年"形象具有反抗传统、面向未来的现代意识以及渴望进步、期待超越的内在追求，是西方现代国家观念的形

---

① 旷新年：《民族国家想象和中国现代文学》，《文学评论》2003年第1期。

象表述，代表了梁启超对于西方现代性发展路径的认同。梁启超通过对这一形象的设定，将中国置于现代性的强国道路之上，一扫世人对于中国是风烛残年的"老大帝国"的观念，让国人重新燃起对于中国未来的希望。后又作《新中国未来记》，玄想若干年后中国"维新五十年庆典"盛况，与诸国签订太平条约，西方列强权臣贵族悉数来朝恭贺。又设想上海举办世界博览会，不仅展示中国的商品和工艺，更向世界展现和介绍中国的学术和宗教，盛况之大，前所未有，"各国专门名家大博士来集者不下数千人，各国大学学生来集者不下数万人。处处有演说坛，日日开讲论会，竟把偌大一个上海，连江北连吴淞口连崇明县，都变作博览会场了"。[①] 这里，梁启超想象的"未来中国"经济蓬勃，政局稳定，文化繁荣，科技进步，历经劫难后重回盛世，得到国际社会的充分尊重。他勾勒了一个清晰而逼真的历史远景，是"少年中国"进入"壮年"之后的必然景象。在梁启超的影响下，众多文人参与到想象未来中国光明图景的创作路径中来，以狂想的方式描绘未来"中国"的蓝图。吴趼人著《新石头记》，让贾宝玉游历"文明境界"里的"自由村"，这里的政治体制、军事实力、教育理念和生活福利都无可挑剔，尤其是各种奇异的科技发明——"空中飞车"、"地盾车"、"时光机"、"千里仪"、可以提高脑能的药物、可以做家务的机器人，使人对这个"文明境界"充满了向往和期待。在这里，"文明境界"就是时人政治理想和物质愿望的形象表达，是吴趼人对于未来"中国"的浪漫想象。陆士谔作《新中国》，这部以梦为载体的幻想之作，在梦境之中展现了作者心中未来中国的蓝图。在梦中，陆云翔和妻子游历40年后的上海，发现治外法权早已收回，外国巡捕不见了踪影，"凡警政、路政，悉由地方市政厅主持"。[②] 工业、商业都变得发达，洋货都被国货淘汰出了市场，路上的洋人由于尊重中国人而变得彬彬有礼，不再横冲直撞。梦境中的中国军力强盛，国防巩固，经济繁荣，政治开明，是作者的幻想，也是作者的梦想。除此之外，萧然郁生的《乌托邦游记》、碧荷馆主人的《新纪元》、悔学子的《未来教育史》等作品也以想象的方式描绘了未来中国的面貌，寄托了作者的政治理想和对祖国未来的希望。尽管这些作者在书写中为中国选择了不尽相同的发展道路，他们笔下未来中国的景象也千差万别，但他们都预想在若干年后，经过一系列的革命或是改革，定会出现一个繁荣昌盛的新中国，中国必将重返世界强国之林，成为国际政治格局中重要的一极。他们在中国处于积贫积弱的历史谷底对中国的未来依然满怀信心，并不是病中呓语或者痴人说

---

① 梁启超：《梁启超全集》，北京出版社，1999，第5610页。
② 陆士谔：《新中国》，九州出版社，2010，第6页。

梦，而是表达了对"少年中国"的想象坚信不疑，这背后是作家们坚定的大国梦和不灭的强国心。随着这些作家的创作和这些作品的传播，"少年中国"的想象逐渐深入人心，激发了民族的斗志，唤起了国人的信心。进入五四时期，"少年"的想象诱发了对"青年"的呼唤。陈独秀在《敬告青年》中写道："青春如初春，如朝日，如百卉之萌动，如利刃之新发于硎，人生最可宝贵之时期也。青年之于社会，犹新鲜活泼细胞之在人身。"他充分肯定了"青年"的价值并真诚地呼唤广大青年为祖国的崛起和社会的变革贡献自己青春的力量，由此拉开了如火如荼的革命新时代的序幕。之后出现在郭沫若诗作中吞食宇宙的"天狗"，令人燃烧、叫人痴狂的"年轻的女郎"以及浴火重生的"凤凰"，都表达了作者对旧中国的摒弃和对新中国的守望，其对于"新生"的信念和"未来"的向往无不透露出"少年"想象对他的影响。

梁启超不仅在作品中将"中国"想象成奋发图强的翩翩少年，还将"中国"想象成雄壮威武、梦中苏醒的狮子。据说最早提出中国"梦中苏醒"这一说法的是晚清的驻外公使曾纪泽，他在任期结束后返回祖国，在香港的《德臣西字报》上发表了一篇名为《中国先睡后醒论》的文章[1]，认为中国贫弱的现状好似一个人在昏睡之中而并非行将死亡，并且在英法联军火烧圆明园之后，这沉睡的巨人已然苏醒，苏醒过后必将延续往日的辉煌。梁启超借用这一比喻，并将狮子的意象与之结合，创造出了"醒狮"这一全新的中国形象。梁启超在《自由书·动物谈》中描写他与几个人分享国外动物的见闻，其中一人谈到他曾经游览过伦敦的博物馆，看到了人造的像睡狮一样的机械怪物，"昔支那公使曾侯纪泽译其名谓之睡狮，又谓之先睡后醒之巨物"，它内置开关，只要触动机关它就可以"张牙舞爪，以搏以噬，千人之力，未之敌也"[2]。而这"睡狮"由于久置而不用，机身遭到锈蚀而不易发动。梁启超闻之不觉怆然，觉得这"睡狮"之情状与中国何其相似，然而睡狮必然醒来，"醒狮"才是中国真正的形象。此后，"醒狮"这一中国形象被中国文人竞相征引，成为众多中国文人共同的中国想象。黄遵宪诗中云："我今托中立，竟忘当局危。散作枪炮声，能无惊睡狮？睡狮果惊起，牙爪将何为？"[3]邹容的《革命军》则有："嗟夫！天清地白，霹雳一声，惊数千年之睡狮而起舞，是在革命，是在独立。"[4]陆士谔在《新中国》中畅想中国未来召集国会的场景，同样借用了"醒狮"的形象："到了宣统八年，这一年特特下旨，召集国会。嗳哟哟，这热闹，直热闹的无可比拟！不要说别处，就这里上海，当时

---

[1] 参见单正平《晚清民族主义与文学转型》，人民文学出版社，2006，第124页。
[2] 梁启超：《饮冰室合集·专集之二》，中华书局，1989，第44页。
[3] 黄遵宪：《黄遵宪集》上卷，天津人民出版，2003，第287页。
[4] 邹容：《革命军》，华夏出版社，2002，第60页。

候,租界尚没有收回,英法美三界的商铺与工部局商议通了,醵出银钱来,在马路上盖搭了灯棚,结彩悬灯的,大开庆贺。各店铺里头的装潢华丽更不必说了。大马路中心一座灯牌楼,最为辉煌夺目。搭有五丈多高,上面装的尽是五色电灯,足有十万多盏。那牌楼式,搭成狮子滚球样子。远望,竟是只雄狮在那里扑球,取'醒狮独霸全球'的意思;近瞧,则都是些祝颂句儿,什么'中国万岁''国会万岁'等,不一而足。"①天华在未竟之作《狮子吼》有"醒狮驱赶虎豹"的段落,预言中国梦醒时分驱除列强、一展雄风:"原来此山有一只大狮,睡了多年,因此虎狼横行;被我这一号,遂号醒来了,翻身起来大吼一声。那些虎狼,不要命的走了。山风忽起,那狮追风逐电似的,追那些虎狼去了。"②1905年旅日学生创办的宣传革命思想的杂志更是直接取名为《醒狮》,意在启发民智,唤醒中国。进入民国后,"醒狮"形象不仅风行于文学界,还进入了美术界,以"醒狮"作为中国的形象俨然成了社会的共识,"岭南画派三位代表人物高剑父、高奇峰、陈树人,以及国民党元老何香凝都在进行这一题材的创作,后来形成关于'雄狮'专门的绘画题材,徐悲鸿就是这一创作题材的代表作家"③。"醒狮"形象的影响及至当代。"万里长城永不倒,千里黄河水滔滔,江山秀丽叠彩峰岭,问我国家哪像染病?冲开血路,挥手上吧,要致力国家中兴,岂让国土再遭践踏,个个负起使命,这睡狮已渐已醒。"这首《万里长城永不倒》是风行于20世纪80年代的电视剧《霍元甲》的主题曲,随着电视剧的热播,这首歌也传唱大江南北,唱出了国人迈向新时代的豪情和洗刷百年屈辱的决心。

二

无论是"少年"的形象还是"醒狮"的比喻,都传达出梁启超及其后继者对于中国自强的信念和对于民族未来的信心,他们将这种信念融入个人的文学创作,以期激励民众,振奋人心。而另一些知识分子的创作遵循了另外一条理路,他们充分暴露中国危机四伏的处境和灰暗压抑的状态,表达内心的不安与愤恨,旨在鞭策国民,改变现状。晚清刘鹗生于多事之秋,目睹中华大地满目疮痍,胸中积满华夏沉沦之痛,以一腔激愤奋笔成书,著《老残游记》,含着对祖国和民族的无限深情对丑恶的社会现实进行无情的揭露。书中写老残与友人往登州,访蓬莱,望见一艘处于洪波巨浪之中的大船,船体破旧不堪,船里又人满为患。船员们驾驶大船无能,盘剥与劫掠乘客

---

① 陆士谔:《新中国》,九州出版社,2010,第10页。
② 郅志:《猛回头——陈天华 邹容集》,辽宁人民出版社,1994,第89页。
③ 周怡:《中国形象在近代文学与传媒里的几个主要意象》,《文史知识》2011年第2期。

却很内行。老残本要给大船送去罗盘，帮助其驶出险境，却被当作是卖船的奸人。这是一艘身处迷途的航船，船客隐忍而无知，船员无能而暴戾，胡适指出："那只帆船便是中国。"①胡适认定文中大船的四个转舵是暗指军机大臣，六支旧桅杆喻指旧有的六部，两支新桅是新设的两部，船长二十三四丈代表中国的二十三四个行省和藩属，这一惊涛骇浪中的危船正是当时危机四伏的中国，"危船"作为一个代表旧中国的典型形象被确立了下来。与"危船"形象同时出现的中国形象还有"陆沉"。"陆沉"一说最早见于陆沉型洪水传说和神话，最早的文字记录应当是《淮南子·俶真训》中记录的关于历阳城陷而为湖的一段："夫历阳之都，一夕反而为湖，勇力圣知与罢怯不肖者同命"②。晋代干宝的《搜神记》也记有类似的传说："由拳县，秦时长水县也。始皇时童谣曰：'城门有血，城则陷没为湖。'有妪闻之，朝朝往窥。门将欲缚之，妪言其故。后门将以犬血涂门，妪见血，便走去。忽有大水欲没县。主簿令干入白令。令曰：'何忽作鱼？'干曰：'明府亦作鱼。'遂沦为湖。"③前者借一段古老传说，寓指身处乱世难免身遭牵连，难以独善其身；后者却是借传说宣扬有神论观念。此外，类似的传说还在李膺的《益州记》、郦道元的《水经注》、任昉的《述异记》等作品中出现过。流行于晚清的小说《孽海花》中也出现了描写"陆沉"的片段："去今五十年前，约莫十九世纪中段，那奴乐岛忽然四周起了怪风大潮，那时这岛根岌岌摇动，要被海若卷去的样子。谁知那一般国民，还是醉生梦死，天天歌舞快乐，富贵风流，抚着自由之琴，喝着自由之酒，赏着自由之花。年复一年，禁不得月啮日蚀，到了一千九百零四年，平白地天崩地塌，一声响亮，那奴乐岛的地面，直沉向孽海中去。"④曾朴作《孽海花》，意在反映中国自同治初年至甲午战败这三十年间，中国知识分子由蒙昧自大到反躬自省、奋起直追的心路历程，他将国民视作奴乐岛上奄奄一息、偷生苟活的愚民，将旧中国比作这被风浪席卷的孤岛，形象地反映了腐朽传统统摄下国民麻木的心理状态和老旧中国在西方文明冲击下岌岌可危的真实处境。此后康有为、梁启超、秋瑾等致力于维新救国的知识分子纷纷以"陆沉"这一中国形象表达自己的忧患意识和精神焦虑，"陆沉"逐渐成为中国知识分子对旧中国的共同想象。

"危船"和"陆沉"的比喻传达出知识分子对于当时中国危险处境的焦虑，对于昏聩的统治者的愤恨以及对于麻木的广大民众的忧心，进而表露其对于旧制度的批判、对于新器物的渴望和对于新观念的呼唤。五四新文化运动中的先进知识分子

---

① 胡适：《胡适文集》第四卷，北京大学出版社，1998，第444页。
② 刘安：《淮南子》，顾迁译注，中华书局，2009，第41页。
③ 干宝：《搜神记》，马银琴、周广荣译注，中华书局，2009，第241—242页。
④ 曾朴：《孽海花》，中华书局，2001，第1页。

已不满足于器物或是制度的改变,他们以"砸碎旧世界,创造新世界"的雄心"重估一切价值",对支撑古典中国的价值标准、仪礼伦常做出最猛烈的攻击,意在摧毁旧中国专制主义的思想统治,从精神的层面彻底割除中国孱弱的根源,争得普遍的精神解放。鲁迅认为必须从根本上拆解和颠覆古典中国的形象,深入剖析和批判国人的"国民性",才能增强民智,救国强国。他用形象的文学语言表达他对旧中国的思考,向国人展示出旧文化和旧文明的真实样貌,以图引起社会"疗救的注意",达到改造"国民性"的目的。他称历史上中国人从来都没有做过真正的人,至多只是个奴才,他将中国过往的时代概括为"想做奴隶而不得的时代"和"暂时坐稳了奴隶的时代"。[①]他将中国四千年的文明史认作是一部"吃人"的历史,中国的文明是"安排给阔绰人享用的人肉的盛宴",而中国就是"安排这人肉筵席的厨房"。这是对中国古老文明最深刻的洞见和最激烈的批判,鲁迅意图以此鞭策国民,以断裂的方式告别旧道德和旧观念,重塑国民性格,重建精神家园。经年的封闭和孤立使得中国的"吃人"文化顽固异常。鲁迅在《呐喊·自序》中将旧中国比作一个"绝无窗户而万难破毁"的"铁屋子",传统的"吃人"礼教无疑是这铁屋子坚硬的外壁,屋中沉睡的、将要闷热窒息而死却不自知的便是那愚顽的国民。鲁迅深知唤醒民众、砸碎铁屋的艰难与复杂,但即使希望渺茫他依然奋起呐喊,"聊以慰藉那在寂寞里奔驰的猛士,使他不惮于前驱"。心系祖国、心忧时事的老舍始终关注国家的命运和民族的未来,他对回国后所目睹的社会丑恶现实进行了全面而深入的揭露和晾晒,轻松而幽默的笔调掩映的是激烈的批判和悲痛的长叹。老舍的批判不仅着眼于当前的社会样貌,更将批判的法条伸向历史的深处,直指古老的传统以及腐朽的积习,对国人经年养成的"国民性"做出彻底的清算。从《老张的哲学》开始,老舍就展现出对于民族性格思考的旨趣;在《二马》中,老舍利用英国这一"他者"映衬中国人的劣根性;而到了《猫城记》,老舍从政治、经济、历史、文化等方面对旧中国的黑暗现实进行了彻底的否定。作品中的"猫国"是个灰暗颓败的国度,最高当局软弱无能、卖国求荣,地主官僚草菅人命、荒淫无耻,文人学者争名逐利,不学无术,而普通"猫人"愚昧盲从,好逸恶劳。这幻想中的"猫国"便是现实的中国。郁达夫善于表现人物的"病态",这"病"是一种个人的自由与追求长期被压抑,有苦难言,有力难发,日久积郁而成的"时代病"。郁达夫对"时代病"的书写表现了"五四"后的一部分资产阶级知识分子不满现实处境又找不到出路的苦闷处境。造成这"病态"的根源是贫病的祖国。《南迁》和《沉沦》的主

[①] 鲁迅《鲁迅全集·第一卷》,人民文学出版社2005年版,第225页。

人公都是留学日本的中国青年，由于祖国的贫弱，他们屡遭歧视，备受欺凌。终日浸泡在冷眼与嘲笑中的飘零异乡的学子，从心底发出对祖国颓败现实的诅咒和对于强盛祖国的呼唤："祖国呀祖国！我的死是你害我的！你快富起来！强起来罢！你还有许多儿女在那里受苦呢！"[①]这一句悲苦的呼喊，凄苦的海外学子形象跃然纸上，"贫病中国"的形象也清晰异常。

"五四"高潮过后，现实的中国社会距离知识分子心中的理想之境仍然遥远，黑暗和动荡依旧，热烈而激越的爱国者发出悲怆的怒吼或是沉郁的低吟，表达对新世界的向往和对旧世界的诅咒。在中国现代文学史上，闻一多集诗人、学者和斗士等众多身份于一身，他的鲜明的"文化民族主义"倾向使他与众不同，他以华丽的诗文和蓬勃的诗情表达对民族的牵念和对祖国的深情。军阀混战、帝国主义横行的社会现实让闻一多悲痛而愤恨，他借用西方现代主义技巧，以象征的方式诠释旧中国的社会图景，表达了诗人对于社会现实的激愤和对于祖国未来的忧心。他将中国喻为"一沟绝望的死水"[②]，任朽物在其中腐烂、发酵而无动于衷。诗人面对这沟"泛不起半点涟漪"的死水绝望而愤怒，巴不得它速朽、烂透，让旧的彻底灭亡，才会生出新的文明。在整个东三省沦陷之际，历经磨难、颠沛流离的萧红写下了《呼兰河传》，以类似方志的笔法记录和描绘了北方小城——呼兰河城的原生样貌和小城中百姓的日常生活。小城的闭塞导致了城中百姓的盲目和愚昧，人们在单调而沉闷的生活中变得麻木和冷漠，这里充斥着贫穷和苦难，繁衍着残忍和野蛮，这里扼杀鲜活的生命，拒绝先进的潮流，这是一片荒寒之地，这是一座绝望之城。这不是遥远的边陲域外，这就是萧红构建的"乡土中国"。

三

随着抗战的全面爆发，北京、上海等大城市的文化中心地位不再，地处大后方的延安成了汇聚各路文化精英的"文化圣域"。这里既有细致、绵密的都市资产阶级文化，也有朴实粗粝的农村文化，文化的多元交融成就了延安文化的丰富性和多样性。但驳杂与纷繁的文化气息无法完成对精神资源的整合，也无法完成增强民族向心力的时代要求。由《在延安文艺座谈会上的讲话》（以下简称《讲话》）指导的文艺领域的整风运动，以政治训令的强力规定了文艺的大众化方向和作家想象中国的方式，

---

① 郁达夫：《郁达夫全集·第一卷》，浙江大学出版社，2006，第75页。
② 闻一多：《死水》，解放军文艺出版社，2007，第20页。

使新文化的方向变得明了和清晰，也使得作家想象中国的理路逐渐明确和统一，可以说，毛泽东为延安及之后的作家设计并制定了想象中国标准的创作路径和规范的思想动机。毛泽东将作家对创作方式的选择理解为作家创作态度和政治立场的体现，在"歌颂"还是"暴露"的问题上毛泽东明确表示，对于日本帝国主义和人民的敌人"文艺工作者的任务是在暴露他们的残暴和欺骗，并指出他们必然要失败的趋势"，而对于人民群众、人民军队和人民的政党，"我们当然应该赞扬"。①这里，毛泽东明确地拒绝和禁止了鞭策和警醒国民的文艺策略与揭露和讽刺中国的表达方式，要求作家摆脱忧心激愤而尖酸刻薄的旧知识分子心态，以关爱和包容的姿态教育和帮助有落后思想的广大群众，成为党的"文艺工作者"。对于共产党领导的中国革命，单纯的颂扬是不够的，"文艺工作者"被要求告别小资产阶级的思想，坚定地站在党和人民群众的立场上，摆正自身的位置，在自我改造之后参与对旧中国的改造，作为革命机器的一个组成部分，想象"新的人物"和"新的世界"，将文学感召转化为政治动员。

　　毛泽东将文艺问题概括为"为群众的问题"和"如何为群众的问题"，其实质是"大众化的问题"和"如何大众化的问题"，也是"想象中国什么的问题"和"如何进行想象的问题"。毛泽东将全民族中百分之九十以上的工农劳苦大众视为革命的主体，而将文化视为革命斗争的有力武器，这决定了新的文化必然要服务于作为革命主体的人民大众。早在1934年的全国苏维埃二大上，毛泽东在其发言《中华苏维埃共和国中央执行委员会与人民委员会对第二次全国苏维埃代表大会的报告》中就已经提出了建设具有"大众化"特征的"新文化"设想："为着革命战争的胜利，为着苏维埃政权的巩固与发展，为着动员民众一切力量，加入于伟大的革命斗争，为着创造革命的新后代，苏维埃必须实行文化教育的改革，解除反动统治阶级加于工农群众精神上的桎梏，而□造新的工农的苏维埃文化。"②战事频繁的峥嵘岁月，毛泽东极为重视文艺的教化和动员作用，希望通过文艺作品宣扬革命思想，解除广大群众的思想禁锢，召唤其加入反对帝国主义和反对封建主义的现实斗争。1940年发表的《新民主主义论》进一步强调文化对于革命实践的重要性："一切进步的文化工作者，在抗日战争中，应有自己的文化军队，这个军队就是人民大众。革命的文化人而不接近民众，就是'无兵司令'，他的火力就打不倒人。为达此目的，文字必须在一定条件下加以改革，语言必须接近民众，须知民众就是革命文化的无限丰富的源泉。"《新民主主义论》的发表标志着"民族的、科学的、大众的"

----

　　① 毛泽东：《毛泽东选集》，人民出版社，1991，第848—849页。
　　② 江西省档案馆、中共江西省委党校党史教研室：《中央革命根据地史料选编》下册，江西人民出版社，1982，第328页。

新民主主义文化理论的正式形成，标志着大众化文化方向的正式确立，也标志着毛泽东构想中的新民主主义国家意识形态蓝图的成型。1942年，《讲话》进一步明确了"人民大众"的内涵："什么是人民大众呢？最广大的人民，占全人口百分之九十以上的人民，是工人、农民、士兵和城市小资产阶级。"《讲话》明确了文艺的服务对象，提出了"文艺为工农兵服务"的要求，是大众化文艺思想的具体实行方案。《讲话》的发表引起了文艺界对文艺大众化思想的大规模实践，把文艺大众化运动推向了高潮，并最终将"大众化"确定为中国文艺的方向和作家想象中国的方向。

关于"如何为群众的问题"，也就是如何创作和如何想象的问题，同时也是大众化创作如何实践的问题，毛泽东强调对"民族形式"的运用。本尼迪克特·安德森将"民族"观念的形成和人类世界观的转变结合起来，认为"民族"概念的形成代表了人类理解世界方式的根本性变化，这种变化导致了世界性宗教共同体的崩溃、王朝观念的终结和神谕式的时间观念的破碎。形成了"民族"意识的人们否定"君权神授"的合理性，开始将自身融入"民族"这个"想象的共同体"，以领土为依据，生成主权诉求，从而形成"民族国家"的思想基础。用他的话说："民族属性是我们这个时代的政治生活中最具普遍合法性的价值。"[①]不同于以往将"民族"意识认定为某种政治运动或意识形态，安德森将"民族"意识视作一种复杂的文化现象，即"文化的人造物"。但所谓"人造"并不是指人为地捏造或是虚设，而是将其看作随着社会历史文化变迁所形成的社会集体认同。安德森对于"民族"是个"想象的共同体"的论断同样适用于"现代民族国家"这一概念，因为"现代民族国家"的形态正是具有主权诉求的民族共同体。

安德森认为最初对于"民族"的想象是通过文字的传播而实现的，所以他非常重视文学在人们形成"民族"意识过程中的作用。安德森以欧洲为例，指出18世纪欧洲的小说对欧洲的"民族"想象的生成发挥了巨大的作用。他通过分析现代小说的情节结构以及叙事技巧，向读者展示现代文学作品如何让人建立起自己与不相干的他人之间的联系，从而形成"社会"的概念和现代的世界图式，进而形成对于"民族"的认同。同样，中国晚清以来的中国文学对构建新的现代民族国家的想象做出了重要的贡献。有学者指出："就其基本特质而言，二十世纪中国文学乃是现代中国的民族文学。"[②]党的六届四中全会以后，众多留苏人员进入中共中央的领导

---

① [美]本尼迪克特·安德森：《想象的共同体——民族主义的起源与散布》，吴叡人译，上海人民出版社，2005，第2页。

② 陈平原、黄子平、钱理群：《20世纪中国文学三人谈——民族意识》，《读书》1985年第12期。

岗位，一时间教条主义之风盛行。旨在推行"马克思主义中国化"的毛泽东积极倡导"废止洋八股"，强调"中国作风"和"中国气派"的重要性。在1938年党的六届六中全会上，毛泽东做题为《中国共产党在民族战争中的地位》的报告，在其中的"当前的两条战线斗争"一节中着重论述了"马克思主义中国化"的问题，提出："共产党员是国际主义的马克思主义者，但是马克思主义必须和我国的具体特点相结合并通过一定的民族形式才能实现。"毛泽东承认马克思主义作为中国革命指导理论的地位，但他并没有对马克思主义理论迷信式地膜拜或追捧，而是将马克思主义同中国的革命实践相结合，在承认中国革命特殊性的基础上对其进行合理地调整和验校，使其成为适合中国的具体的科学的革命理论。他说："洋八股必须废止，空洞抽象的调头必须少唱，教条主义必须休息，而代之以新鲜活泼的、为中国老百姓所喜闻乐见的中国作风和中国气派。"毛泽东站在民族和大众的立场上要求革命的指导理论符合中国革命的实际，强调"民族形式"的重要性，之后，他将"民族形式"引入文化领域。他在1940年的《新民主主义论》中称："中国文化应有自己的形式，这就是民族形式。民族的形式，新民主主义的内容——这就是我们今天的新文化。"他一再指出"民族形式"的重要，可以体现出他对于中国文学"民族性"的强调。由"文学革命"开启的中国现代文学注重吸收西方文学思想方式、表现方式和情感方式，向来以"断裂"的姿态拒绝和批判传统和民间的文学资源以标榜自己的现代性和进步性，在长时间的文学实践中逐渐远离了中国文学的传统，也忽略了广大人民群众的接受。毛泽东对传统文学资源的重视和对"民族形式"的相关论述在1939—1942年的中国文艺圈引起了大规模的讨论，众多文艺界人士纷纷参加到这一讨论中来。经过广泛而深入的讨论，文艺工作者加深了对文艺民族化和大众化的认识，对过去脱离现实的创作活动进行反思，开始有意识地继承中国传统文学资源，学习和探索广大群众的生活语言和情感方式，为作为中国革命主体的广大人民群众进行创作。

毛泽东继承了自晚清以来的以文学想象促进社会变革的文学思想，充分重视文学的社会影响力。毛泽东文艺思想的生成和确立宣告了一个文学新时代的到来，知识分子既往的文学观念和美学原则被颠覆和打破，文学被赋予了神圣的使命而直接参与到创建新中国的革命实践过程当中来，以"想象"的方式设计和构建触手可及的理想新人和新世界，将其作为不久未来的社会蓝本动员广大的群众融入革命的洪流之中，文学的功能也从"想象"转变成了"创造"。

技术玄想背后的现实焦虑
——关于"主流文学"作家的科幻文学转向

张维阳

历史上,国内的"主流文学"和科幻文学长期处于泾渭分明、互不越界的状态。"主流文学"标榜关注人类心灵和历史命运的纯粹性,科幻文学强调在更广阔的时空关系中,思考作为一个物种的人类的命运和未来;"主流文学"相信,人之为人,因为存在某种恒定的、复杂的人性,而科幻文学认为,人的生物性和社会性特征,都由环境塑造和决定……当然,简单的概括无法准确地描述两种文学类型的全部特征,但两种文学类型所标榜的人文主义与科学中心主义的对立在这样的对比中可见一斑。更重要的是,"主流文学"将对社会现实的关注确立为文学对社会的责任与担当,诟病科幻文学是虚幻世界中的臆想,这无疑是科幻文学在国内长期不受重视,被拘囿于儿童文学和科普文学领域的重要原因。但近些年来,事情正在发生变化,随着基因编辑、人工智能和虚拟现实等技术的突飞猛进,人工智能机器人阿尔法狗完胜了人类最好的围棋选手柯洁,仿人机器人索菲亚取得了沙特的公民身份,VR技术不仅具备了多感知性,也具备了交互性,AR技术正在努力将虚拟世界与现实世界无缝集成……既往被认为是稳定的人类实践的主体与客体变得模糊和松动,而且随着技术的进步,这样的变革已经从理论领域进入了实践领域,人的主体地位和作为人的实践对象的外部世界,都有被人造物取代的可能,这是我们这个时代面临的最为严峻的现实。科技从没具备如此深入和彻底地改变人类生活的可能,面对之前的科技革新,人们可以选择逃避和拒绝新科技带来的生活方式,比如可以拒绝使用智能电话,拒绝乘坐高铁和飞机,但这次的变革不同,人可能将没有选择的余地和权利,比如工作被人工智能所取代,人的肉身被智能机器人所淘汰……作为个体,这可能是一个被选择和被决定的过程,人的主体性在这样的变革中可能被彻底遮蔽和忽视，人类个体的自由从来没有面对过如此强烈的危机。目前，这样的变革虽然还没有全面爆发，但在技术的层面正在逐步积累着可能，且在一些领域已经正在成为现实。面对这样正在发生的被技术所改造和牵引的现实，那些关心社会状况，关注人类境遇的"主流文学"作家们无法逃遁和回避，在当下，他们中间已经有一些人开始用创作对此做出回应，以人文主义的立场思考颠覆性的技术进步给人类带来的改变，忧心忡忡地想象人类在不远将来的可能处境，在反思人类文明本质的同时，思索人类的命运与未来。

敏感于科技的急速进步，王十月感受到了新技术可能给现实生活甚至人类文明带来颠覆性的变化，面对这样的现实，他放弃了之前拿手的传统意义上的现实主义创作，通过科幻文学的形式，开始了对人类文明本质的反思。在《莫比乌斯时间带》中，王十月想象若干年之后的人类掌握了连接人类大脑的技术，将不同的人脑融合成一个集成大脑，这样的集成大脑可以整合不同人的思维，在最大程度上发挥人类的智慧。集成大脑在处理人类危机的行动中展现出了强大的能力，出色地完成了任务，但完成任务后，人类并没有结束集成大脑的工作，而是赋予了其更多的使命，期待它在不同的领域为人类带来贡献。为了解决不同领域的问题，集成大脑需要补充不同领域的专家，越来越多的人被连接到集成大脑，集成大脑的智慧在不断地扩充，也不断地消解着个体的意识，它推动着人类文明的飞跃，也成了一个不断吞噬人类的怪物。人类期待集成大脑为人类物质文明的跨越式发展提供解决方案，但也惧惮它的无止境膨胀会将人类拖入深渊，它一度为人类带来福音，解决了人类的生存困境，却逐渐走向了人类的反面，成了人类生存的巨大威胁。人类最终选择放弃集成大脑的无穷智力，彻底将其摧毁，因为只有如此，人类才能摆脱禁锢，拥抱自由，人类的本质才不会在集成大脑的无限膨胀中被消解和毁灭。这样结局的设置表明，在王十月看来，物质文明的高速发展并不是人类文明的本质追求，对个体生命的关怀和尊重，才是人类文明的根本价值。将人类文明的发展定位在一个线性的轨道上，规定一个唯一正确的发展路径，并在其上无所顾忌地奋力狂奔，对于人类文明本身可能造成致命的伤害，为了达到某种功利目的而剥夺个体的精神自由是人类对自我的吞噬和毁灭。

李宏伟同样关心未来社会中人类个体的自由问题，他的《国王与抒情诗》想象了未来在新技术冲击下人的自由危机。在他看来，未来社会里，工具理性的膨胀可能让人类借助新的技术实现人类意识的互联，在"信息共享"的旗帜下，个体的独立人格将不再存在。传统意义上，人们所说的人的自由问题，通常是在人的主体与外界环境的对峙中去考虑和讨论的，但在李宏伟看来，随着技术的进步，人的主体性将不再是个自洽的概念，作为个体的人的意识可能通过技术手段溶解于某个"意识共同体"中，且这样的过程将由外界的强力控制，不以个人的意志为转移。这样的"意识共同体"可以让人类的信息无差别共享，对物质文明的进步具有极大的推动力，但同时每个人都将处于被实时监控的状态，人将毫无隐私可言，人的情感与灵魂都将被操纵和控制，融入"整体"的灵魂或将实现所谓的永生，但个体的自由将不再可能。小说中，作为自由灵魂表征的宇文往户一直在对抗信息帝国对其精神世界的规训与同化，充满独异性个人感知和生命体验的抒情诗是他唯一的武器，他认为只要有抒情诗在，妄图消解人类个体意识的信息帝国就无法实现对人类自由意志的全面覆盖。然而，面对信息帝国无处不在的意识监控，他的一举一动都在信息帝国的掌握之中，作为一个追求人格独立的诗人，他无法容忍自己的主体意志被他人掌控和玩弄，最终选择以主动结束自己生命的方式，来宣誓对自己生命的主宰权，以对抗和控诉信息帝国对其的挟制。显然，与王十月一样，李宏伟也惧惮技术的进步会服务某种思想的霸权，掌控个体的意识，窥探个体的秘密，但相比于王十月对人类前景的乐观估计，李宏伟表达了更多的疑虑和恐惧。

龙一同样警惕可能出现的技术对个体的绝对控制，他认为技术可能成为独裁者的工具，帮助独裁者实现对人的全面禁锢。他在《地球省》中虚构了一个科技高度发达的极权社会，为了实现对百姓最大程度的控制，独裁者在百姓的颈部植入了被称之为"蝎子"的仪器，百姓的日常生活和情感波动都在"蝎子"的监视之下无处遁形，甚至人的生育与死亡也受"蝎子"的掌控，在这个世界中，人们到规定年龄必须生育和死亡，人的主体性彻底不复存在，人从没如此彻底地沦为奴隶。在龙一看来，技术的进步不会必然地带动社会的进步，改善人的境遇，相反，技术可以实现对个体的精确控制，个体在这样的控制下，甚至生死大限都可能被技术的操控者所掌控，人将彻底丧失自由和秘密。

在他们的作品中，能左右人类命运的高端技术都被某些具有专断意志的人物或势力所掌握和控制，而社会并不具备对其进行有效约束和遏制的能力。这样看来，作家在乎和关切的似乎并不是技术本身，他们在纸上进行的社会实验告诉读者，健康社会制度的缺失会让技术带来毁灭性的社会灾难，人类文明的偏狭发育将会把人带入黑暗的深渊，如果没有一个能承认和保护人类基本价值尺度的社会运行机制，如果社会没有对个体人格的尊重和保护普通个体的共识，历代人文主义者所努力构建和追求的人的价值和尊严可能会在这样的技术浩劫中土崩瓦解，烟消云散，人将变成毫无还手之力的极权主义者的仆人和奴隶。在他们看来，需要约束和警惕的不只是技术，更是人类社会的秩序。阅读这样的小说不会让人感觉置身事外，作壁上观，而是会使人感到，社会弊疾的膨大与增生加之科学技术的飞跃，小说中的故事会成为人们在不远未来的可能遭遇。这样的观念将读者从对未来的想象拉回对当下的反思，未来可能出现的一切问题，都与当下有关。对于读者来说，这样的科幻小说不是放逐自我的飞地，而是提供现实关怀的精神容器。

这些"主流文学"作家所创作的科幻小说呈现出鲜明的现实性和强烈的忧患意识，具有明晰的现实主义基调，从中我们可以感受到作家对现实的担当和对未来的关切，其中飞腾的想象和精彩的情节无疑丰富了现实主义的表现方式，给人留下了深刻的印象。当然，这些科幻小说也存在着不小的问题，首先是创新性的问题，读者可以明显地感受到，龙一的《地球省》有着《时间机器》和《神经浪游者》的影子，从李宏伟的《国王与抒情诗》和王十月的《莫比乌斯时间带》可以清晰地看到西奥多·斯特金的《超人类》的痕迹，当然，其他"主流文学"作家创作的科幻文学作品也大多存在着类似的创新性不足的问题。对于他们来说，如何突破既有的科幻文学的叙述常规，开辟出新的叙事领域，让科幻文学摆脱类型化的窠臼，让他们的科幻叙述真正具备创造性，是他们必须面对的问题。要具备解决这样问题的能力，作家不仅要深入地了解科学知识，对于前沿科技的发展状况也要保持足够的敏感，正如阿西莫夫在谈到如何写好科幻小说时所强调的："除了文学和戏剧效果外，科幻小说还要求另外一种要素，即作者必须能显示他对科学有所了解。"[1]如果"主流文学"作家们想创作出真正意义上的科幻文学精品，这部分的功课是不能跨过的。同时，科幻小说中的技术想象是其具有巨大魅力的重要因素，但几乎所有的技术想象带给人的认知震撼都是阶段性的，布莱恩·奥尔迪斯曾指出："科幻小说在很多模式上又具有新闻性的特点。"[2]随着时间的流逝，那些所谓的"新科技"将无可避免地落入"常识"，像新闻的重复播报一样，无法让人激动，正如纳博科夫所说的："常识是被公共化了的意念，任何事情被它触及便舒舒服服地贬值。"[3]可以说，时过境迁，新科技所负载的惊奇不断跌入常识是科幻小说难以被经典化的重要原因。如何让科幻文学突破时间的"魔咒"，让其具备经得起时间考验的艺术魅力，这也是投身于科幻创作的"主流文学"作家们需要面对和处理的问题。值得注意的是，这里所讨论的这些"主流文学"作家们的科幻文学创作并没有重视对人物形象

---

[1]〔美〕艾萨克·阿西莫夫：《阿西莫夫论科幻小说》，涂明求等译，安徽文艺出版社，2011，第277页。

[2]〔英〕布莱恩·奥尔迪斯、戴维·温格罗夫：《亿万年大狂欢——西方科幻小说史》，舒伟等译，安徽文艺出版社，2011，第648页。

[3]〔美〕纳博科夫：《文学讲稿》，申慧辉等译，上海三联书店，2005，第329页。

的塑造。挖掘人物心灵的奥秘，表现人物复杂的性格，应该是"主流文学"作家相较于传统科幻文学作家的长处，在进入科幻文学领域后，他们不应抛弃对塑造鲜明人物形象的追求。塑造人物形象向来是中国科幻文学的短板，对人物形象的精细刻画是未来这些"主流文学"作家可以给中国科幻文学带来的改变和贡献，也是其作品抵御时间磨蚀的可能方式，但就他们当下的创作来看，要带来这样的改变，他们还有很长的路要走。

提升生态文学文学性的东北经验

张维阳

我国当代的生态文学,继承和发扬了中国新文学参与和介入社会事务的职能,关注现代化发展过程中面临的生态危机,探寻生态问题与社会文化的关联,反思现代文明发展的方案与路径,具有明确的问题意识和强烈的现实关怀,引起了极大的舆论反响和社会关注,对相关问题的缓解和解决起到了重要的推动作用,是有担当也有力量的文学。但当下的生态文学也存在一些难解的问题,制约和限制了生态文学的发展。其中最重要的是文学性的问题,当下大量的生态文学作品,致力于生态问题的曝光和预警,题材很大程度上决定了作品的影响和价值,但随着人们对相关生态问题的广泛关注或生态问题的最终解决,很多生态文学作品的价值也就随之烟消云散,难能被人记起和提及。众多生态文学作品的"保质期"有限,不容易具有持久的艺术魅力,这成为制约生态文学发展的桎梏和瓶颈。如何提升生态文学的文学性,使其具有持久的审美价值,是我们应该思考的问题。在这方面,东北的作家们做出了有益的探索,可以为提升生态文学文学性这样的问题提供一些经验和参照。

叙事结构的多样化

由于生态文学有"生态保护"这个理念作为前置条件,作家在创作的过程中,很容易结构出一个二元对立的叙述模式,在这样的模式下,人物分为保护者与破坏者,受害者与加害者,是非善恶一目了然,过程和结局也多可预见。这种叙述模式最大的问题就是消解深度,容易重复,意义容量难以扩大,使生态文学成为一种可模仿、可复制的类型文学。只要题材有新意,在叙事结构上,作家不用花太多心思，导致作品也难以有实质性的创新和突破。作为一部关注和表现林区生态保护的作品，老藤的《北障》打破了生态文学作品惯用的二元对立结构，为生态文学的创作做出了新的探索。既往的关于保护野生动物的作品，多在动物保护者和盗猎者或者动物与捕猎者的对抗中展开故事，而老藤的《北障》打破了这种二元结构，在警察与猎人、猎人与动物的双重较量中展开叙事，丰富了小说的叙事结构，拓展了小说的表意空间。小说中，北障森林的胡所长为了保护林区生态，也为了彰显个人的治理能力，下达了严格的禁猎令，誓要成为林区猎人们的终结者，终结数百年来这里祖辈相承的狩猎传统。猎人们表面合作，不与之针锋相对，背地里却各有盘算。其中猎人金虎为了朋友的情谊，也为了给爱犬报仇，冒着被逮捕的风险，上山诱捕猞猁。猞猁是金虎的猎物，而金虎又是胡所长的"猎物"，小说就在这双重的"狩猎"中展开。关于金虎猎猞猁的部分，作者写出了猞猁的凶猛和狡黠，也写出了猎手的执着和老练。看起来像是一场势均力敌的缠斗，谁知一直以来和猎人过招儿的不是猞猁，而是一只瘸腿的狐狸。这只狐狸屡次缴获猎人投下的诱饵，之后扬长而去，将猎人玩弄于股掌之上。而猎人要找的猞猁如鬼魅，如精灵，游弋于林海，潜隐于深山，让猎人无迹可寻。在这一重狩猎的故事中，作者写出了野生动物的机巧与精明，更表现了大自然的浩瀚与神秘，丰富与博大。小说中另一重"狩猎"的故事，是警察和猎手的对决。胡所长了解林区猎人们的脾气，不抓到猎人领袖金虎违法捕猎的现行，林区狩猎难以禁绝。对于狩猎，胡所长要求严刑峻法，令行禁止，而金虎信奉猎人们自古以来的传统与规矩——适可而止，他相信猎人也是林区生态的一个部分，猎人按规矩狩猎不影响野生动物的生存。胡所长代表现代文明对生态问题的干预，金虎则代表猎人的传统和荣誉，双方不是善恶的交锋，是传统与现代的博弈。经过多番的较量，胡所长最终如愿以偿，抓到了金虎捕猎，用他的强硬逼猎人们就范。然而，为了抓住金虎，他用警察编制为诱饵，使曾经的猎人唐胖子出卖同伴，成为告密者。胡所长保护了林区的自然生态，却摧毁了猎人们的信任和友谊，还有以信义为标识的猎人的价值体系。他将人排斥于生态的范畴之外，忽视了生态中人的位置和意义，破坏了林区猎人的人文生态，对猎人们的生存状况造成了伤害。老藤通过这样的双线结构的设置，一方面表现了大自然的博大与珍贵，强调了保护自然的观念，另一方面，也对生态保护这个看似无可置疑的概念进行了质询。他通过小说表达出，生态保护不是工具理性支配下对数据和指标的简单恢复，而是在尊重和敬畏自然的同时也尊重人的利益和权利、信仰和传统，在工具理性和价值理性的调和中，促进人与自然的和谐相处。这样看来，结构的变化与多样可以拓展小说的表意半径，让小说的内涵更加多元丰富，可以避免或弱化观念先行所导致的作品的单调与重复。

对人与自然关系的重新想象

  警示和反思是生态文学要传达的重要观念。在这种观念的制约下，生态文学作品中的人往往和自然割裂甚至对立，人被刻画为闯入者、破坏者和施暴者，人类丰富细腻的情感难以融入生态文学之中，这容易造成生态文学情感空间的狭窄和审美方式的单一。生态文学不仅可以表现人对自然的侵犯与伤害，表达哀情，唱响挽歌，也可以描写人与自然的和谐共生，将人与自然视作一个整体，讲述人在自然怀抱中的生活。鲍尔吉·原野的笔下，就有很多这样的作品。他笔下的草原，有艳阳流云，明月星斗，也有牛棚羊圈，敖包毡房，有宁静的湖泊和潺潺的溪流，也有奔腾的骏马和成群的牛羊，广袤的草原上飘荡着呼麦的悲怆和琴声的悠扬，这里是蒙古族人赖以生存的乐土，承载其悠久历史和灿烂文化的家园。他笔下的草原有幽默的羊倌、爱写诗的猎人、弹三角琴的少年，还有歌唱家乡的老者、卖头发为孩子买黑板的母亲以及待嫁的姑娘，他赞美草原的秀丽与壮阔，也讴歌蒙古人的单纯与诚实、勇敢与善良，这里是骏马和雄鹰的领地，也是蒙古族人的天堂。如果这里只有芍药而没有牧人，没有对母亲的赞美和对祖先的怀念，那这里便没有幸福与苦难、欢快与忧伤，只剩下丰茂的草场和奔跑的群狼，那这里便不是文学意义上的草原，只剩下一片草长莺飞的荒野，和恒久的苍凉。

  迟子建的《额尔古纳河右岸》同样写出了人类与自然的和谐共生。小说中，鄂温克人世代生活于崇山丛林之间，以狩猎为生，以驯鹿为伴。他们接受自然的馈赠，享用森林中的松果蜂蜜、飞禽走兽，也要面对疾病、雷电、严寒等自然带来的劫难与灾殃。他们狩猎猛兽，也直面猛兽的威胁与报复，无可避免生命的毁伤。他们处于自然的怀抱和循环之中，繁衍生息，延绵不绝。他们崇拜玛鲁神，每次猎到熊后都要献祭，表达他们的虔敬，连迁徙时负责驮运玛鲁神像的驯鹿都被特别尊重，不可轻易使役和骑乘。他们相信火中有神，所以不向火中洒水或扔不干净的东西。他们也信奉山神，在大树上刻印山神的头像，猎人们见到这样的树要跪下磕头，卸弹摘枪。通过鄂温克人的生活，迟子建不仅写出了中国北疆的崇山峻岭、宽流大川，也写出了林海莽原间，猎手渔人的艰辛与苦难、虔诚与纯良。这片山川孕育了鄂温克人的历史与习俗，承载着鄂温克人的文化和风尚，是鄂温克人的怀抱和摇篮。现实中，鄂温克人接受了这片山川的哺育，但在文学的意义上，是鄂温克人成就了这片山川。正是由于鄂温克人的存在，让这片山川变得鲜活而灵动，神秘而深邃，仿佛有了盼望和期许、喜怒与悲欢，使其不再是一片边陲的旷野，而是一片承载人类信仰的秘境和寄托现代人疲惫灵魂的港湾。

要提升生态文学的创作水平，推动和促进生态文学作品的经典化，势必要提升生态文学人物的塑造。没有成功的人物，就难以成就成功的作品。在当下大量的生态文学作品中，人物多是概念化的扁平人物，动物占据了叙事的核心位置，成为作品着重塑造的对象。但动物毕竟缺少或没有人的个性以及丰富的心灵，所以写某类动物的作品可能故事性较强，但没有人物，就没有性格，只有动物的习性，在认识价值充分释放之后，作品难以具有持久的艺术感染力，同时，以动物为主要叙述对象的生态文学作品极容易重复，从而进一步减损作品的艺术性。这样看来，打破人与自然对立的想象和叙述，就十分重要，这为生态文学人物的塑造拓宽了空间，为人物从某一类观念的傀儡回归到作品表现的中心提供了可能。

丰富的知识增益生态文学的魅力

与科幻文学类似，生态文学要为读者提供认识世界的功能和价值，所以，生态文学作品的知识属性非常重要，可以说，知识性在一定程度上影响甚至决定了生态文学作品的文学性。在这方面，胡冬林的创作非常突出，其作品中充满了丰富的自然知识。胡冬林热爱长白山，密切关注长白山林区的生态状况。他曾长期驻扎在长白山的高山密林中，幕天席地，风餐露宿，与猛兽为邻，与飞鸟为伴，近距离观察长白山林区的各种生物。他像生物学家一样追踪动物群落，分析植物科属，与猎户交流，向土著请教，探寻和发现自然的玄机与奥秘。他作品中的生物知识是鲜活的，他在行走中行文，在研究中创作，用双手抚摸树林，用脚步丈量山脉，他的文字不是在书斋中的随想，而是生命在山林间的痕迹。他笔下的长白山森林，从土壤到天空，各类昆虫、游鱼、走兽、鹰隼，如此地驳杂与丰富，共同构成了长白山大森林的生态奇观。他在呈现这些生物的性状与形态的同时，还分析它们的类目，解说它们的习性，甚至探究它们的进化过程，为读者打开了生物学世界的大门。

在散文中，胡冬林和读者分享自己与长白山各类动物打交道的经历，对于久居深山的他来说，这些动物是他的邻居和朋友，他如数家珍，娓娓道来它们的习性和脾气。如寒冷湖水中的水獭和爪鲵、密林深处的山猫和狐狸、灌木丛里的紫貂和青鼬、林间枝头的星鸦和林鸮，他对每种动物的书写都带着自己的经历与记忆，读这些文章，仿佛就能随着他一起近距离地观察和感知这些森林中的精灵，感受大自然的生命奇迹。有些动物的嬉戏、求偶、狩猎他亲眼得见，他就将自己的所见诉诸笔端,比如松鼠大战林鸮,水獭对阵猞猁,星鸦反击金雕。有些动物的行为他未曾见到,但动物们会在森林中留下各种蛛丝马迹,这时,胡冬林便化身痕迹学家,像侦探索迹,判官断案,根据动物的齿痕爪印,残肢断羽,分析野生动物的玩耍与欢愉、打斗与搏杀,从而用文字复盘出当时的场景与过程,还原出一幕又一幕林中大戏。比如根据地上的足印和树上的抓痕分析青鼬对野猪的猎杀,根据战场的血痕判断猎狗和野猪的搏命,通过林中的一片雪迹想象山猫一家在雪后初霁的欢乐时光。

胡冬林丰富庞杂的生物学知识一方面来自他在森林中的所见所闻,另一方面也来自他广泛而深入的阅读。在作品中,他经常列举各种生态著作,比如赵正阶的《长白山鸟类志》、俄罗斯自然作家维·比安基的《森林报》、奥地利生物学家劳伦兹的《所罗门王的指环》、美国作家玛丽·奥斯汀的《无界之地》等等,他通过持续而广泛的阅读积累知识,然后通过自己的感官验证,或者驳斥这些知识,之后再将其呈现给读者,让读者通过阅读他的作品欣赏和感受自然的缤纷与玄妙。他对待知识和文学的认真与负责使作品经得起时间的考验,具有充分的魅力和价值,值得读者的喜爱和尊重。

城乡变迁中的漂泊童年
——以《山羊不吃天堂草》《余宝的世界》为例

何家欢

四十多年的改革开放给中国带来了巨大的变化，无论国家的经济总量还是人民的生活，都提升到一个相当高的阶段。然而，在解决相对困窘的经济问题时，并不意味着人们在时代的伴生性成长中出现的精神性忧虑会得到很好的缓解。事实上，在一定程度来说，不同状态的精神性忧虑依然在困扰着这个时代的人们，而且，相对物质的实体性变化，对于精神性问题的解决会有更大的难度。因为精神是飘忽不定，而又无限存在的，这正如被无数次宣告死亡了的文学，隐秘在人们的情感和潜意识中，也表达在或单纯、或复杂的语言中。在这个时代对文学本义的不断衡量中，我们通过儿童文学作品，发现了这个巨变时代隐藏的新特征，它是漂泊而又分裂的精神，是改变而又被动的人生。

一、进城：身份的焦虑与成长阵痛

中国的经济改革是从农村开始的，但实现经济总量跨越式的发展还是在城市。城市的现代化建设需要大量的普通劳动者，这为农民进入城市提供了机遇。然而，由于我国长期实行城乡二元结构的户籍制度，这为农民进城设置了制度障碍。很多农民工在城市生活中感受到的各种不平等，其原因也就在此。曹文轩的《山羊不吃天堂草》（1991）就是这样一部展现20世纪80年代末90年代初，农村少年明子进城务工的小说。明子是一个在小豆村土生土长的乡下少年，为了赚钱帮家里偿还债务，十五岁的明子随着木匠师父三和尚和师兄黑罐踏上了进城务工之路。穷苦乡下人的出身使明子的自尊心变得格外敏感，伴之而来的是一种强烈的身份焦虑。对于刚进城的明子而言，五光十色的城市散发着无穷魅力，但是那种可望而不可即的诱惑感却让他感到莫名的自卑和压抑。其中，最让他感受到切肤之痛的是城市对每个人身份角色的区分，以及人与人之间的差异。明子进城后和师父、师兄三人栖身在一个矮小的窝棚中，靠帮人做木工活维持生计。在这个三人小组中，明子常常要忍受师父三和尚的指使和盘剥，这时常让他感受到委屈和愤怒，但他也敏锐地察觉到，在那些城市人眼中，他们三人之间并没有本质上的差别，他们都是在城市底层摸爬滚打的外来务工者。他清楚地认识到自己这伙人和城市人之间有着一条不可逾越的鸿沟，城市人是选择者，而他们是被选择者，这种关系注定了他们永远也无法拥有城市人那种高傲的神态，这便是城市对他们这群人的角色和身份的设定。明子意识到自己和城里人身份的差异，并将这种差异和自己在城市所遭受的待遇联系起来，更加清楚地认识到自己和城市之间永远无法消弭的隔膜。来自农村的"身份"成为明子的隐痛，为了维护他在这个城市中仅有的一点存在感和尊严感，他小心翼翼地呵护着自己和患有腿疾的城市女孩紫薇之间的友情。然而，随着紫薇的康复，以及城市男孩徐达的出现，让明子这仅存的美好也转化为低人一等的自卑。明子无力改变自己的身份，这也让他对城市产生了一种抵触和抗拒，并对回乡充满了渴望。

比之身份的苦楚，更令明子感到痛心的是城市中人的金钱观念对他人格尊严的践踏。明子目睹了师兄黑罐在利益的驱使下，一步步走向深渊的过程。他固执地坚守着自己的道德原则，试图通过对不劳而获的拒斥来维护自己做人的底线。然而，在金钱与道德的角逐中，明子内心的道德防线却在不断溃退，在见证了一系列蝇营狗苟的事件后，他终于走上了为金钱所奴役的道路。与其说他心甘情愿地臣服于金钱的魔力，不如说他是在宣泄自己心中的"气"。自从进城后，明子的心中一直有一股气，这既是一种谋生的志气，也是一种对处境愤愤不平的怨气。这股气在明子心中渐渐滋生出一种和城市对抗的情绪，并在自卑心理的作用下走向了偏狭。它激发出了明子对金钱前所未有的渴望，以及对城里人莫名的仇视。明子在欲望和仇恨的泥潭中挣扎、堕落，直到滑向犯罪的边缘。在最关键的时刻，一个埋藏在潜意识里的梦境将他从悬崖边上拉了回来，他想起了草滩上那些宁愿饿死也不肯吃天堂草的羊群，父亲的声音犹在耳畔："不该自己吃的东西，自然就不能吃，也不肯吃……"[①]明子猛然惊醒，终于抛下怨念，回归正途。

明子在灵与肉的抉择和挣扎中完成了自身的精神成长，实现了由少年到成年的蜕变。这个过程也是所处这个时代中的每个进城者所面临的"成长"阵痛。小说在

---

① 曹文轩：《根鸟·山羊不吃天堂草》，作家出版社，2003，第472页。

第二十四章，借助明子的回忆与梦境讲述了山羊不吃天堂草的故事：明子的父亲为了改善贫穷的家境借钱买了一百只山羊，在村子里的草被啃吃光了的情况下，这些山羊被送往草滩，最终却因不肯吃草滩上的天堂草而全部饿死。作者以"山羊不吃天堂草"作为小说题目，不只是以此影射明子进城后心路历程，更是对整个20世纪80年代末90年代初农民离乡进城致富这一重大历史趋势的隐喻。工业文明改变了乡村的面貌，也消解着乡村的家园属性。率先感应到城市文明召唤的农民将农村的各类资源抢占一空，而后来者则只能背井离乡，到城市去另觅谋生的土壤。城市化进程所造成的城乡差异，既是欲望萌生的缝隙，也是怨恨丛生的渊薮。明子进城后的痛苦、挣扎和陷落，所展现出的正是这一代农民对城市"怨羡交织"的情结。一方面，他们远离故土，又遭到城市的拒斥，却依然难以消解心中对积累经济资本的焦虑和渴求。另一方面，面对城市富足的物质生活，联想到贫穷的家乡和自己在城市的境遇，又让他们深深地体会到人与人之间的不平等，以及对改变个人现状的乏力。对于这一代进城者而言，乡村已不再是可以寻求心灵庇护的家园，而城市却仍然是他者的城市。然而，面对滚滚向前的现代文明，和被其所改变的乡村，回头已经绝无可能，唯有破釜沉舟，才能在逆境低谷中寻觅新的生机。这种怨羡交织的情节生成了明子心中的那股气，也生成了这一代进城者求变的动力。

二、在城：底层身份的代际传递

如今距离高加林、孙少平进城的时代已经过去了四十余年，在这四十多年中，踏着他们当年的脚印奔赴进城之路的人群有增无减。如果说曹文轩的《山羊不吃天堂草》表现了20世纪90年代初进城农民对故土家园依依不舍的精神诀别，那么二十多年后的今天，这些曾经的城市闯入者是否已经融入城市之中？他们的家庭和子女又遭受着怎样的境遇？这依然值得今天的文学去关注和书写。

20世纪90年代以来，我国农村流动人口在不断扩大规模的同时，也在实现着"从流动趋向移民"的整体变迁[1]。越来越多的农民工以家庭的形式进入城市，大批学龄儿童跟随父母在城市生活，成为流动儿童[2]。他们大多是在城市出生，或是在

---

[1] 王春光：《新生代农民工城市融入进程及问题的社会学分析》，《青年探索》2010年第3期。

[2] 2000年全国第五次人口普查资料将流动儿童定义为"居住在本乡镇街道半年以上，户口在外乡镇街道"或者"在本乡镇街道居住不满半年，离开户口登记地半年以上"的18周岁以下的人口。

学龄前就进入了城市生活。相较于他们的父辈，他们的乡土记忆较少，对城市拥有更多的认同感和归属感。但是，由于社会体制改革的缓慢，他们在经济、户籍和生活方式上仍和真正的城市人有较大的差别，这使得他们在融入城市的过程中继续遭受着重重阻碍。进入21世纪后，由社会转型所造成的城市流动儿童问题和农村留守儿童问题已经引起政府和社会的广泛关注，而文学作为社会现实的一面镜子，也将作家们的创作视野引向了这个曾经被忽视的群体。

近年来，一些展现城市底层儿童生活的文学作品陆续涌现出来，黄蓓佳的《余宝的世界》（2012）是其中一部不可多得的佳作。小说以十一岁男孩余宝为聚焦者和叙述者，讲述了他在2012年暑假中遭遇的一段令他终生难忘的经历。不同于《山羊不吃天堂草》中对进城者内心冲撞的书写，《余宝的世界》进入人物的生存层面，为读者铺展开一幅较为开阔的底层景象。故事围绕着一个叫"天使街"的地方展开，这里是城乡接合部，也是外来务工者聚集区。现实中的天使街并没有它的名字那样美丽动听，肮脏不平的街道，陈旧破败的房舍，还有操着天南海北各色口音的打工者，构成了一派不为城市人所熟知的城市底层景观，也构成了余宝童年生活的全部底色。故事起因于一起交通肇事逃逸案，长途货运归来的余宝和爸爸作为目击者目睹了这次车祸发生的经过。爸爸认出那辆肇事车辆正是自己所在货运公司老板温总的座驾，为了保住工作，他没有报警，而是带着余宝驾车飞快地逃离现场。在爸爸的调查下，事情的真相渐渐明晰，那天夜里是温总的朋友驾驶温总的车外出，撞死了公路上的一个流浪汉，事后，温总找了同公司的一名司机去顶包。余宝的爸爸虽然对隐瞒真相深感不安，但他还是答应温总将永远保守这个秘密。而在这个时候，余宝的家里也是一波未平，一波又起。余宝的爸爸被余宝转学和亲属生病的事弄得焦头烂额，最后在留下一笔巨款后突然神秘失踪。半个月后，爸爸再次出现，随着他的投案自首，这桩肇事逃逸案，以及其后所发生的失踪谜团终于水落石出。

在曲折离奇的故事情节背后，掩映着挣扎在城市边缘的底层人群的苦辣辛酸。余宝的父母和大姐三人用微薄的收入支撑起这个五口之家的日常开销，任何一笔巨额支出对于这个家庭来说都是一次沉重的打击。在大是大非面前，余宝和他的家人并非没有清醒的认知和判断，然而迫于对权势的畏惧和谋生的艰难，他们又不得不做出趋利避害、明哲保身的选择。他们的身上既有农民式的善良和质朴，也有弱势群体在长期的社会挤压中滋生出的懦弱和狡黠。余宝一家的生活处境和精神状态，正是城市底层千千万万外来务工者家庭的一个缩影。

在贫穷的困境中，天使街上的童年也呈现出另外一副模样。和余宝一样，孟小伟、成泰和罗天宇都是农民工子弟，因为没有城市户口，他们在城里只能上师资差、各种硬件均不达标的民工子弟小学。对于城市，他们并没有明子进城时那种隔膜甚深的体验，但是经济的拮据依然让他们感受到金钱的焦虑。为了赚钱请朋友们看一场3D电影，孟小伟想要捕捉粉蝶，孵化菜青虫卖给菜贩，结果却在外出时遇到大雨，被坍塌的砖墙夺去了生命。我们无意去苛责一个十一岁男孩为实现梦想而付出的行动，但是，面对悲剧的发生，我们不由得发出追问：是什么促成了这样一个年轻生命的陨落？是贫穷，是道德失范，还是价值观的陨落？如果一定要从中揪出罪魁祸首，底层的贫穷和家庭教育的缺失应该是促使这一悲剧发生的根源。对于挣扎在贫困线上的底层家庭来说，生存仍然是亟待解决的首要问题，儿童的心灵成长往往被家长所忽视。是贫穷加剧了儿童对物质需求的渴望，而缺少正确的价值观引导则导致他们在实现梦想的过程中误入歧途。

孟小伟的死犹如底层儿童对社会所发出的一场无声的控诉。然而，比底层童年的苦难更令人感到悲哀的，是在这个阶层固化的时代，进城者已经丧失了冲出底层的渴望和诉求。在高加林的身上，我们能够看到一种"不达目的不罢休的'狠劲'"[①]。在明子的身上，我们也能感受到一股怨羡纠结的不平之"气"。然而，在余宝和他的父母、家人，以及其他外来务工者身上，我们却只能读出他们对底层身份的认可和承受。小说中，余宝的妈妈言谈之中一再强调"我们这种身份的人"，正是对这种底层身份的确证。而当余朵问爸爸觉得这个社会是否公平时，爸爸的回答是："鸡吃鸡的米，鸭吃鸭的草，有什么不公平？"[②]他们对于自己糟糕的处境并不加以质疑，反而以身份的差异性对其进行解释。可以看出，在天使街混乱、嘈杂的表象下，实际上暗含着一种稳定的深层秩序，每个人都安分地接受着这个城市分配给自己的位置和角色，借此获得一种居于底层的安稳。他们从未将贫穷的处境归咎于社会分配的不公，反而感恩于城市的施舍，让他们脱离了面朝黄土背朝天的农耕生活，而对于拮据的生活，他们自有一套"鹅吃草鸭吃谷，各人自享各人福"的底层人生哲学来面对。这种对底层身份的认可态度也经由父辈之手传递到余宝那一代人身上。小说中，余香、余朵、余宝三姐弟对于底层身份有着不同程度的认同表现，相较于余香的逆来顺受和余朵的怨声载道，余宝的沉默流露出一种与年龄不相符的成熟。作为家里唯一的男孩，他肩负着整个家族的希望——读书上大学，可是民办学校的教学状况却让他清楚地认识到自己和大学、公务员之间遥不可及的距离。同时，他也在父亲的身上看到了自己未来的影子："我爸爸就是我的镜面，从他的身

[①] 孟繁华：《建构时期的中国城市文学》，《文艺报》2014年5月7日第2版。
[②] 黄蓓佳：《余宝的世界》，江苏少年儿童出版社，2012，第42页。

上我能够看到二十年后的我自己。""我也许会像爸爸一样开卡车，呼呼啦啦奔波在南来北往的高速公路上，超载，罚款，为了付罚款更多地超载；也许连卡车都开不上，只能上建筑工地做小工，砌砖扛大料。"[①]在余宝这一代人的身上，我们看到了底层身份和围绕这种身份所产生的人生观、价值观的代际传递。这种传递并非借助学校教育或是家庭教育，而是通过社会现实，以及大人们的言行举止直接映射在儿童的心灵之中，对儿童的精神成长，特别是身份认同起着潜移默化的作用。余宝的早熟折射着城市底层的苦难现实和童年的凄凉处境。童年，本应是个充满幻想的年纪，然而，天使街上的孩子们却在城市底层的镜像中过早地完成了对自我身份的确认。糟糕的现实处境，加之对未来的无望，让底层儿童消解了追逐梦想的渴望，也丧失了改变个人命运的动力。

三、漂泊者的身份与命运

相对于大量漂泊在各大中城市的农村青少年，以及暂被固定在乡村的留守儿童，现在的儿童文学作品对他们的关注显然还是不多。当下的儿童文学多服务于城市中的儿童，其内容也多以仙侠奇幻，或是反映城市儿童家庭校园生活为主。出版社对这些题材的关注，固然考虑到购买力的因素，但儿童文学对底层儿童的关注度不高的确是一个不争的事实。这一方面有作家体验的问题，另一方面也是因为底层生活者，无论是儿童，还是他们的父母，本来就是缺乏话语权的沉默的大多数。当然，他们的沉默，并不意味着他们对城市没有自己的认知，而是因为他们缺少表达的媒介和途径。

从《山羊不吃天堂草》到《余宝的世界》，我们看到的是进城务工者和农民工子女在城市生活中的不同遭遇。他们之间的共同处在于，无论时代怎样变化，来自社会底层和边缘群体的人，他们的生存压力和未来的人生走向，都将迥异于城市职工、中产阶级家庭的生活和工作预期。正常来讲，一个良性发展的社会应该是有利于个人实现自身价值、人生梦想的社会。但在现实中，对于不同群体中的人，这种成长的道路显然又有很大的差别。我们在这里关注城乡变迁中的儿童文学，其实也就等于对这种尚处于萌芽期的社会问题进行相应的文学反思，以此来推进以文学为道义的社会变革。面对城市流动儿童中出现的心理问题，曾有心理学研究者指出："75.5%的流动儿童报告受到过歧视，并且随着年龄的增长，流动儿童对社会排斥或

---

① 黄蓓佳：《余宝的世界》，江苏少年儿童出版社，2012，第37页。

歧视现象的体验日益强烈"[①]。城市流动儿童的出现，也正是农村社会解体、城市急剧扩张时期的产物，他们跟随着不断转换工作地点的父母，为了生存而奔波在祖国的大地上。相对于拥有稳定生活和充足教育资源的城市儿童，流动儿童更像是城市的陌生人，伴随他们成长过程的，也必将是在各种不同起跑线下的群体歧视，而这也正是黄蓓佳在《余宝的世界》中所关注的问题。

上海世界博览会的主题是"城市，让生活更美好"，然而，发展着的"城市"和进步着的"生活"并不会公平地给予城市里的每一个人。来自边远乡村的明子和来自城市底层的余宝，显然不同于中产阶级家庭出身的孩子对城市生活的感受。就《余宝的世界》中的人物来说，余宝在心目中所认同的自己，其实就是如其父亲一样的底层劳动者。余宝的未来，也许正如鲁迅《故乡》中的闰土，在既定的社会规则中，他们的成长只是指向一个模式化的结果。而这也才更可能是他们永远的命运。当然，"'现代性'有问题，但也有它不可阻挡的巨大魅力"[②]。虽然进城者在由乡入城的流动中遭遇到种种问题和困境，但现代化的洪流已经不允许他们再回到乡村，而对于从小就跟随父母进入到城市的儿童来说，乡村中也再没有他们可以容身的位置。无论是在生活体验上，还是在情感归属上，这些孩子都对乡村缺少足够的心理认同。融入城市，获得城市身份，才是他们的必然命运和人生方向。

[①] 刘霞、申继亮：《流动儿童的歧视知觉及与自尊的关系》，《心理科学》2010年第3期。
[②] 孟繁华：《建构时期的中国城市文学》，《文艺报》2014年5月7日第2版。

近期辽宁儿童文学创作评述

何家欢

讲好中国故事,是新时代文学的重要使命,如何讲好中国童年故事,则是当下儿童文学创作需要探索的重要问题。近年来,辽宁儿童文学作家带着对这一问题的思考,扎根深厚的生活土壤,从历史记忆、文化、哲学、民族、自然、心理等方面突入童年书写,有力地丰富了"中国式童年"书写的形式题材与精神内涵。

童年是儿童文学作家的精神原乡,是儿童文学创作的灵感之源。作家们时常在远去的童年和现实之间一次又一次地穿梭往返,试图潜回到记忆里那些温暖而澄澈的画面。在贾颖的散文《小火车》中,作者的思绪飘回到小时候,年幼的自己和妈妈、姐姐乘坐着无遮无拦的小火车,从居住的小镇,摇摇晃晃地驶向梦想中的城市。对于一个孩子来说,这是节日里才能拥有的美好,哪怕什么都没有买,只是例行公事般在百货商店里转一转,也同样令人满怀欣喜和期待,更不用说还有那么多好玩的东西。长大后的我们时常感叹,为什么童年的快乐总是如此简单,长大后却越来越难以获得童年时那种单纯的幸福感?而作者想要告诉我们的是,其实,那辆开往幸福的列车一直都在,只要我们还能像那个孩童时的自己一样,心中保有对远方的期待,细细咀嚼眼前的美好,就会一直向着幸福的方向驶去。

人们时常怀恋童年,回忆童年。透过回忆的滤镜,过往的一切仿佛都变得美好而柔和起来。然而,童年时光里不只有快乐和美好,也有离别的痛苦与悲伤。对于孩子来说,死亡是一个太过沉重的话题,而由亲人的故去带来的离别和思念也会在他们幼小的心灵中留下深深的印记。因此,在儿童文学的书写中,作家们常常试图用文字去弱化由死亡带来的沉重感和恐怖感,取而代之的是一种对于生命和离别的轻盈而诗意的想象。在源娥的童话《来自星河彼岸的船》中,少女阿星和老狗淘淘乘着小木船,穿越浩瀚的星河,来到了星河彼岸的童年王国。在那里,阿星和自己童年时的玩偶一同并肩作战，成功击退了敌人的空袭。战斗结束后，阿星见到了城堡里的老国王，原来就是她思念已久的爷爷。阿星多想永远留在这个无忧无虑的童年世界里，但是在爷爷的劝说下，她最终还是回到了现实中，而把淘淘留在了爷爷的身边。经过这次旅程之后，阿星终于明白，虽然童年里的一切都已经离她远去，但是这一切并没有消失，而是变成了她生命的一部分。在贾颖的童话《花朝》中，女孩阿舜也和自己相隔了六个本命年的太姥姥在梦中相遇，但是，太姥姥已经不再是记忆里那个脸上爬满皱纹、长着蝴蝶斑的老太太，而是变成了一个和她年龄相仿的小女孩花朝。这是一次久别后的重逢，也是一场盛大的告别，花朝告诉阿舜，她不会变成星星，也不会变成花，她只会变成一种记忆，留在阿舜的心中。在作者温柔的笔触下，生命的告别幻化成了一场诗意的思念之旅，与此同时，由死亡而带来的分离也生发出一种温柔的轻盈之感。那些逝去的亲人，其实一直都在我们心中，从未离去。我们永远不会，也不愿将他们忘记，因为对于逝者来说，生者的记忆，就是他们曾经来到过这个世界的最珍贵的印记。

不同于女性作家对童年时空的浪漫想象，辽宁小虎队的两位作家刘东和车培晶直面个体记忆中的童年现实，用深沉的笔触勾勒出历史岁月中童年的真实模样。车培晶的散文集《冻红了鼻子》一改作家此前童话创作中梦幻灵动的文风，以质朴平实的文字叙写了童年记忆中的人和事。不同时代的童年具有不同时代的特质，然而，在那些饱经磨难的岁月里，童年并没有在贫穷和困顿中枯萎，而是依旧保有蓬勃的好奇心和天真的儿童心性。如《躲荒年》一文中写到了饥馑年代里，堂弟带着我去捉青蛙、偷蝎子，孩子们在果腹的同时，也获得了无穷的乐趣。正如方卫平所说，"童年最'真实'的精神内涵之一"就是"即便在最沉重的生活之下，童年的生命都想要突破它的囚笼，哪怕在想象中追寻这自由的梦想，除非童年自身被过早地结束。这是童年有别于成年的独特美学，也是儿童有别于成人的独特生命体验"。[①]无论外部世界如何变化，人类自由无拘的童年精神永远不会被磨灭，也永远不会消失。刘东的纪实文学《我和你》像是作家写给自己童年的一封长信：长大后的作家，和童年时那个懵懂的小孩守望在时空的两端，成为作品中的"我"和"你"。当作家以成熟而睿智的眼光凝望童年时，他看见了那些闪现的童年记忆背后的"真相"，原来记忆中每一帧画面，都是成长之路上的一个又一个重要的里程碑，正是这所有的经历，让"你"成了"我"。英国浪漫主义诗人华兹华斯曾在他的诗

---

① 方卫平：《中国式童年的艺术表现及其超越——关于当代儿童文学写作"新现实"的思考》，《南方文坛》2015年第1期。

歌中写下"儿童是成人之父"的经典名句。童年是一个人生命成长的根基,长大并不意味着对"你"的远离和抛弃,而是在历经千帆之后,仍然选择坚定不移地向着"你"走去。

此外,王立春的散文集《站在春天的开头》也向读者呈现了作家独特的童年记忆。谈起童年往事,作家如同竹筒倒豆子般,将自己童年时的故事和心思一一道来,文字中洋溢着浓郁的东北风和乡土气,一个大大咧咧的东北小姑娘的形象跃然纸上。《站在春天的开头》《冻红了鼻子》和《我和你》三部作品同属于河北少年儿童出版社的"童年中国书系"。这一书系"从独特的时间维度回望当代中国的生活经验、伦理风俗和人情人性","充满了童真时代对于天地万物的神奇体验"。[①] 在向童年回溯的时间之旅中,我们能够感受到不同作家在面对童年时所表现出的不同创作姿态。如果说刘东是在以成熟的目光回望童年,车培晶是以温柔的眼光凝视童年,那么王立春则是潜回到自己的童年时代中,用一个孩子的口吻去讲述童年里那些小小的快乐与骄傲。在孩童天真目光的凝望下,泛黄的记忆又有了鲜活的色彩,被尘封的美好也穿越时空的阻隔,向今天的孩子们款款走来。

在回忆视角之外,一些作家从不同角度聚焦童年成长,增进了童年书写的深度与广度。张忠诚一直力求有厚度和有重量的童年书写,他2021年的新作《巧鸟》以社会变迁为背景,讲述了祖孙三代人的乡愁故事。苍耳从小生活在巧鸟,在家人的陪伴下度过了快乐的童年。苍耳最爱做的事便是听爷爷说"瞎话儿",在那些真真假假、虚虚实实的故事里,苍耳渐渐知道,巧鸟原本并没有柞木树,是爸爸将故乡的柞栎树籽带到了巧鸟。爷爷种了大半辈子的柞木树,才有了巧鸟漫山遍野的柞木树林。爷爷和爸爸按着记忆里故乡的模样建造着新的家园,一棵棵柞木树承载他们心中浓浓的乡愁。虽然爷爷已经在巧鸟生活了30多年,但是故乡柞木沟却是他心中永远的牵挂。等苍耳有机会随爷爷回到故乡,曾经的柞木沟却早已不复存在,只剩下一张泛黄的地图,见证了柞木沟的历史。又是一个秋天,苍耳即将离开巧鸟踏上求学之路。随着高铁时代的到来,巧鸟这个不知名的小站也将成为历史。苍耳带走了11朵巧鸟山上盛开的波斯菊,无论少年的未来将去往何方,他都将永远守望着这片故土。小说以少年苍耳的视角,回望父辈们的境遇,借助于插叙(爷爷所讲的故事),将历史与现实的讲述交织成一张时空之网,从而让小说叙事有了历史纵深感,同时也增进了童年书写的厚度与力量。在张忠诚的笔下,乡愁不仅仅是一种情感和情绪,更是对历史的寻根溯源和精神寄托。透过他的文字,我们感受到了一种深沉

---

① 郭艳:《汉语童心与成长》,载车培晶《冻红了鼻子》,河北少年儿童出版社,2021。

的家国情怀，一种浑厚的生命温情。

常星儿的《红星红星》聚焦红色主题，以少年视角再现了红军二万五千里长征的故事。小说的主人公万山是一个13岁的小红军，他跟随其他红军战士一起爬雪山，过草地，历经千难万险，最终抵达延安。这是一个艰苦卓绝的历程，万山亲眼看到身边的战友一个个倒下，他在埋葬战友、擦干血迹之后，又继续前行。作家将少年万山的成长置于红军长征的历史背景之下，他没有刻意去夸大少年英雄的神勇无畏，而是真实呈现了万里跋涉的困难和残酷性，从而让今天的小读者认识到生活在和平年代的幸福和可贵，这正是战火硝烟之中的成长的重要意义。

薛涛的《猫冬记》和孙惠芬的《多年蚁后》不约而同地将创作视角聚焦在人与其他生命共生共存的世界中，在讲述童年成长故事的同时，也注入了更多对于生命的哲学思考。《猫冬记》中，小学五年级的果子，因为肺病休学来到深山和做木工的姑父老歪为伴，一场大雪的到来，让这一老一少被困于山中古寺之中，面临弹尽粮绝的危机，这时，老猫馅饼的到来让食物紧缺的情况变得愈发雪上加霜。果子和老歪在馅饼去留的问题上发生了严重分歧，在权衡了利弊得失之后，馅饼还是被留了下来。后来，在老歪的一次意外遇险后，又有了狐狸的加入。就这样，一老一少一猫两狐狸，在远离世俗社会和现代文明的古寺里，分享着仅存的炉火和有限的食粮。冰天雪地之中，涌动着万物和谐的美好，同时也显现出人性无私的一面。小说中，果子在面对困境时表现出一种坚韧而乐观的态度。他原本是个患肺病的虚弱男孩，但是在经历了大雪封山、食物紧缺、姑父摔伤一系列事情后，他却迅速成长为一个能够独当一面的小男子汉。而在对待老猫馅饼的去留问题时，他也表现出乐观、无私的态度，认为大家只要同心协力、抱团取暖，就一定能撑过这个冬天。在果子的身上，保有着一个孩童天性的乐观和善良，同时也显现出一种温柔而坚韧的生命力量。小说中的老猫馅饼则是一个颇具寓言意味的角色，饥饿之下，它的身体与内心不断发出关于"欲望"与"尊严"的争论，它的身体渴望食物果腹，内心却追求尊严和自由，在身体与心灵的一次次对话与妥协中，一个又一个哲学命题被置于读者面前。最终，老猫在彻悟之后，怀着感激之心悄然离去。

《多年蚁后》是孙惠芬在儿童文学领域的首次尝试，她从现实生活中的事件出发，又笔锋一转进入虚构的幻想世界，以富于象征意味的童年书写回应着儿童对于生命的好奇与探索。如果说薛涛的《猫冬记》是将童话的寓言式表达融入小说的现实书写之中，那么，孙惠芬的《多年蚁后》则是一部极具现实意义的寓言式童话。故事中，遭遇父母离异的男孩童童和一只出逃的多年蚁后相遇相知成为朋友。对于童童来说，最痛苦的事莫过于母亲的离开，为此，他常常在孤单和思念中哭泣。多年蚁后的到来，帮助童童排遣了内心的孤独，同时也将他带入一个更广阔的生命世界之中。在和多年蚁后的对话交流中，童童对于生命的认知发生了翻天覆地的变化，他不再深陷在一个人孤独的世界里，而是逐渐感知到了生命个体与自然万物之间的联结，同时，他也深深地懂得：唯有用心去爱，才能感受到爱，唯有善良，才能感应善良。作品中很多关于生命的情节和对话都颇具哲学意味，而孙惠芬创作的精妙之处在于，她总是将这些看似形而上的哲理以儿童容易理解的方式表达出来，如在一次对话中，多年蚁后向老爷爷倾诉自己内心的痛苦，说她总是想念妈妈，但却常常感受不到她的存在。老爷爷便用西瓜籽和大地打了个比方，告诉蚁后，西瓜籽即使离开西瓜，也依然和大地相连，她的妈妈也从来都没有离开过，只要她用心去感受。一个简单而形象的比喻，打开了蚁后多年的心结，也化解了童童内心的痛苦，同时也给作品前的读者带来了对于生命的启迪和思考。

在体悟哲思之余，我们也能够从以上两部作品感受到儿童和自然万物之间的一种天然的亲近感，他们对于世间的生命充满了真诚和善意。人类身处于自然之中，是大自然的一部分，在人类文明的伊始，我们的祖先就像孩童一样，怀着一颗真诚的敬畏之心，用各种朴素的方式与自然建立起最初的连接。然而，随着文明的发展，人类对于自然的索取变得越来越具有侵略性，甚至不惜以毁灭自然作为代价。而童心就像是一个朦胧的提示，时刻提醒着人类要对自然怀有一颗虔诚与敬畏的心。人类不仅要在文明中看到自己，也要看到广阔的自然，因为那里有人类生命力量的源泉和存在的根基。只有与自然和谐共生，人类社会才能获得向前发展的无穷动力。

同样聚焦于人与自然主题的还有鲍尔吉·原野的《荒野里的小黄羊》、马三枣的《黑云雀》、薛涛的《小山羊走过田野》、娜仁其其格的《花儿睡在春天里》、许迎坡的《鸟趣三则》等作品。这些作品题材、体裁各异，创作的风格也各不相同，它们在表达对大自然的敬畏与依恋的同时，也为久居城市的儿童读者带来了某种异质性的生命体验。

鲍尔吉·原野的小说《荒野里的小黄羊》讲述了内蒙古牧民吉达一家和小黄羊之间的不解之缘。七岁男孩所德木捡回了一只早产的小黄羊，他从父亲的口中得知，每年六七月份黄羊迁徙经过这里，它们去河边饮水时，常常遇到狼群的袭击，逃命的过程中，怀孕的母黄羊便会早产，而将幼崽遗弃在荒野之上。所德木听了父亲的讲述，很心疼被遗弃的小黄羊，父子俩带着小黄羊去宠物医院治好了腿，还在草原上搭帐篷，寻找其他早产的黄羊羔。在救助小黄羊的过程中，所德木跟随父亲感知自然，了解大自然中弱肉强食、优胜劣汰的生存法则，也学会了爱护动物、敬畏生命。小说中最为动人的莫过于对于草原上至真至纯的人性的书写，吉达一家将动物视作和自己一样的生命，面对金钱利益的诱惑不为所动，这正是草原牧民平等、共生的生命观、自然观的体现。此外，作品对男孩所德木心理活动的描写非常细腻灵动，将蒙古族孩子那种未经世俗熏染的单纯、澄澈表现得淋漓尽致。

马三枣的小说《黑云雀》则将读者的视线引向了祖国的西北边陲，在60年前遥远的中苏边境，来自东北的小战士李虎头，和一匹油亮矫健的黑骏马共谱了一曲草原上的英雄赞歌。小说运用富于传奇色彩的讲述，将读者的思绪带回到那个崇尚英雄的年代，但是，在对李虎头这一英雄人物的塑造上，作家没有刻意拔高，而是凸显出其性格中真诚、爽朗的一面。小说着意书写了李虎头与战马黑云雀之间的深厚情谊。李虎头将黑云雀视为自己的知交好友一般，在它急躁时安抚它不安的情绪，当它感到害怕恐惧时，给以温柔的抚慰与疏导。而黑云雀也仿佛通人性一般，协助李虎头击退狼群，陪伴他度过人生中的灰暗时刻，直至在战斗中献出自己的生命。人与马之间相依相扶的深厚情谊，令人为之动容。

薛涛的童话散文《小山羊走过田野》将童话的诗性和散文的自由融为一体，洋溢着浪漫的清新之气。作品中，一只小山羊的到来，为"我"孤单的世界增添了无尽诗意。因为心中有诗，所以目之所及，便都成了诗，哪怕是一棵草，一朵花，一块石头，一个名字，都在"我"心头荡漾起无尽的诗意。在这样一片美丽的田野里，我和小山羊偶然相遇，它用它的美好，填满了"我"全部的世界，正如散文中所写的："我和小山羊的世界很小，小得只容下我和它。我和小山羊的世界也很大，大得盛得下一切善意。"

娜仁其其格的组诗《花儿睡在春天里》以孩童的口吻向母亲诉说着春天的模样。在诗人温柔的笔触下，那些刚刚钻出泥土的花朵，柳树枝头上冒出的新芽，犹如一个个稚嫩的孩童，在春天的臂弯里撒娇。而春天对于自然万物的滋养，正如同母亲的怀抱，充满了温暖的力量。许迎坡的散文《鸟趣三则》将鸟类知识寓于短小精悍的故事中，在满足孩子求知欲的同时，也丰富了儿童的生命体验。

无论是在少数民族文学创作中，还是在各类诗歌散文的吟咏中，人与自然都是儿童文学作家书写不尽的主题。这不仅仅因为儿童与自然之间具有天然的亲近感，更源于人类对于自然那份永恒的渴望与依恋。纵然随着人类文明的发展，我们与自然的距离似乎越来越远，但是无论未来世界会发生怎样的变化，那种依赖自然，亲近自然的精神渴望永远都不会从人类的心灵中消失。而对于儿童读者来说，这些作品所蕴含的异质性的生命体验，也会在他们的心灵中播撒下对大自然的敬畏之心与热爱之情。

人们常说，少年情怀总是诗，是因为少年男女的心思总是潜藏着如诗一般浪漫而热烈的情怀，却又不为外人所知。而儿童文学作家们总是特别善于察觉和捕捉这些细腻的心思，用文字勾勒出少年丰富而美好的心灵图景。

贾颖的小说《一场杏花雨》书写了少女在成长过程中内心的执拗、纠结与改变。在同学和老师眼中，阿娟是一个很特别的女孩，她对未知的事物有着旺盛的好奇心，凡是自己感兴趣的东西都要弄个明白，有一种不达目的誓不罢休的执着。为了一睹杏花的真容，即将高考的阿娟因为请假问题和班主任较上了劲，但是在受到好友悠悠的批评后，一向我行我素的阿娟也开始反思，自己的坚持究竟是对还是错。于是，阿娟的成长从这一刻开始了，所谓成长，就是不断看见别人的过程，而在看见别人的同时，也就看到了别人眼中的自己。从这一点来说，所有的人际关系都像是一面镜子，只有透过它们才能更好地认识自己。小说的最后，阿娟还是得到班主任的允许，看到了自己心心念念的杏花，她在见证了美丽的杏花雨的同时，也收获了对于世界和自己的理解与宽容。

闫耀明的小说《电影课》围绕着"成就感"展开。擅长写作文的"我"一心想帮小亮把作文写好，以此来获得成就感。为了达到这一目的，"我"费尽心思游说小亮和我一起去看《地道战》，结果到了约定的时间，小亮却爽约了，原本盘算好的电影课也随之泡汤。就在"我"的成就感即将化为泡影之时，一个名叫牛天然的女孩如同神兵天降般出现在我的面前，陪伴"我"完成了这次观影之行。一路上的相处让"我"对牛天然的看法发生了改变，就连她身上的草味也觉得好闻起来。而牛天然也在一次次的追问中，得到了她最想要的东西——"我"的认可。直到多年以后，当我再次见到牛天然，我才突然领悟那一晚的对话对于我们彼此的意义。小说巧妙地发掘了少年男女在成长过程中的精神渴望，和成年人相比，他们更渴望从同龄人的回应和认可中来证明自己，从而获得一种内心的力量，也就是所谓的"成就感"。这可能并不是一个多么高不可攀的愿望，但对于成长中的主体而言却至关重要。有时也许只是一个小小的肯定，或是一个不经意的善意的流露，却给主体成长带来巨大的慰藉和无尽的助力。

马三枣的小说《月亮男孩》带着我们走进了哈萨克男孩阿拜的情感世界。阿拜喜欢写诗，但是除了阿爸，没有人知道他白纸本里藏的那些"秘密"。直到有一天，一个年轻支教老师的到来为阿拜打开了一个全新的世界。在阿拜心中，陈老师就像一束洁白的月光，照亮了草原孩子的梦想。然而，聚散终有时，离别之际，阿拜送给陈老师一首自己写的诗，表达了心中的怅惘与思念。小说中，月亮和蝴蝶是两个反复出现的意象，月亮皎洁无瑕，蝴蝶美丽而短暂，这似乎正是阿拜内心世界的一种映射。在他心中，陈老师的到来正如月亮般清澈美好，亦如蝴蝶般缥缈易逝，世间的一切美好大抵都是如此。但是，那些美好的时光并不会就此消失，它们将如皎洁的月光般，长留于心。

读罢作品，我不禁惊讶于三位作家在对少年成长中所遭遇的问题和困惑进行呈现时眼光之敏锐，视角之独到。如果不是真正潜心进入当下少年儿童的生活中，恐怕很难对他们的内心世界做到洞若观火，拿捏得如此细腻精妙。青春成长之中，每一个细微的改变，每一个觉察的瞬间，都是通往成熟的一个坚实的脚印，而这些重要的时刻也在儿童文学作家的笔下变得熠熠生辉、充满力量。

纵观近期辽宁儿童文学创作，可以看出我省儿童文学作家正在向着打造经典方向努力，他们不断在多元化的题材领域进行尝试和开拓，以敞开的叙事空间丰富了儿童文学的创作视野，描绘出中国式童年生活的广阔天地和多元镜像，同时也在儿童文学难度写作上不断做出新的尝试。辽宁作为中国儿童文学的重镇之一，有着深厚的创作积累，希望未来的辽宁儿童文学会带给我们更多的欢欣和惊喜。

精神观照下的童年书写
——近期儿童文学短篇创作的新趋向

何家欢

"短篇小说是否已经成为小众文学的判断不再重要,一个作家的文学理想,从来就与时尚或从众没有关系。"[①]孟繁华先生曾在《2014年短篇小说:短篇小说与我们的文学理想》的开篇中这样写道。就儿童文学而言,短篇创作一直以来就是作家实现其创作理想的重要园区,它不仅是年轻作家接近文学梦想的阶梯,更承载着这个时代的儿童文学写作发生某种改变的萌芽与希望。在近期的儿童文学短篇创作中,我们看到了作家们对文学理想的坚持,看到了他们对童年纯真的信仰与满怀诚意的书写。

一、叙事空间的敞开与童年的"现实"

近年来,当围绕城市儿童校园家庭生活展开的儿童故事书在童书市场上大行畅销之势时,短篇创作一直在为突破这一题材的局限性而做出切实努力。在儿童所熟悉的日常化的生活场景之外,儿童文学作家从历史、文化、民族、乡土、底层等多重维度突入儿童生活,以敞开的叙事空间丰富了儿童文学的创作视野,呈现了童年生活的广阔天地和多元镜像。这种对童年生活的多元化书写绝不仅是对某种陌生化情境的简单套用,而是越来越趋向于对生活细部的发现和对精神纵深度的开掘。这显示出作家在儿童文学难度写作上所做出的尝试与努力。

[①] 孟繁华:《2014年短篇小说:短篇小说与我们的文学理想》,《文艺报》2015年1月19日第2版。

要突破儿童文学创作题材的局限，首先要从城市儿童狭小、闭锁的校园、家庭生活空间中突围出来，建构起更为广阔的童年成长空间。一两琴音的《策马少年》借助蒙古族少年的视角和口吻，将我们的目光引向了辽阔的蒙古草原。故事中，十四岁的哥哥是家族中的相马好手，受雇主所托为其挑选参加那达慕大会的赛马。由于选择了一匹野性未驯、满身伤痕的小矮马作为训练对象，哥哥受到了雇主的蔑视和爸爸的责备，但他却始终坚信小矮马的实力，而小矮马也没有辜负"我"和哥哥的期望，在那达慕大会上一举夺魁。当雇主厚着脸皮前来讨要小矮马时，哥哥却没有将小矮马交给他，而是把它放回了大自然，因为在哥哥看来，血统纯正而又野性未驯的小矮马属于广阔的天与地，属于山川、河流，不属于任何人。无论是在哥哥，还是在小矮马身上，都流淌着蒙古草原桀骜不驯、自由不拘的血液。更令人为之震撼的是蒙古族牧民心中对自然的崇高敬畏。哥哥既爱惜小矮马与众不同的灵性和潜质，又不忍对其施以驯化让其完全为己所用，他深知只有自然才是灵性永恒的栖居之所。可以说，小矮马就是哥哥精神与灵魂的一个化身，而哥哥最后将小矮马放回自然，也意味着他将自己的心与灵魂放归到自然之中。人与自然合而为一，实现肉身与灵魂的自由、和谐，这正是蒙古族牧民崇高的精神信仰与生命态度。作者在以少数民族儿童生活题材拓展儿童文学叙事空间的同时，也表达了自身对民族精神和民族信仰的见识与体认。

近年来，在书写城市的繁华舒适和乡村的惬意诗性之外，城市流动儿童和乡村留守儿童的生活状态开始进入儿童文学作家的创作视野，这类题材深入城市和乡村的生存缝隙中，逐渐开掘出一个不为人所熟知的底层童年世界。近期的儿童短篇小说仍然持续着对底层的关注。毛云尔的《守秋》将笔触转向了日益衰败和凋敝的乡村。伴随着进城务工人口的增加，大片土地被抛荒，碉堡一样的水塔被齐腰深的蒿草淹没，昔日由青壮劳动力组成的浩浩荡荡的守秋队伍也不见了踪影，只剩下大麦和小麦两个孩子孤零零地守候在夜色下的乡村，承担着一个不可能完成的艰巨任务。郭凯冰的《洁白明崖枝》讲述了几个在乡村留守的孩子等待和盼望父母回家的心情。为了迎接回家过年的父母，布米和谷穗上山采来了他们最喜欢的地皮菌和明崖枝。他们细数着每一分和父母相聚的时光，但是在短暂的团聚之后又免不了要经历离别之痛，那种心痛的感觉布米的妈妈曾在外公去世时体会过，而如今，年少的布米已经提前品尝到了这样一种滋味。王天宁的《张知了》将视野聚焦在了因城镇建设而面临拆迁的宽窄胡同，为了留住老屋，女孩张知了不惜帮助同学作弊，甚至为此遭到父亲的责打。知了一番努力的结果是，他们一家获得了最后搬离胡同的"殊荣"，在一个清晨，以一屉"恁香的包子"向宽窄胡同进行了最后的告别。无论是毛云尔的《守秋》、郭凯冰的《洁白明崖枝》,还是王天宁的《张知了》,都流露出一种浓重的乡村挽歌式的"告别"情绪。这些小说作品触及一个无法逃避的社会隐痛,即由城市化进程所带来的乡村的衰败、凋敝,及市井胡同的消失。对于成长于其中的儿童来说,他们所面临的不仅是与骨肉至亲或童年居所的分离,从更深层次上说,他们这一代人所经历的是城乡变迁中的一种被撕裂的阵痛,是与整个乡土中国进行最后的告别。在这个过程中,人们纵有太多不舍的情绪,也难以抵挡滚滚而来的城市化建设的大趋势,最终只将心中的痛惜之情化作一曲无言的挽歌。故乡的凋敝、骨肉至亲的离散,以及老屋的拆迁,从精神的分离到物质的消失碎裂,这一切无不在宣告这场告别的残酷与不可抗拒性。对于像大麦、小麦、布米、谷穗和张知了这样的孩子来说,他们或许还不能完全体会到这告别背后的真正意味,但是,他们在这个时代中所承受的每一分痛楚却是真实而清晰的。

近期的儿童短篇创作为我们掀开了现实中国的一隅,它们以不同以往的视角和侧面切入儿童生活,将广阔而丰富的童年面貌以文学形式呈现在我们面前。我们在看到童年的诸多面相的同时,也深深地感受到这种种童年镜像背后所隐现的精神力度。作家们在创作中不再局限于对生活现象的描摹,或对某类社会问题的揭示和追问,而是开始从精神层面出发去体察儿童的生存境况,观照中国社会现实下儿童个体的生命状态。儿童小说的生动和鲜活不仅源自对童年现实生活的呈现,更源自其通过对现实生活的反映所表达出的精神层面的东西。正如贺绍俊先生所言:"小说对现实的反映最终是要进入精神层面的,只有进入精神层面的小说才是真正具有现实感的小说。"[①]对于儿童文学作家而言,如何在表达童年生活现实感的同时,深入儿童的精神世界,实现对童年的现实观照,是创作中需要面对的一个重要问题。从这一点来看,近期的儿童文学短篇创作已经迈出了踏实的一步。

二、个体成长的精神关怀与理想成人—儿童关系的建构

当广阔的现实童年生活空间向我们敞开之际,各式各样的生命成长画卷也在向我们徐徐展开。近期的儿童文学短篇创作不仅书写着对儿童生存境况的关注,同时也将目光聚焦在了儿童个体的精神成长之上。伴随着时代和社会文化形态的变迁,人们有关儿童成长的诠释与定义在不断发生着改变,当作家们从各自不同的视角出

---

① 贺绍俊:《波澜不惊的无主题演奏——2008年中短篇小说述评》,《小说评论》2009年第2期。

发去看待儿童，也会对童年成长有着截然不同的呈示。在近期的儿童文学短篇创作中，我们看到了儿童文学作家对童年成长的理解和期待，特别在对理想的成人—儿童关系的书写与建构上，作家们纷纷做出了积极的尝试与努力。

一直以来，成人在儿童成长的过程中都扮演着非常重要的角色。近年来，随着"儿童本位"观在儿童文学出版业的方兴未艾，人们在儿童文学的创作、评论和阅读推广中往往热衷于强调对儿童天性的呵护，强调童年有别于成人世界的独特性。有些时候人们甚至矫枉过正地滑入某种误区之中，认为儿童可以完全摆脱成人社会的监护和规约，实现审美自决和无约束的成长。事实上，这种将童年推举得过高的行为并不是真正的理解童年，更不是真正的尊重童年，这反而损害了童年生长的可能性，透露出认知的粗浅与商业化的味道。正如赵霞在文章中说的那样："对于童年来说，过早地抛掉那个既约束着它却也育养着它的成人文化的躯体，等于过早地抛弃了把握文化的真正'权力'。"[①]尊重儿童的天性并不意味着儿童在成长中可以完全摆脱成人的干预，事实上，正是因为有了成人悉心关怀与睿智引领，才有了卫护童年成长的铠甲和指引童年成长的方向。

廖小琴的《夏日歌》讲述了一个男孩的夏日奇遇。男孩小天因为和爷爷赌气离家出走，却由于忘记带钱在县城停留下来，并遇到了捡破烂的九爷。身无分文的小天得九爷收留，并被要求一起捡破烂、做家务以"偿还"他的招待。经过几天的相处，小天由最初对九爷的惧怕、怀疑，到慢慢了解九爷的身世经历，逐渐对九爷心生亲切与敬意。与此同时，通过身体力行，小天也更懂得去体谅长辈们的辛劳付出。《夏日歌》中的小天是一个留守儿童，但是在廖小琴的笔下，这种"留守"的身份被弱化了，成为他离家出走的一个契机，而真正被凸显出来的是男孩在夏日际遇里的精神成长。小天的成长和九爷的睿智引导是密不可分的，九爷的智慧在于他从来没有试着将大人的想法灌输给小天，而是完全让小天在实践中自己去体悟，当小天在劳动中感受到生活的艰辛时，他也体会到爷爷奶奶日常劳作的不易，从而实现了精神的成长与蜕变。

同样，在马三枣的《鸟衔落花》中，小和尚慧宽也有着异于同龄人的处世智慧，他不仅聪颖过人，而且性格圆融通达、与人为善，通过两次赛棋，慧宽巧妙地帮助有绘画才华却不善交际的男孩儿融入集体之中。作品中的慧宽虽然是个十二岁的小和尚，但是他的一言一行都显露出超凡的人生智慧，仿若一位智者的化身。细

---

① 赵霞：《童年权力的文化幻象——当代西方童年文化消费现象的一种批判》，《文艺争鸣》2013年第2期。

读之下便会发现，慧宽的超凡智慧绝非来自儿童本身，而是源自作家的成人理性和对童年的睿智关怀，他如布置棋局般步步为营的手法几乎和九爷同出一辙。在《夏日歌》和《鸟衔落花》中，我们看到了一种睿智而成熟的引领，无论是九爷还是小和尚慧宽，他们都懂得恰如其分地对在成长过程中身陷泥泞的孩子施以援手。正是因为有了这些来自成人智慧的睿智引领，才有了童年成长之花的盛放。相较于以粗浅的幽默故事去娱乐儿童，取悦儿童，这样的成长故事更能体现作家对童年成长的真诚关怀，也更具有恒久的文学魅力。

强调童年的特殊性也并不意味着儿童与成人分属于两个完全不可融通的世界。从本质上来说，童年的存在是一种精神的存在，认识童年实际上就是认识人类自我。童年是精神个体走向成熟的必经阶段，"是孕育着成人的人格与未来生活走向的精神萌芽，是生发人类精神的母体或根茎"[①]。童年虽然已经逝去，但童年精神却依然保留在成人的体内，蕴蓄着精神成长的根基和力量。对于成人来说，童年经验已经成为不可重现的过往，但是他们仍可以通过某种路径抵达童年世界。

圣埃克苏佩里曾在《小王子》的扉页中写道："每个成人曾经都是孩子，只是很少有人记得。"在黄颖曌的《木古与扫夜人》中，木古就是这样一个忘记了自己曾经是个孩子的大人。木古曾经因不被父亲理解而受到伤害，但是当他长大成为一名父亲后，他却忘记了自己童年经历过的痛苦，又对儿子木亚做了相同的事情。木亚在和父亲的一场争吵后变得昏睡不醒，为了唤醒沉睡的木亚，木古前往梦境之城一探究竟。在扫夜人的帮助下，木古找回了自己儿时的记忆，他认识到自己的错误，并理解了木亚的心事。最终，木古借助一场焰火向木亚表达了自己愧疚和歉意，将木亚从梦境之城带回到现实世界中。通过这样一次神秘的幻境之旅，木古打通了成人与儿童之间的那堵屏障。所谓的"梦境之城"其实就是儿童精神世界的一个缩影。儿童心理学研究认为，儿童通过游戏活动来了解和把握外部世界，儿童的生活即游戏的生活。游戏满足了儿童内心深处强烈的"参与"愿望，同时也为儿童创造了精神上的愉悦和自由，让他们可以在虚拟的幻想世界中体验他们所向往的某种情境，实现他们在现实生活中无法实现的愿望，从而使精神世界中所积蓄的压抑之感得到宣泄。无论是现实游戏还是幻想游戏，都是儿童借以摆脱现实焦虑的一种方式，当我们理解了儿童的这种生活思维方式，我们也就理解了童年。

如果说黄颖曌的《木古与扫夜人》借助幻想方式找寻到了一条通往童年的秘径，那么许东尧的《上海两日》则将这种融通的方式寓于现实的爱与沟通之中。小

---

① 丁海东：《儿童精神：一种人文的表达》，教育科学出版社，2009，第2页。

说中女孩星月因为做作业的时候听音乐而受到爸爸的训斥，爸爸一气之下掰碎了星月心爱的唱片，导致她伤心过度突发急症。一夜未眠的爸爸带着女儿从家乡小城到上海求医，开始了父女二人的上海两日之行。一路上，心思细腻的女孩发现了爸爸身上的微妙改变。爸爸是那样认真地听她唱歌，和她讲自己的青春往事，还陪她去逛商场，为她买心爱的芭比娃娃和好看的手表。当星月满心欢喜地向爸爸展示她的新手表时，爸爸告诉她自己也有过一块好表，那块表是星月小时候画在自己手臂上的……星月发现，眼前的爸爸变得很不一样，他不再是平日里严厉易怒的爸爸，而是一举一动都充满了诗意与柔情。也许爸爸觉得女儿的病是因自己而起才变得温柔，也许爸爸本就有这样温柔的一面，只是平时父女之间难有这样自在的相处时光，星月也就很少见到爸爸这样的一面。总之，经过上海的两日之行，竖立在星月和爸爸之间的屏障已经悄然瓦解，曾经的隔阂就这样在父女之间的爱与沟通之中化解了。

从近期的儿童文学短篇创作可以看出，作家们对于童年成长有着更为成熟的认知与体认，他们深刻地认识到成人在儿童成长过程中所肩负的重要使命，并在创作中积极地建构起一种理想的成人—儿童关系。而这样一种书写在表达童年关怀的同时，也给成人们带来深深的反思，它在提示成人如何去智慧地引导儿童成长，如何真正地走近童年、理解童年。

三、诗性精神与文学灵魂

儿童文学之美与童年之美是密不可分的。人类对童年的美好想象一方面源自人类对童年时代的不舍回眸，另一方面也因为童年成长总是指向未来，而被赋予了人类对未来的美好期待。一部优秀的儿童文学作品应该是建立在这样一种对童年的美好想象的基础之上的，从某种意义上来说，儿童文学有别于一般文学的品质也正在于这样一种独特的童年美学的存在。

近期的短篇童话创作向我们呈现了一个如梦似幻的美好世界。贾颖的《星光灿烂》讲述了一个友情与守候的故事，故事中，"我"得到了一颗可以实现任何愿望却不能转送给别人的小星星。为了让好朋友能够从自卑中走出来，"我"甘愿变成一颗小星星，静静地守候在她的身边。而在故事的最后，我的好朋友也同样化作了一颗小星星，守候在那些不快乐的孩子身边。在小河丁丁的《小麂子的指路牌》中，温暖的亲情照亮了迷失者回家的路。故事中漂亮的雌麂在小镇上开了一家补衣店。为了送还一只雄麂留下的衣物，雌麂在过年的前一天登上了去往南山坳的路。

一路上，雌麂看到了小麂子们留下的指路牌，它们横七竖八地立在山间的小路上，用温暖的提示引着雌麂来到了雄麂的家。小麂子们的热情懂事让记忆恍惚的雌麂找到了一种熟悉的感觉，直到喝下雄麂递给她的"茶"，雌麂才如梦初醒，原来这就是自己的家。在何新华的《花婆婆的小吃店》中，陌生人之间的信任与友爱拉近了人与自然的距离。开小吃店的花婆婆在打烊后迎来了三个衣着单薄的小客人，她没有赶走他们，而是拿出厚厚的小棉袄和甜甜的果子蜜招待了这三个远道而来的小家伙。大快朵颐之后，三个小家伙趴在桌子上酣然入睡。直到第二天早上他们醒来才发现，自己竟以小野猪的样子躺在花婆婆暖暖的被窝里。从那以后，花婆婆总会隔三岔五地在门前的台阶上放上一罐米酒或是甜甜的果子蜜，而她也会时不时地收到小野猪们送来的礼物。作品在书写陌生人间的信任与友爱的同时，也将主题引向了人与自然的和谐共生。在这些作品中，我们看到了一种美好而又富于诗意的精神存在，友情的守候、亲情的指引、陌生人间的友爱与信任以及人与自然和谐共生，这一切宛如夜空中的点点星光，照耀着童年的精神世界。

即便是面对死亡这样一个沉重的话题，儿童文学也以诗意的话语诠释了对生命的理解。在《死神先生第一天上班》中，两色风景用一个善良温暖的死神形象消解了死亡所带来的恐惧之感，表达了人对待死亡的从容态度。第一天上班的死神先生要去收割一位老奶奶的灵魂，因为毫无经验，他稀里糊涂地帮老奶奶收割了整片麦田，又听她讲了好多老爷爷生前的故事。正当死神先生因为不忍收割老奶奶的灵魂而想要独自离去时，老奶奶却叫住他，告诉他自己已经没有了对死亡的恐惧，并愿意让他带着自己离开。在作者笔下，死亡不再是一件恐怖的事情，而是充满了柔软与温情，它让人走出对迈向生命终点的恐惧，有了对待死亡的从容态度。同样，何家欢的《橘爷爷的婚礼》也将死后的世界看作是一个很遥远，但每个人都会到达的地方，在那里，我们会和自己所珍惜的、深爱过的人团聚。从这个意义上来说，死亡虽然是和生者的分离，但同时又是和逝者的重逢。借助于对死亡的诗意书写，儿童文学将死亡由肉体的消逝转化为精神与灵魂的融通，从而消解了死亡的冰冷之感和由其所带来的心理恐惧。而有了这样一种对死亡的富于诗意的理解与认识，生命在面对自己或他人的生老病死时，也可以有更加豁达与从容的态度。

儿童文学的诗性精神在近期写实题材的短篇作品中同样有所体现。王勇英的《小九街的路灯》讲述了一对兄弟血浓于水的骨肉之情。从小到大，弟弟灯都把智障哥哥路当作自己的弟弟一样照顾对待。不仅如此，他的妻子火和儿子毛豆也将这份爱与呵护延续着。在关晓敏的《不错的快递员叔叔》中，快递员遇到了一个经常来给妈妈寄信的五岁女孩，奇怪的是，小女孩寄出的信件每次都会在查无此人后退回。快递员在调查中得知女孩的妈妈其实早就已经离世,为了让女孩能够快乐成长,快递员一直假装妈妈的口吻回信给她,而女孩最后的贴心回应也让快递员泪如雨下。吴洲星的《一头野猪》围绕一次送野猪肉展开叙述。过年前,米来一家得到了一头落入陷阱饿死的野猪,这让久不识肉味的米来对年夜饭充满了期待。然而,这野猪肉却在煮好后被妈妈安排——送给了长辈和曾施恩于米家的人。一块块野猪肉被送出,退回,又再一次被送出,虽然直到最后,米来一家也没有尝到这野猪肉的味道,但在野猪肉一送一返的过程中,米来却更加懂得了什么是感恩与回报。在这些作品中,我们看到了一种爱的传递和回应,它于无声之中照亮了童年,驱散了生命中的寒冷与灰暗,那不仅是儿童文学诗性的显现,更是爱的诗性,是生命的诗性。

诗性精神是儿童文学的灵魂,它让儿童文学成为温暖的文学,美好的文学,同时它的这种诗性品质又是紧紧指向现实中的童年成长的。方卫平先生曾在文章中写道,"童年最'真实'的精神内涵之一"就是"即便在最沉重的生活之下,童年的生命都想要突破它的囚笼,哪怕在想象中追寻这自由的梦想,除非童年自身被过早地结束。这是童年有别于成年的独特美学,也是儿童有别于成人的独特生命体验"[①]。从这个意义上来说,优秀的儿童文学作品所体现的正是对这样一种自由不拘的童年精神的人文关怀与温暖观照,它们用成熟而丰盈的生命智慧悉心地呵护着儿童纯真而美好的天性,卫护着儿童对自由的追逐和向往。儿童文学总是美好的。它的这种美好不是将儿童封闭在与世隔绝的象牙塔中,用美好的幻境去欺骗他,而是通过让儿童去亲近那些美好的情感,在他们的心灵深处播撒下浪漫的种子。儿童文学所传递给儿童的种种体验,其最终理想是要转化为他们未来应对人生的生命态度。它将会变成童年生命中浪漫和快乐的因子,让他们以乐观的态度去想象人生,以从容的姿态去面对人生,这正是儿童文学的启蒙意义之所在。

从现实观照到成长关怀,再到诗性精神的表达与呈现,近期的儿童文学短篇创作在走近童年生活的同时,将目光更多地投向了儿童的精神世界,从不同侧面与维度实现了对童年的精神观照。与此同时,我们也看到了作品中散放出的一种独特的灵性光芒,在类型化写作日趋泛滥的今天,我们越发需要这样一种光芒,它们是儿童文学的明天与希望。

---

① 方卫平:《中国式童年的艺术表现及其超越——关于当代儿童文学写作"新现实"的思考》,《南方文坛》2015年第1期。

"现实原则"下的苦难与成长
——20世纪80年代儿童文学中的成长书写

何家欢

"现实原则"是20世纪80年代儿童文学创作所遵循的主要原则,对现实原则的遵从不只表现为对社会现实的反思与批判,同时也体现在对现实人生的书写与观照。从现实维度出发,儿童文学作家将其创作视野聚焦在了童年成长的苦难书写上。苦难是文学永恒的主题之一,对苦难的讲述是文学对生活本质的一种呈现。正如叔本华所言:"人生在整个根性上边已经不可能有真正的幸福,人生在本质上就是一个形态繁多的痛苦。"[①]苦难是人存在的本质困境,是生命中无法回避的痛苦遭遇。苦难也同样存在于人的童年之中。在以往我们对童年的认知中,可能存在着这样一种误会,即认为童年是人生中最单纯、最美好的时光,是受到成人的关爱与呵护,从而远离一切苦难的岁月。但实际上,这是成人对童年的一种错误理解。对于儿童而言,他们天真、单纯的秉性固然能够让他们更容易获得快乐,但同时也令其对痛苦和磨难的经历有着异于成人的敏感。因为儿童自身力量的弱小和人生经验的缺失,他们在面对一些不愉快的生命体验时,往往会将其在自我的精神世界中无限放大,从而产生数倍于成人的痛苦感受。所谓成长如蜕,所形容的正是每个生命个体都可能会经历的成长之痛。儿童文学对童年苦难的讲述,渗透着成人对童年成长的理解,体现着成人对童年处境的现实关怀。

在20世纪80年代之前的儿童文学作品中,并不乏对童年苦难的书写,但是作家们更多是从社会矛盾、阶级矛盾和民族斗争的角度来表现儿童苦难的,如书写战乱、社会贫穷,以及阶级压迫所造成的儿童的生活苦难、身体疾痛和精神摧残等等。在这类作品中受难的儿童往往以苦儿、童工、贫穷的社会底层儿童,甚至畸形

---

① [德]叔本华:《作为意志和表象的世界》,石冲白译,商务印书馆,1982,第427页。

儿的角色出现，这些形象体现了当时人们的一种共识，即认为人们所遭受的苦难都是由一些制造苦难的势力和阶层所造成的，只有向这些"苦难制造者"发起进攻，才能除去他们施加在人们身上的苦难魔咒，争取自由、幸福生活的到来。通过对旧社会苦难生活的描写，革命的合理性和正当性得以确立，而以弱小、无助的儿童充当受难者角色，则在一定程度上强化了这种阶级剥削和民族压迫的残忍性和非人道性，从而更能激发起人们对"苦难制造者"的仇恨和改变这种苦难现状的强烈渴望。在这类作品中，儿童被塑造成了无辜、无助的弱者形象，他们所承受的苦难都是由特定的社会现实原因造成的，苦难虽然造成了儿童精神和身体的双重折磨，但处于苦难中的儿童却无法凭借其自身的力量去对抗和超越苦难，从某种意义上来讲，儿童只是作为作家呈现社会问题、演绎阶级矛盾和民族苦难的一个符号。此外，在新中国成立后的一些反映革命历史题材的儿童文学作品中也有着对于童年苦难的讲述，如《闪闪的红星》等作品，这一类的童年苦难叙事在表现阶级对立和阶级仇恨的基础上，还增添了以苦难磨炼儿童成长的意味，这在某种程度上显现出童年成长苦难书写的精神维度。但是在这类红色题材的文学作品中，人的成长是具有目的性和方向性的，而对人的精神世界的呈现也是围绕着革命信仰的确立而展开的，从这个层面上来看，童年苦难书写的意识形态性已经严重覆盖了其对主体精神世界的真实表达。

　　真正从人的精神成长的维度出发去诠释童年苦难的是20世纪80年代崛起的青年一代儿童文学作家，早年动荡漂泊的人生经历在他们的创作中自然而然地形成了一种深重的苦难情结，他们从自身所遭遇的苦难经历和成长体验出发，将对童年苦难的讲述引向了人的精神层面，从而实现了对儿童成长主体性的书写与建构。从人的精神层面诠释童年苦难，是对苦难本质的一种人文性的揭示。无论是精神上的痛苦，还是身体上的折磨，抑或是物质上的缺乏，苦难最终所指向的都是人的精神世界，"所有的苦难感受，都是以人的视阈，以人的主体意识为出发点的，因此它最终势必是人的精神层面的反映"[①]。苦难之所以能够以某种强大的力量作用于人的精神世界，是因为其背后所隐现的是一种不可抗拒的"非自我的力量"："不管我们以怎样的形式反抗苦难，其实反抗的都不是苦难本身，而是苦难背后所隐含的非自我力量。因为正是这种力量，才构成了人类苦难的起源，所以才是人类真正的敌人。而所谓的苦难，只不过是这种力量对人所起的作用和效果而已。"[②]从这个意义上来说，人之于其所身处的苦难之境，实际上是自我力量与非自我力量之间的一种抗衡，在这个过程中，人只有以

[①] 张宏：《新时期小说中的苦难叙事》，中国传媒大学出版社，2009，第3页。
[②] 周保欣：《沉默的风景——后当代中国小说苦难叙述》，安徽教育出版社，2004，第122页。

充沛的自我力量去对抗外部世界的非自我力量,才可能战胜它,从而实现对现实苦难的超越。由此,对苦难的讲述不仅是对生活本身的呈现,同时也指向了人的主体性。在人与苦难之境的对立中,同时也是在人的自我力量与外部世界的非自我力量相抗衡的过程中,人的主体性得以显现出来,人成为自我成长的主人。

20世纪80年代的儿童文学所彰显的正是这样一种青春成长的主体性。这一时期作家对于童年苦难的讲述主要落在了儿童成长的精神轨迹上,在常新港的《青春的荒草地》、秦文君的《十六岁少女》、陈丹燕的《女中学生之死》等作品中,作家以成长中的儿童主体的心理视野和精神体验为切入点,对主体在苦难之境下的挣扎、对抗与选择进行了集中呈现。

秦文君的《十六岁少女》和常新港的《青春的荒草地》是两部带有自传色彩的长篇小说,两部作品在时间和空间的设置上具有一定的相似性,作品均以20世纪70年代历史为叙事背景,讲述了少年主人公在祖国东北边陲的一段难忘的成长经历,然而,在相似的历史时空背景下所演绎的却是截然不同的世事人生。对于苦难的亲历者而言,他们在讲述苦难时的心情必然是五味杂陈的,有历经苦难的沧桑,有涅槃重生的自豪,有激情逝去的迷惘,也有对这段人生经历的怀疑和不确定,以及由此所产生的命运造化之感。然而,当苦难以回忆的形式再现于主体的精神世界之中时,它已然从经历时的利害关系中超脱出来,实现了对现实的超越与升华。即使"经历时充满痛苦,但因其饱含情绪,深深触动过人的心灵,一旦拉开距离,滤去那些给人带来痛苦的成分,凸现那些表现人的生命意志的部分,也能诗化为令人难忘的回忆"[①]。经由时间的砥砺,主体经历的一切痛苦,终究诗化成了一种对待苦难的超然态度。由此,苦难之于主体精神成长的意义得以显现出来,从而成就了作者笔下富于人格力量的"自我"。

在秦文君笔下,十六岁的"我"是个从小生长在都市之中的骄傲少女,因为国家的一纸政令,带着青春的叛逆与理想远赴黑龙江林区插队。不同于以往知青小说中所洋溢的政治热情和诗意情怀,在秦文君的笔下,"上山下乡"淡化了其所背负的政治意义,成为那个特殊年代里的一种特别的人生际遇,它的出现打破了一个少女原本安稳的生活,让"我"突然间有机会离开大都市上海,来到遥远的东北林区,独自面对一个完全陌生的世界,开启一段崭新的生活。而对于少女自身而言,"我"也无意于响应时代的政治要求,而是试图利用这样一个机会脱离家庭的束缚,

---

[①] 吴其南:《时间如何诗化回忆》,《温州师范学院学报》(哲学社会科学版)1995年第1期。

到外面广阔的天地中独自闯荡，成为自己的主人。小说中的"我"有着男孩子一样的性格，骨子里倔强而又骄傲，同时对成长和成熟有着热切的期待。在凭借努力争得了远赴东北林区的插队机会后，"我"只觉得"一纸户口的迁移证让我成为浪潮中的强者，时时有做主角的感觉"[①]，更感到"原先那个稚嫩的我已经死去；活着的是个连我自己都敬佩的精明少女"[②]。然而，现实中的生活远比想象中的要复杂和艰苦得多，初到目的地，"我"便因水土不服生了一场大病，甚至险些因此而丧命。面对死亡的威胁，"我"宁愿就此客死在异地他乡，也不愿被退回上海。病愈之后，"我"被安排在山下做后勤工作，"我"却主动请求和同伴调换上山采伐。生活的苦难非但没有将少女的意志击垮，反而激发出了少女迎难而上的斗志。少女的身上仿佛有着五六十年代"铁姑娘"一般的精神品质，坚韧不拔，顽强隐忍，但是，她的坚韧和顽强并非因为政治上的理想与信仰，而是源自她自身的性格特质以及少女心中对于成长和成熟的无限期待，她渴望在苦难的磨砺中成熟起来，做自己的主人。少女的内心是充盈而又坚定的，对于自己所经历的一切，无论是艰苦的环境，还是复杂的人际关系，抑或是刻骨铭心的友情和恋情，乃至生死离别，她都将其视作自己走向成熟的必要磨炼和人生助力。因此，在遭遇种种不幸和面对令人错愕的命运突变时，她总能在悲痛过后，站在超然于境外的高度俯视着自己所承受的一切："苦过后就不成为苦，变成一种超越苦本身的结晶……我把此已作为一笔有异彩的经历，唯有那样，才不至于辱没那段纪念。"[③]对于上山下乡运动的真相和实质意义，历史主体自有其评判，秦文君显然无意于加入这场历史评判之中，她只是真实地再现了一个十六岁女孩在这样一场声势浩大的运动之下的切身体验，其中有青春的叛逆，有实现自我理想的热血激情，也有在磨难中走向成熟，奔赴独立、自由人生的骄傲和自豪感。这正是那个年代里，一代少年人的青春经历和成长体验的真实写照。纵然历史以其特殊的一面改写着身处其中之人的命运际遇，但主体却以自身的能动性积极地回应着外界加诸自己的磨难，这正是生命成长力量的显现，同时也是人的主体性的显现。

秦文君笔下的十六岁少女既是个体之"我"，同时也是时代之"我"。从某种程度来说，少女所具备的人格特质体现着这一时期一些儿童文学作家塑造"未来民族性格"的创作理想，而少女所表现出的对于成长的渴望，以及对于苦难的成熟认知则正是作家对20世纪80年代儿童成长的理解与期待。不同于老一代作家对童年的单纯、美好近乎象牙塔式的想象与描绘，青年儿童文学作家对童年的理解和书写完

[①] 秦文君：《十六岁少女》，北京十月文艺出版社，2011，第36页。
[②] 秦文君：《十六岁少女》，北京十月文艺出版社，2011，第38页。
[③] 秦文君：《十六岁少女》，北京十月文艺出版社，2011，第244页。

全是建立在现实人生的基础之上的,他们在创作中并不避讳对社会现实复杂性的呈现以及对人性恶的表达,恰恰相反,他们将世界全部的真实尽可能地呈现在儿童读者面前,与此同时,他们也在其中寄予了更多对于成长和成熟的渴望。班马在其对儿童文学对话关系的阐释中这样写道:"尽管在儿童的身上存在着许许多多的'小',但儿童心理的视角却正渴望着许许多多的'大';尽管在儿童的身上存在着许许多多的'幼稚',但儿童心理的视角正渴望着许许多多的'成熟'。"[1]曹文轩则直接从社会现实和新时代社会对儿童成长的期待出发,指出了让儿童走向成熟的必要性:"我们比较单纯,而单纯就意味着要被人愚弄。世界既然如此,我们就要使孩子对这个世界的那一面有所认识,并教会他们对付这个世界的本领。事实是冷酷的,他需要一种以正直为基础的无情去粉碎它。"[2]在这样一种对儿童成长的理解之下,儿童成长的主体性在一些作家的笔下表现为一种"追求未来的能力",一种"向成人"生长的心理动力。从成长的视角出发,苦难不仅是他们走向成熟的必经之路,同时也是他们步入成人世界之前的一场精神上的成人仪式。

面对苦难,以成长之心同其进行对抗固然是一种积极的心态与选择,但对于身处困境之中的主体而言,他们更多的时候还是处于一种茫然无措、精神受挫和焦灼不安的状态,同时也就失去了对自我和自身境遇进行掌控和判断的能力。在这种情况下,主体往往面临着苦难加诸人格"自我"的考验。是在困境中放纵、沉沦,还是逆流而上,寻求自我救赎,这是苦难留给成长的一个永恒的诘问。在《青春的荒草地》中,作者试图还原特殊历史时期中的一段难忘而又不堪回首的少年成长经历,在对这段历史记忆进行重述的过程中,作者将苦难之于主体人格的摧残与砥砺进行了集中呈现。小说中,八岁的大桦为了和身为转业军人的父亲团聚,跟随母亲离开了自己出生、成长的温暖的港口城市,来到陌生、寒冷的北大荒,在那里开始了新的生活。因为贫穷,年少的大桦时常处于饥饿的状态,他不得不去努力地适应北大荒恶劣的自然环境,在自己和朋友们所组建的狭小的圈子里痛并快乐地生活着。与此同时,时代的阴霾渐渐在大桦的心头聚积成一块挥之不去的阴云,直到有一天,大桦亲眼看见爸爸被拉去审讯、批斗,眼前的一切随之发生了天翻地覆的改变。如果说北大荒的贫穷和饥饿是对少年身体欲望的压制,那么十年浩劫所造成的伤害则是对少年灵与肉的双重摧残。不只是少年大桦,每一个身处其中的人都在承

---

[1] 班马:《对儿童文学整体结构的美学思考》,载蒋风编《中国儿童文学大系·理论(二)》,希望出版社,2009,第669页。原载于《儿童文学评论》,重庆出版社1987年出版。

[2] 曹文轩:《儿童文学观念的更新》,载蒋风编《儿童文学大系·理论(二)》,希望出版社,2009,第705页。原载于《儿童文学研究》第24辑,少年儿童出版社1987年出版。

受着苦难加诸人性的考验。面对这样一场浩劫的到来,有的人坚守着为人基本的善良和正义,如王哨和高龙一家人,他们在大桦父亲落难之际依然坦诚地向其伸出援助之手;有的人却迅速显露出人性卑劣的一面,如汪琪的无耻告发和好友柳生的落井下石。其中,最令人触动的是父亲范丁的变化,他曾是性格敦厚的一家之主,一位拥有学识、受人尊敬的中学语文老师。然而,接二连三的审讯和批斗却将他折磨成了一个有口不能言的"哑巴",一个卑躬屈膝的"坏蛋",他不只失去了在家庭和社会中的一切权利,更丧失了为人的基本尊严。经由这场浩劫,一个堂堂的男儿被彻底地击垮。而对于目睹父亲这一改变的大桦来说,他所受到的精神打击和心灵创伤尤为惨痛。贫穷、饥饿、精神偶像的坍塌,以及人性恶的暴露,这所有的一切都印刻在少年大桦的心中,将他一次又一次地推向人格"自我"的抉择,一个特殊年代里的少年人格成长轨迹随之浮现出来。

在弗洛伊德的"人格三结构说"中,"自我"作为人格中的理性意识部分,常常处于左右为难的境地,一面受到"本我"的逼迫,渴望追求一种即时的满足感,另一面又受到"超我"的道德监视,"自我"需要不断从中进行调和,以维持自身心灵的和谐状态。这正是行为主体的纠结之处,也是人类心理世界的复杂性和丰富性所在。人的"本我"并非恶的载体,然而,"本我"中不加节制的欲望却是罪恶横生的渊薮,当人格中的"自我"失去其约束和调节能力时,"本我"的种种欲念随之放纵开来,为灵魂敞开了罪恶之门。为了躲避这个世界加诸自己的痛苦,大桦开始逃学、偷窃,同时也学会了凶狠和仇恨。在恶劣的环境中,人的"本我"欲望被激发出来,并衍生为一种邪恶的力量,拖拽着少年的灵魂向地狱的方向迅速堕落。与此同时,"超我"中对于美与善的向往却在心灵深处的某个地方向他释放着微弱的光芒。在是非、善恶的抉择与挣扎中,少年的人格"自我"在天堂和地狱之间经历着无数次的摇摆。作品中,少女汪玲玲成为少年心中对于青春不灭的向往与提示,她是主体人格"超我"的外化显现,她的每一次出现都在无形中提醒着大桦,那才是青春本来的样子。正是这样一种对于青春成长的崇高期许让少年最终在罪恶的门前停住了脚步,将一切的苦痛与阴影都留在了童年的荒草地中。《青春的荒草地》所要表达的是少年主体在苦难与逆境之中的精神拔节与人格成长,历史现实虽然不断以残酷的手段摧残着少年的本心,然而遭受异化的主体却没有被彻底击垮,而是凭借着潜藏于主体内心深处的"清爽的灵魂"拯救了自己。这"清爽的灵魂"正是少年人格"自我"力量的显现,它在关键时刻及时遏制了"本我"之欲的放纵,从而阻止了主体灵魂的堕落,将其引向了理想中的人格"超我"。借助于此,少年于苦难的磨砺中实现了人格的重生。

作为历史亲历者，作者在时隔多年后讲述起这段青春记忆，字里行间仍然难掩青春的悸动与怅惘，那种少年人的激情，以及亲历历史所带来的精神上的战栗感仿佛仍鲜活地存在于作者的体内。然而，这场讲述终究还是从容而又富于理性的。在历经了时间的沉淀和记忆的过滤后，这段色彩并不算明丽的少年记忆已然幻化成青春成长之中的一枚勋章。不论它曾经是何其地苦涩、灰暗，甚至不堪回首，在经历了岁月的砥砺后，它最终还是化作了主体步入成人世界前的一场盛大的受难仪式。回望历史，作者滤去了那些给人带来痛苦的部分，而凸显出人的生命意志。它不是被英雄化了的，由所谓的道德理想主义在少年人格之上所形成的"超我"投射，也不是一个已经成熟了的，有着冷静和清醒认知力的理想"自我"，而是一个正在成长中的、去英雄化的，然而却又富于力量的人格"自我"。正是这个"自我"在逼人的苦难之境中实现了对主体的救赎，这是身处凡俗之中的主体的真实体验。面对历史的黑暗与荒谬，人虽然不能掌控其所身处的世界，但却依然可以主宰自我之灵魂，在苦难的异化中坚守本心，这正是少年成长主体性之显现。

　　走出历史之维，当儿童文学作家将目光转向现实中的他者童年时，他们从对童年自我的人格重述中抽离出来，走向了正处于青春成长中的儿童主体自身，与此同时，也更多地表现出对童年成长的理解与现实观照。世界将苦难之境加诸主体之上，主体也在向世界交付着自己对苦难的答卷，如果说秦文君笔下的十六岁少女是以坚定的自我迎战苦难，常新港笔下的少年大桦是以坚强的自我超越苦难，那么陈丹燕的《女中学生之死》则以一种令人战栗的方式呈现了主体在苦难之境下的另一种选择。在《女中学生之死》中，十四岁的女孩宁歌从小成长在一个备受压抑的环境中，她背负着私生子身份，常年在舅舅家过着寄人篱下的生活。在考入令众人欣羡的龙中后，重点中学高强度的教学方式时时压得宁歌透不过气来："我觉得心里有一种力量，被压抑的力量，在内心挣扎，我真想叫，想绕操场跑它十圈，想找人拼命，想跳那种看起来过瘾极了的迪斯科，可惜我不会。"[1]现实的困境让宁歌常常感念童年单纯的美好，她爱她的家人，也珍惜那些对她友善的朋友，甚至还会偶尔对未来的生活产生期待，但是，她却始终无法摆脱这个世界带给她的孤独和压抑。因为不相信任何人，宁歌经常困守在自我狭小的世界中不可自拔，最终，在外部环境的压迫下，以及在自己情感的无限压抑中，宁歌奔向了生命的终点。每个生命个体都在以自己的方式感知和回应着自己所身处的世界，面对苦难所带来的不可抗拒的非自我力量，宁歌的回应是激烈而又残忍的，她在一次交换遗书的游戏中这样写

---

[1] 陈丹燕：《女中学生三部曲》，河北少年儿童出版社，2012，第4页。

道:"生命对于我来说是无所谓的。除了我的灵魂是自己造就的,其他都不属于我。现在我发现生命束缚了我的灵魂,所以我要把它丢掉。"①宁歌早已对死亡有了期待,她将自己十几年的生活比作"服苦役",而死亡则将是一次勇敢的"越狱"。她的死并非只是因为脆弱,恰恰相反,她的死是因为她一直渴望成为自己的主人,然而却要不断忍受现实对她的精神奴役。宁歌所承受的一切痛苦的根源正在于她内心中强烈的自我意识,以及这种自我意识在和这个世界相碰撞之后所产生的绝望与无力。她敏锐地感应到世界加诸自己的精神枷锁,她想要获得自由,想要挣脱一切对自我的捆绑与束缚,这正是人的天性之中对自由的向往与渴望。对于成人来说,他们可能会有许多种方式通往自由的彼岸,然而,对于刚刚过完十五岁生日的宁歌来说,她还没有找到那条属于自己的理想路径,"尽管他们也艰难,大人们还是乐意活着,他们是大树,能默默抵抗雨雪风霜,能在每一阵普通的清风里都找到快乐。因为他们长大了,走过一条湍急的河到了对岸,变得有力而沉着。而宁歌只有十五岁。她是小树,树干苗条,却顶着一个异常瑰丽的树冠,受不了"②。来自外部的压力越是强大,这种挣脱的意识越是强烈,最终将主体的灵魂同她的肉身撕裂开来。宁歌的死固然令人扼腕,但从另一个角度来看,当主体对人生成长产生无力感时,结束成长也是主体对生命所进行的一次富于力量的选择。面对无力改变的外部力量,宁歌以死亡实现了对现实困境的逃离,和对生命自由之感的追逐。

在陈丹燕的《女中学生之死》中,敏感而倔强的主体自我同残忍、冷酷的现实环境之间进行了一次惨烈的碰撞。一个十五岁少女的自戕虽令人战栗,但更令人触动的是女孩在绝境之中所流露出的青春成长的自我意识。对于初涉尘世的女孩来说,她所面对的不仅仅是一个强大而又未知的世界,同时也是在面对一个饱含着种种精神冲突与思想震荡的自我,她的骄傲、敏感与痛楚无一不是正在经历成长阵痛的少女主体的真实体验。借由这样一场以现实为蓝本的成长叙事,女作家陈丹燕真正地走进了一个十五岁女孩的内心世界。她珍视这场被疾风暴雨所充斥的青春成长,在她看来,主体自我意识的形成与每个人的成长经历有很大关系,因此,她在叙事中努力去打通每一个可能导致悲剧发生的环节,试图在主体的精神空间和外部世界之间建立起一座沟通的桥梁,从而避免类似的生命悲剧的上演。"一个孩子对快乐有天生的感受力,不需要书来教他怎么把嘴咧开做出笑容,到忧伤的时候就需要书来帮助他了。在四周满是山青水绿的歌谣声中独自忍受着内心的风暴,这也许是少年最孤独无助的时候。"③

---

① 陈丹燕:《女中学生三部曲》,河北少年儿童出版社,2012,第82页。
② 陈丹燕:《女中学生三部曲》,河北少年儿童出版社,2012,第114页。
③ 陈丹燕:《女中学生三部曲》,河北少年儿童出版社,2012,第91页。

在对童年成长的苦难书写中，陈丹燕所表达的是一种精神关怀，而非对儿童人格成长的期许，她更像是一位心理导师，引领着受伤的心灵逐渐走向完整和圆融。

面对苦难，面对青春成长，20世纪80年代的儿童文学作家在创作中给出了不同的理解与答案。不论是以成长之心去迎战苦难，还是坚守本心去超越苦难，抑或是固守自我去抗拒苦难，都是主体对外界非自我力量的一种反抗，都是在赋予人的生命和成长以价值意义。在苦难之境的现实逼迫下，主体被推向了对自我灵魂的审视与拷问，经由苦难的砥砺，人不只看清了自己所身处的世界，也更加了解自身，从而实现了自我成长的精神蜕变。苦难在对人的自由意志进行压制的同时，也将最终的选择权利交给了主体自身，无论身处何种境地，生命和成长的选择权始终掌握在主体自己手中。面对苦难，逃离和抗拒固然是对苦难的一种搁置，但唯有承受苦难和跨越苦难，才是实现成长救赎的正面力量。正是由于主体有了这样高贵的态度，生命成长才拥有了无尽的力量，并由此获得了通往理想彼岸之境的可能。

"对苦难的叙述是文学对生活本质的一种呈现，但是文学中对苦难的叙述从来不是单纯的，而是带有复杂的对创作背景和时代特性的投射。"[1]20世纪80年代儿童文学中对童年成长的苦难书写表现了新时期儿童文学作家对儿童成长的精神关怀与崇高期许，他们在创作中从"现实原则"出发，希望能够借助苦难叙事将现实世界的复杂性呈现给儿童，帮助儿童认识现实，理解苦难，从而完成由幼稚到成熟的成长蜕变。更重要的是，在作家对童年苦难的讲述中，童年叙事已经走向了人的成长和成长中的主体本身，从而使人的主体性在文本中得以中彰显，凸显出"人"的成长这一时代主题。这样一种富于精神力度的成长书写令这一时期的儿童文学童年叙事显现出一种宽广、厚重的人生向度。对于这一代儿童文学作家而言，集体性的苦难经历不仅是一份难以忘怀的历史记忆，一种切身的精神体验，同时，经由苦难磨砺而成的心理视野也构成了他们人格结构中的一部分，造就了他们未来的世界观和人生态度。当他们回望历史，或是将目光投向现实中的童年苦难时，他们已然超越了苦难本身，而将其放置在人生成长的大背景之中。面对儿童读者，他们渴望在对苦难的讲述中，尽可能地将这个世界全部的真实呈现给他们，并希望能够借助对苦难的讲述为他们带来一场精神上的洗礼。虽然苦难不会因为任何抽象的救赎行为而消退，但文学却可以通过对苦难的诠释和转化，而赋予苦难以意义，从而在人的精神世界中实现对苦难的超越。20世纪80年代的童年成长苦难叙事不仅是对苦难现实的呈现，更是对这样一种超越苦难的精神理想的建构。

---

[1] 张宏：《新时期小说中的苦难叙事》，中国传媒大学出版社，2009，第4页。

乡土童年的精神守望
——关于当下儿童文学乡土叙事的思考

何家欢

从新中国儿童文学诞生之始，农村生活就是儿童文学的重要表现对象，随着城市化进程的高速发展，当前乡村社会的变化也为儿童文学乡土叙事带来了新的挑战。从20世纪90年代以来，我国进城农民工的规模不断增长，并在结构上呈现出家庭化趋势。与此同时，乡村空心化现象日益加剧，随之而来的是乡村生活方式的变化，传统乡村生活的状态、以往乡村生活的复杂性和丰富性正在渐渐消失。正是在这种情况下，近年来，表达乡土题材的儿童文学作品在面临日渐萎缩的窘境，这种萎缩不是指创作数量上的减少，而是在精神质地上，乡土童年叙事正在失去原有的灵魂与活力，儿童文学对乡土空间的书写日趋流于模式化和符号化。面对乡村文明的失落，我们的儿童文学该如何书写乡土，如何挖掘乡土童年中所蕴蓄的宝贵的精神资源，这是当下儿童文学创作面临的一个重要问题。

乡土作为与城市相对应的空间场域，一直是儿童文学表达和言说的重要对象。对于一些有着鲜明地域烙印的儿童文学作家来说，他们对乡土童年的书写似乎在某种本能驱使下完成的。莫言曾经说过："一个小说家的风格，他写什么，他怎样写，他用什么样的语言写，他用什么样的态度写，基本上是由他开始写作之前的生活决定的。"[①]在童年经验中蕴蓄着一个人对世界独特的感受方式，这些在成长中得来的经验，远比后来阅读和学习得来的经验都要有效得多。这样的日常经验未必每个人都能在日后转化为文学审美体验，但是对于儿童文学作家来说却尤为重要。故乡和童年为他们提供了不竭的创作源泉，同时也塑造了他们的精神视野，乡土童年成为

---

① 莫言：《用耳朵阅读》，百花文艺出版社，2012，第166页。

他们创作中恒久的底色。于是便有了曹文轩儿童小说中以油麻地镇为中心，带有浓浓水乡情韵的苏北乡土文学世界，有了王勇英儿童文学创作中对广西客家山寨独特民风民俗及巫文化的文学呈现，也有了小河丁丁笔下融汇风雅之气与世俗之美的西峒叙事。作家们在记忆的寻回中建构着他们各自的精神原乡，乡土不仅仅是他们创作的空间与底色，更是他们儿童文学创作的美学选择，体现着他们的美学立场与审美趣味。

这些独特而灵动的乡土书写正是作家凭借个人清晰的记忆与巨大的才华方才得以呈现的。然而，随着乡村文明的衰落，这些泛黄的乡土记忆似乎也在渐渐离我们远去。在告别乡土中国之后，我们的儿童文学该如何继续书写乡土，这是一个有待深思的问题。当下，儿童文学乡土叙事所面临的一个突出问题就是，随着乡土经验日渐匮乏与乡土记忆的模糊，乡土童年书写也日趋显现出与现实的疏离和固化。乡土童年的文学叙事虽然还在继续，却似乎常常浮于表面，或是游离于时代之外，甚少能够带给读者眼前一亮的感觉。

这种疏离与固化首先体现在人物的刻画上。在乡土人物的塑造中，无论男女老少，总是难以摆脱一种旧有的刻板印象，例如老人常是守旧而固执的，中年人总是坚毅而温厚的，少年儿童多是早熟、执拗而又不善言辞的，等等。然而，问题的关键并不在于人物形象的"刻板"，而是在刻板之余却缺少细腻的笔墨和生动的细节来点亮人物，也就无法凸显人物的个性特点与生命灵性，这就使人物形象失之于单薄和碎片化，最终呈现给读者的只是一个刻板而模糊的轮廓，这是导致大量乡土人物形象趋于雷同的原因。

此外，乡土特征的呈现也趋于表面化，故事情节流于俗套和庸常。一些作品只是表面上强化地域空间的乡土特征，实际上却缺乏生活本身的复杂性和丰富性作为支撑，因此很多故事看起来都是大同小异，缺少文学质感。对于久居城市的孩子们来说，"乡土童年"本应为他们的阅读带来一种异质性的生命体验，这样的文学阅读应该是一场充满新奇和惊异之感的精神之旅。然而，目前来看，很多作品只是套上了一层乡土的外壳，一些作品讲述的还是几十年前的乡土故事，用的还是几十年前用来描绘乡土的语言，这样的乡土叙事不仅与当下的生活现实距离遥远，在精神层面也很难引起当代儿童读者的共鸣。与此同时，一些作品在叙事技术层面也不太尽如人意，甚至有的作品一看到开头就能猜到大致的情节发展方向和主题大意。面对这样的作品，我们不禁会提出疑问，这些作家真的熟悉现在的乡村生活以及在那里生活的孩童吗？还是说，他们对乡土的认识永远都停留在那些已经褪色的记忆中，抑或是在模仿那些曾经在文学作品中被塑造出来的乡土世界？如果作家缺少鲜活的乡土经验，而仅仅凭借一些粗疏的了解和模糊的印象去书写乡土，那么他笔下的乡土也终究只是一些雷同而模糊的轮廓，而非独特的、具有生命力和真实感的文学乡土。

与此同时，新的乡土叙事正在生成。21世纪以来，随着中国城市化进程的加快，由此导致的一系列城乡社会问题的日趋浮现，文学叙事开始表现出更多对于底层社会的关注，而反映农村留守儿童和城市流动儿童生活的题材开始越来越多地进入儿童文学乡土叙事的创作视野。流动儿童与留守儿童的涌现，是中国式童年的重要一种。尽管近十几年来，对于这一群体的书写层见叠出，但是大部分的作品都只是浮于题材表面，真正能够抵达乡土现实与童年精神深处的佳作屈指可数。题材先行几乎成为此类作品的共性问题。诚如学者所言，对于大部分作家来说选择此类题材，"首先是出于一种文学道义的立场"[1]，抑或是"为评奖而定制的作品"[2]。我们并不否认创作动机在一定程度上影响着作品可能抵达的水平与高度。但是，文学创作的立场和意图本身并不能作为评价作品优劣的标准，题材的选择亦不能成为作品在童书市场和评奖中屡屡通关的护身符。

此类题材目前存在的创作局限，一方面与作家缺乏乡土生活经验有关。一些作家久居于城市，对于乡土，无论在生活经验层面，还是在情感上都是极度匮乏的，他们对于当下乡土童年现状的了解主要源自新闻报道和文学作品，这就导致他们在创作中与当下真实的乡土童年生活严重疏离。另一方面，如前文所言，主题先行是当下流动与留守儿童题材创作的一大弊病，作家们在面对此类题材时，常常会从揭示社会问题、观照儿童成长的角度出发来进行创作，而忽略了对文学技法的要求，同时也缺乏对童年本体性的理解和观照。不可否认，很多执着于此类题材的作家在创作过程中，曾在搜集材料和体验生活上付出很多努力，与现实生活中的流动儿童和留守儿童也多有接触。然而在创作实践中，在明确的主题先行意识导向下，作家们往往很难将搜集到的创作素材转化为具有文学质地与艺术个性的叙事作品，也难以写出作为个体的童年生命的独特、灵动与鲜活之感。正如学者曾在文章中指出的："在不少留守儿童角色身上，我们往往可以清楚地观察到这一群体的某些基本生存状况，如双亲缺位、监管缺乏、经济窘困、情感无依等，以及这些状况对儿童个体可能造成的基本影响，却很少能够看到属于一个独一无二的生动个体的那种丰

---

[1] 赵霞：《"典型"形象及其叙事——关于当前儿童文学创作的一种思考》，《文艺报》2017年8月9日。

[2] 姚苏平：《论新世纪以来中国儿童文学中的"留守与流动儿童"书写》，《西南民族大学学报》（人文社科版）2018年第6期。

满、深切的生存经验和生命体验"。①"大部分作品完成的主要是图解生活的初步任务，它们以作家所观察或听闻到的现实为摹本，致力于表现特定儿童群体生活的现实艰难乃至苦难。"②透过这些作品，我们看到的更多是作为社会问题存在的儿童群体和童年现状，而非作为生命个体的儿童。作家在儿童文学创作中，如果一直站在道德的高位和精神世界的外围来打量儿童，而不是发自内心去感受童年生命里的欢欣与忧伤，那么他的创作所打动的只能是和他们具有同样想法的成人，而非作为读者的儿童。

面对乡土社会正在经历的剧烈变化，如何书写乡土成为作家和学者们普遍关注的问题。贺仲明曾经提出以"乡土精神"作为乡土文学的灵魂与未来发展导向，他认为："乡土文学是一种有丰富内涵的概念，即使是在乡村生活越来越现代化、传统乡村逐渐消逝的背景下，它也应该有存在的一席之地。它并不随乡村面貌的改变、传统乡土文学某些特征的消失而消逝，而是在不断的发展和演变中拓展自己、转换自己。""在乡土社会发生巨大转变的今天特别是不久的将来，'乡土精神'应该成为'乡土文学'最基本的核心，构成这一概念的灵魂。"③而对于乡土精神这一概念，贺仲明又做出了进一步阐释，所谓乡土精神，一是对乡土的热爱和关注，二是对乡土文明生活方式和核心价值观的向往与认同，三是对一些美好乡土文化价值观的揭示和展示。乡土精神虽然以乡土为基础，但它并不局限于传统乡土文化，它能够吸收现代精神的因素，对传统乡土文化有扬弃和现代的改造重生。比如说，乡土文化中包含多元因素，其中也不乏一些粗俗低级的内容，也有很多滞后于时代的因素，而文学应该弘扬其中美善的一面。④

湖南作家小河丁丁和浙江作家汤汤的儿童文学创作正是在书写乡土经验的基础上，表达了对乡土精神的探求与坚守。小河丁丁通过对西峒风土人情的书写，肯定了乡土社会以德、善为核心的道德观，及万物和谐共生的生态伦理，表达了对乡土生活方式和核心价值观的理解与认同。汤汤则以原始朴素的自然观为内核，表现了对自然的爱与尊重，这同样也是美好乡土文化价值观的重要内容。他们分别从不同侧面探入乡土文明的深处，试图在个人化的乡土经验和童年精神之间搭建起一座文

---

① 赵霞：《"典型"形象及其叙事——关于当前儿童文学创作的一种思考》，《文艺报》2017年8月9日。
② 方卫平：《中国式童年的艺术表现及其超越——关于当代儿童文学写作"新现实"的思考》，《南方文坛》2015年第1期。
③ 贺仲明：《乡土精神：乡土文学的未来灵魂》，《时代文学》（上半月）2011年第9期。
④ 贺仲明：《乡土精神：乡土文学的未来灵魂》，《时代文学》（上半月）2011年第9期。

学的桥梁，其中传达出对乡土精神的强烈认同，并进行了丰富的表现与执着的追求。无论是小河丁丁笔下淳朴、友善的风俗人情，抑或是汤汤笔下对自然的敬畏与渴慕，其核心都是对美好乡土精神的发掘与呈现。从他们的创作中，我们看到了乡土作为重要精神资源在儿童文学创作中的应用，与此同时，他们的创作也为当下的儿童文学乡土叙事提供了新经验与新方向。

首先，乡土精神的表达应以真实可感的乡土现实经验作为依托。"强调乡土精神的价值，并不排斥乡土现实在乡土文学中的位置，不排斥对乡土自然与人文景观的再现。"[1]如贺仲明所言，乡土精神并不是一种抽象的、孤立的存在，对乡土精神的表达在很大程度上要依托于乡土现实，而乡村风物、景观等在乡土精神的表现中起着至关重要的作用。在小河丁丁的西峒叙事中，作家正是通过大量的细节呈现让那些逐渐远去的乡村生活风景再现于读者面前，从而拉近了现代读者与边远乡村之间的距离。如在《唢呐王》中，小河丁丁用一个孩子的口吻，不厌其烦地向读者介绍着他的家乡西峒，从地方的官话，到房屋的结构、食物的制作，再到民风民俗，西峒这个遥远而陌生的地域空间，经由作者的文字变得格外鲜活、栩栩如生。随着风俗画卷的展开，小说中的主要人物逐一登场，因为受到西峒这方水土的浸润，这片土地上的人也令人感到格外熟悉和亲切，人物的性格淳朴而不失鲜明。常言道，一方水土养一方人，是先有了乡土，而后有了乡土上生活的人，乡土精神与乡土的自然地貌、人文景观本来就有着千丝万缕的关系，只有依托于真实的乡土经验，才可能将乡土精神表达得如此具体传神。因此对于作家而言，乡土经验的积淀就显得尤为重要。当然，这里所说的经验的积淀不仅仅是生活的积累，还有情绪的记忆，即以体验某种情感作为内容的记忆。情绪记忆常常是和形象记忆交织在一起的，我们每个人都可能拥有过这样的记忆体验，当一件事过去很久以后，具体的事件已经记不清了，但是经历这个事件的情绪感受却一直残存在脑海里。对于儿童文学作家来说，童年的情绪记忆尤为重要，它是作家展开联想的动力，也是作家创设童年场景，塑造儿童人物的基础。而在阅读接受的过程中，相似的情绪记忆也会唤起读者童年的记忆和感受，从而令读者产生情感共鸣。乡土生活的积累和情绪记忆共同构成了作家的乡土经验，这也是乡土精神最主要的载体。

其次，乡土童年书写需要处理好乡土现实与文学表达之间的艺术转化。儿童文学创作从不回避儿童在社会生活与成长过程中遭遇的现实问题，如何对这些现实问题进行文学的呈现，是每一位儿童文学作家都应该认真思考的一个问题。对于乡土

---

[1] 贺仲明：《乡土精神：乡土文学的未来灵魂》，《时代文学》（上半月）2011年第9期。

文学创作来说，作家不仅要关注现实生活，积累大量的乡土生活经验，还要具有将生活经验转化为审美体验的能力，尤其要具有将社会现实问题转化为文学叙述的能力。从当下的一些反映乡土现实的儿童文学作品来看，作家们目前在某种程度上还缺乏将乡土现实游刃有余地转化为文学叙事的能力，很多作品只是从纪实层面上呈现了乡村社会中的童年现实问题和乡村儿童的实际处境，但是乡土童年中那些最独特、最具有精神力量和艺术表现力的内容却没能被很好地表现出来。与此同时，在对现实问题进行揭示和解决的过程中，这些作品也常常是以一种相对简单、幼稚的方式来进行处理，既没有凸显出问题的复杂性和尖锐性，也没能借助叙事技巧给读者带来跌宕起伏的情绪体验。当代乡土童年书写如果要在以上方面有所突破，还需要以文学的眼光来重新审视它所面对的乡土现实。

如方卫平所言："当代儿童文学缺乏的其实不是对童年生活现实的关注，而是关注这一现实的合适而成熟的艺术表达方式。"[1]一方面，从叙事技巧层面来说，作家应当专注于提升文学叙事能力和审美创造能力，简单来说，就是把故事讲好、讲活，能够让孩子一口气读下去。对于儿童读者而言，将故事叙述得起伏跌宕、富于情致，比用沉重呆板的文字去发出道德的呼喊更具有吸引力。另一方面，从现实观照的层面来说，对现实的关注，并不等于对现实的客观摹写。我们常说文学源于生活而又高于生活，这个高出的层面就在于，作家能够透过现实的表征看到世界更为真实的本质，从而在更深层次抵达现实、超越现实。从小河丁丁和汤汤的创作中不难看出两位作家在叙事上的天赋和才华，而在对乡土现实的处理上，两位作家也分别采取了不同的创作策略。小河丁丁的创作追求细处的真实，他以细腻的笔触为读者勾勒出一个鲜活而具体的西峒，但其所建构的乡土世界的内核从本质上来说却是浪漫而诗性的。而汤汤的作品虽然看起来天马行空、游离于现实世界之外，实际上却常常渗透着对于现实的关怀与思考。他们关注现实，反映现实，在艺术表达上却从不为现实所束缚，这正是文学创作所追求的自由与真实。

最后，童年精神是乡土童年叙事不变的核心与灵魂。近年来，童年精神的概念在儿童文学领域内不断被阐释和强化。李利芳认为，童年精神是一种"意义丰厚的精神资源"，它"来源于童年生命内部"，是"成人社会之于童年对象的价值发现之后的思想建构"。[2]它并非一种完全基于现实的客观存在，而是凝聚了成人对于童年

---

[1] 方卫平：《中国式童年的艺术表现及其超越——关于当代儿童文学写作"新现实"的思考》，《南方文坛》2015年第1期。

[2] 李利芳、付玉琪：《中国童年精神与人类命运共同体构建研究的理论构想》，《兰州大学学报》（社会科学版）2019年第6期。

的诸多想象与渴盼。从本质上来说,童年精神的提出与强化体现了成人社会对童年价值的认识与肯定,它既是对童年生命的理解和尊重,同时也是对其生命力量与精神需求的一种观照。儿童文学创造了一个不灭的童真世界。童年是人生中的必经阶段,随着年龄的增长童年终将逝去,但是关于童年的记忆和想象却可以长久地保留下来,并以艺术的形式得以留存。而童年精神正是其中联结成人与儿童、过去与今天、此岸与彼岸的一种重要的精神存在。

在当代乡土童年叙事中,童年精神依然散放着绚烂夺目的光彩,在汤汤的《美人树》中,土豆受到桑桑的诱骗,与之交换身体变成了美人树,她从自然界的伙伴们那里得知,只有骗到下一个人来替换她才能恢复自由之身。但是,土豆却不想让这样的欺骗继续循环下去,最终,她凭借机智的头脑让四个错位的灵魂各归其位。在小河丁丁的《小照相师》中,十二岁的男孩在父亲去世后,接替父亲成为小镇上的照相师。为了完成工作,小照相师拎着照相机,蹬着屁股还够不到座位的自行车,一个人从镇上到村子里去给乡亲们照相。一路上,小照相师就像当年父亲一样受到了村民们的热情接待,而他也努力学着父亲的样子,为大家提供最"专业"的服务。就在这次工作之旅中,父亲离去的伤痛被神奇地治愈,小照相师感觉自己长大了,"好像爸爸已经成为他的一部分"。小说的最后,小照相师沐着午后的骄阳继续骑车前行,"下一个村庄遥遥在望,明明知道声音传不了那么远,小照相师仍然叮当叮当按着车铃。他相信自己会像爸爸一样,走到哪里就给哪里带来快乐"。在困境与逆境之下,童年焕发出巨大的生命能量,这正是儿童主体性的充分显现。如方卫平所言:"童年最'真实'的精神内涵之一,在于儿童生命天性中拥有的一种永不被现实所束缚的自由精神。即便在最沉重的生活之下,童年的生命都想要突破它的囚笼,哪怕在想象中追寻这自由的梦想,除非童年自身被过早地结束。这是童年有别于成年的独特美学,也是儿童有别于成人的独特生命体验。"[①]

童年精神源自童年生命内部,从某种意义来说,它的核心内容是基本稳定的,不会随着时间和空间的变化而发生剧烈的改变,这可能正是安徒生、林格伦等作家笔下的童年画卷在百年之后仍在世界各地绽放巨大艺术魅力的重要原因。然而,这并不意味着童年精神的文学表达是永恒不变的,是无差异性的,因为承载童年精神的文化载体会因时而异、因地而异,童年精神的艺术呈现也就因此具有了多样性。乡土叙事正是承载中国童年精神的最佳载体之一。一方面,中国经历了漫长的农耕

[①] 方卫平:《中国式童年的艺术表现及其超越——关于当代儿童文学写作"新现实"的思考》,《南方文坛》2015年第1期。

文明社会，乡土经验已经深深印刻在中华民族的基因之中，直到今天依然在一定程度上影响着民族思维方式；另一方面乡土与童年之间在诸多方面都存在着某种天然的契合感，这不仅仅因为它们都与人们的怀旧情绪有关，还有乡土文化中对于自然的热爱与尊重，对于质朴人性的认同，也与儿童纯真善感的天性不谋而合。其对于人情、伦理的提倡更是童年成长重要的精神资源。乡土叙事在顺应和滋养儿童天性的同时，也在引导着儿童向着真善美的方向去发展，正是这些因素让乡土叙事成为承载中国童年精神的最美好的文学载体。

在城市化迅猛发展的今天，乡土生活终将与我们渐行渐远，但是无论未来的中国乡村将会发生怎样的改变，只要乡土精神依然在滋养我们的童年，淘洗人们的灵魂，那么文学中的乡土童年就不会失去其存在的价值和意义。与此同时，我们的儿童文学创作也需要进行更多的艺术尝试来补充新时代语境之下的叙事经验。方卫平指出，新时期以来中国儿童文学的美学突破与转型主要得益于19、20世纪西方经典儿童文学传统，它曾经为中国当代儿童文学发展提供了丰富而重要的艺术营养。然而，这主要是一个属于相对富足的中产阶级童年的艺术表现传统，当"面对当代中国独特的童年生活现实，我们的儿童文学写作越来越发现缺乏可借鉴的艺术经验"[1]。小河丁丁与汤汤的儿童文学创作正是以本土资源为依托，为当下的乡土童年叙事提供了宝贵的叙事经验。他们在各自熟悉的创作领域找到了一条本土化、民族化的创作道路，为拓展中国儿童文学乡土叙事的当代版图、弘扬中国童年精神添上了一笔浓重而绚丽的色彩。

---

[1] 方卫平：《中国式童年的艺术表现及其超越——关于当代儿童文学写作"新现实"的思考》，《南方文坛》2015年第1期。

批判精神的消逝与重建

李耀鹏

时至今日,对文学批评的疏离与斥责已经不再是令人兴味盎然的新鲜议题。文学批评价值尺度的失衡与批评家责任意识的萎靡使得文学批评自身的"合法性"被质疑,从而决定了它在文学生产场域和文学制度的整体格局中被边缘化的命运。自此文学批评丧失了最宝贵的批判精神品格,从"高贵者"的神圣祭坛跌落进"卑鄙者"的现实深渊,逐渐沦落为一种被弃绝的"传统"和被遗忘的"声音"。在作家眼中,文学批评变成了可有可无的"零余者";在读者眼中,文学批评已然成为被弃置的廉价精神附属品。实际上,对文学批评的批评迫使我们立足现实语境对"文学批评"和"批评家"做出新的理解和阐释,即重新思考"批评家何为与何谓批评家"的问题。而这正深度表明了当下时代的人们面对文学批评的忧患意识和焦虑情绪,生动地映照出人们对建构理想的、健康的文学批评的憧憬与期待。按照吉登斯的理解,现代性后果的重要表征是人们自觉地意识到"信任"本身存在的风险和危机,没有什么知识是"原来"意义上的。"所谓已被证明为合理的传统,实际上已经是一种具有虚假外表的传统,它只有从对现代性的反思中才能得到认同。"[1]然而一切社会问题都需要经过"反思"而被重新确证,那么对于文学批评的批评自然也就顺理成章了。因此,我们有理由相信"与其说是批评的问题增多了,不如说是人们的反思能力增强了,人们怨恨的权力和能力增强了,于是各种批评四处盛行,包括对文学批评的批评"[2]。

对于文学批评进行批评的前提是我们应该首先明确批驳与讨伐的对象,需要厘

---

[1] [英]吉登斯:《现代性的后果》,田禾译,译林出版社,2011,第34页。
[2] 陈晓明:《当代文学批评:问题与挑战》,《当代作家评论》2011年第2期。

清的是我们对何种批评充满敬畏，又对何种批评满怀敌意。究竟是哪些诱因导致了那些具有思辨力量和学理精神的批评处于被悬置的"真空"状态，而那些充斥着惰性的修辞和虚伪表述的"靡靡之音"却能够欣然地大行其道。实际上，当下文学批评中呈现出的症结性问题在20世纪90年代就已经初露端倪，历史文化语境的迅疾转变以及由此引发的思想与学术的分化、人文精神的讨论等都给文学批评带来了复杂与多元展开的可能。"20世纪90年代中国社会转型对人文学者们所构成的挑战，不仅仅意味着研究与关注对象的转移与扩展，而且意味着对既定知识结构、话语系统的质疑；它同时意味着对发言人的现实立场和理论立场的追问。"[①]如果以20世纪90年代作为划分当代文学批评的时间节点，不难发现，此前的文学批评整体上呈现为兼具意识形态功能和统一化的文学批评准则；而此后的文学批评则开始走向了分化与瓦解。批评的多元性也就意味着衡量文学批评的既定标准随之失效，它在赋予当下文学批评自由而敞开的批评空间时也隐藏了深刻的危机。萨义德对文学批评类型[②]的划分凸显了学院派的主导性作用，而精英主义的盛行与崇拜也使得学院派批评被形塑为当下中国文学批评的中坚力量。当下学院派批评家更多地选择高举精英和理想的旗帜走向颓废和媚俗，不再钟情于文学批评的思想性和批判性，不自觉地形成了"圈子化"的文人群落，他们作为文学批评的"既得利益者"操纵和掌控着当下文学批评的话语霸权。文学批评的"多米诺骨牌"效应因此而被激活，从而导致了批评秩序的混乱和批评生态的恶性发展，文学批评羸弱的正义感和尊严意识早已荡然无存。所以，很大程度上，学院派批评存在的症结性问题也就构成了当下文学批评最大的弊病与缺陷。

导致文学批评价值标准不确定性的因素主要体现在三个方面。首先，信息爆炸的全球化时代给文学批评带来了机遇与挑战并存的困顿和难题。文学批评在本质上是一种"慢"的艺术，它与时代发展的"快"和"变"之间形成了强有力的对峙和冲突。批评家面对瞬息万变的批评对象显得力不从心，继而表现出一种既无力又无奈的困窘疲惫的心灵状态，文学批评作为一种"知识"被生产得相对迟缓和滞后。其次，新媒体革命促进了文学批评自身的嬗变和增殖。它改变了传统意义上的文学与文化的生产和传播方式，相应地也使既定的文学批评标准和模式发生了历史性更迭。它生产"欲望"的同时也"消费"了批评，文学批评得以从"书斋"走向了"十字街头"。纯正的学术研究鲜有问津，那些快餐式的酷评、辣评和"甜蜜的批

---

① 戴锦华：《隐形书写——90年代中国文化研究》，江苏人民出版社，1999，第2页。
② 萨义德将文学批评划分成四种类型，分别是实用批评、学院式批评、文学鉴赏与阐释、文学理论，其中学院派批评家扮演着重要角色。

评"却为人津津乐道。当下时代，充斥于各种学术报纸杂志上的文章也多是互相吹捧和赞誉的"大团圆"式批评。我们阅读的文学批评要么是街头巷尾式的平庸之谈；要么是为了吸引眼球而故意制造的学术噱头，抑或是俯拾皆是的俗套化的思想复制，它们共同缔造了当下文学批评"繁荣与狂欢"的虚假幻象。这样的批评让我们感受到的是没有温度的冰冷，没有情感的僵硬。在如此恶劣的批评语境下，我们对于"跑奖""买奖""学术造假和抄袭""贩卖版面""红包批评家"等并非空穴来风的学术丑闻也就司空见惯。某种意义上，文学革命"终结"的时代正预示着文学批评革命的真正发端。最后，不容忽视和遮蔽的是学术体制对当下文学批评产生的深远影响和制约作用。在福柯看来，权力生产和制造着知识，我们应该抛弃在权力关系暂不发生作用的地方知识才能存在的想象，即接受"知识规划和宰制时代"的客观现实。很多时候，批评的权力和自由并不完全掌握在批评家手中，当他们的批评被视作"越轨"言论时，就会遭受到主流意识形态的"规训和惩罚"，由此导致了"独立之精神，自由之思想"成为一种遥不可及的追求。或许，这种悲剧是文学批评家在当下时代必然要经历和承受的。几乎所有的学院派批评家都要面临着一整套严格的考评机制，僵化而生硬的考核制度滋生了一种全新的"学术逻辑"，它让"学术GDP"成为一种新的批评时尚。因此，当下的文学批评不再是纯粹性的思想生产的结果，它与一个批评家的经济利益和学术前途息息相关。学术文章的多与寡不仅牵扯到学科发展、课题申报以及职称晋级等问题，同时也演变成评价批评家学术地位和荣誉高低的象征性资本。所以，"学术的生产方式、评价机制与'潜规则'构成了不做宣告的互惠关系，如何走进和实现这个'潜规则'，是许多学者内心真实的焦虑"[①]。对这种焦虑的缓释和接纳，也就必然导致了批评的腐化与衰败。

以文学批评为志业的庞大人数优势决定了中国每年的学术生产数量在世界上遥遥领先，这种令人感到羞惭的数量优势却一度让诸多批评家引以为傲。但是数量的"多"并不必然性地意味着质量的"精"，这种批量化生产的学术除了造成资源浪费，我们似乎很难想象它存在的意义究竟在哪里。2002年德国作家马丁·瓦泽尔的长篇小说《批评家之死》的出版引起了轩然大波，面对舆论的责难，小说的作者说道："我只是讲出自己的信仰。"对此，我们不禁扪心自问。当下中国文学批评的信仰何在？"一个时代的文学批评家的批评姿态，折射出这个时代的真实文学状况和人文环境。"[②]批评家在文学和社会发展的历史进程中发挥着不可替代的作用，他们

[①] 孟繁华：《学术的"通途"与"小路"——当下中国学术体制批判》，《文艺争鸣》2012年第4期。

[②] 陈劲松：《文学批评的姿态》，《伊犁晚报》2012年9月12日。

经常以"精神导师"的身份引领着人们对时代思想的体验和感悟。诚如曹聚仁先生记录章太炎所做国学讲演时指出的,任在何时何地的学者,对于青年们有两种恩赐:第一,他运用精利的工具,辟出新境域给人们享受;第二,他站在前面,指引途径,使人们随着在轨道上走。如果以此作为批评家的标准,当下时代能够获取"批评家"这一殊荣称谓的将所剩无几。萨义德认为,批评应该发出现代公民抗拒权威、正统和规训的声音。"批评必须把自己设想成为了提升生命,本质上反对一切形式的暴政、宰制、虐待;批评的社会目标是为了促进人类自由而产生的非强制性的知识。"[1]一个有良知的批评家往往是"战斗的思想家",他们应该时刻保持着清醒与警觉的批判和反思意识,而不是随意地发表妥协的、随声附和式的粗制滥造的言辞和温情善意的批评。好的文学批评能够通过对历史和时代的反思建立一种对人性的历史性的动态理解,从而让文学批评获得力量。[2]文学批评的批判意识的消亡很大程度上取决于文学批评主体意识建构的匮乏,主体意识根本上决定了批评家面对文学批评的立场和姿态,尤其是文学批评价值立场的选择和坚守。事实证明,批评主体能够坚定不移地秉持明确的价值立场是很困难的事情,原因在于"批评家不仅要对人类文明的正向价值有着清醒明确的判断,而且要在世俗社会的各种利益诱惑和各种权威的威逼下能够做到不丧失自己的价值立场"[3]。价值立场坚守的失败使当下文学批评的思想锋芒消失殆尽,取而代之的是不痛不痒的、毫无力量的批评,这种批评更近乎鲁迅所谓的"帮闲与扯淡"的虚妄之谈。文学批评的市场化倾向进一步加剧了批评主体的道德沦丧,"市场化机制的形成含有撕破道德假面的效果……文学(批评)价值伦理遭遇商业市场后的瓦解和崩溃,不道德的批评成为一种常态"[4]。当下的文学批评家有意识地贴近和迎合了市场化的批评。他们出于不同的利益需求而凝结成不同的"批评共同体"。在他们身上已经找寻不到作为一个思想者应当具有的气魄和傲然风骨,于他们而言,文学批评更像是一场没有规则的游戏和滑稽表演。批评家不仅没有改变当下文学批评"纸醉金迷"式的批评现状的勇气和决心,相反,他们却表现出了心甘情愿地沉湎其中的丑陋姿态。当下文学批评正在加速地走向"娱乐至死",它的软弱注定了这是一个没有"大师"和"经典"

---

[1] [美]萨义德:《世界·文本·批评家》,李自修译,生活·读书·新知三联书店,2009,第29页。
[2] 邓晓芒:《论文学批评的力量》,《湖北大学学报》(哲学社会科学版)2016年第6期。
[3] 贺绍俊:《当代文学批评主体建构的姿态和立场问题》,《解放军艺术学院学报》2012年第2期。
[4] 吴俊:《新时代的文学批评》,《南方文坛》2009年第5期。

的时代，也意味着文学批评不断地走向"贫困"。胡先啸指出，批评家要"以中正之态度，为平情之议论"[①]，百年后的今天，我们仍在苦苦地追寻文学批评的"中正"和"平情"精神，这无疑是当下时代文学批评的悲哀和不幸。

真正具有批判精神和情怀的批评家总是充满着正义感和尊严意识，他们不仅将文学批评与生命体验结合在一起，而且能够成为精神的创造者和价值的守护者。当下中国文学批评似乎正在经历着一个如黑格尔所指的"普遍沉沦"时期，对此，每一个有良知的批评家都会感到困惑和矛盾。诚然，我们对文学批评进行表面化的攻讦和指责时忽略了更为本质的问题，即"我们对当下中国社会变革带来的全部问题缺乏洞穿的理论能力，对当下的文化生产和文学实践的条件还缺乏深刻的阐释能力"[②]。我们不是伟大的预言家，因此，无法以一种历史目的论的方式，对文学批评的前景做出共同性的承诺。至于当下文学批评何时才能走向"新生"，面对这样的质询和责难，我们只能无可奈何地自我抚慰——"答案在风中飘扬"。

原载于《芒种》2017年第4期

[①] 胡先啸：《论批评家之责任》，《学衡》1922年第3期。
[②] 孟繁华：《文学批评陷入空前的信誉危机》，《南方都市报》2013年4月28日。

新世纪中篇小说的精神面相和价值追求

李耀鹏

中篇小说作为一种"高端文体",凭借自身的文体特点和优势在百年来的中国新文学发展历程中起到了不可替代的关键性作用,尤其在新时期以来的文学中始终占据着发展的高地。孟繁华先生指出,在新时期的文学发展中,中篇小说凭借"文体自身的优势和载体的相对稳定,以及作者、读者群体的相对稳定……在物欲横流时代获得了绝处逢生的机缘",而不追时尚、不赶风潮的品格和守成的文化姿态,更使得中篇小说坚守最后的文学性成为可能。[1]可见,中篇小说是描摹20世纪中国历史最丰富最精准的体裁,真实地折射了人们的精神履历和心灵印记。

一、"超稳定"的乌托邦想象

费孝通在《乡土中国》的开篇便明确地指出,从基层上看去,中国社会是乡土性的。凝结在血缘伦理之上的家族、乡土、种族、生殖和文化也一直是中国作家们挥之不去的叙事情结。乡土承载着最基本的文化价值,也构筑着坚不可摧的话语和思维逻辑,它以宽容博大的民间情怀包罗和演绎着丰富的社会现实。但是费孝通眼中的乡土在21世纪以来已经发生了不可逆转的变化,曾经宁静而温馨的乡土已经变得喧嚣而破败。21世纪以来的中篇小说便以大量的笔墨真实、生动地书写了不同地域和民族的生存样态,让我们切身地感受到在乡土文明溃败的过程中农民惶惑不安的心灵状态,以及在都市文明逼近的时刻,乡土民众的那种茫然和不知所措。中篇小说家的乡土叙事试图挣脱现代文明的话语羁绊,凭借着本能的叙事冲动讲述着最

---

[1] 孟繁华:《三十年中篇小说略论》,《文艺争鸣》2008年第12期。

原始的民间记忆，在伦理质询的同时以"地之子"的文化身份建立质朴的生命诗学。在这一创作领域中，鲁敏和葛水平无疑是最重要的代表，乡土在她们的笔下成为静谧流淌的生活细语。

"东坝"和"南京"是鲁敏小说创作的两个基本的历史场域，地理空间的城乡位移给鲁敏的小说带来深刻的影响。东坝既是鲁敏的现实故乡，同时也是她进入都市后精神寄居的神圣净土，乡村和都市双重的生活经验总是以无意识的方式被纳入鲁敏的小说叙事中。她对东坝的书写情不自禁地会流露出自身的都市体验，而对都市的叙事却总是以乡土人的目光进行洞察。《思无邪》《颠倒时光》《逝者的恩泽》等最为集中地表达了鲁敏以东坝为精神原型的乡土想象。《逝者的恩泽》虽然写的是小镇风情，但是小说从里至外浸透着乡土世界的人性美和人情美，这个世界仿佛让我们重新回到了沈从文笔下的"湘西"。小说围绕着逝者陈寅冬展开叙述，陈寅冬是一个拥有完整家庭的人——原配妻子红嫂和女儿青青，然而他在新疆修路时结识了古丽，成了他的二房。陈寅冬死后古丽带着儿子达吾提前来东坝投奔红嫂。这样的结构关系很容易让我们将小说想象成一个充满伦理纠葛的通俗故事，然而鲁敏却以温婉的充盈着爱的笔调规避了这种存在。红嫂和青青居然默默地接受了突然到来的古丽和达吾提，青青对达吾提的呵护与喜爱，古丽为了青青和张玉才之间的爱情所做出的努力，红嫂为了治疗达吾提的眼疾而宁愿放弃对自己的医治。就这样"在普通生活里，那些原本是孽债或仇怨的事物，在鲁敏这里以至善和宽容作了新的想象和处理"[①]。同样，《思无邪》中的兰小和宝来以及《颠倒时光》中的木丹和凤子的故事，都是以一种平静如水的叙事风格诠释一个充满"爱的哲学"的东坝，一个令人神往的乡村世界，"鲁敏用叙述构筑的'东坝'，只有善而没有恶。'东坝'是鲁敏心中的'乌托邦'"[②]。

与鲁敏描写乡土的温度不同，葛水平提炼着乡土的力度。有的评论者将2004年称为"葛水平年"，她发表的几部中篇小说被誉为当年中国文坛的重要收获，这些赞誉充分表明了葛水平在新世纪中篇小说领域取得的成就得到了普遍认可。葛水平一如既往地讲述着沁水河岸太行山区"贱民"的悲壮和窘迫的生活状态，她笔下的故事常常兼具爆炸性的力量和悲悯的情怀，看似波澜不惊的叙述却让人感到惊心动魄。葛水平在接受访谈时讲道："地域文化是一个作家文字的灵魂，没有哪一部流传下来的名篇其中的文字没有自己故乡的气息。"[③]这也是她自身的写照，在散文集

---

① 孟繁华：《新世纪十年：中篇小说论要》，《文艺争鸣》2011年第4期。
② 王彬彬：《鲁敏小说论》，《文学评论》2009年第3期。
③ 吴玉杰、葛水平：《有一种气场叫善良——葛水平访谈录》，《小说评论》2011年第4期。

《河水带走两岸》中,她透过沁水河的历史和文化变迁表达了对乡土中国的无限敬畏。应该说,太行山的自然万物与人情世故构成了葛水平小说不竭的灵感源泉,其中《地气》《喊山》《甩鞭》是最具代表性的文本。《喊山》荣获第四届鲁迅文学奖,小说在略带忧伤的氛围中讲述了红霞的人生故事。腊宏因一桩人命案带着"哑巴"妻子红霞和一双儿女从四川到岸下坝落脚,红霞经年累月忍受腊宏的欺凌并因此寡言少语,时间久了便不会讲话,甚至被人误解为"哑巴"。韩冲是一个三十多岁却还没有成家立业的人,他最大的"收获"似乎就是和发兴的妻子琴花偷情。戏剧性的是腊宏无意中被韩冲埋下的雷管炸伤致死,于是便有了红霞与韩冲之间的难以言说的情义。这种情义虽然没有直接性的身体接触,但是却让人感到无比的诗意和美好。"喊山"已经不仅仅是为夜行人壮胆的乡间民俗,它是红霞内在生命体验的真实流露,也是葛水平为岸下坝谱写的忧伤赞歌:"葛水平以自己独特的经验和想象,在生死、情义中构建了说不尽的男女世界。于是,那封闭、荒芜和时间凝滞的山乡,就是一个令人迷恋的朴素而斑斓的精神场景,那些性格和性情陌生又新鲜,让人难以忘记。"[①]这种叙事在《甩鞭》中达到了极致。相比较《喊山》而言,《甩鞭》更具有历史感。故事的背景是新中国成立前太行山区的窑庄,主人公王引兰是晋王城中李府的丫头,后跟随为李府送炭的麻五出逃,故事由此展开。王引兰的命运紧密地与麻五、李三有和铁孩联系在一起,她希望自己获得"新生",然而死亡、嫉妒和贪婪的人性,却让她置身在爱的扭曲和黑暗中,她的人生被无情地囚禁在没有希望的牢笼中,王引兰唯有通过一次又一次的甩鞭,来召唤希望,然而悖论的是希望却渐行渐远,正如小说中写道:"她发现她看到的依旧是一片暗,是一种没有半点生机的死亡颜色,一个聒噪的世界里,有一种神秘的东西已经离她而去。原来她的生命里是没有春天的啊。她听到血滴成阵,落地如鞭,干巴巴的成为绝响。"[②]葛水平曾坦言:"河岸上的村庄让我懂得什么是善良、仁慈和坚忍,我庆幸我出生在贫民家里……在河岸上感受生命里的爱,我便懂得了一个人的灵魂因饥饿而终于变得坚强。"[③]说到底,葛水平是乡土之子,她的骨子和血液中流淌着乡土的文化因子,因此,乡土是她最终的心灵归宿。鲁敏和葛水平都无法阻挡乡土文明在当下中国变异与崩溃的现实,所以,她们只能无奈地在小说的世界中走在回乡的路上。

---

① 孟繁华:《男女、生死和情义——2004年葛水平的中篇小说〈喊山〉及其他》,《名作欣赏》2008年第5期。
② 葛水平:《甩鞭》,《黄河》2004年第1期。
③ 葛水平:《别让河水带走了两岸》,《三晋都市报》2014年10月9日。

二、"隐秘盛开"的历史

在哲学家的表述中,历史是思想和信仰的奴隶,历史总是在不经意间成为人们反思过去和精神祛魅的重要资源,我们追忆历史的意义在于理解和挣脱当下的精神困顿。历史规约着我们的话语方式,吊诡的是我们却用这样的话语阐释和书写着自身的历史。新历史主义者宣称,历史充满着断层,我们应该透过各种论述去还原历史,新世纪中篇小说关于历史的想象和书写很大程度上满足了我们寻找历史"真相"的欲望,这一层面最具代表性的是蒋韵和郑小驴。

蒋韵亲身经历了20世纪80年代的历史,她是那个时代当之无愧的亲历者和见证人。她一直以独特的抒情方式追忆和表述着对那一代人而言意义深远的年代,那个年代在她的理解中,既诗意浪漫又现实残酷。在一篇写给韩国读者的文章中,蒋韵写道:"我用我的小说向八十年代致敬,对我而言,那永远是一个诗的年代:青春、自由、浪漫、天真、激情似火、酷烈,一切都是新鲜和强烈的,无论是欢乐还是痛苦,无论是身体还是灵魂。同时,它也是一个最虚幻的年代,因为,生活似乎永远在别处。"在这一意义的表达上,蒋韵的《行走的年代》堪称典范,当许多人一味地回忆和追求着20世纪80年代的诗意与美好时,蒋韵却有勇气直面那些被人们刻意回避的失落和痛苦。《行走的年代》讲述的是一次关乎诗歌的精神游走,从中我们深切地体悟到现实和理想、谎言和信守之间永恒的冲突:"这是一个追忆、一种检讨,是一部'为了忘却的记念'。那代人的青春时节就这样如满山杜鹃,在春风里怒号并带血绽放。"[1]小说讲述了20世纪80年代初在中国北方的一座小城里,莽河、陈香和叶柔几个青年充满苦涩意味的成长历程。陈香在对诗歌的狂热追求中迷失了自我,她嫁给了冒充莽河的假诗人而走上了充满悲剧意味的生命历程。陈香后来得知真相并与真正的诗人莽河相遇,但此刻陈香心中那份诗歌的原始象征俨然成了遥远的绝响,她的理想与年少轻狂也因此荡然无存。与陈香相比,叶柔与莽河的相遇似乎多了纯情和浪漫的味道,然而最终也为守护诗的理想主义而付出生命的代价。而真正的诗人莽河面临商业大潮的新时代却也无奈地放弃了自己残余的诗情。蒋韵试图告诉我们:"诗是什么?是文字符号的幻化也是深情的印记,是革命也是乌托邦,是行动的历史也是虚空的虚空。"[2]在此,蒋韵呈现了"另一个80年

---

[1] 孟繁华:《新世纪十年:中篇小说论要》,《文艺争鸣》2011年第4期。
[2] 王德威:《隐秘而盛开的历史——蒋韵〈行走的年代〉》,《书城》2012年第4期。

代",一个充满着饥饿、贫困、沉默和失语的年代,她让我们重新理解和认识了80年代。《朗霞的西街》对于历史的书写体现出了更加强烈的隐秘性,在不动声色中通过一桩隐藏事件剥离历史的"真相"。历史的发展与女性自身的命运被置于叙事的话语系统中,马兰花的隐忍与坚强、锦梅的失落与悔恨、朗霞的创伤与理解,她们都以不同的方式咀嚼着这些生命中不可承受的轻与重。"她们身上既寄予了蒋韵的博爱精神,那种对女性给予的深切同情与理解的爱意,流动着人类文明精神高度的生命力,又显示了蒋韵的恬淡而浓烈、清冽而迷人的叙述动力。"[1]蒋韵的叙事苍劲而不乏温暖,犹如茫茫暗夜中微弱摇曳的烛火,因此,她笔下的历史虽惨烈,但是仍给人以希望。一般而言,常态下的"公共"(宏大)历史总是经过了权力意志的淘洗,对于它的讲述也总是单向度的,那些不符合意识形态期待的历史便被无情地遮蔽和搁置,这样的历史不仅脱离了思想和心灵的真实,而且模糊了我们对历史本质的体悟。"历史就仍然是被冻结的'块状结构',它们将锁定我们的目光,而无法发现隐藏在历史中的'命运交叉的小径'。"[2]显然,蒋韵挣脱了既定历史叙述的脸谱化和功利性倾向,她以"大历史"的观念重新反思了历史,让历史的复杂性与神秘性得以重新浮现,她所书写的历史所具有的深刻内涵也在于此。

"80后"小说家郑小驴近年来迅速崛起,他的小说叙事一方面承继着先锋文学的写作姿态,同时又以自身对文学的独特理解建构着青春文学新的精神向度。家族、历史、生殖是构成郑小驴文学世界的主要质素,但是与蒋韵的历史叙述姿态不同,郑小驴笔下的历史隐秘性主要体现在两个层面:一是他将历史与家族史熔铸成一个整体,历史是他展开家族史叙事的重要维度;二是巫楚文化的潜在影响使得他的小说天然地带有一种隐秘的特质。这在《一九四五年的长河》《1921年的童谣》中有着鲜明的体现,而《梅子黄时雨》是最能够充分展现出他讲述历史独特方式的重要文本。小说的时间跨度从民国到新中国成立后,记述了江南许家在历史动荡时期的飘摇往事。作为家族统治者的许老爷的阴暗和腐朽,于他来讲历史总是置身事外的;许家玉以同性恋的身份挑战传统的伦理道德,许家骏则以革命的方式反叛既有的历史秩序;底层人三福、芒种和秋生等也在大历史的帷幕下演绎着各自的命运。表面上郑小驴讲述的是家族成员的人生轨迹,而实际上他的目光从未远离决定着他们人生命运的历史变迁。郑小驴以虚构的方式既保证了对现代历史的忠实讲述,同时又让历史获得了多向度表述的可能,他"着意营构一个与现实世界对应的

---

[1] 张燕玲:《隐秘盛开的西街》,《北京文学》2013年第8期。
[2] 祝勇:《历史背后的历史》,载《盛世的疼痛:中国历史中的蝴蝶效应》,东方出版社,2013,"自序"第5页。

幽冥世界，借此丰富小说的叙述层次，使小说在虚实之间得以激荡出更多的审美意趣与思想内蕴"[①]。小说题目《梅子黄时雨》本身就是一个极具抒情意味的丰富意象，让历史的呈现具有一种隐秘、阴暗、氤氲和颓废的气息，仿佛所有的故事都因此具有了"潮湿"的味道，小说也因此蒙上了古典美学的色彩。

三、底层文学描述的惨淡人生

对底层的关注和表述是我们表达当下的中国经验和讲述中国故事的重要组成部分，底层民众无力表达自身的身份危机和生活困境，因此他们自然成为一个被表述的群体。2001年廖亦武的《中国底层访谈录》和2004年《天涯》第6期刊发的王晓明、摩罗、顾铮等学者关于底层问题讨论的文章，都充分说明进入21世纪后，底层问题成为我们不容忽视的客观存在，中篇小说在"底层经验的文学表述如何可能"的文学命题中起到至关重要的作用。

曹征路的目光是敏锐而独特的，他的《那儿》一经发表便引起重要反响。《那儿》被称为"新左翼文学"写作的起点，一度被视为"工人阶级的伤痕文学"。这是一部以反映底层生活为中心的社会问题小说，深刻地写出了在国企改革的时代浪潮中工人阶级的辛酸与无奈。主人公朱卫国在改革的过程中失去了工人阶级作为主体的历史优越性和话语权，在面对国有资产流失和工厂权益的问题上，他身上的那种工人阶级的使命感和英雄主义迫使他为此而积极奔走，结果却以失败告终。朱卫国是一个时代的落伍者，他内心的坚定信念与他遭受的社会现实之间形成强烈的冲突，他站立在时代的夹缝中茫然而无力自拔，他曾经坚定的信仰也随之幻灭，唯有以死亡的方式维护工人阶级最后的生存尊严。他的命运和那条叫作"罗蒂"的狗的命运形成了同构关系，狗与人的对应关系使得《那儿》带给我们的反思更加深刻。"小舅是我审美理想的体现，包括那条狗也让我激动不已，我向往那种有情有义、有尊严的、高傲的生活。可是在现实中我们往往不得不苟且，这就是我们的生活。"[②]这是曹征路在一篇访谈中对《那儿》的看法，他真实地写出了朱卫国一代人的苟延残喘。

多年来，刘庆邦一直以底层代言人的身份写作，多年的矿区生活经历让他在底层生活和经验的表述中获得了天然性的身份优势，《哑炮》《神木》《我们的村庄》

[①] 张勐：《历史·家族·鬼魅——郑小驴论》，《名作欣赏》2013年第10期。
[②] 《曹征路访谈：关于〈那儿〉》，《文艺理论与批评》2005年第2期。该文为一篇访谈，在发表时没有具体的作者，署名仅为本报特约记者。

是这方面的代表。《神木》讲述唐朝阳和宋金明专门诱骗打工者，进而在矿区中进行谋财害命，以此获得赔偿金。他们亲手策划和谋害了元清平，在诱骗寻找父亲的少年元凤鸣的过程中，他们发现元凤鸣是元清平的儿子，于是内心的善良与罪恶开始挣扎。刘庆邦曾坦言，好的文学作品应该是情感柔软的，"即使是在最丑陋最坚硬的人性深处，依然保留着一份柔软的良知。正是这份良知，使充满苦难的底层生活也笼上了一层淡淡的诗意"[①]。黑暗的矿区中潜藏着欲望和杀机，但刘庆邦并没有将这种人性恶刻画得不可饶恕，相反他总是在恶的极致处平添一抹善的温情亮光，让人看到希望。刘庆邦在表现底层人苦难生活的同时，也写出了他们身上的那种卑微的性格与文化劣根性，同情与批判的声音同时存在。因此，他的写作破除了底层文学即是苦难文学的观念，更加接近底层写作的精神内涵和价值追求。

李铁和鬼金对工业、工厂和工人生活的熟稔程度是其他作家所无法比拟的，他们小说的共性是在浓郁的地域背景中直面底层的惨淡人生。李铁被称作"机械时代的抒情诗人"，他的目光一直聚集在现代化过程中工人离开工厂后作为"零余者"的生存状态和精神样貌，对现代化的道路和选择保持着高度的警惕和反思，提出了如何面对现代的时代命题，《工厂的大门》《点灯》《杜一民的复辟阴谋》等不约而同地表达了这一倾向。《点灯》中赵永春和王晓霞的故事具有"类"的性质，赵永春点亮的是底层群体的生活和希望之灯。鬼金则通过对小人物的刻画来透视时代问题，他的小说具有浓郁的自叙传和现代主义色彩，在很大程度上，他的小说是向卑贱者致敬的写作。《追随天梯的旅程》写吊车司机朱河的工作劳顿和生活苦闷，然而对于这一切他唯一的选择就是默默地忍受。在大量的对话和生活细节的呈现下，鬼金又塑造了诸如《你去往何处》中的"你"、《申命记》中的马恩、《有寂静，有群星》中的小刘等一系列小人物，就这样，鬼金的小说形成了一种停滞和呆钝的氛围，俨然一朵工业时代的"恶之花"。

四、边缘经验的重新发现和开掘

所谓的边缘经验，通常指的是那些置身于某一时期文学创作潮流之外的，抑或被作家有意或无意遗忘与遮蔽的文学资源。边缘经验被重新发现和开掘不仅为21世纪中篇小说写作注入了新的活力，而且形成了多元化的文学创作格局。新世纪文学中有相当数量的中篇小说作品表达的是极具个人性的边缘经验，这些作品因为取材

---

① 杨建兵：《对底层的诗意书写——论刘庆邦的小说创作》，《小说评论》2009年第3期。

和叙事视角的独特性而使其置身于创作主潮之外，但又因其切近的时代感而引起强烈的反响和心灵的共鸣，它们形成了21世纪中篇小说的一道别致的景观。其中，马晓丽的《云端》通过两个女性心理的对决展现出国内战争的残酷，魏微的《家道》写的是官员腐败后家庭成员生活和命运的沉浮，等等，都是这一层面具有经典意义的代表性作品，然而最值得我们反复阅读和谈论的却是韩少功的翘楚之作《报告政府》。韩少功在21世纪之后的创作主要集中在长、短篇小说以及大量的散文随笔，相比之下，他的中篇小说在数量上明显逊色许多。但是《报告政府》的出现足以表明他作为一个杰出小说家的叙事功底和才能，这部小说因其强烈的现实介入力度和深刻的反思性一经发表便好评如潮，因此，《报告政府》对于韩少功个人和21世纪文坛而言都是不可或缺的重要文本。《报告政府》的叙事空间是监狱，以叙事者"我"在监狱内外的亲身经历作为叙事线索，"不同的生活逻辑在'监狱'这样一个充满寓言性的空间相遇，不同的经验主体也因此获得了一种沟通的可能"[1]。在人们的传统观念中，监狱是罪恶的化身与代名词，它是一个充满着无数秘密和故事的欲望集散地，罪犯也多是凶残与十恶不赦的暴徒。韩少功的高明之处在于他颠覆了人们的既定认识，在他的笔下，一切都别开生面，正义和尊严居然在监狱中无所不在，那些服刑人的身上时刻闪现着人性的善良与温存。"我"的社会身份是一名实习记者，因为朋友的欺骗，在警方的一次抓捕中误打误撞含冤入狱而沦为囚犯，从此，"我"便在那些满含敌意的目光中开启了自己的牢狱生涯。进入监狱后，"我"发觉这是一个到处充满"规矩"和杀机的"江湖"，是拥有森严等级制度的奴隶社会，"这里是没人管束的自由世界，打架放血是家常便饭，拉帮结伙弱肉强食是必然结果，牢头也就应运而生"[2]。牢头是监狱中的"统治者"，他维系着秩序并决定着权力的分配，他让人们懂得了监狱中的生存哲学——"要想不被打，就要学会打别人"。实际上，韩少功无意去展现监狱中尔虞我诈和血雨腥风的斗争，他更多地将目光集中在造成罪因的社会根源，他将"谁之罪"的诘问和批判矛头指向了现实社会，他的振聋发聩式的触痛人心的表达值得我们反复省思。

陈应松的"神农架"系列小说为他赢得了广泛赞誉。在这个虚构和想象的"神农架"世界里，陈应松安放了一个充满生命激情和隐忍的天地。《野猫湖》对于陈应松个人而言似乎是一次冒险的写作，在这篇以女同性恋为题材的小说中我们看到了陈应松艺术探索的勇气。小说写出了香儿和庄姐之间隐秘的情欲，她们来自落帽

---

[1] 徐志伟：《小说如何重新介入现实——以韩少功〈报告政府〉为例》，《文艺理论与批评》2013年第1期。

[2] 韩少功：《报告政府》，人民文学出版社，2008，第232页。

桥并一起嫁到野猫湖，庄姐心地善良而热情随和，香儿自幼被母亲遗弃并遭受嫂子的欺凌，卑贱的生活和野猫湖这个充满暴力的世界让两个单身的女人共同逾越了伦理的底线。在《野猫湖》的叙事中，男性主体要么以缺失的方式存在（庄姐和香儿的男人），要么作为恶的化身（村长马瞟子），身体的越界既是女性真实生命体验的表现，同时也是庄姐和香儿对抗暴力时孱弱和无力的呐喊。香儿的男人三友的归来终结了庄姐与香儿间短暂的情义，香儿同样选择以恶的方式杀害了三友，对于香儿的决绝，我们在惊愕之余，心底油然而生的是温暖的同情。那句"我这是为了我们"犹如晴天霹雳般响彻野猫湖的夜空。

十六年作为一个时间计量单位只是短暂的瞬间，然而对于21世纪文学而言却是一段鲜活的历史。诚然中篇小说的独特视角并不能涵括21世纪文学的全部精神面相和价值追求，但是它始终以饱满的热情坚定不移地讲述"中国故事"和表达"中国经验"，让这段并未远去的记忆生动地停驻在我们的思想版图中。

原载于《江汉论坛》2017年第6期

20世纪90年代文化激进主义的历史反思与价值重估

李耀鹏

文化激进主义[①]和文化保守主义[②]不仅是五四时期两股泾渭分明的文化思潮,同时也是"五四"浩瀚的历史星空上最为耀眼的两颗星辰。它们两者之间的激变与博弈也构成了20世纪中国斑斓的思想史图景,或者说激进与保守之维是我们进入20世纪中国思想史谱系的重要端口,它们的发生与中国现代化进程的发展及20世纪中国历史转型的关键性时刻构成了千丝万缕的关联。作为文化研究和思想史著述的历

[①] 学术界关于激进、激进主义和文化激进主义,保守、保守主义和文化保守主义这些基本概念之间的差异争论较多,很难达成一致性的共识。学者刘军宁认为,理性主义是激进主义的思想基础,激进主义是理性主义的政治表达。学者王岳川则将激进主义割裂成政治激进主义和文化激进主义两个层面,政治激进主义强调消除纯粹个人的价值意向,而将个体整合到整体性的权力机器上去。政治激进主义大体上分为权力神话、政治神话和意识形态神话;文化激进主义则主要分为现代性启蒙和道德理想主义两个层面。(详细请参阅王岳川:《当代文化研究中的激进与保守之维》,载林大中、孟繁华主编《九十年代文存》(上卷),中国社会科学出版社,2001,第143—146页。)

[②] 学界普遍认为,文化保守主义主要以一种反现代性的、反美学的和文化民族主义的方式出现,是20世纪世界范围内反现代思潮中的主潮。文化保守主义又称为社会保守主义,强调自由道德的传统价值,其根本意向是对"现代性"的反动。就价值取向而言,文化保守主义崇尚传统文化中优美的、人性的、具有人文主义精神的东西,同时也基本承认和认可西方的物质文明成果,希望将中国精神文明成果与西方物质文明成果整合起来而拒绝西方的精神文化和宗教道德观念,坚持在中国传统文化的地基上开启中国文化甚至人类文化的未来。其骨子里是一种浪漫主义,为保有人生的诗意和人生内在的魅力,而反对人性的异化和人的工具化面具化。(上述关于文化保守主义的阐释出自王岳川《当代文化研究中的激进与保守之维》;林大中、孟繁华主编《九十年代文存(上卷)》,中国社会科学出版社,2001年版,第154页。)

史后来者总是以后知后觉的立场、惯性的思维去预设想象——如果自五四时期起文化激进主义和文化保守主义以合流的态势发展将会呈现出怎样的历史样貌。事实上，这种文化调和论仅仅是一种浸透着强烈主观意志的文化乌托邦想象，它只是人们对历史应然性的一种美好期待。文化的发展和思想的错动都是"大历史"的构成部分，它们绝不会因为个人的价值立场而发生实质性的更迭。此外，在既往的论说和阐释中，我们对激进和保守的理解总是不自觉地走向政治与文化上的混淆，它们之间的界限一直没有得到明晰的划定和清理，激进与保守总是以截然对峙的状态被置放在文化的两极。时至今日，激进与保守仍是一段尚未完结的对话，有论者认为，"中国百余年来走了一段思想激进化的历程，中国为了这一历程已付出极大的代价"[①]，文化上的保守力量几乎没有产生任何制衡作用；与之相对，有的论者却声称：20世纪中国占据主导地位的既不是激进主义，也不是"五四精神"，而是保守主义——尤其是政治保守主义。中国的保守主义不是太弱而是过于强大，在他看来，"只要这个社会的历史的基础没有根本改变，政治保守主义在中国思想界就将会继续活跃，会以各种新的面貌、新的符号系统继续在中国思想、政治舞台上登场"[②]。而有的研究者则淡化了激进与保守之间的裂隙，认为激进主义或保守主义都只不过是作为实践主体的人对待历史和现实的态度而已。不管怎样，他们片面性地以激进或保守来涵括20世纪中国历史的全部内容及其变革的复杂性都是有待商榷的。因此，在思想史和文化史视域中重新透视"五四"文化激进主义和文化保守主义之间的纷繁复杂的争论并以此为思想基点对整个20世纪中国的激进与保守之争进行反思才是20世纪90年代重释"五四"的最大题中之义，同时也构成了20世纪90年代的知识界对20世纪80年代的"新启蒙"思想的集中回应。

20世纪90年代对"五四"进行历史重释/解构的思想语境直接导致了对"五四"文化激进主义和文化保守主义思想价值的重新估定，在思想史的脉络中走向了胡适所谓的"重新估定一切价值"的轨道。"实际上，如何评价'五四'，是显示现代与传统、西化与民族化的矛盾走向和时代思想文化风尚的晴雨表……在激进与保守之争中对于'五四'的不同评价，体现了新保守主义者与新启蒙主义者的不同文化立场。"[③]

[①] 余英时：《中国近代思想史上的激进与保守》，载李世涛主编《知识分子立场——激进与保守之间的动荡》，时代文艺出版社，2002，第29页。

[②] 姜义华：《20世纪中国思想史上的政治保守主义》，载李世涛主编《知识分子立场——激进与保守之间的动荡》，时代文艺出版社，2002，第73页。

[③] 李永东：《激进与保守之争：重评"五四"》，《山西师大学报》（社会科学版）2007年第6期。

应该说，20世纪90年代对"五四"的批判和反思的支点并不是以20世纪初期具有文化和思想原点意义的"五四"作为参照系，它是对20世纪80年代——尤其是"文化热"进行反思的历史结果。或者说，20世纪90年代试图解构的"五四"是80年代重新定义和阐释的"五四"。"事实上，80年代终结作为一份重要的历史经历，再度成为90年代文化的又一个缺席的在场者。但与此同时，这份挫败与无力感，亦来自于80年代文化逻辑的碎裂与混乱：依照前者，80年代的终结再次印证历史循环的死亡魔力。"①很大程度上，八九十年代之交历史的骤然变更使知识分子的学术立场和思想价值取向都随之发生了深刻的转向，至少在文化身份上他们从社会和思想的变革者退守回到知识清理和学理反思的象牙塔中。也就是说，20世纪90年代的历史反思和批判意识的建立本身就包含着知识分子与20世纪80年代历史之间的"对话"，裹挟着他们内心深处无处宣泄的悲愤情绪。对此，有论者这样指出："由反省具体的历史事件，而导向反省20世纪80年代的思潮学风，进而重新审视近现代以来的文化传统。这种反省显然具有历史批判和学理探求的双重意义。现代以来的中国历史进程中存在一股强烈的激进主义潮流，它左右着历史进程总是在某些转折关头把历史推向灾难的境地——这样一种历史共识很快转化成学理上的默契。"②这导致了20世纪90年代的文化论者本身就是以近乎"激进"的姿态对五四时期文化激进主义思潮进行历史反思的，从而直接导致了人们将"文革"历史罪责的根源归咎于"五四"这一思想主潮。而以林毓生为代表的海外学者对"五四"的重新评定直接推动了这一值得商榷的文化思潮的诞生。就像有的论者所认为的："从'五四'到'文革''文化热'的过程，文化的激进主义始终在其中扮演了重要角色……可以说，整个20世纪中国文化运动是受激进主义所主导的。20世纪的文化激进主义并不只是几个空洞的口号，它不仅具有相当程度的浪漫色彩，也具有强烈的理想性与批判性，并有某些文化观念或意识为基础。"③阿城在《文化制约着人类》中也强调："五四运动在社会变革中有着不容否定的进步意义，但它较全面地对民族文化的虚无主义态度，加上中国社会一直动荡不安，使民族文化的断裂，延续至今……把民族文化判给阶级文化，横扫一遍，我们差点连遮羞布也没有了。"④此外，

---

① 戴锦华：《隐形书写——90年代中国文化研究》，江苏人民出版社，1999，第50页。
② 陈晓明：《反激进与当代知识分子的历史境遇》，载林大中、孟繁华主编：《九十年代文存》（上卷），中国社会科学出版社，2001，第131页。
③ 陈来：《20世纪文化运动中的激进主义》，载李世涛主编《知识分子立场——激进与保守之间的动荡》，时代文艺出版社，2002，第294页。
④ 阿城：《文化制约着人类》，《文艺报》1985年7月6日。

陈丹青在一篇访谈中也直言不讳地讲道，"五四"文化激进主义让中国文化完全断裂，文化激进主义造成了很多后果，文化断裂是最核心的问题。这种历史反思意识使得人们以激进主义作为衡量历史的思想准则将"五四"和"文革"之间建立了内在性的关联，借以达到了批判"五四"文化激进主义和对中国现代史进行重新讲述的现实目的，并且在思想史范畴的意义上实现了对"现代性"/20世纪中国的现代化进程的全面性反省。这种研究范式和思维定式直接导致了20世纪90年代的研究者普遍性地将20世纪中国历史的变迁过程简约而笼统地归置到以激进主义作为思想主线的发展脉络中，从而使历史发展的多元性和复杂性被不同程度地遮蔽和抹杀了。在他们的理解和表述中，激进主义一度成为"知识分子的鸦片"，"激进主义变成一个无所不包的神话，它从现代以来的中国历史背景上浮现出来，囊括了所有的政治灾难和文化恶果。这个神话的历史真实性已无关紧要，重要的是激进主义构成了一个二元对立模式的一个方面，从反激进主义自然推导出尊崇保守主义的价值立场"[①]。由对文化激进主义的重新辨识导引出的对于历史/"五四"的反思和批判使20世纪90年代历史转型期的知识分子确立了一种"以退为进"的思想立场和言说方式，在对20世纪80年代的质疑和解构中重新奠定了知识分子作为思想和文化启蒙者的地位。即使被迫退守书斋，也要在学术研究和纯知识的思想范畴中以"非启蒙"/"反启蒙"的立场再次"指点江山"，去完成新的启蒙或者另一种启蒙（许纪霖语）和文化重建的历史重任。或者说，他们需要重新寻找一个中国现代化进程的起点而开启新的文化征程。因此，在20世纪末苍凉而悲壮的时刻，他们"镜城突围"式的历史行为也就具有了巨大的文化象征意义，他们身上映射出的"历史能动性"让行将结束的20世纪显得既悲情落寞又意味深长。

一、海外学者的批判之声：以《二十一世纪》作为考察中心

历史地看，20世纪90年代初期大陆学界对于激进主义和文化激进主义以及保守主义和文化保守主义的激烈争论无论知识谱系抑或价值立场都与同时期海外/港台学者的论述具有内在的一致性。这些论者的阐释焦点无非在两个方面展开："其一，矫枉必须过正的运思方式，相信进化论，相信新比旧好，相信时间神话，相信革命论，因此在改变失败与落后现状的急躁心理支配下，倾向并容忍激进主义。其

[①] 陈晓明：《反激进与当代知识分子的历史境遇》，载林大中、孟繁华主编《九十年代文存》（上卷），中国社会科学出版社，2001，第134页。

二，反文化的性质，特别是从"五四"以来，具有经久不息的全盘否定传统的倾向，具有激烈的反知识分子的倾向。"①如果非要硬性地为这场论争寻找一个源头，那么1988年9月余英时先生在香港中文大学做的题为《中国近代思想史上的激进与保守》②的长篇演讲无疑是重要的思想导火线。该文中，余英时既在横向的意义上比较了20世纪中国历史文化语境与西方"现代性"价值系统中的激进和保守内涵上的差异性，同时又在历史的纵向上阐明了近代以来中国在政治和文化层面上激进主义的发展谱系。余英时强调，激进和保守并不特指某种具体的思想或学派，它指的是一种态度或倾向，这种态度在一个时代/一个社会有重大变化的时期常常发生③。在他看来，五四新文化运动使激进与保守之间的对峙由政治层面推进到文化领域，或者说，"五四"被视作20世纪中国文化激进主义发生的起点，它的终结点/中国现代思想激进化的落幕并不以"文革"/80年代末期作为最后的时间节点，激进化是一个尚未完结的历史进程。据此，余英时指出："如果我们以'五四'为起点，我们不妨说，经过70年的激进化，中国思想史走完了第一个循环圈，现在又回到了'五四'的起点。"④余英时的表述不仅相对简单化地确立了20世纪中国文化激进主义发展历程的两极，更重要的在于他首肯了"五四"作为现代中国的历史起点以及20世纪80年代重新回归"五四"的思想史现实。重温20世纪中国的历史和文化变革——尤其是那些历史被迫转型的迅疾年代，不难发现这样的思想图式：人们在心理和思想上更愿意选择和接受具有批判和决裂意味的激进主义，尤其是在五四时期，进化论思潮影响下形成的鲜明的新与旧的价值观念，使激进主义者享有不容置疑的优越感；而只有在时间的沉淀中方能展现出平静与温和力量的保守主义却鲜有人问津。而当折返回中国文化传统的内部时，余英时预设和想象了激进与保守之间的理想化状态："相对于任何文化传统而言，在比较正常的状态下'保守'和'激进'都是在紧张之中保持一种动态的平衡。例如在一个要求变革的时代，'激进'往往成为主导的价值，但是'保守'则对'激进'发生一种制约作用……相反的，在一个要求安定的时代，'保守'常常是思想的主调，而'激进'则发挥着推动的作用。"⑤这种

---

① 陈百明：《近年来国内对文化激进主义的批判综述》，《文艺理论与批评》1997年第1期。
② 余英时先生的这篇演讲是香港中文大学25周年纪念讲座第四讲。
③ 余英时：《中国近代思想史上的激进与保守》，载李世涛主编《知识分子立场——激进与保守之间的动荡》，时代文艺出版社，2000，第1~2页。
④ 余英时：《中国近代思想史上的激进与保守》，载李世涛主编《知识分子立场——激进与保守之间的动荡》，时代文艺出版社，2000，第19页。
⑤ 余英时：《中国近代思想史上的激进与保守》，载李世涛主编《知识分子立场——激进与保守之间的动荡》，时代文艺出版社，2000，第24页。

激进与保守之间合理化的制衡状态也是我们对"五四"文化激进主义和文化保守主义的最大期许。余英时的言论即刻引发了一场以香港的《二十一世纪》杂志（主要集中在1992年的4月号到10月号）中的《批评与回应》专栏为思想核心的火山爆发式的论战，这场因激进与保守之争而引发的火药味儿十足的思想战历时半年之久。学者姜义华率先对余英时的论说展开了正面的质疑，他接受了英国保守党政论家塞西尔对保守主义的阐释并以此作为反驳余英时的论据①，在对中国的政治激进主义和文化激进主义进行简单化的历史追溯后指出："关于中国没有努力维持现状、维护传统的保守主义及保守主义者的论断，显然低估了中国保守主义的历史传统和它在百余年来现实生活中的实际影响。"②他并不认同余英时将"文革"视为近代以来中国激进化思想发展的高峰以及将其产生的历史罪责完全地归置到"五四"以来激进主义恶性发展的论述，他认为这种价值判断"只是看到了和封建主义、资本主义、修正主义彻底决裂和灵魂深处闹革命这样一些口号……那种泛道德主义、泛政治主义，那种只不过是使贫困普遍化的平均主义，那种图腾化、宗教化了的个人崇拜与个人专断，都正深深地扎根于中国的传统"③。姜义华尤为肯定余英时所强调的对于20世纪中国的激进主义和保守主义的评判要坚持一种文化上的雅量态度，所以，他虽然主张文化保守主义是20世纪中国历史变革和文化发展的思想主流，但是却也不得不承认："中国的保守主义与激进主义是百年来社会大变动的一对双生子。百年来中国保守主义自始至终都与激进主义交织在一起，互相对抗，互相制衡，一直在激烈地冲突着……保守主义为了自身的利益，有时做了激进主义的事……同时，激进主义为了经过迂回的历史之路达到自己的目标，有时也会做保守主义的事。"④实际上，激进主义／文化激进主义、保守主义／文化保守主义本就是思想／文化的一体两面，它们应该以颉颃共生的互渗方式存在而不应是矛与盾式的彼此对立的关系，也就是说，我们对激进和保守的反思与批判不应建立在二者互为对立面

---

① 塞西尔在其著作《保守主义》一书的开篇便这样写道："天然的守旧思想是人们心灵的一种倾向。那是一种厌恶变化的心情；它部分地产生于对未知事物的怀疑以及相应地对经验而不是对理论论证的信赖；一部分产生于人们所具有的适应环境的能力，因此，人们熟悉的事物仅仅因为其习以为常就比不熟悉的事物容易被接受和容忍。对未知事物的怀疑以及宁可相信经验而不相信理论的这种心理，根深蒂固地存在几乎一切人的心中。"由此，塞西尔指出，保守主义的形成主要受到天然的守旧思想、政党的保守原则和帝国主义三个因素的影响和制约。（详细请参阅［英］休·塞西尔：《保守主义》，杜汝楫译，马清槐校，商务印书馆，1986年版，第3—27页。）

② 姜义华：《激进与保守：与余英时先生商榷》，《二十一世纪》1992第10期。
③ 姜义华：《激进与保守：与余英时先生商榷》，《二十一世纪》1992第10期。
④ 姜义华：《激进与保守：与余英时先生商榷》，《二十一世纪》1992第10期。

的思想立场。当我们将作为一种历史和文化态度的激进或保守上升为"主义"时，本身就存在着陷入历史独断主义和虚无主义的风险，更不用说试图单纯性地以某种具体的"主义"来读解20世纪中国历史的复杂变革，这种历史观念是以丧失历史的本真/真相为代价的。在很多研究者看来，百年来激进主义和保守主义的发展之所以呈现出两极化的态势，究其原因在于缺乏一支足够强大、足够成熟的中坚力量作为维系社会稳定的基础。问题的症结在于假定这股中坚力量确实存在，那么激进主义与保守主义是否就会因此遵循某种良性的历史发展准则而内置于20世纪中国思想史的版图中仍旧是一个有待进一步争论的难题。

面对非议和责难，余英时再度发声，他坚持认为作为思想价值取向的激进主义在20世纪中国思想史的精神链条上始终是一股强势的历史力量，他深信这种价值判断符合20世纪中国历史变革的客观实际。对于20世纪中国现代化进程的曲折历程以及革命者思想的激进化，余英时做出了这样的辩驳："至于全面反传统的革命所建立的新秩序比它所推翻的旧秩序更为恶化，这并不是由于革命者在思想上太保守了，而恰恰是因为他们太激进了……但是由于事实上没有人真能片刻离开传统而存在，所谓全面反传统的革命最后必然流于以传统中的负面成分来摧毁传统的主流。其具体的结果便是坏传统代替了好传统……激进的革命之所以无法创造出一个新的社会正是因为它不能保守和继承文化传统中的合理成分。"[①]这里，余英时试图向他的论敌阐明的是思想发展的激进化历程并不意味着对保守势力存在的全然漠视，相反，他的辩解言辞中却暗含着寻求激进与保守彼此平衡的思想倾向。这种价值立场同样深刻地影响了余英时对"五四"的历史评价，他认为国学热或国学研究的兴起未必就是思想/文化保守的表征，因此，他指出："当然，在五四运动以后，康有为、章炳麟、刘师培等都已成为不折不扣的文化保守主义者。这正是因为中国思想激进化的步伐愈来愈快……但如果我们把'五四'以后的'整理国故'运动当作一种思想史的现象来观察，那么不得不着重地说：这个运动的思想取向恰恰又是激进而不是保守。"[②]实际上，由于对激进和保守之义理解上的思想差异决定了上述论者对激进主义与保守主义各执一词的激烈争论，基于不同的思想主体生成的价值判断与20世纪中国历史发展的实际是否相叠合本身就是值得怀疑和商榷的。也就是说他们对激进主义/保守主义做出的价值论断唯有在其预设的激进/保守的语义范畴内

---

① 余英时：《再论中国现代思想中的激进与保守——答姜义华先生》，《二十一世纪》1992年第10期。

② 余英时：《再论中国现代思想中的激进与保守——答姜义华先生》，《二十一世纪》1992年第10期。

才具有正当性和合理性，并且在很多时候，他们对激进/保守的语义所指可以实现彼此互换或对等。这种语义上的分歧固然与个人的历史经历、思想背景和知识谱系密切相关，但更重要的在于中国近代以来的激进主义和保守主义大都在政治意义和文化意义上同时共存并表现出政治和文化两种形态①，这也决定了近代以来的激进论/保守论者学者兼政治家的双重身份。而且激进与保守在两种形态中的发展并不具有历史的一致性，相反，呈现出了更多的矛盾和冲突。据此，有论者以章太炎和胡适为例进行佐证，晚清时期的章太炎文化观念上以保守性的国粹主义为主，但并未妨碍他成为一个激进的革命家；"五四"后期的胡适在政治上倾向保守主义，而在思想上却表现出对旧有的学术思想的毫不妥协的批判。②也就是说，"文化上的全盘反传统不一定必然导致政治上的激进主义……同样，政治上的激进主义也不一定必然意味着文化上的全盘反传统"③。因此，我们需要在思想史和社会史的双重视野中理解20世纪中国的激进主义和保守主义，因为在任何单向度意义上对激进与保守的解读都势必会导致对20世纪中国历史/现代化进程中的思想变革的理解陷入片面性的尴尬境地，而这种认知视角对于五四时期文化激进主义和文化保守主义的历史阐释同样适用。在这样的意义上，有论者认为："中国近代可怕的不是激进与保守的对峙，而是最激进的与最保守的对峙……保守主义也好，激进主义也好，只有当它变为实际的社会政治运动，或者与政治权力高度结合的时候，才对社会表现出非凡的支配力量。"④事实上，20世纪中国历史语境中所谓的文化激进主义者和文化保守主义者总是依据社会历史的变动作为思想指南而不断地调整自身的策略，文化上的激进和保守与社会历史的转型及其引发的思想裂变之间具有共生性。回到"五四"的历史现场，表面上看，文化激进主义和文化保守主义是以中国传统文化为核心展开了水火不容的文化论争，但实质上它们在文化意义上代表着实践中国现代化进程的两种不同方案。有论者也强调，激进与保守虽然表面上形成了一种剑拔弩张

---

① 学者许纪霖认为，当我们以激进主义和保守主义作为分析工具来具体阐释20世纪中国思想史的各个层面的现象时，需要对其做出政治和文化层面的区分，因为它们各自依据的坐标是不同的。在他看来，所谓文化层面的激进或保守，主要取决于对中国文化传统的价值取向，主张全盘推倒的是为激进，而文化阐释仍然固守在本土文化框架内的是为保守。所谓政治层面的激进或保守，主要看其对现实社会政治秩序的认同态度，要求根本解决、推倒重建一个新的是为激进，主张在现存系统内做技术性调整和修补的是为保守。（参阅许纪霖：《激进与保守的迷惑》，《二十一世纪》1992年第11期。）
② 李良玉：《激进、保守与知识分子的责任》，《二十一世纪》1992年第11期。
③ 许纪霖：《激进与保守的迷惑》，《二十一世纪》1992年第11期。
④ 李良玉：《激进、保守与知识分子的责任》，《二十一世纪》1992年第11期。

的对立姿态，但在深层上却具有相通的思想预设和思维逻辑，只不过呈现出不同的面貌而已。"就文化层面而言，从清末到'五四'确实是一个连续激进化的思想历程，中国文化的主体儒家学说从器物、政治观念直到伦理价值，由表及里地受到了时代的挑战，到新文化运动时知识分子喊出了'打倒孔家店'的口号，将文化激进主义推向了巅峰。"①五四时期的文化激进主义者因为受到进化论思想的绝对性支配，所以，他们在接受西方"现代性"价值观念时也更易于择取其中的"断裂"内涵，在他们的理解中，先进的思想和进步的社会力量就孕育在"破旧立新"的历史转折中，这种意识赋予了现代知识分子一种顽固的破坏主义的文化性格和"超人"式的思想意志，不仅在历史的潮流中激进地走过了百年，更重要的在于对历史后来者的文化实践仍旧发挥着潜在的影响。此外，我们还应当注意到的问题是'五四'以来文化激进主义与政治激进主义之间的血缘关系："文化激进思潮突然在死气沉沉的局面中爆发，然后迅速地由文化激进主义发展为政治激进主义；政治激进主义又反过来加强文化激进主义。这两种主义的推波助澜，形成了现代中国的激进传统。"②在承认这种既定关系之余，学者林岗又进一步辨析和论证了二者在20世纪中国历史变革中呈现出的基本样态：

在中国，文化激进主义常常与政治激进主义相联系，虽然它们确有不同……但是，归根结底，激进的反叛运动本身所蕴含的巨大的道德热情最终必然要通过一个明确政治目标寻找归宿。以这种观点看中国现代史，政治激进主义就成了文化反叛思潮理所当然的继承人……一方面政治激进主义需要文化激进主义为前提，而文化激进主义则需要政治激进主义实现其目标，虽然这个目标是隐藏着的而不是公开的。因此，文化激进运动与政治激进运动只不过是现代的社会演变中相互关联的两个阶段……正是由于文化激进主义的道义色彩与空想色彩，才使它最终发展为政治激进主义。③

应该说，20世纪中国知识分子缔造的激进主义"神话"与"五四"这个思想源头不无关系，正是"五四"文化激进主义的思想温床使知识分子对中国现代化的想象日渐地走向实用主义和功利主义的"意图伦理"而抛弃了更为理性的"责任伦理"原则。但是，就此而言将"五四"片面性地视作20世纪中国历史劫难的"始作俑者"也有失历史的公允。就像王元化所指出的："激进主义不是五四时期才有的。一百多年来，中国的改革运动屡遭失败，这是激进主义在遍地疮痍的中国大地上得

---

① 许纪霖：《激进与保守的迷惑》，《二十一世纪》1992年第11期。
② 林岗：《激进主义在中国》，《二十一世纪》1991年第3期。
③ 林岗：《激进主义在中国》，《二十一世纪》1991年第3期。

以扎根滋长的历史原因。环境过于黑暗,改革者认为,只有采取过激手段才能生效。"①这种逆向式的历史反思意识打破了那种"激进主义—历史恶果"的狭隘思想的局限性,有效地辨析了激进主义与20世纪中国历史变革之间的辩证关系,进而形成了继承/回归"五四"的理性态度:"今天不是简单地完全按着'五四'的道路走;'五四'未完成的任务应当继承,但是'五四'的思想需要深化,而不是重复。"②历史证明,我们并没有完成深化"五四"的思想使命,所以,"五四"仍旧会被不断地重新提及。

有论者将五四时期激进思想的根源归咎于法国的唯理主义,认为:"可是中国'五四'以来的知识分子所遵循的,恰恰大都是法国唯理主义者的传统。他们像法国启蒙学者一样持有激烈反宗教的无神论观点,如果说还有差异的话,那么中国'五四'以来的知识分子在无神论观点上更加彻底而偏执……最后,中国知识分子的乌托邦救世主义精神也同样导致了现代史上各种激进主义思潮的盛行。"③现代知识分子的这种文化心理和精神品格也决定了在20世纪中国革命比改良更具历史优越性。如果说中国现代化的历史进程催生了知识分子对于激进主义道路的选择,那么,逆向来看,激进主义的历史行为——尤其是具有暴力倾向的思想价值取向也无形中阻碍了中国急切走向现代化的历史步伐。那些对激进主义进行毫无保留批判的论者无疑在潜意识中建立了暴力主义的思想参照系,问题的关键在于"在相当长的历史时段里,大部分的激进主义者并不是和暴力主义密不可分的,他们的激进主张也并非必然导致暴力主义的猖獗。相反,渐进的改良主义也并非都绝对的排斥暴力"④。按照卡尔·波普的两种社会改造工程理论⑤,20世纪中国的文化保守主义者和自由主义者更加倾向于渐进社会工程,而文化激进主义者无疑选择了乌托邦社会工程,两种社会改造工程的内在差异根本上决定了"五四"以来文化激进主义与文化保守主义之间无法调和的持久性的冲突。从戊戌变法、辛亥革命到"五四","强

---

① 王元化:《五四精神和激进主义》,《百年潮》1997年第5期。
② 王元化:《五四精神和激进主义》,《百年潮》1997年第5期。
③ 傅铿:《大陆知识分子的激进主义神话》,《二十一世纪》1992年第11期。
④ 胡成:《激进主义抑或是暴力主义》,《二十一世纪》1992年第13期。
⑤ 卡尔·波普将社会改造工程分成乌托邦社会工程和渐进社会工程两种。他进一步指出,乌托邦的或整体主义的方法和渐进的方法之间的区别在于:渐进工程的工程师可以在改革的范围中不抱成见地提出自己的问题,而整体主义者就不能做到这一点,因为他事先就一口咬定彻底改造是可能的和必然的。这一事实具有深远的意义。这使乌托邦主义者对关于社会建构的控制限度的社会学假说产生了反感……乌托邦的方法先验地拒绝这些假说,违背了科学方法的原则。([英]卡尔·波普:《历史决定论的贫困》,杜汝楫、邱仁宗译,华夏出版社,1987年版,第54页。)

大的社会保守势力似乎很有效地牵制（不止制衡）了激进的思想趋向，而激进思想之挫折似乎使其愈趋于激进。若然，则近代中国思想趋向之激进，恰与社会势力之保守成正比"①。20世纪中国的历史发展进程表明，激进主义抑或是保守主义在文化层面上预设和建构的现代化道路均遭受了不同程度的溃败，由于它们在具体的文化实践中都偏执地奉行一元论的思想准则，因此，始终无法在彼此的互补和转化中走向历史性的统一。"总的来说，在二十世纪中国，激进主义与保守主义都太强大了，为了各自的乌托邦目标，两方面都动用最为激烈的话语和最为极端的手段，斗得天昏地暗……在中国文化辞典中，从来不缺改朝换代那种激进思想资源，也不缺抱残守缺式的保守主义传统；独缺的是开放的、多元的、渐进的、真正能为现代民主与科学提供思想和现实土壤的自由主义。"②总之，"五四"以来，文化激进主义和文化保守主义的分道扬镳既与中国传统文化的精神品格息息相关，同时也表征出了20世纪中国历史变革／实现文化现代化的特殊性和复杂性。因此，对它们的批判、反思和重估也就不仅仅是作为学术问题而存在，更重要的在于它关涉着对于"五四"／20世纪中国历史的重新想象和讲述。

二、知识界和思想界的"世纪末的喧哗"

在时间上，与香港《二十一世纪》杂志对激进主义／"五四"文化激进主义的声讨接踵而至，大陆学界也在1993年前后对这一思想和文化命题展开了激烈的论辩③。基于对20世纪80年代的历史和现实的深刻反思而引发的思想论争已经远远地超出了知识领域的容纳范畴，很大程度上，这种思想／话语转换的过程中也承担着对"意识形态"的表意功能，这也是盛行于五四时期的"借思想文化解决问题"的惯性思维逻辑的历史延续。不管怎样，他们的反思仍然建立了一个基本的历史共识，即激进主义构成了中国近现代历史发展的主流。或者说，在他们的理解中，"五四"文化激进主义在20世纪中国所产生的历史负面作用是不争的事实。有论者在"反思的反思"的认知视野中对20世纪90年代以来形成的"五四"文化激进主

---

① 汪荣祖：《激进与保守赘言》，《二十一世纪》1992年第11期。
② 许纪霖：《激进与保守的迷惑》，《二十一世纪》1992年第11期。
③ 大陆学界对于文化激进主义的反思和批判主要以《文学评论》《东方》《学人》等刊物作为精神阵地。

义批判思潮进行了重新审视和历史清理①,并以科学的批判和继承态度做出了新的尝试性解释:"简言之,五四激进思潮的产生是中国近代全面危机的反映,迫使中国走向全面变革的道路,有其正当性,这就是从思想革命到政治革命,再到社会革命,以求建立一个能自立于世界的现代民族国家……也就是说,从激进主义思潮,很容易滑入一种叫作'无限革命'的轨道,而另一种革命的模式是所谓'有限革命',它以政治革命的完成为目标……人为地使用政治的手段去推动这个领域的'革命',其效果可能相反,这已被20世纪的历史所证明。"②这种回到历史现场的冷静和理性还原意识更有助于我们看清"五四"文化激进主义的真实面目,进而确指其历史功绩和思想局限性。事实上,20世纪90年代历史惊涛骇浪般的巨变使知识分子失去了以平静的心态反思历史的可能,虽然"思想家淡出,学问家凸显"③这种对20世纪90年代知识界的整体评断一度引起了争议和不满,但是此间大陆知识分子对于"五四"文化激进主义的反思偏重历史文化而弱化思想的趋向(以《学人》最有代表性),却某种程度上无意中贴合了这种表述。诗人郑敏以百年来中国的新诗创作和语言变革作为切入点对五四新文学激进的语言变革策略进行了历史反省,她认定胡适、陈独秀、钱玄同等五四新文化运动主将对汉字/文言、古典文学的遗弃④

---

① 学者高华对20世纪90年代以来大陆学术界关于"五四"激进主义的反思问题提出了四点看法:其一,从历史的脉络看,确实存在"五四"激进思潮这个重大现象;其二,这种思潮的发生有其深刻的社会历史和思想背景,不是几个人凭一时冲动就可以形成风潮的;其三,这股思潮对中国发展的影响是多重性的,既有其正面价值,也有很多教训;其四,阻碍中国发展的是几千年的专制主义,它是一个体系,包括制度层面、心理层面和思想价值观的层面,将之笼统归之于传统文化,是很表面化的。(参阅高华:《革命年代》,广东人民出版社,2010,第18—19页。)

② 高华:《革命年代》,广东人民出版社,2010,第19页。

③ 对于李泽厚所提出的"思想家淡出,学问家凸显"的说法,王元化提出了这样的质疑:"最近泽厚将学术界一些人开始出现探讨学术的空气说成是学术出台思想淡化。其实完全用不着担心,这种学术空气还十分微薄,简直成不了气候。而且我敢预言在相当长的时期内,学术研究也不会成为可以和其他文化活动抗衡的力量……我不认为学术和思想必将陷入非此即彼的矛盾中。思想可以提高学术,学术也可以充实思想。它们之间没有'不是东风压倒西风,便是西风压倒东风'那种势不两立的关系。而且我也不相信思想竟如此脆弱,会被救亡所压倒,被学术所冲淡。"(王元化:《王元化文论选·关于近年的反思回答》,上海文艺出版社,2009,第424页。)

④ 五四时期反对文言、主张废除汉字的主要代表性思想言论有:钱玄同在《中国今后的文字问题》中指出,废孔学,不可不先废汉字;欲驱除一般人之幼稚的、野蛮的思想,尤不可不先废汉字;陈独秀在《文学革命论》中也强调,际兹文学革新之时代,凡称贵族文学、古典文学、山林文学,均在排斥之列;胡适在《建设的文学革命论》中也指出,中国这两千年何以没有真有价值、真有生命的"文言的文学",原因在于死文言决不能产出活文学,中国若想有活文学,必须用白话,必须用国语,必须作国语的文学。

对新诗发展产生了无法估量的消极作用,甚至她认为中国新文学在"五四"后没有取得历史进步。就"五四"以来新诗创作的语言来讲,郑敏认为:"五四时代青年学者看到西方科学民主给文化带来的进步与繁荣,处身于中西文化的巨大时差中,深感新意识的萌芽再也无法纳入旧的体系中,因此产生彻底砸碎旧瓶的冲动。而文言文首当其冲,因为它已经失去作为语言的不可少的口语功能。"①作为诗人的郑敏自然对语言具有天生的敏感性,她在历时的意义上强调了中国古典诗词和西方诗歌创作在语言上对于"五四"新诗的潜在影响。语言本身凝聚着一个民族的文化和精神传统,它的变革需要经历一个自然的历史过程,而不是仅凭个人的意志就能够强力转变的。对于五四时期略显激进和盲目的语言变革举措,郑敏批判道:"胡、陈主张用纯的白话口语代替整个语言系统,只是一种幼稚的空想,在胡适和其同时代的白话文先驱们的所谓白话诗文上游戏着无数古典文学、古典诗词的'踪迹'……在文化上却因拒绝古典文学传统,使白话与古典文学相对抗,而自我饥饿,自我贫乏。"②实际上,任何的文化变革／语言革命都不应该以彻底性地否定和抛弃传统／古典为代价,因为"激进地否定'古典性',强烈地要求'他者化',会使重构或重建'主体'的任何可能均告丧失,因为连'主体'的任何痕迹都已不复存在,'主体'就会变为仅仅是西方而使本土文化永远处于'他者'的位置上"③。事实表明,五四新文学的生成过程并未完全割断与传统／文言的脐带关系,在鲁迅的小说和胡适的新诗中,文言的印痕清晰可见。"因此五四运动的走向是对汉语的母语本质进行绝对的否定,与'在变中旧的本质的不变是主要的'的原则背道而驰,当然历史终于阻止了这桩最后的灾难"④。郑敏将百年中国新诗创作滞后的缘由归根于"五四"不无道理,但是伴随着救亡／革命对于思想启蒙的压倒,诗歌的言志精神渐趋地被载道功能所取代,新诗语言也随之遭受着不同程度的过滤和同质化的要求,这或许是造成郑敏所谓的20世纪没有伟大诗人和诗歌诞生的更为重要的原因。不可否认的是,急切渴望进入"现代"酿造的文化幻觉使新文化阵营对"传统"／"传统文化"群起攻之并在语言层面极力地推动文言向白话的过渡。他们认为,充满历史惰性的文言已经无力承担对"现代"意识的表达,而语言的进化和变革实则是创造现代国家的激情引发的连锁效应。"就文学层面而言,五四激进主义

---

① 郑敏:《世纪末的回顾:汉语语言变革与中国新诗创作》,《文学评论》1993年第3期。
② 郑敏:《世纪末的回顾:汉语语言变革与中国新诗创作》,《文学评论》1993年第3期。
③ 张颐武:《重估"现代性"与汉语书面语论争——一个九十年代文学的新命题》,《文学评论》1994年第4期。
④ 郑敏:《世纪末的回顾:汉语语言变革与中国新诗创作》,《文学评论》1993年第3期。

对于积累几千年之久的传统文学秩序的有效解构和极力颠覆,为中国新文学的发生开拓出了崭新的发展时空。"[1]因此,新文化闯将们五四时期的那些被视作激进的思想和言论在既定的历史认知框架中确实有其合理的面相,但是这些"不可为而为之"的历史/文化行为在学理意义上无疑会饱受历史后来者的批判和诟病。事实上,这种两难的境地对于置身历史内外的人而言同样都是无法释怀的精神困扰。

郑敏对"五四"白话文运动的批判作为反思文化激进主义的导火线迅疾引发了诸多论者的商榷之声,他们认为,白话文运动在语言层面上破旧立新的变革在文学现代转型的历史进程中发挥着巨大作用。"'白话'对'文言'的功能和作用的全面取代正是'现代性'取代'古典性',完成'知识型'转换的最为关键的步骤"[2],它绝不应当为20世纪中国遭遇的现代性劫难承担全部的历史罪责。显然,在郑敏的批判意识中,"五四"以来的激进主义作为一个政治和文化的混合体并没有得到明确的割裂,而是无情地将"五四"白话文运动这一略显激进的文化事件推上了历史的"断头台"。学者范钦林指出,文言与白话在中国古代本就是两个并存的语言系统,只不过至五四时期,具备口语功能的白话文更易于表达现代中国人的思想、情感和愿望。因此,由文言向白话的渐进式过渡乃至于对"世界语"运动的倡导在语言层面上顺应了历史发展变革/"现代性"的内在要求,"胡、陈所为也只是在于终止一个业已失去生命力的语言系统而完善一个充满生机充满活力的语言系统而已,说到底是为白话文争一个官方书面语地位"[3]。五四时期的文白之争所具有的社会和文化意义远胜于其在语言学范畴中产生的断裂性影响,语言的递变是"五四"新文化阵营探索中国文化现代化道路的自觉实践,也是走向现代国家必然经历的变革。或者更具体地讲,积极地推动白话文在书面语中的建构也是"现代性"的目标使然。历史地看,"胡适要造就的现代白话文是以古代优秀的白话书面语为其蓝本,再加上现代白话口语与文言中有益的成分而造成的。对于古典文言文来说,现代白话文仍然是一个开放的体系"[4]。实际上,"五四"知识分子对于新文化/新文学的猜想和实践始终在隐性而合理地继承传统,郑敏在语言进化的意义上突显了"五四"白话文运动的负面作用而没有在具体的历史语境中呈现出它的历史功绩。郑敏

---

[1] 岳凯华:《五四激进主义的缘起与中国新文学的发生》,岳麓书社,2005,第4页。
[2] 张颐武:《重估"现代性"与汉语书面语论争——一个九十年代文学的新命题》,《文学评论》1994年第4期。
[3] 范钦林:《如何评价"五四"白话文运动——与郑敏先生商榷》,《文学评论》1994年第2期。
[4] 范钦林:《如何评价"五四"白话文运动——与郑敏先生商榷》,《文学评论》1994年第2期。

在回击质疑的言辞中不断地重申她无意于贬损新文化运动者略带"冒险"性质的文化行为，她所不能接受和批判的是新文化运动的闯将们在文化现代化道路的探索进程中秉持的传统与现代、东方与西方非此即彼的二元对立思维，而强调以一种理想化的文化兼容、调和的方式完成文学／文化现代转型的历史使命。在她看来，"要使以简单句为基础的白话口语立即肩负起表达二十世纪人们复杂的思维与感情，和几千年中华文化的丰富的质地的职能，这就是"五四"以后近半个世纪中国文学面对的困境。他们经历了一场灾难性的语言破坏与重建，挣扎与痛苦"[1]。郑敏始终坚持以传统为价值本位的变革立场，她的文化意识与20世纪80年代的文化论者主张的"传统与现代之间的转换与创造"以及五四时期文化保守主义者（以"国故派"和"学衡派"为代表）的文化立场是相通的。她认为，五四新文化运动最深远的影响在于致使现代知识分子文化心理的严重失衡，即西方中心主义文化观的形成。"然而，自'五四'以后我们的文化心态更多是否定自己的传统，淡忘自己的过去，以为这样才能现代化……这颗种子已埋在我们民族意识中近一个世纪了，有时它被利用来反对改革，但也有时它被利用来进行惊心动魄的自我破坏与毁灭。"[2]事实上，郑敏和她的质疑者们通过反思／重释"五四"文化激进主义而寻求解决中国文化现代化进程中症结性难题的良方，他们激烈的思想交锋源于各自坚守的新启蒙和新保守的不同价值立场。其争论的最本质问题是在"现代化"的价值天平上，如何正确地认识和处理传统与现代之间的复杂关系，这种分歧和对峙早在五四时期就埋下了深刻的伏笔。在新启蒙主义者的认知视野中，"一个怀古主义的幽灵在京华大地徘徊！……抱有怀古主义情绪者，常常只看到传统文化现有价值或绝对价值，而无视这种价值随着时空的推移而表现的相对性，看不到这种传统与现实、过去与未来的联系与转化"[3]。

他们依然延续着"五四"文化激进主义者的启蒙策略而批判新保守主义者的狭隘的民族主义倾向，主张在并非全盘西化的历史前提下，以西方现代性的价值观念作为思想坐标建构中国的现代性话语。他们强调"我们要言说自己的话语，但不是放弃西方的话语去重操东方古人的话语，如果硬想那样做，必然会走向民族自尊的

---

[1] 郑敏：《关于〈如何评价"五四"白话文运动〉商榷之商榷》，《文学评论》1994年第2期。

[2] 郑敏：《关于〈如何评价"五四"白话文运动〉商榷之商榷》，《文学评论》1994年第2期。

[3] 范钦林：《民族自尊的误区与现代文化的选择——对一种东方怀古情结的批判》，《文艺争鸣》1995年第2期。

误区"①。郑敏与范钦林等学者的论争既是对20世纪80年代"文化热"反思的结果，同时也在延续着"文化热"中那些因历史的断裂而未得到充分讨论和清理的文化和思想命题，我们在文化现代化道路上经历漫长的跋涉后重新回归到"五四"的思想原点，时至今日，如何走向"现代"成为困扰百年中国知识分子最大的难题。

事实上，激进主义和保守主义在20世纪中国的相遇和碰撞始终无法全然地避开与"革命"②话语的复杂纠缠，这种难解难分的内在联系自"五四"时起就已经成为历史的真实"显影"。这种思想分化具体到文化层面上就形成了这样的一种历史现象：保守主义者因秉持着循序渐进的文化改良方案而高举维护传统的旗帜反对"革命"/政治变革；激进主义者将传统视为中国现代化进程的最大障碍，因此，他们通过强烈的反传统推进"革命"的发生。在"五四"文化激进主义者推行的一系列文学"革命"中，"革命"不仅被赋予了历史的正当性和存在的合理性，而且隐约地与政治/现代国家等话语实现了绑定（当然，这本身与"革命"一词由政治范畴滑向文学/文化领域密切关联）。而这种被认定的"革命"其自身最大的历史局限性在于：

> 但由进化论母体中演化出来的"革命"话语是以直线向前的时间认知作为前提的，图新弃旧是它的重要特征，所以当革命成为文学转型的正义性依据时，也同时依照历史进化的思路在新旧之间做出了价值上的优劣判断和非此即彼的单项选择，把时间意义上的"新"等同于追求中的"现代性"，传统则被认定为旧的与现代性绝不相容的对立面遭到否弃，这样，就曲解了文化及文学现代转型的实质性内涵。③

现在看来，"五四"文化激进主义者的变革策略确实有很多值得反省的地方。进入20世纪90年代，"告别革命"/"道德理想国覆灭"等思想主张的问世表明了知识界对激进主义的反思和批判达到了历史的顶点。而李泽厚等诸多论者则通过质疑"革命"的方式间接地重释了"五四"，曾经占据中国现代思想史主体地位的"革

---

① 范钦林：《民族自尊的误区与现代文化的选择——对一种东方怀古情结的批判》，《文艺争鸣》1995年第2期。
② 关于20世纪中国"革命"话语的诞生及其发展过程请参阅陈建华：《"革命"的现代性——中国革命话语考论》，上海古籍出版社，2000，第1—182页。
③ 王桂妹：《彰显与遮蔽——五四文化激进主义语境下文学现代性的实现》，《学术交流》2004年第3期。

命"话语在"后革命"时代却悖论性地成为批判和反思的客体。20世纪90年代文化保守主义的重新兴起直接推动了对"革命"的质疑并以"告别革命"的激进式姿态反思20世纪中国的激进主义。这些论者普遍认为,"在革命的舆论下,革命的激情和意识疯长,而且渐渐冲刷成一种史无前例的思维和逻辑"①。"革命"意味着激进,进而建立了两者在语义上的对等性,无论五四文学革命抑或50—70年代的历史变革都被视为激进主义的结果,从而将"五四"与"文革"相提并论。萧功秦首先反思了戊戌变法中的激进思想对20世纪中国的历史变革产生的"超稳定"式的负面作用,在他看来,"极致性文化"②的内在规约是戊戌以来的激进思想形成的根源,它导致了"当中国最需要它的政治精英运用智慧与能力来推行改革时,传统文化中那些极致性文化因素却激活了早期中国改革精英中最不利于改革而最有利于革命的因素"③。萧功秦进一步指出,百年来由于我们对戊戌变法失败的道德同情多于反思,所以才使人们的认知形成了这样的历史错觉:"由于在一个过于僵化的保守制度下,变法从根本上难以实现,所以中国只有通过革命暴力来扫除旧势力、重建新秩序……于是导致戊戌变法失败的那种激进主义思维模式,反而进一步又成为人们在新的历史条件下对待变革问题的前提与出发点。"④余英时曾坦言道:"但是革命破坏了近代一切旧有的和新兴的制度组织,这正是为什么思想激进化的历程又回到第二次循环的始点。"⑤对"革命"的质疑/批判之声在"五四"后期就已经不绝于耳,鲁迅曾这样指出:"革命,反革命,不革命。革命的被杀于反革命的。反革命的被杀于革命的。不革命的或当作革命的而被杀于反革命的,或当作反革命的而被杀于革命的,或并不当作什么而被杀于革命的或反革命的。革命,革革命,革革革命,革革……"⑥显然,鲁迅批判的重心在于指责"革命"的不彻底性,而李泽厚等学

---

① 张宝明:《中国化激进主义生成谱系探寻》,《郑州大学学报》(哲学社会科学版)2010年第6期。
② "极致性文化"是西方政治文化研究中的一个概念,它把目标与手段视为道德上的不可分离的整体,由此衍生两个基本特点:首先,它否认从现实状态向理想状态的进步存在若干并不完美的中间阶段;其次,在这种思维方式与价值观支配下,人们习惯于对问题与选择做非此即彼、非正即邪、非善即恶的两极分类。在极致性文化中,渐进、宽容、妥协、多元性存在的价值与权利、异质体之间的互补性,都并不具有合法性。(具体请参阅萧功秦:《戊戌激进主义及其影响》,《二十一世纪》1998年第46期。)
③ 萧功秦:《戊戌激进主义及其影响》,《二十一世纪》1998年第46期。
④ 萧功秦:《戊戌激进主义及其影响》,《二十一世纪》1998年第46期。
⑤ 余英时:《中国近代思想史上的激进与保守》,李世涛主编《知识分子立场——激进与保守之间的动荡》,时代文艺出版社,2000,第24页。
⑥ 鲁迅:《鲁迅文集(杂文卷)·小杂感》,当代世界出版社,2010,第125页。

者却要在根本上否定"革命"存在的合法性,进而指出:"我认为,辛亥革命是搞糟了,是激进主义思潮的结果……通过当时立宪派所主张的改良来逼着它迈上现代化和'救亡'的道路,而一下子痛快地把它搞掉,反而糟了,必然军阀混战……直到现在'革命'还是一个好名词、褒词,而'改良'则成为一个贬词,现在应该把这个观念明确地倒过来:'革命'在中国并不一定是好事情。"①作为思想家的李泽厚,内心中不可能完全漠视和抹杀掉"革命"在20世纪中国历史发展中的功绩,因此,他的"告别革命"之说也就自然地引起了后来者的质疑:"如果说,余英时等海外学者因不了解大陆政治的奥秘而将其'外衣'视为躯体,并迁怒于真正意义上的'激进主义',尚有其文化的隔膜值得谅解;那么,李泽厚等大陆学者也将'文化大革命'同近代的启蒙主义思潮混为一谈,甚至将此罪过上溯到辛亥革命,其动机就很值得怀疑了……问题在于,李泽厚的这种思想决不仅仅是其个人的事情,它代表一种文化'保守主义'思潮。"②事实上,"百余年来历史上的每次改革都以失败告终……这些不断更迭的改革运动,很容易使人认为每次改革失败的原因,都在于不够彻底,因而普遍形成了一种越彻底越好的急躁心态"③。因此,人们对"革命"的质疑/告别更多地由迫切进入"现代"的激进心态和历史情绪所导致,与其说"告别"的思想内涵是对20世纪中国历史进程中"革命"话语的根本性颠覆,毋宁承认这是知识分子对百年中国历史变革积聚而成的思想/精神"力比多"——一种近乎明清之际士大夫身上的"戾气"④置换和宣泄的结果。"革命确实有巨大的破坏力量,它可以改变人们的存在方式,但是,以为革命可以解决一切问题,确实是一种幼稚病。过去,我们以为摧毁旧的国家机器之后,一切将迎刃而解,所以把希望、力量都放在革命上,结果社会本身的组织机能、管理机能和建设机能就退化了。"⑤李泽厚等对"革命"的质疑与其进入20世纪90年代后思想的转型具有历史的同步性,他对"革命"的告别是以对20世纪80年代的历史反思作为基本前提的,这在他对"五四"的认识和评价态度上(由回归到反思)也得到了印证。李泽厚在与刘再复的对谈中曾指出:

---

① 李泽厚、王德胜:《关于文化现状、道德重建的对话》,《东方》1994年第5期。
② 姜义华、陈炎:《激进与保守:一段尚未完结的对话》,载李世涛主编《知识分子立场——激进与保守之间的动荡》,时代文艺出版社,2000,第34页。
③ 王元化:《王元化文选·杜亚泉与东西文化问题论战》,上海文艺出版社,2009,第342页。
④ 关于明清之际士大夫身上的"戾气"研究,请参阅赵园:《明清之际士大夫研究》,北京大学出版社,2014,第3—23页。
⑤ 李泽厚、刘再复:《告别革命》,天地图书有限公司,2004,第64页。

这种方式主要表现为政治对抗的革命。如果要反省这个世纪走过的道路，首先要反省这一点。我国的二十世纪就是革命和政治压倒一切、排斥一切、渗透一切，甚至主宰一切的世纪……这种革命政治当然会使社会生活充满激进情绪，在这种情绪中大家都活得很紧张……从七十年代末起，我多次说，应当对国内国外几次影响很大的革命，包括法国革命、俄国革命、辛亥革命等等重新认识、研究、分析和评价，应该理性地分析和了解革命方式的弊病，包括它给社会带来的各种破坏。当然也不是完全否定革命带来许多好的东西，等等。①

显然，李泽厚对待"革命"的态度是辩证的，他的"革命"语词中暗含着对20世纪中国激进主义思想的决然批判，或者更具体地说是对20世纪中国革命历史进程中非理性思想的彻底"告别"，这一相对狭隘的"革命"内涵与20世纪中国的"革命"话语之间已经形成了巨大的裂隙。"告别革命"的思想宣言意味着李泽厚等知识分子放弃/质疑自身在20世纪80年代坚守的"新启蒙"立场而自觉地选择了保守的话语方式和表达策略，这种转变也间接地宣告了20世纪80年代"新启蒙"主义者的理论主张和价值内涵构筑的"思想神话"在20世纪90年代的溃败和终结。有的论者据此做出了这样的判断："90年代以来中国思想的一个基本轨迹，大体上是从80年代末开始的激进主义思潮出发，日益走向保守主义甚至极端保守主义。"②不可否认的是，在李泽厚充满悲情意味和思想启示录式的庄严"告别"中，他把批判的矛头指向了20世纪中国知识分子对"革命"的选择，认定正是这种历史抉择最终导致了百年中国遭遇了一系列的思想裂变和"现代性"的困境。然而，"革命"作为一种现代性话语在20世纪中国的出现并不是知识分子有意选择的结果，而是历史自在发展的必然。李泽厚忽略的问题在于"在不同的时代，知识分子必然以不同的方式生存于历史之中，不是知识分子选择了历史，而是历史选择了知识分子。'知识分子无法拒绝革命'这不仅要置放到现当代中国的历史情境中去理解，而且要当作近现代历史赋予知识分子的本质规定来理解"③。这样看来，充斥着无奈意味的"告别革命"只能是一种个人化和理想化的思想姿态，这种表述同时也映现出20

---

① 李泽厚、刘再复：《告别革命》，天地图书有限公司，2004，第59页。
② 甘阳：《自由主义：贵族的还是平民的?》。
③ 陈晓明：《反激进与当代知识分子的历史境遇》，载林大中、孟繁华主编《九十年代文存》（上），中国社会科学出版社，2001，第133页。

世纪中国知识分子软弱与妥协的精神面相,它短暂性地缓释了知识分子在20世纪90年代的心灵焦虑,但是并不能够彻底地解决我们面对的"现代性"难题。问题的关键还在于我们对李泽厚"告别革命"之说的理解本身也存在着的偏狭之处,"在李泽厚的后革命理论的构想中,'告别革命'是一面,而'重建道德'则是另一面。然而,人们一味突出'告别革命',却漠视了'重建道德'本是与'告别革命'不可分离"①。也就是说,李泽厚寄望于在"告别革命"中将知识分子从政治话语的绑定中解放出来而建构一个全新意义的"道德主体",这一具有高度"去政治化"倾向的思想/话语的转换过程为我们深刻洞悉20世纪90年代的历史图景提供了重要的认知视角。"从哲学推演的角度看,李泽厚似乎为当代社会的道德转型提供了出路……解构道德与政治的社会主义式的绑定关系,强调道德分化的现代宿命,从而再次论证了1990年代急剧推进的理性化或'工程—技术取向'的合法性……正是作为历史合理性进程的'告别革命'终结了中国社会主义革命政治作为特定历史实践方式的合法性,从而拯救了德性政治,使得德性政治所试图应对的现代社会的异化和非道德化难题重新呈现出它的新颖性。"②不管怎样,由"革命"到"告别革命"构筑了20世纪中国历史发展的两极,或者更为准确地讲是"现代性"在20世纪中国两个重要的历史转型的关节点——"五四"和20世纪90年代呈现出的历史镜像。在此,"告别革命"作为一种假定的思想预设和历史前提无疑成为我们不断阐释"五四"乃至理解"短20世纪"的最大理由。

如果说上述对"五四"文化激进主义锋芒毕露的批判源于知识分子对20世纪90年代的历史转型做出的迅疾回应,那么,此间对于文化激进主义思潮进行正面肯定的声音同样不容忽视。因为只有在批判与肯定的双重观照视野中,才能相对完整地透视和还原出20世纪90年代对"五四"阐释的历史情境。在批判者的理解中,20世纪中国的历史发展进程被简约成一个激进思想的恶性生长过程,而实际上"思想并不是历史过程的前提而它又反过来成为历史知识的前提。只有在历史过程,亦即思想过程之中,思想本身才存在;并且只有在这个过程被认识到是一个思想的过程时,它才是思想"③。柯林武德的阐释使我们清醒地认识到以20世纪90年代作为

---

① 石岸书:《道德假定的失败与"告别革命"的困难——以1990年代张承志与王蒙的分歧为中心》,《知识分子论丛》第14辑。
② 石岸书:《道德假定的失败与"告别革命"的困难——以1990年代张承志与王蒙的分歧为中心》,《知识分子论丛》第14辑。
③ [英]柯林武德:《历史的观念(增补版)》,何兆武、张文杰等译,北京大学出版社,2010,第228页。

思想基点对"五四"文化激进主义进行批判和反思是一种对历史进行"内在化"的想象活动,其中最大的症结性问题在于:"每个现在都有它自己的过去,而任何对过去在想象中的重建,其目的都在于重建这个现在的过去——正在其中进行着想象的活动的这个现在的过去——正像这个现在在此时此地被知觉到的那样。"①在这样的意义上,"五四"文化激进主义的批判者无疑陷入了历史阐释的非历史性原则,相反,那些对"五四"文化激进主义的意义和价值给予正面肯定的论者则立足在"五四"的思想立场进行历史的还原。

"五四"文化激进主义的肯定者同样不避讳激进思想在新文化运动／五四运动以及20世纪中国历史中的客观存在,他们也承认激进主义在近代中国社会和文化中的长期存在,并且在"左"倾教条主义和极左政治思潮的利用下给20世纪中国的历史发展带来了深重的灾难②。但是,这并不意味着"五四"因此要为20世纪中国的历史劫难承担全部的历史罪责,而事实上,中国的激进主义思想也并非肇始于"五四",更不仅仅单纯性地存在于文化的范畴中。如果我们坚持在现代性的立场上反思和重新阐释"五四",那么"五四"文化激进主义的正面价值便会得到彰显。"'五四'激进主义张扬的思想启蒙,构成了中国社会现代转型的根本动力,成为了五四新文化运动的真正核心,在对传统文化的激烈批判中显示了自身的文化风采和历史价值。"③正如有论者所指出的:"但是,'五四'的激进主义(反传统主义)却是非常特殊的一个中国式的历史转折。正如英国保守主义成为现代社会的催生婆那样,中国的激进主义成为它迈向现代社会真正的杠杆和契机……但作为激进主义,它达到了历史要达到的目标:对外国家独立,对内社会统一和发展的局面。"④事实上,五四时期的文化激进主义者在进化论思想的精神促动下形成的"现代意识"具有的历史能动作用和意义是划时代的。虽然这个转变过程中掺杂着诸多的片面性,但是,它毕竟使人们意识到了旧有的社会和文化制度的惰性而选择了接受和认同了"新"这一五四时期最大的意识形态。如同五四时期人们普遍感知到的:"吾何为而讨论新旧之问题乎?见夫国中现象,变幻离奇,盖无在不由新旧之说淘演而成;吾又见夫全国之人心,无所归宿,又无不缘新旧之说荧惑而致……上自国家,下及社会,无事

---

① [英]柯林武德:《历史的观念(增补版)》,何兆武、张文杰等译,北京大学出版社,2010,第247页。
② 耿云志:《新文化运动、五四运动与激进主义》,《史学月刊》2009年第5期。
③ 岳凯华:《五四激进主义的缘起与中国新文学的发生》,岳麓书社,2005。
④ 许明:《文化激进主义历史维度——从郑敏、范钦林的争论说开去》,《文学评论》1994年第4期。

无物不呈新旧之二象。"[①]这种"新"的质变要素推动一个古老而沉闷的"天朝大国"渐趋地苏醒而开始走向充满朝气和力量的"现代中国"。"虽然随着历史时空的转换,'五四'文化激进主义及其倡导的现代启蒙思想在新的历史语境中不断得到重新辨析乃至质疑,但'五四'文化激进主义所标举的'五四'文化批判精神,作为中国历史现代转型的巨大精神动力,其历史合理性是任何时候也不应被抹杀的,甚至可以断言,如果没有现代思想启蒙运动,中国文化将会长久沉溺于陈陈相因的传统文化发展模式中无法获得现代转型。"[②]在这样的认知视野中,我们有足够的理由对"五四"文化激进主义者的历史选择给予宽容和同情。历史地看,"五四"文化激进主义者的文化选择/历史行为符合20世纪初期中国历史和文学现代转型的进步要求,历史与文化的双重转轨变迁赋予了他们历史行为的合理性。他们决绝的闯将精神使现代的思想曙光强力地驱散了具有腐朽气息的历史阴霾,正是这种"破"的坚定与"立"的激情彻底地改变了中国历史发展的基本走向。因此,他们在心理和精神层面上也必然要经受着更为剧烈的震荡和撕裂的无奈。"对于以颠覆传统为己任的'五四'文化激进主义主体而言,他们以强烈的思变欲望主动使自我迎合并促动这种变迁,从而具备了较强的'移情能力',但是作为进步的代价,正是与传统血脉的主动割裂的悲壮心态,使他们比保守主义承受了更多自我分裂的苦痛和历史性非议。"[③]总之,在"五四"这一传统与现代进行惊心动魄转型的历史时刻,文化激进主义者的变革策略和思想抉择是不可或缺的,换言之,"五四"是一个需要敢为人先的"闯将"诞生的时代。如果说"现代性"本身意味着一个不断探索和试错的过程,那么,"五四"文化激进主义者作为历史的先行者势必就会带着冒险/被误读的可能砥砺前行。不管怎样,他们凭借着尼采式的生命意志和中国传统知识分子的忧患情怀书写了20世纪中国的"青春",时间的流逝不但没有消磨了他们的思想印记,相反,在八九十年代的历史情境和思想论争中他们并未消散的精神之光被重新聚合。八九十年代的知识分子在遭遇了前所未有的"现代性"劫难后依然选择启用"五四"的知识/思想范式进行新的现代化实践,"五四"文化激进主义者的历史价值也随之得以彰显。

---

① 汪淑潜:《新旧问题》,《青年杂志》第1卷第1号,1915年9月15日。
② 王桂妹:《五四文化激进主义与中国文学现代转型》,北岳文艺出版社,2007,第2页。
③ 王桂妹、郝长海:《五四文化激进主义历史主体剖析》,《社会科学战线》2003年第6期。

辨章学术与考镜源流
——评丁帆的《中国乡土小说史》

李耀鹏

丁帆先生是饮誉中国现当代文学研究界的散文家、学者和思想家,他迄今取得的那些瞩目的成就令人由衷感佩而望尘莫及。他始终以批评战士的顽强姿态开拓着自己的学术疆域并引领风骚,在时代变迁的跃动中找寻着自己思想和情绪的燃点。他对生活充盈着感性的自觉与激情,有着顽童般的洒脱和浪漫;面对学术研究,他又饱含着热情洋溢的率真和严谨,时刻恪守着批评家应有的傲然风骨和尊严。在散文集《江南悲歌》《夕阳帆影》《江南文化散步》《知识分子的幽灵》以及《天下美食》和《人间风景》中,我们相遇的是高蹈而又儒雅风趣的丁帆;在那些妙笔生花和微言大义的文章专著中,我们又有幸邂逅到带着批判精神和启蒙哲思的丁帆。总之,在丁帆先生的为人之道与治学经验中,我们得以切实体悟到他超迈的人生境界和虚怀若谷的情怀。

丁帆最重要的身份依旧是文学史家和批评家,他的学术研究的整体格局表明他始终以史家眼光和史传传统面对20世纪中国文学,以至于他的那些思想和智慧结晶中都熔铸涤荡着宏大的视野并因此具有独特的魅力。《中国现当代文学制度史》、"新时期地域文化小说丛书"、《中国当代文学史新稿(第2版)》(与董健和王彬彬编著)、《中国新时期小说主潮》(与许志英编著)、《中国新文学史》(上下)、《文学史与知识分子价值观》、《20世纪文化名人精神评传》、《中国大陆与台湾乡土小说比较史论》、"中国乡土小说研究丛书"等论著都鲜明地体现出了丁帆先生的史学追求。当然,最能够代表并奠定丁帆学术地位和荣耀的还应当归属于《中国乡土小说史》。《中国乡土小说史》令丁帆在批评界声名大振而"笑傲江湖",无可争议地成为丁帆最具影响力的集大成之作,乡土小说构成了丁帆学术的轴心并统摄规约了他的研究方向和道路。可以说，在乡土小说的文学密林中，丁帆发现和建构了自己学术的"通途"和"小径"。仔细考究便能发现，《中国乡土小说史》是一部具有承上启下意义的研究著作。该论著正式出版之前，丁帆已经先行完成了作为"前史"的《中国乡土小说史论》，此后又完成了具有接续性意义的《中国乡土小说世纪转型研究》和《中国西部新文学史》。由此，丁帆成功地开创了具有通论性质和方法论意义的乡土小说研究，在前现代、现代和后现代的时间进程中相对完整地描摹出乡土小说的别样"风景"。既在文学史和文化史的双重视野中宏观性阐释乡土小说的衍生变革，同时又能够以文带史和以论通史。在丁帆的研究视域中，乡土、中国和小说所构筑而成的不仅单纯地表征为某种现代化的知识范式，更是想象中国的重要方法之一。

丁帆的《中国乡土小说史》在"五四"至20世纪90年代的时间流脉中对乡土小说进行历时性考证，以此"绘制乡土中国的全景图"[①]。论著揭示出不同历史文化语境对乡土小说叙事模式转变和价值追求的潜在形塑和制约，在思潮、作家和作品的网状结构中辨识历史与文学的真相，这种研究方法与胡适在《国学季刊》的发刊宣言中提出的历史眼光、系统整理和比较研究的整理国故之法不谋而合。丁帆既注重由文化、历史和政治等要素支配的文学外部世界，同时又兼及以语言、形式和文体为中心的文学内部世界，从而实现了韦勒克、沃伦式的文学内部研究和外部研究的统一性。很大程度上，丁帆笔下的乡土小说史与20世纪中国文学史具有历史的同构性，他以乡土小说的理论和概念阈定独辟蹊径地重新连缀了"五四"以来的文学和文化现象。"我们撰写文学史，大概有两条思路，或'我思故史在'，或'史在促我思'。前者是先有个对历史的看法，然后按照这一看法整理史实；后者则从整理史实入手，在这一过程中受到客观史实的触动、促发而产生某种认识，形成某种见解、理论。"[②]显然，丁帆的《中国乡土小说史》实现了这种小说史编纂的"史"与"思"之间的辩证。丁帆以五四时期的乡土写实小说、沈从文和废名为代表的乡土浪漫派小说、"社会剖析派"与"东北作家群"的乡土小说、"山药蛋派"和"荷花淀派"的乡土小说、《讲话》精神规约下的乡土小说变调、"伤痕"与"知青"叙事中的乡土小说、"寻根"和"先锋"及其"新写实"思潮中的乡土小说等勾勒出了20世纪中国文学的整体性发展状况。在乡土小说的文学史视野中，20世纪的中国文学思潮（流派）得以被重新整合并确立了新的文学秩序。这种文学史观和研究立场

---

① 毕新伟：《绘制乡土中国的全景图——读丁帆〈中国乡土小说史〉》，《小说评论》2008年第4期。

② 黄修己：《中国新文学史编纂史·导言》，载《中国新文学史编纂史》（第二版），北京大学出版社，2007。

的生成与丁帆个人的历史观念相耦合,他曾如此坦言道:"我始终认为,要真正认识中国,认识中国文化的本质,你一定要深入到农村去体会,才能从感性的经验中获得理性的归纳……关注乡土就是关注中国,我在这块土地上收获的是一个文学者应该持守的人道主义的价值立场,以及能够用一双内在的眼睛穿透一切艺术形式看清何为伪乡土文学的本领。"①丁帆从现实生活中的感性体验到学术研究中理性品格的升华,他以百年乡土小说家的遒劲笔致深刻地洞见中国社会的历史变革进而上升到哲学批判高度的审视。这固然是丁帆作为理论家的深邃和智慧使然,但更重要的是他试图建构属于"我的"乡土文学抑或中国文学的有力尝试,实现批评的"小我"与时代或历史"大我"之间的有机统一。这种小说史学观的内在惯性机制决定了丁帆并无意于扼要地描摹出乡土小说的历史变奏,而是从中意识到治史经验和面对理论难题的困惑,这使得丁帆在同代批评家中脱颖而出之际即标榜了独立的批评品格和精神。正是由于"我的"批评主体的介入,使得丁帆能够挣脱理论自身形成的窠臼和泥淖而避免了实证主义所强调的"忠于历史"或者"如实地说明历史"的内在局限。"实证主义史学的根本迷误是对人的价值、需要、兴趣等的忽视,这种忽视与他们强调历史研究要运用自然科学的经验实证方法,采取自然科学家的纯客观的不偏不倚的中立态度是一个分币的两面。他们回避现实人生的重大问题,钻进琐屑的史料中不能自拔。"②对于丁帆而言,相对真实地呈现出乡土小说在20世纪中国的发展踪迹固然无比重要,但他的批评之剑更加倾心的是如何面对和书写乡土中国本身。因此,隐含在《中国乡土小说史》中的另一种声音便是丁帆对于乡土小说创作主体的乡土小说家自身的本质、存在价值、生活目的与人生意义的观照,在"人—历史—人"的批评逻辑中勘探乡土小说的美学精神和生成"历史—美学"的研究范式。所以,与其说《中国乡土小说史》致力表达的是乡土小说的历史,毋宁承认它是另一种意义上的"人的文学"。丁帆让乡土小说获得了大地的温度和真实可感的生命活力,他如此完美地印证了克罗齐的历史观念:"真正的历史,活的历史,是存在于当代人心灵中的历史,仅靠搜集和排列史料是不可能建立这种历史的,建构历史的内在动机只能是存在于当代人的内在需要之中。"③对此能够发现,在我们所熟知的文学史家和批评家身份背后还隐藏着一个睿智的历史学家的丁帆。在《中国乡土小说史》中,丁帆不仅实践了小说史学化的批评理念,同时还有意识地彰显出他的"术"与"学"相得益彰的学术风范。章学诚在《校雠通义》的序言中

---

① 舒晋瑜、丁帆:《关注乡土就是关注中国》,《中华读书报》2017年6月14日。
② 陶东风:《文学史哲学》,河南人民出版社,1994,第35—36页。
③ 陶东风:《文学史哲学》,河南人民出版社,1994,第40页。

曾指出,"校雠之义,盖自刘向父子部次条别,将以辨章学术,考镜源流。非深明于道术精微,群言得失之故者,不足语此"。在丁帆的理解中,"所谓的'有术'就是对形式层面工具性和器物性的方法的掌握和运用,光有这样知识体系的理解和运用是远远不够的,而'有学'则是在吸收知识的过程中,将其重新锻造成具有自己独特个性的批评价值观念和话语体系,成为有自洽性的逻辑体系,这个高度十分艰难,但是,这是每一个批评者的目标,尽管我做不到,可是我努力地接近它"[①]。诚然,丁帆所谓的"做不到"和"努力接近"是他的谦逊之辞,《中国乡土小说史》的理论思辨性和守正创新的方法论价值都充分地表明了丁帆作为大批评家的崇高风范。

乡土不仅生动地镌刻着文明转化的印记,同时又如此逼真再现着中国进入"现代"的焦虑和无措,伴随着革命、启蒙和救亡相交互的历史进程,乡土不断地以自身强大的力量形构着20世纪中国的精神和文化共同体。这种共同体意识的生成确指便是乡土世界中聚合成的历史和文化自觉的结果,从而决定了现代中国的"乡土本色",即"从基层上看去,中国社会是乡土性的。我说中国社会的基层是乡土性的,那是因为我考虑到从这基层上曾长出一层比较上和乡土基层不完全相同的社会,而且在近百年来更在东西方接触边缘上发生了一种很特殊的社会"[②]。由基层的乡土性生长出所谓的不完全相同的特殊社会,便是对"前现代—现代—后现代"历史图景的历时性建构,即从挣脱铁屋子的滞重"呐喊"到全球化时代的"狂欢"。总之,乡土小说家凭借着百年来的激愤、忧患、血泪乃至于无畏的挣扎书写出一个伟大的觉醒民族的"史诗",他们以献祭大地的方式凭吊和馈赠历史,以永恒的血肉之躯和完美的故事之弧演绎着神奇魔幻的大地诗学,从而映现出杰姆逊式的"第三世界的文学都是民族寓言"的论断。如果小说可以称之为民族的秘史,那么乡土小说无疑就是20世纪中国的秘史。总体上说,"乡土文学的变迁跟新文学'现代'品格、质素的摸索定位、累积震荡彼此呼应。简言之,系知识分子对现代性的渴望、焦虑,酝酿创生了'乡土'。换个视角,我们亦可将文学乡土的发达视为深藏的传统基因受现代语境的挤迫而迸发、反弹的结果,那弥漫的乡土依恋与赎罪心理便是证据……在乡土改良的憧憬和书写中,融入改造国民性的现代实践,并构建自我的现代主体身份"[③]。也就是说,作为被创造的"乡土"实则是对鲁迅式的"无声的中国"的生动隐喻,那些潜隐在乡土作家中的"乡土意识"或者"乡土精神"便

---

① 舒晋瑜、丁帆:《关注乡土就是关注中国》,《中华读书报》2017年6月14日。
② 费孝通:《乡土中国》,江苏文艺出版社,2011,第5页。
③ 李丹梦:《流动、衍生的文学"乡土"——关于〈新世纪中国乡土文学大系〉》,《南方文坛》2012年第6期。

是个人与现代国家之间的互为指涉。"我们所谓的'乡土',其形象是随着国家、民族意识的自觉、炽热而逐步清晰地"①,于是,乡土、小说、历史和中国便成为无法割裂的表意整体,持续性的乡土书写也就意味着永无止境的"现代性的追求"。

中国的乡土小说是在传统农业文明与现代工业文明此消彼长的冲突中得以彰显和浮现的,或者说是东西方之间的文化和文明碰撞开启了"现代意义"的乡土小说的滥觞。"乡土"的书写中凝聚着文明递变的踪迹,静态诗性的文明缩影中映照的是时代的沧桑巨变。中国现代性的后发性及发展的"不确定性"特质赋予了乡土小说迥异的写作面相和美学风格。在这样的意义上,乡土小说会成为我们回眸和凝望20世纪中国的"第三只眼睛"。问题的关键在于"在乡土小说的世界性发展中,现代意义上的中国乡土小说经历了一个从萌生、繁盛、蜕变、断裂、复归到再度新变的复杂而曲折的递嬗过程……理论的阈定与乡土小说的历史性状态并不总是一致的,而在对其一致性的追求与弥合中,理论与史论都得以向深度展开,从而不断地逼近乡土小说这一巨大存在的本真"②。言外之意,如何"乡土"和怎样"小说"始终是困扰着文学研究者有待破解的难题,乡土中的"文学"与文学中的"乡土"怎样在历史的涡流中辩证式地交会互动,进而牵制和带动了我们对现代中国的原初想象。乡土小说的敞开性与包容性决定了任何单向度式的理论阈定都无法涵括20世纪中国乡土小说的全貌,而唯有在文学(作品)与历史(时代)的镜像参照中才能够还原、发掘和抵达乡土小说的存在之真,以此让那些僵硬的理论和史实发挥出应有的批评效力。海德格尔在《存在与时间》中将"本真"诠释为本来的和真正的属于自己的状态,以此区别于被他人和外物异化的非本真状态,本真性就意味着本己性或者自身性,回归本真就是要重回真正的自己本身③。而中国乡土小说的"本身"(存在本真)或许只是一个不断累积而趋近于历史"真相"的过程。乡土小说史作为文学史中的沉积层之一,丁帆以"文学"的观念、"历史"的时序和文学史的叙述"语言"将20世纪中国乡土小说表述为一个相对完整的有机体,诚然这个裹挟着强烈主观意愿和"虚构"性质的呈现过程会与那个纯粹"客观"意义上的乡土小说存在着难以弥合的裂隙和差异。乡土小说史的历史属性决定了"它也要采取历史学的方法,使文学在时间上也表现得富有秩序。文学的历史仿佛随着时间的递进而演进。在文学史里,作家、作品会依次从时间隧道的那一端走出来,陆续登上长长的文学历史剧舞台,在一幕幕戏中扮演角色,时间的流程决定了他们的前后源流关

---

① 李丹梦:《文学"乡土"的地方精神》,北京大学出版社,2014,第6页。
② 丁帆:《中国乡土小说史》,北京大学出版社,2007,第1页。
③ 出自学者廿一行的自印书稿《致终有一死的人:像海德格尔那样去倾听》,第42页。

系"①。必须承认的是，丁帆以文学史的观念写就中国乡土小说史固然是"文学史家的权力"，但会不可避免地带有强烈的历史主义或者泛历史主义的"神话"色彩。

丁帆的《中国乡土小说史》带着明确的问题和方法论意识对中国乡土小说的发展历史进行"知识考古"，他试图在世界文学的整体性发展格局中发现中国乡土小说的艺术渊源、传统和自身的发展态势，从而建立了世界文学与中国文学之间的内在联结。"话语旅行中的挪用、误解与变异提示我们，中国的'乡土'并非如其表面呈现的那样封闭自足，背后实潜伏着'西方'的纠葛与参照。"②实际上，丁帆先行地以某种概念和理论预设的目光进入对世界或者中国乡土小说的理解和阐释中。于是，他率先认定"乡土小说的重要特征就在于工业文明参照下的'风俗画描写'和'地方色彩'"③。在这样的认知前提下，丁帆将美国小说家库珀的"边疆小说"、马克·吐温笔下的密西西比河的乡村生活、威廉·福克纳的美国南方生活，以及格拉斯果的"土壤小说"、以维尔加的《乡村故事》为代表的意大利的"真实主义"、拉丁美洲的"土著主义"文学、高尔基的返乡和迁居题材文学以及巴尔扎克的"外省风俗画描写"等视为乡土小说的经典化之作。从中能够发现，不同时代的现实主义（批判现实主义）和浪漫主义文学家都不约而同地将笔触聚焦在"地方色彩"和"风俗画"的追求上，乡土小说因此被凝固成世界性的文学母题。取法于19世纪以来的欧美文学的中国五四新文学必然会将西方乡土小说的创作经验奉为圭臬，由此导致的是中国的乡土小说自五四时代起便具有了世界主义的质素。在这样的理解中，中国乡土小说也就理所应当地成为世界乡土小说谱系中不可或缺的构成部分。以"风俗画"和"地方色彩"的阈定进入中国现代文学中乡土小说内部，丁帆首先明确规定的是典型意义上的现代乡土小说的题材范畴：其一是以乡村、乡镇为题材，书写农耕文明和游牧文明生活；其二是以流寓者的流寓生活为题材，书写工业文明进击下的传统文明逐渐淡出历史走向边缘的过程；其三是以"生态"为题材，书写现代文明中的人与自然的关系。④这些题材中又蕴藉着不同的价值取向：揭示乡村文化氛围，描写农民文化性格及表现民族文化心理结构。而在基本形态方面又进一步体现为乡土文化小说、乡土性格小说和乡土精神小说。⑤据此，丁帆进一步

---

① 戴燕：《文学史的权力》，北京大学出版社，2002，第25—26页。
② 李丹梦：《文学"乡土"的地方精神》，北京大学出版社，2014，第6页。
③ 丁帆：《中国乡土小说史》，北京大学出版社，2007，第2页。
④ 丁帆：《中国乡土小说史》，北京大学出版社，2007，第19页。
⑤ 丁帆：《中国乡土小说史》，北京大学出版社，2007，第20页。

指明了中国乡土小说"三画四彩"①（风景画、风俗画和风情画以及自然色彩、神性色彩、流寓色彩和悲情色彩）的文体特征和美学精神。可以说，"三画"从外部视角呈现出中国乡土小说的审美倾向，而"四彩"则植根于现代乡土小说的内在气韵和灵魂。这种由外及内、由表到里的美学逻辑和表意策略根本上实现了对中国乡土小说的本源性阐释，更重要的还在于以乡土小说作为"超稳定"创作题材的中国文学因此实现了与世界文学的交汇和熔铸。

在"三画四彩"所构成的整体谱系中，实际上包蕴着中国乡土小说创作的两个文学传统：以鲁迅的"为人生"为思想要义的乡土小说写实派和沈从文开创的诗化浪漫作为基调的抒情风格。这两种风格不仅与世界乡土小说的发展一脉相承，同时也宏观性地决定了20世纪中国乡土小说的内在趋向。丁帆的《中国乡土小说史》的思想聚合力在于确指历时意义上乡土小说的发展递变规律，而遮蔽了共时语态中写实主义和浪漫主义乡土小说的交错式发展，从而无法在文学史内部彻底地厘清20世纪中国乡土小说的历史横断面。福柯曾指出："正像盖罗特对系统的构造单位所分析的那样：把影响、传统、文化连续性作为描述的单位是不妥当的，而内部一致性的、合理性的、演绎链和并存性的描述才是合理的单位……今后，文学分析不是将某一时代的精神或感觉作为单位，也不是'团体''流派''世代'或者'运动'，甚至不是在将作者的生活和他的'创作'结合起来的交换手法中作者所塑造的人物作为单位，而是将一部作品、一本书、一篇文章的结构作为单位。"②据福柯的认识反观《中国乡土小说史》，以时代精神或者传统和文化连续性结构出的乡土小说史突显出的是断裂意义上的小说历史，那种趋近于内部一致性和完整演绎链的具有续接意义的乡土小说史则被无情地淹没。"只有像历史这样的科学，才具有循环往复的再分配。随着历史的出场而变化，这种再分配呈现多种过去、多种连贯形式、多种重要性、多种确定的网络以及多种目的论：以至历史的描述必然使自己服从于知

---

① 在丁帆的理解和表述中，"三画"中的风景画是指进入乡土小说叙事空间的风景，它在被撷取、被描绘中融入了创作主体烙着地域文化印痕的主观情愫，从而构成乡土小说的文体形相，凸现为乡土小说所特有的审美特征；风俗画则特指对乡风民俗的描写所构成的艺术画面；风情画就是指那种有别于其他地域种群文化的、特殊的民族审美情感的表现，这一审美要素在乡土小说的创作中变得明显而突出，成为乡土小说最特别的文体形相。"四彩"中的自然色彩与"三画"有着密切联系，包含着"隐"和"显"两个层面；神性色彩是部分现代乡土小说的又一美学基调，它使部分乡土小说充满了浓郁的史诗性、寓言性和神秘性；流寓色彩是现代乡土小说的一个重要的美学特征，这与作家及其书写对象的存在状态密切相关；悲情色彩则与作家书写对象的存在状态及相应的情感体验密切相关。

② [法]福柯：《知识考古学》，生活·读书·新知三联书店，2003，第3—4页。

识的现实性，随着知识的变化而丰富起来并且不断地同自身决裂。"①实际上，由于20世纪以来的中国乡土小说是正在进行中的未竟潮流，这使得乡土小说内部的一致性和所谓的完整演绎链总是不断地置于变化和断裂的历史进程中，它的即时性和延续性决定了完整意义上的中国乡土小说史始终处于书写和建构的永恒性动态中。诚如沃尔什指出的："他们对过去感到惊奇并想要重建它，因为他们希望找到那里面所反映出来的他们自己的热望和兴趣……但是我们必须得出的结论则是：历史学不是'客观的'事件，而是对写它的人投射了光明，它不是照亮了过去而是照亮了现在。于是就不必怀疑，为什么每一个世代都发现有必要重新去写它的历史了。"②不断地探究和重写中国乡土小说史并不意味着我们身陷对于"过去"的重新"抵达"，而是为了更好地认清此在的"历史"及乡土小说的"未来"。

丁帆《中国乡土小说史》的重要贡献在于以世界主义的文化视野考量和审视中国乡土小说的历史源流，与此同时其忽略的重要问题（有待商榷之处）在于对影响乡土小说发展的中国古典文学传统的追溯。乡土小说在中国文学中的"超稳定"存在与我们自身根深蒂固的农业文明休戚相关，以土地为核心衍生发展的中国文化的持续性决定了大地、农民、耕种、生殖等文化母题深植到文学内部并成为其"灵魂"。"'乡土'的本质乃是一种综合的认知与考量。在国人的意识中，故乡、大地、生命本源、传统、祖国，隶属于一个修辞系统，它们之间有着极为自然的符码互涉、衍生的关联。乡土文学的抒写，本能上倾向于历史与宏大叙事，其根由就在于此。"③中国古代文学典籍中随处可见农业文明的烙印，如《论语·宪问》中记载"禹、稷躬稼而有天下"、《诗·豳风》中的"同我妇子，馌彼南亩，田畯至喜"、《庄子·天道》中的"夫帝王之德，以天地为宗"、《帝王世纪·击壤之歌》记有"日出而作，日入而息，凿井而饮，耕田而食"等。"这经了特殊的意义赋予的'大地'，在诗在画在乐曲中，无休止地收摄与释放着人性的魅力，对人性以'人性'来召唤，以坦荡无垠、以坚厚朴质、以博大无尽包容的'大地性格'来召唤。"④可以说，乡土或者大地承载着人类最原初的历史和文化记忆，对于人的生存给予的无私化育令天地间生民充满着无尽感激，这决定了人们将以诗意想象铭记大地的恩情，以充沛诗情祭奠"大地"（乡土），因此凝结成汇入人类历史长河的浩瀚混融的"乡愁"。"自人类有乡土意识，有对一个地域、一种人生环境的认同感之后，即开

---

① [法] 福柯：《知识考古学》，生活·读书·新知三联书店，2003，第3页。
② [英] 沃尔什：《历史哲学——导论》，社会科学文献出版社，1991，第111页。
③ 李丹梦：《文学"乡土"的地方精神》，北京大学出版社，2014，第7—8页。
④ 赵园：《地之子》，北京大学出版社，2007，第4页。

始了这种宿命的悲哀。然而它对于人的意义又绝不只是负面的。这正是那种折磨着因而也丰富着人的生存的诸种'甜蜜的痛楚'之一。这种痛楚是人属于生活、属于世界的一份证明。"①事实上,唯有在中西方双重文化视野中才有可能辨识清楚中国乡土小说发展的历史脉络,进而将作为民族文学或者文化重要表征的乡土小说所具有的世界文学意义得到显现。

"凡'思'非皆能成'潮';能成'潮'者,则其'思'必有相当之价值,而又适合于其时代之要求者也。凡'时代'非皆有'思潮';有思潮之时代,必文化昂进之时代也。"②乡土小说在五四时期激进与保守并存的文化新时代异军突起而成为新文学初创时期的主流,以鲁迅为精神领袖的"乡土小说派"无可异议地代表了20世纪乡土小说的最高成就。总而言之,"'地之子'应属五四新文学作者创造的表达式。中国现代史上的知识分子,往往自觉其有承继自'土地'的精神血脉,'大地之歌'更是近代以来中国知识分子的习惯性吟唱"③。丁帆《中国乡土小说史》的重要意义在于肯定了鲁迅和"五四"乡土小说作家群④的历史功绩,对于他们开创的乡土小说写作的范式和无法超越的文化母题给予了高度认同。基于此,丁帆建构的乡土小说史中便隐含着"五四"的思想主线,换言之,丁帆以"五四"(乡土小说的源头)——疏离和摒弃"五四"乡土文学传统——回归、继承或复现"五四"乡土文学传统结构出了20世纪中国乡土小说的整体性状貌。这种影响机制直接决定了丁帆对于中国现代乡土小说创作的作家群体做出了这样的论断:"从1912年到1949年,最好的乡土文学作家是鲁迅、废名、沈从文、萧红、吴组缃、台静农、卢焚、李劼人、周立波等,1949年以后,应该是赵树理、柳青、刘绍棠、高晓声、古华、莫言、贾平凹、陈忠实、路遥、余华等。"⑤而上述具有文学史经典性意义的作家则是《中国乡土小说史》的构成主体。丁帆的乡土小说史独具魅力之处就在于不仅在"史"的意义上连缀出20世纪中国乡土小说的发展进程,同时更注重于对经典作家和作品的深度开掘,在世界、作家、作品构成的内视角与外视角多元共生的参照系统中透视乡土小说的文学史价值。

中国现代文学时期在理论和创作意义上对乡土小说做出重要贡献的是鲁迅、周

---

① 赵园:《地之子》,北京大学出版社,2007,第12页。
② 梁启超:《清代学术概论》,中华书局,2010,第1页。
③ 赵园:《地之子·自序》,载《地之子》,北京大学出版社,2007,第1页。
④ 丁帆的《中国乡土小说史》及各种不同版本的《中国现代文学史》著作认定的"五四"乡土小说作家群主要指王鲁彦、骞先艾、裴文中、许钦文、黎锦明、李健吾、徐玉诺、潘训、彭家煌、许杰、王任叔等有成就的作家。
⑤ 舒晋瑜、丁帆:《关注乡土就是关注中国》,《中华读书报》2017年6月14日。

作人、茅盾和沈从文,丁帆在《中国乡土小说史》中正是以此作为理论奠基将启蒙和革命思潮内置到乡土小说的内部逻辑中。鲁迅在编选《中国新文学大系1917—1927·小说二集》的导言中较早地做出了"乡土文学"的命名,他立论的逻辑原点和依据主要以当时聚居在北京的青年写作者为核心,他们中的绝大多数便成为现代文学史中"乡土小说"流派的中坚力量。在鲁迅当时的思想意识中:"蹇先艾叙述过贵州,裴文中关心着榆关,凡在北京用笔写出他的胸臆来的人们,无论他自称为用主观或客观,其实往往是乡土文学,从北京这方面说,则是侨寓文学的作者。但这又非如勃兰兑斯所说的'侨民文学',侨寓的只是作者自己,却不是这作者写的文章,因此也只见隐现着乡愁,很难有异域情调来开拓读者的心胸,或者炫耀他的眼界……不过在还未开手来写乡土文学之前,他却已被故乡所放逐,生活驱逐他到异地去了,他只好回忆"父亲的花园",而且是已不存在的花园,因为回忆故乡的已不存在的事物,是比明明存在,而只有自己不能接近的事物较为舒适,也更能自慰的"[①]此间茅盾也以徐玉诺、许杰、潘训和彭家煌的创作为例,表明了自身与鲁迅对于乡土小说的共识性认知。在茅盾看来,这些作家都共同地描写了农村生活,徐玉诺的小说中流露着活生生的口语;潘训的小说喊出了农村衰败的第一声悲歌;而许杰和彭家煌则用了繁难的人物和动作把农村生活的另一面给我们看。[②]鲁迅对于"乡土文学"的理解和诠释中体现着相对复杂的内涵,即以"侨寓文学""隐现的乡愁""地方色彩"和"被驱逐的文化身份"等涵括了现代乡土小说创作的主旨和要义。但是,作为文化先驱者的鲁迅又必然会将思想启蒙和国民性批判的精神负荷熔铸到乡土小说的写作实践中,以至于鲁迅和乡土小说作家们都不约而同地以文化批判的视角[③]缓释自身的现代性焦虑感。乡土小说家之于乡土的关系便与其跟"国家(中国)"认同根本上实现了同构性,于是我们便不难理解"文学'乡土'的出现乃是源于个体的危机意识和发展需求,但表现出的却是区域性的群体同盟的愿望……它们从反面提示和询唤着一个团结奋发的现代'中国',启蒙与批判的激

---

① 鲁迅编选《中国新文学大系1917—1927·小说二集》(影印本),上海文艺出版社,2003,第9页。

② 茅盾编选《中国新文学大系1917—1927·小说一集》(影印本),上海文艺出版社,2003,第26—28页。

③ 丁帆在《中国乡土小说史》中对于这种文化批判内涵主要概括出三个主要的方面:其一是站在一个基本脱离了"乡下人"的小资产阶级知识分子立场上去悲悯乡土社会中一切不合人道主义的农民苦难;其二是站在人道主义的立场上来拯救中国,拯救黎民,试图推翻封建制度和进行国民性批判;其三是试图抛开一切尘世烦恼,用浪漫抒情的笔调来构建一个田园牧歌式的世外桃源,以此来完成与人生的悲苦相抗衡和宣泄的自足。

情加剧了对'中国同盟'的希冀"[1]。现代启蒙知识分子的文化身份根本上决定了"他所提出的'乡愁',其意义,不仅仅是对乡土社会的悲哀和惆怅,也不仅仅是包含着同情和怜悯的人道主义精神,而更多的是以一种超越悲剧、超越哀愁的现代理性精神去烛照传统乡土社会结构和'乡土人'的国民劣根性"[2]。

严家炎先生指出:"乡土小说流派的形成,标志着《新青年》和文学研究会倡导的'为人生'的文学主张和写实主义的创作方法,经过一批作家的自觉实践,终于结出了为数可观的果实。"[3] "五四"乡土小说作家群及其乡土小说创作的后继者几乎将鲁迅开创的书写模式奉为无法超越的圭臬,新文学的"地之子"们集体以"文化寻根"的方式对自我的"现代"身份实现了自我确证和招魂。这决定了"他们所写的'乡土',更是一种'内在现实',属于他们个人的一份'现实'。乡土既内在于'我'的生命,写乡土作为一种自我生命体验的方式,所可能达到的深度是难以预测的"[4]。"乡土"凝聚着新文学乡土小说家的情感和精神期许,他们凭借于此连接传统的农业文明与现代文明之间的纽带,这种感受在当下时代重新得到了回应:"故乡对于我而言,更是一个精神家园,呵护它也是呵护精神的后院、灵魂的庙宇。我的乡愁不只是关于过去的,更是关于将来的,有的时候也是一种转型期的乡愁。而且故乡对于我来说不只是一个村庄,它是一组变幻的意象:有时候它是天上的一片云,就像费翔唱的故乡的云;有时候它是大地山川中的万物;有时候它又是一个城邦,一个蕞尔小国,你熟识那里的每一个人,你们曾经在一起居住和生活,你们是一个命运共同体。"[5]这种共同体意识再次印证了五四时期的乡土小说已然作为一种精神传统在中国文学中得到了承继。此外,丁帆的《中国乡土小说史》还创造性地揭示出了20世纪以来乡土小说写作的情感互换视角,即作家们在乡村与城市的互为映照中想象和书写乡土中国。也就是说,他们以"乡下人"的视野批判城市文明,转而又以"城市人"的目光窥探乡村文明的愚昧,由此形成了乡土写实小说流派的创作模态:"'乡村'作为一个悲凉的或是浪漫的生活原型象征,是作者心灵中未被熏染的一片净土。当这些乡村知识分子被生活驱逐到大都市后,新知识和新文明给作家带来了新的世界观和重新认知世界的方式,'城市'作为'乡村'

---

[1] 李丹梦:《文学"乡土"的地方精神》,北京大学出版社,2014,第9—10页。
[2] 丁帆:《中国乡土小说史》,北京大学出版社,2007,第29页。
[3] 严家炎:《中国现代小说流派史》,长江文艺出版社,2009,第30页。
[4] 赵园:《地之子》,北京大学出版社,2007,第27页。
[5] 熊培云:《一个村庄里的中国》,新星出版社,2011,第501—502页。

的对照物，使作家更清楚地看到了'乡村'的本质。"①现代乡土小说家既在文化传统上与中国传统的农业文明保持着情感和血缘上的联系，同时又在文化身份与文化性格上与"士"阶层具有天然性的高度价值认同，他们在血脉和灵魂深处都情不自禁地流淌着"地之子"的文化精神。当那些置身或者漂泊于城市中的乡土小说家们以"农民"身份自许时，他们所谓的"乡下人"、农民气质或者"乡下人本色"便在文化身份上彰显出自身的优越性。一方面，他们使得自身裹挟着城市文明的光环；另一方面，又成功地挣脱了"乡村"或者"农民"带有的自私和愚昧。总之，"'知识分子'往往具有比'农民'更严整的'传统人格'。却又必须同时说，流寓于城市，生活方式城市化了的知识分子的自居为乡下人，亦出自比农民自觉、自主的文化选择、价值评估。那是知识分子自主选择、自主设计的文化姿态，其中有唯知识分子才能坚执的个体价值取向"②。而本质上牵涉到的仍旧是"个体认同的构造"问题。丁帆的《中国乡土小说史》尤为重视以"地方色彩"或者"地方经验"（"地方特色"）作为建构乡土小说历史的视角，他将"地方色彩"视为乡土小说存在的重要特质之一。在丁帆看来，"作为乡土小说作家，并不要求你表现民族的'共性'，而是要求你表现某一地域的民族'个性'来……乡土小说作家应该面对的是'两个世界'：第一是异于他国他土的世界；另一个就是异于他地他族（特指一个生存的'群落'）的世界。忽视了后者，将不能称其为乡土小说"③。丁帆所强调的"异于他地他族"其实就是对"地方色彩"的有意强调，在这样的理解视域中，"京派文学""荷花淀派""知青文学"和"新写实小说""先锋小说"等才在"乡土小说"的范畴中获得了新的阐释可能。与此同时，文学史中的"东北作家群""山西作家群""山东作家群""河南作家群"和"文学苏军"等地域小说创作群体的命名也得到了理论支撑。对于乡土小说中潜在的"地方性"质素，周作人曾明确指出："中国人平常都抱地方主义，这是自明的事实……风土与住民有密切关系，大家都是知道的：所以各国文学各有特色，就是一国之中也可以因了地域显出一种不同的风格，譬如法国的南方普洛凡斯的文人作品，与北法兰西便有不同，在中国这样广大的国土当然更是如此。"④周作人所强调的中国人抱地方主义意在表明地域文化或者"地方性经验"对于个体产生的深远影响，同时他更加期待着中国可以拥有

---

① 丁帆：《中国乡土小说史》，北京大学出版社，2007，第43页。
② 赵园：《地之子·自序》，载《地之子》，北京大学出版社，2007，第10页。
③ 丁帆：《中国乡土小说史》，北京大学出版社，2007，第9页。
④ 周作人：《地方与文艺》，载张菊香编《周作人散文选集》，百花文艺出版社，2000，第59页。

因地域而著称的伟大文人作品。据此，周作人以浙江的风土孕育的文学特性为例证，进一步阐释道："我们说到地方，并不以籍贯为原则，只是说风土的影响，推重那培养个性的土之力……现在的人太喜欢凌空的生活，生活在美丽而空虚的理论里，正如以前在道学古文里一般，这是极可惜的，须得跳到地面上来，把土气息泥滋味透过了他的脉搏，表现在文字上，这才是真实的思想与文艺。"[①]周作人指明，上述文艺创作精神不应仅局限于描写地方生活的"乡土艺术"，一切的文艺形式都应如此。纵观百年来中国乡土小说的发展变革历程，"地方经验"确实无可争议地构成了其内在的"主旋律"，几乎每位作家都会无意识地构建出独属于自己的文学地理学。

丁帆的《中国乡土小说史》中涉及的另一重要问题在于关于"农村题材"和"乡土小说"之间的差异和辨析。20世纪40至70年代，由于历史语境的更迭和《讲话》精神的内在规约作用，创作层面上的乡土小说虽未曾中断，但是在美学意义上，此间的"乡土小说"创作却与"五四"乡土小说的传统相迥异。构成乡土小说创作底色的"三画四彩"渐趋隐退，随之而来的便是农村题材小说的方兴未艾。在政治文化的深度浸染中，"土改"叙事和"农业合作化"叙事成为"乡土小说变调"的主流。乡土小说与农村题材小说之间形成的复杂纠葛是20世纪中国文学特殊的现象，对于任何的文学史家和乡土小说研究者而言都是无法规避的难题。而它们二者之间的根本性差异在于"乡土文学与乡土中国是同构对应关系，是对中国社会形态的反映和表达，如果说乡土文学也具有意识形态性质，那么，它背后隐含的是知识分子的启蒙立场和诉求；农村题材是一种政治意识形态，它要反映和表达的，是中国社会开始构建的基本矛盾——地主与农民的矛盾，它的基本依据是阶级斗争学说"[②]。正是由于对上述农村题材小说的认同，丁帆将丁玲的《太阳照在桑干河上》、周立波的《暴风骤雨》、赵树理的《三里湾》、柳青的《创业史》、梁斌的《红旗谱》、浩然的《艳阳天》和《金光大道》等视为此间"乡土小说"创作的"样板"。这些作品以政治的直接美学化消弭和置换了"乡土小说"应有的表达范式和审美品格，这种艺术倾向实则背离或者抵牾了"五四"乡土小说的内在叙事传统。"作家作为写作的主体性（尽管是有限的）被极大地抑制了，本应作为创作主体的作家同

[①] 周作人：《地方与文艺》，载张菊香编《周作人散文选集》，百花文艺出版社，2000，第61页。

[②] 孟繁华：《乡村文明的变异与"50后"的境遇——当下中国文学状况的一个方面》，《文艺研究》2012年第6期。

现实、国家意志和历史之间进行对话的途径被截断了。"[1]原本"乡土"与"中国"之间的历史互喻关系被拆解和间离,由此导致的是:"'乡土'本是良莠杂陈、混沌未开的'中国'的对应物,但在分层考察中发生了意义的滑动与丢失,最终沉降、格化为'中国'的一部分(过去)、一片具有确定内涵的空间(乡村)乃至'政治组织'(人民公社)。"[2]这就要求作家面对文学"乡土"的世界观要发生质的变化,"乡土"中天然蕴藉着的风景、风情和风俗要被阶级斗争、典型人物和现实革命话语取代和置换。正如同茅盾所言及的:"因此在特殊的风土人情而外,应当还有普遍性的与我们共同地对于运命的挣扎。一个只具有游历家的眼光的作者,往往只能给我们以前者;必须是一个具有一定的世界观与人生观的作者方能把后者作为主要的一点而给与了我们。"[3]茅盾所强调的"世界观与人生观"恰如其分地印证了左翼文学至新时期文学历史区间中文学"乡土"的书写和表达方式,而对于那种普遍性和共通性的运命的强烈追求,又使得百年来乡土文学中的农民形象不断地发生着历史性的变革。"总的来说,中国作家的百年乡村文本书写,基本是批判性与建构性同步进行,在批判中建构,在建构中批判……于是在革命背景下的乡村文本里面塑造的农民,负面形象往往是自私型的,这与启蒙语境中塑造出来的负面农民形象往往是愚昧型的,是有差异的。从愚昧到自私,这两种不同类型的农民形象的书写转变,是意味深长的文学事件。"[4]这种历史转变中的"意味深长"也正是乡土小说发生书写"革命"中令我们难以言说的深刻缘由所在。总而言之,"纵观文学'乡土'的变迁,创作主体的认同一直在所谓个体(诸如人性、生命等)与'中国'之间游移,其间的迷惘、纠葛系乡土小说最耐人寻味的部分……现代'乡土'的维系与生长,有赖于上述个、群(民众、阶层、国家)之间保持必要的张力,以留出不确定的空间供创作主体回旋、探索。因而,当安立的假名界定日渐清晰、固化,'中国'从模糊的民众一变而为层垒分明的阶级以至社会主义,且价值上不容置疑时,作为隐喻的文学'乡土'经历震荡与脱胎换骨,也就在所难免"[5]。进入丁帆的《中国乡土小说史》内部不难发现,他有意识地弱化处理了农村题材小说的创作,丁帆当然清楚地意识到"乡土小说"与"农村题材"之间的复杂性,面对这种难解的文学史

---

[1] 丁帆:《中国乡土小说史》,北京大学出版社,2007,第225页。
[2] 李丹梦:《文学"乡土"的地方精神》,北京大学出版社,2014,第15页。
[3] 茅盾:《关于乡土文学》,《文学》1936年6卷2号。
[4] 李遇春:《中国文学传统的涅槃》,商务印书馆,2020,第81—83页。
[5] 李丹梦:《文学"乡土"的地方精神》,北京大学出版社,2014,第11—12页。

议题，丁帆同样不可避免地表现出了他的犹疑不决。由于对"乡土小说"概念①内涵确指上的相对偏狭，导致了许多作家作品都无法进入《中国乡土小说史》的体例中而造成遗珠之憾。对于这一问题，丁帆已经在"中国乡土小说研究丛书"的序言中有所反思。在丁帆未来的中国乡土小说的研究预想中，"乡土文学"如何转向"农村题材"，而"农村题材"又是如何再度转向"新乡土文学"的问题②一定会获得新的文学史阐释。黄子平曾赞誉文学史家洪子诚在当代文学史研究中表现出来的犹疑不决是一种最高境界的呈现，而这种因犹疑而带来的"最高境界"在丁帆的《中国乡土小说史》中同样存在着。

乡土文学仍旧是当下时代文学的主流是不言自明的事实，"无论作家对当下乡村中国的生活变革作出怎样的表达，可以肯定的是，这一题材作为文学发展的主流趋向，在相当长的一段历史时间里不会改变。这是最基本的'中国经验'。另一方面，这一题材积累的丰厚经验也决定了它会走得更远"③。对于长期致力于中国乡土小说研究的丁帆而言，他同样对中国乡土小说的未来充满着笃定的自信。无论是主张重树"典型环境中的典型人物"的现实主义大纛，④还是坚定地认为以《有生》为代表的许多长篇正在触碰中国乡土小说史诗的书写，⑤都在不同程度上充分表明了丁帆对乡土小说持续研究的执着热情。丁帆先生希望伴随着史实和史识不断地丰富完备，"以求将来编出一部真正既有史实，又有史识的鸿篇巨制的中国乡土小说史来，也希望有一天中国能够出现一部真正属于有史实有史识有胆识的中国百年文学史来"⑥。丁帆的学术道路及其他的中国乡土小说研究会因此具有更多的可能性，也让遵循着他步履的我们充满着期待。丁帆认同马克思强调的"时代统治思想统治"的观念，不同的时代和文化语境会改变我们对于作家和作品乃至于历史的观念的认知和判定。因此，对于中国乡土小说历史的书写也会在诸多的不确定性中行进。丁帆在《中国乡土小说史》的"后记"中表达了自己完成这部学术著作时的感受，他坦

---

① 关于"乡土小说"概念在不同历史时期的变化及其称谓的不同可参阅丁帆、李兴阳：《中国乡土小说研究的百年流变》，《当代作家评论》2018年第1期。
② 孟繁华：《乡土文学传统的当代变迁——"农村题材"转向"新乡土文学"之后》，《文艺研究》2009年第10期。
③ 孟繁华：《乡土文学仍是主流》，《南方文坛》2011年第6期。
④ 丁帆：《重树"典型环境中的典型人物"的现实主义大纛——重读〈弗·恩格斯致玛格丽特·哈克奈斯〉随想录》，《中国当代文学研究》2020年第5期。
⑤ 丁帆：《以〈有生〉为代表的许多长篇，正触碰中国乡土小说史诗的书写》，《文学报》2021年5月4日。
⑥ 丁帆：《重读鲁迅的乡土小说——〈中国乡土小说研究丛书〉序言》，《当代作家评论》2018年第6期。

承自己尤为欣赏罗伯特·魏曼的那句可以视为文学史家箴言的话："'尽管文学史家写出了一本文学史（总结性的著作），但从某种意义上说，他本人也是文学史（即读过的书的总和）的产物。因此，撰写历史既是创造历史，也是被历史所创造。'诚然，我想在此书撰写的过程中去'创造'些什么，试图开拓出一些新的观念的疆域，但又确确实实被那纷繁斑斓的历史所'创造'着。"[①]这种不间断的"创造"与"被创造"不仅让作为研究者的丁帆拥有新知和新生，更重要的还在于它也会使得作为研究对象的"中国乡土小说"不断地获取新的"创造"。

学者赵园曾指出，洪子诚先生具有某些不为"代"所囿的高贵品质，在她看来，洪先生较少受制于自己成长时代的学风和文风，并且能够保持清醒自觉的"自由"心灵，从而让性情中较为坚硬的东西抵抗外界的销蚀。多年来，丁帆始终不为外力所动而潜心于中国乡土小说的研究，他的身上同样流淌着洪先生的那种不受生存时代局限的思想魅力，这让他始终可以真诚、智慧而诗性地面对学术研究。丁帆坚守的那种"不合时宜"的激愤情怀气质，使其保持着自己独特的入场方式和思维方式，[②]他曾自勉"我不相信学术的春天是赐予的，春天在于自身的努力之中"[③]。我们深信，丁帆期盼的中国乡土小说研究的"春天"终将会到来，而我们每个人也都在穷尽自身的力量去等候着生命中的每一个不期而遇的"春天"。

原载于《文艺争鸣》2022年第4期

[①] 丁帆：《中国乡土小说史》，北京大学出版社，2007，第376页。
[②] 梁鸿：《丁帆："历史—美学"批评及其启蒙性》，《当代作家评论》2010年第1期。
[③] 丁帆：《重读鲁迅的乡土小说——〈中国乡土小说研究丛书〉序言》，《当代作家评论》2018年第6期。